DOMOFON

ZYGMUNT **MIŁOSZEWSKI**
DOMOFON

Dla Moniki

Nie chodzą tu żadne zegary. Żaden z kluczy do nich nie pasuje i nigdy nie da się ich nakręcić. Drzwi nigdy nie otwierano i nikt nigdy nie mieszkał w pokojach. Ale ty nie możesz zostać tu długo. Bo to nadchodzi.

Stephen King, *Lśnienie* (przeł. Zofia Zinserling)

PROLOG

Później, kiedy wszystko dobiegło końca, policja, biegli psychiatrzy i dziennikarze uznali wydarzenia, które miały miejsce w naszym domu, za wynik zbiorowej histerii. Czym była spowodowana – nigdy nie wyjaśniono. Z tego, co mi wiadomo, nawet nie próbowano. Każde inne wytłumaczenie było albo zbyt przerażające, albo zbyt fantastyczne, żeby wziąć je na serio. Zastanawiałem się, czy w rozwiązaniu zagadki nie pomogłyby moje kasety. Ale nie. Dla kogoś z zewnątrz byłyby one ciągiem bełkotliwych rozmów prowadzonych przez domofon, składających się w większości ze zwrotów typu „To ja", „Kochanie, otwórz", „Mówiłaś: chleb, papierosy i co?" i „Czy mogę się pobawić jeszcze pół godziny?". Wnikliwy obserwator zauważyłby pewnie, że z biegiem lat potrzeba było coraz mniej kaset na nagranie wydarzeń całego dnia, że coraz mniej ludzi przychodziło w odwiedziny, a lakoniczne prośby o otwarcie drzwi stały się jeszcze bardziej lakoniczne.

Ale wnikliwego obserwatora, w tym wypadku raczej słuchacza, nie było.

Ktoś mógłby zapytać, jakie mam prawo opowiadać historię bloku i jego mieszkańców. Czy wolno mi opowiadać ją w ten sposób? Czy wiem o nich aż tyle? Ktoś, kto zadałby takie pytanie, rozbawiłby mnie do łez. Ponieważ wiem o nich więcej, znacznie więcej, niż oni kiedykolwiek będą wiedzieli sami o sobie.

Powinienem napisać: wszystko zaczęło się dawno temu, ale to nonsens. Pogubiłbym się we własnych wspomnieniach, chcąc przedstawić minione lata. Dlatego piszę: wszystko zaczęło się w piątek, 11 października 2002 roku, kiedy do naszego bloku przyjechali z Olecka młodzi Łazarkowie.

ROZDZIAŁ 1

LEPIEJ UWAŻAJ. ANUSZKA JUŻ ROZLAŁA OLEJ.
Warszawa, Praga Północ, napis na barierce przystanku tramwajowego
na rogu ul. Inżynierskiej i 11 Listopada

1

To nie był idealny dzień na rozpoczęcie nowego życia. Coś było nie
tak. Na początku myślał, że to przez drogę. Piękna przed południem
pogoda teraz zrobiła się paskudna i typowo październikowa, ruch
był większy niż zwykle. Żałował, że zdecydowali o rozpoczęciu prze-
prowadzki w piątek. Gdyby zrobili wszystko w sobotę i niedzielę, byłoby znacznie łatwiej. Przede wszystkim nie musiałby walczyć z tirami
na mokrej drodze. Szlag by to trafił.

A może chodziło o coś więcej niż jazdę w złych warunkach? Za
Pułtuskiem, kiedy mijał tablicę „Warszawa 59", poczuł, jak coś ugniata
mu klatkę piersiową. Przez moment nie mógł złapać oddechu i o mało
nie wpadł w panikę. Uspokoił się, wciągając powietrze z cichym świstem. Co jest grane, powtarzał w myślach, co jest grane? Pewnie po
prostu jestem zmęczony. Jak to się będzie powtarzać, będę musiał iść
do lekarza. Co za pech, opuszczam koszmarny rodzinny dom, jadę
z ukochaną kobietą do nowego mieszkania, zaczynam nowe wspaniałe życie i nie mogę zaczerpnąć oddechu. Coś chyba rzeczywiście
jest nie tak.

– Halo, halo! Ziemia wzywa Roberta! Bzzz, bzzzz, słyszycie nas?
– Co? Przepraszam, zamyśliłem się, mówiłaś coś?
Agnieszka była za to wesoła jak dziecko na szkolnej wycieczce. Ręce
założyła za głowę, ściskając nimi króciutki koński ogon, stopy oparła
o przednią szybę starej mazdy, którą pieszczotliwie zwali „mazdolo-
tem". Wcześniej włożyła do magnetofonu ulubioną składankę rados-
nych kawałków z lat osiemdziesiątych i teraz kiwała dużymi palcami

u nóg w rytm *I will survive*. Wyglądała bardzo, bardzo sexy. Robert poczuł przyjemne mrowienie w dole brzucha.

– Tak, mówiłam. Mówiłam, że jeszcze nigdy nie byłam tak szczęśliwa. Co ty na to?

– Ja na to OK. To znaczy, że już jest nas dwoje. Jak znajdziemy jakiegoś szczęśliwego autostopowicza, to go skasujemy na wpisowe do klubu. – Zawahał się i dodał: – Też się cieszę, że zostawiam za sobą to bagno. Chyba nadużywał tego słowa, opisując swoje bezgrzeszne lata.

– Nawet nie chodzi mi o to, co zostawiamy – Agnieszka nie zamierzała zrezygnować z optymistycznego tonu. – Cieszę się z tego, co jest przed nami. Mieszkanie, praca, nowi przyjaciele, sąsiedzi, imprezy, kina, kawiarnie. Mówię ci: będzie super!

Przeciągnęła się, odsłaniając pępek, i Robertowi przeszło przez głowę, żeby zjechać na pobocze. Pobaraszkować w samochodzie? W sumie czemu nie. Nigdy przedtem tego nie robili. Zrezygnował, ponieważ nie chciał, aby go wyśmiała. To głupie, skarcił się w myślach, na pewno by tego nie zrobiła. Najwyżej by powiedziała, żeby się stuknął w głowę, jechał dalej i zaczekał do wieczora, kiedy wynagrodzi mu w trójnasób jego fantazje.

Nie odezwał się, Agnieszka za to kontynuowała radosny monolog.

– Będę kończyła pracę, szła na piechotę do Nowego Światu, tam piła kawę i czekała na ciebie. Wiesz, mam blisko, bo biuro jest na Kruczej. Ty będziesz kończył trochę później...

– Co będę kończył, pracę? – przerwał jej, przełączając wycieraczki na wyższy bieg. – Najpierw ją muszę znaleźć.

– No, nie gadaj, przecież masz robotę. – Spojrzała na niego zdziwiona.

– Robotę? Masz na myśli to, co załatwił twój stary? Przedstawiciel handlowy w firmie produkującej wiertarki? Nie żartuj, to dobre na przeczekanie, żeby nie głodować. Tak naprawdę dopiero będę szukał pracy. Nie sądzę, żebym na początku miał czas na kawę. – Wszystko to powiedział trochę za ostro i teraz żałował. Co mu, do jasnej cholery, szkodziło uśmiechać się i snuć fantazje o wspólnym wieczorze.

Zachował się jak dupek. To, że on ma problem (ma?), bo tyle dostali od jej rodziców, to jeszcze nie powód.

Spojrzał na nią z nadzieją, że nie zauważyła jego tonu i tego, co się za nim kryje. Patrzyła za okno na zalane deszczem pola.

W końcu przerwała milczenie.

– Wiesz, chyba nie jest aż tak źle. To duża firma, daje jakieś możliwości awansu, zrobienia kariery. Tam też pewnie się można jakoś ustawić, trochę zarobić i wtedy spróbować poszukać czegoś innego. Myślisz, że ja po to studiowałam, żeby przez całe życie parzyć komuś kawę? To tylko początek. Za kilka lat będziemy się śmiać i wspominać nasze pierwsze stanowiska.

Robert przełknął rosnącą mu w ustach złośliwą uwagę o jakości wyższego wykształcenia wyniesionego z Wszechnicy Mazurskiej, ich oleckiej Alma Mater, i powiedział:

– Przy kominku w naszym domku w Bieszczadach?

– Tak, przy kominku w naszym domku w Bieszczadach. – Odwróciła się do niego i uśmiechnęła promiennie, a on odwzajemnił uśmiech. To było ich marzenie, odkąd się znali: kominek w domku w Bieszczadach. A jednocześnie kod, który mówił: OK, przepraszam, czasami jest źle, czasami powiemy coś głupiego, ale łączy nas więcej.

Przed Serockiem znowu trafili na wielką ciężarówkę – tym razem przewożącą jogurty. Robert wiedział, że jeśli jej nie wyprzedzi, będzie się za nią wlókł przez całe miasto i potem jeszcze kilkanaście kilometrów, zanim rozładuje się korek. Zamrugał oczami. Była najgorsza godzina do jazdy. Dochodziła piąta, zapadał zmierzch, jadące sznureczkiem z przeciwka samochody oślepiały światłami, poboczami ciągnęli jeszcze piesi i rowerzyści, białoruskie ciężarówki miały chyba jakiś zlot. W końcu znalazł lukę, wyskoczył z wypełnionych wodą kolein i przejechał na lewy pas.

Przyśpieszył.

Wyrzucane spod kół wyprzedzanego tira wodospady runęły na szybę, chodzące na najwyższym biegu wycieraczki stały się bezużytecznymi gadżetami.

Przyśpieszył.

Był w połowie wyprzedzanego osiemnastokołowca, kiedy zobaczył, że zza górki wyłania się furgonetka. Robert był już za daleko, żeby zwolnić i schować się za ciężarówkę, musiał zaryzykować. Zredukował bieg, wcisnął do oporu pedał gazu i pochylił się nad kierownicą. Widział kątem oka, jak Agnieszka wyprostowała się i złapała za uchwyt na drzwiach. Spokojnie, uda się, zawsze się przecież udaje, pomyślał. Jadący z naprzeciwka samochód zatrąbił i zamrugał długimi światłami. Dzieliło ich około pięćdziesięciu metrów. Jemu zostały jeszcze zaledwie dwa do początku kabiny ciężarówki. Minąwszy ją, wyskoczył zbyt gwałtownie z kolein, czuł, jak ociężała zwykle mazda tańczy i traci na dobre kontakt z szosą.

Do jadącego z naprzeciwka samochodu zostało kilka metrów. Desperacko docisnął gaz, mając nadzieję, że koła złapią przyczepność, i skręcił kierownicę. Nadsterowny mazdolot zarzucił jeszcze lekko tyłem i wskoczył w koleiny przed tirem tylko po to, żeby jadąc prawie sto pięćdziesiąt na godzinę, znaleźć się tuż za prawie nieoświetlonym małym fiatem.

Agnieszka krzyknęła i skuliła się na fotelu, zderzenie było tak pewne, jakby przed nimi jechał nie mały fiat, lecz stał ceglany mur. Mogli albo walnąć w malucha i mieć nadzieję, że uderzenie wyrzuci ich na pobocze – gdyby zostali na drodze, zmiażdżyłaby ich cudem wyprzedzona ciężarówka lub jadący z naprzeciwka. Mogli też uciec na drugi pas, uderzając czołowo w dostawczaka. Wszystko trwało ułamek sekundy i Robert nie rozważał tych ponurych możliwości. Instynktownie zjechał na prawo, próbując minąć „malca" od pobocza.

Rosnące w szpalerze drzewa śmignęły tuż obok twarzy Agnieszki, koła zabuksowały po mokrym żwirze, tył samochodu zaczął się zsuwać w kierunku drzew, Robert rozpaczliwie skręcił kierownicą, odpuścił i dodał gazu. Maluch tylko mignął z lewej strony, teraz trzeba było wrócić w swoje koleiny. Pomógł im przypadek. Trafili na zatoczkę autobusową przy przystanku PKS-u, gdzie prawe opony złapały przyczepność na tyle, że udało się zapanować nad samochodem, po raz kolejny w ciągu sekundy, i wskoczyć w koleiny.

Nic nie mówili. Siedzieli nieruchomo, nie patrząc na siebie. Dobrze wiedzieli, jak blisko było tego, żeby ich podróż zakończyła się, zanim na dobre rozpoczęła. Zakończyła się nieodwołalnie.

– Może się zatrzymamy? – zapytała cicho.

– Nigdy. Chybabym się rozpłakał, widząc, jak mijają mnie wszyscy, których wyprzedziłem. Zatrzymamy się już w Warszawie.

– W makdonaldzie?

Zaśmiał się głośno. Nawet u nich w Olecku, głębokiej Polsce B, chodzenie do makdonalda to był obciach. Chodzić do makdonalda to jak ćwiczyć na siłowni albo wydawać całą kaskę na nowe dresy czy przyciemnianie szyb do poloneza. Wiedzieli o tym, lecz lubili to miejsce, zwłaszcza Robert. Wiem, wiem, powtarzał, w bułce jest papier, w kotlecie psia kupa, a całość to zestalony w rakotwórczy pocisk glutaminian sodu. Ale i tak mi smakuje. Dlatego czasami w tajemnicy przed znajomymi wyprawiali się do najbliższego baru McDonald's w Suwałkach na kanapkę i frytki, czyniąc z tego rytuał, hamburgerowe bachanalia. Teraz, w anonimowej metropolii, mogli w świetle reflektorów urządzić sobie prawdziwą ucztę.

– Jasne – odpowiedział.

Zbliżali się do mostu nad Zalewem Zegrzyńskim.

2

Jesteś dupkiem. Jesteś śmieciem w krawacie, amebą ludzką, pieprzoną dziurą w kociej dupie, cwelem swojej korporacji, myślał Wiktor o facecie siedzącym po drugiej stronie biurka, uśmiechając się grzecznie, potakując i starając się zrobić jak najlepsze wrażenie na kimś, od kogo zależała jego przyszłość.

– Proszę mnie dobrze zrozumieć – kontynuował śmieć. – Jeszcze pięć lat temu poświęciłbym pół pensji (akurat!) i cały swój czas, żeby przekonać szefów o konieczności zatrudnienia pana. A teraz? Dlaczego miałbym pana zatrudnić, proszę mi to powiedzieć, proszę mnie przekonać – dziura w kociej dupie uśmiechnęła się z zawodowym smutkiem i złożyła zadbane dłonie w wieżyczkę.

Wiktor zauważył, że najmniejszy pulchny paluszek jest zdobny w sygnet z logo firmy. Milczał przez chwilę i zastanawiał się, jak zacząć, żeby zabrzmiało to wiarygodnie, pewnie i profesjonalnie. Czuł swój pot, który pachniał alkoholem, i zastanawiał się, czy pan Marek Koteczek, Human Resources Senior Manager, też to czuje.

– Nie ukrywam, że już wówczas (źle, źle! dlaczego nie powiedziałeś „zawsze") myślałem o waszym wydawnictwie. Mimo sukcesów, które odnosiłem w dzienniku, szukałem dobrej pracy w dobrym miejscu, nawet za niewielkie pieniądze. Pracy, która dałaby mi możliwość ruszenia do przodu. A nie tylko ganiania sześć dni w tygodniu po czternaście godzin za sensacyjnymi wydarzeniami. Wy byliście idealni. Piękna tradycja, wydawane pisma, kolorowe, ale z górnej półki, zaplecze za granicą, doskonała opinia na rynku.

– I dlaczego pan nie przyszedł?

Pieprz się, kutasie. Na pewno nie będę o tym opowiadał.

– Tak się złożyło.

– Tak się złożyło, że najpierw pan przepadł na rok, a potem znalazł się już na dnie, jako alkoholik? – senior Koteczek mówił to z autentycznym smutkiem, co widać było jego specjalnością. Zapewne zwalniani pracownicy opuszczali ten pokój ze łzami w oczach, żałując, że sprawili szefowi ból.

Wiktor poczuł, że musi wyjść jak najszybciej. Wiedział, że nie będzie łatwo, ale nie przypuszczał, że ta głupia rozmowa zamieni się w upokarzającą psychoterapię. „Głupio mi o tym mówić, doktorze, ale piłem, a wcześniej podglądałem swoją matkę i zakładałem jej rajstopy. Tak się wstydzę". Spokojnie, powtarzał w myślach, tylko spokojnie, robi to specjalnie, żeby cię wyprowadzić z równowagi, chce sprawdzić, jak reagujesz na stres. Wyluzuj, chłopie, uśmiechnij się, pokaż, jaki jesteś opanowany.

– Widzę, że zna pan mój życiorys nie tylko z tego, co napisałem w cv – czuł, jak wymuszony uśmiech rozdziera mu twarz. – Stare dzieje. Każdemu zdarzają się gorsze chwile, tym gorsze, z im wyższego konia się spada.

– Jasne – odparł senior i westchnął ze smutkiem. Zerknął do papierów leżących na biurku. – Przed trzydziestką zyskał pan sławę reportera sądowego, potem święcił pan pasmo triumfów. Zgadza się?

– Tak jakby.

– Opowie mi pan o tamtej sprawie?

Jasne, chłopie, zaspokoję twoją drobnomieszczańską ciekawość, choć nie ma to nic wspólnego z rozmową o pracy. Jak każdy, masz nadzieję, że opowiem ci jakieś makabryczne szczegóły, których nigdy nie opisałem. Szczegóły, o których będziesz mógł myśleć wieczorem.

– Bardzo chętnie, choć nie sądzę, żeby dowiedział się pan czegoś nowego. Jeszcze przed moim, nazwijmy to, odkryciem był to najgłośniejszy proces tamtych lat. Trójka nastolatków, w tym jedna dziewczyna. Zostali oskarżeni o porwanie, gwałt (o, ale ci oczka błysnęły), torturowanie i usiłowanie zabójstwa szesnastolatki. Miała na imię Honorata. Daruję panu opis tego, co widziałem... w aktach, ale potraktowano ją jak rzecz. Za zrobienie tego psu powinno się iść siedzieć na wiele lat.

– O ile dobrze pamiętam, była niema? Wie pan, jak ją znaleźli. To z powodu szoku?

– Nie, wyrwano jej język. Mogę zapalić?

– Przykro mi, u nas w firmie się nie pali. Jesteśmy z tego bardzo dumni.

Wiktor mimo to wyciągnął paczkę lucky strike'ów z kieszeni koszuli i wyjął papierosa. Obracając go w palcach, zastanawiał się, co jeszcze może powiedzieć amebie. Z jednej strony, pewnie i tak nie dostanie tej roboty, chyba nawet nie chce, a mówienie o tamtej sprawie nie było dla niego żadną frajdą. Z drugiej, ciągle jest szansa, że ten zadbany, doskonale ostrzyżony i wymodelowany na siłowni przydupas wysłucha historii i wykrzyknie: „Takiego człowieka szukaliśmy! Pójdź w me ramiona, Wiktorze!". A jeśli tak wykrzyknie, to on będzie miał kasę. A jak będzie miał kasę, przestanie żyć jak zwierzę. Prosty rachunek.

– To był proces wybitnie poszlakowy – ciągnął. – Już samo wskazanie sprawców było problematyczne. Dziewczynie pokazywano katalogi ze zdjęciami ludzi, którymi „interesuje się policja". Na widok jednego zareagowała tak histerycznie, że zorganizowano okazanie. Wie pan, jak to wygląda: pięciu mniej więcej podobnych facetów stoi obok siebie, a pokrzywdzona osoba pokazuje na jednego z nich. No więc jak ustawiono tych ludzi i przyprowadzono dziewczynę, od razu wskazała jednego. Przylgnęła do szyby naprzeciw niego i zaczęła wyć tak, że musiano sprowadzić pomoc.

– I co w tym problematycznego?

– To, że na okazaniu rozpoznała innego człowieka niż wcześniej na zdjęciu.

Wiktor złamał papierosa, wrzucił do kosza na śmieci i wyjął następnego. Delikatnie masował bibułkę, chcąc równo rozprowadzić tytoń. Bezsensowna mechaniczna czynność, pomyślał. I tak nie zapalę. Kiedy nabrałem tego idiotycznego zwyczaju? Chyba właśnie w sądach. Paweł z „Gazety" zawsze nerwowo męczył papierosa, a ja robiłem wtedy to samo co on. Kiedy rozpoczęcie rozprawy odwlekało się o dwie godziny, a przerwa zmieniała się z piętnastominutowej w godzinną, schodziliśmy na dół do bufetu, na jajko w sosie tatarskim i papierosa. Jednego, drugiego, dziesiątego. Paliliśmy i gadaliśmy, gadaliśmy i paliliśmy. To był fajny czas. Boże drogi, ile to już lat. Wiktor zauważył, że prawie cały papieros wysypał się na biurko cwela swojej korporacji. Facet patrzył na tytoń jak na zarazki trądu rozsmarowane na kanapce.

– Z tego, co pamiętam, tutaj wchodzi pan na scenę i zaczyna recytować swoją kwestię?

Ale z ciebie poeta, psiamać, z takimi porównaniami marnujesz się jako kadrowy.

– Ładnie powiedziane. Największym problemem w tej sprawie było to, że nikt nie wiedział, gdzie dziewczynę przetrzymywano. Na pewno nie w żadnym z mieszkań oskarżonej trójki, w żadnym lokalu znanym im, ich kumplom, rodzinie, dalekim krewnym i tak dalej.

Wyjął następnego papierosa.

– Coś mnie tknęło jednego dnia, to już było lato, kiedy rozprawa zakończyła się trochę wcześniej. Prawdę mówiąc, nie chciało mi się już opisywać kolejnego bełkotliwego biegłego, wszyscy i tak mówili wprost, że całe oskarżenie to fiasko. Pojechałem do Śródmieścia i wałęsałem się po kwadracie ulic przy placu Konstytucji. Tam mieszkali wszyscy oskarżeni, a także świadkowie. Jeśli ci ludzie byli związani ze sprawą, w co coraz mniej wierzyłem, wszystko musiało rozegrać się gdzieś tutaj.

Wiktor przerwał.

– Wie pan co? Pan sobie zapali, tylko niech pan stanie przy oknie.

No proszę, przerwę jeszcze raz i dasz mi nie tylko pracę, ale i podwyżkę.

– Nie, dziękuję – westchnął, spojrzał na papierosa, na wypełniającą zaokienną rzeczywistość szarą mgłę, potem na leżącą przed nim wizytówkę bubka. Była bardzo ładna, starannie wykonana.

Nie dam rady, pomyślał, bezwiednie kręcąc głową, zależy mi na tej pracy, zależy mi na jakiejkolwiek pracy, byle polegała na pisaniu, ale nie dam rady.

– Panie kierowniku... – zaczął.

– Panie Marku – przerwał pan kierownik. – Panie Marku najzupełniej wystarczy.

– Nie wiem, dlaczego pan chce, żebym to opowiadał. Cała historia ze szczegółami była opisana chyba wszędzie, a dla mnie, przyznam się panu, wspominanie tego jest bardzo trudne. Wolałbym tego nie robić, jeśli nie ma pan nic przeciwko.

Senior Marek milczał, a Wiktor wiedział, że właśnie teraz ważą się jego losy. To niemożliwe, że jego życie zależy od tego obcego faceta. Zadowolonego z siebie bogatego bubka, który pewnie gra w squasha, pieprzy swoją – wyglądającą jak Miss Świata – żonę w stringach i odbiera genetycznie udane dzieci ze szkoły społecznej. Co on może wiedzieć o tym, jak się spada, spada i spada. Tak długo, że przestaje się wierzyć już nie tylko w to, że można wspiąć się w górę, ale nawet w to, że w ogóle istnieje jakieś dno. W końcu człowiek przestaje czekać na uderzenie i godzi się z tym, że istnieje tylko spadanie, a jedyne urozmaicenie polega na tym, że czarne ściany studni stają się czasami szare, czasami tak cienkie, że widać poza nimi ruch i kolor. Ale to się zdarza bardzo rzadko. Prawie wcale. Trudno. Może po prostu tamtemu się udało, a jemu nie.

Jeszcze zanim Senior Manager się odezwał, Wiktor już wiedział, jaka będzie decyzja.

– Chce pan u nas pisać reportaże, teksty społeczne. To wymaga wrażliwości, a jednocześnie dystansu. Trzeba umieć wejść w historię, przejąć się nią, a potem – pstryknął palcami – wyjść, stanąć z boku i opisać tak, żeby wstrząsnęło innymi. Sprawdzam, czy pan to potrafi.

Wiktor odpowiedział tylko dlatego, że nie chciał wyjść bez słowa.

– Ciekawe. A ja myślałem, że pana podnieca to, co moja opowieść mogłaby panu zaoferować. Połączenie seksu, gwałtu, przemocy, może nawet bestialstwa, i na dodatek wszystko autentyczne, niemal z pierwszej ręki. A pan mnie po prostu sprawdza.

– Niepotrzebnie stara się pan być złośliwy. Jest mi szalenie przykro, tym bardziej że pańskie teksty były dla mnie kiedyś bardzo ważne, ale widzę, że pan nie potrafi tego, na czym mi, nam, naszej firmie najbardziej zależy. I proszę to potraktować jako przyjacielską radę, jest pan niepotrzebnie agresywny, co nie pomaga w takich rozmowach. Do widzenia.

Spierdalaj.

Wiktor wstał, nie zadając sobie trudu, by uprzątnąć biurko z drobin tytoniu, wyszedł. Nie myślał już ani o seniorze Koteczku, ani o Honoracie, ani o tym, co kiedyś przeżył. Myślał o tym, że zaraz się zacznie i że musi jak najszybciej dotrzeć do Amatorskiej.

3

Znalezienie miejsca przed Carrefourem koło Trasy Toruńskiej zajęło Robertowi i Agnieszce kwadrans, potem musieli biec w strugach deszczu z najodleglejszego krańca parkingu do wejścia. Tyle poświęcenia dla takiego gównianego żarcia, myślał Robert. Co za ironia, żeby świątynia konsumpcji wymuszała na swoich wiernych prawdziwie eremickie umartwienia.

Zamówił kanapkę z rybą, której Agnieszka nie cierpiała i którą zawsze nazywała makgówniakiem (potem ci przez tydzień jedzie z pyska, marudziła), i oglądał zdobiące ściany reprodukcje nowoczesnego malarstwa.

– Zwykle są zdjęcia – wymamrotał z pełnymi ustami.

– Co?

– No wiesz, zwykle wiszą zdjęcia Empire State Building, Golden Gate czy jakiś inny Elvis. Nie wiedzieć czemu zazwyczaj czarno-białe. A tutaj są obrazy, pierwszy raz się z tym spotykam.

– I co o nich sądzisz?

– Sądzę, że są gówniane. Jedyne, co je łączy ze sztuką, to to, że są prostokątne, oprawione w ramy, a w środku jest coś kolorowego. Ale to samo można powiedzieć o billboardzie reklamującym promocję т-shirtów czy tablicy informującej o budowie murowanego kibla. Choć to jest nawet gorsze. Billboard i tablica mają treść, coś komunikują. A to? Żadnej treści, żadnej formy, pustka.

– Przesadzasz. Po prostu nic w tym nie widzisz, a inni może dostrzegają.

– Ale to ich sprawa, nie sztuki. Nie odbierają komunikatu artysty, tylko coś tam sobie roją. Ci sami ludzie, gdyby im pokazać taką tablicę informacyjną, tyle że napisaną w suahili, znaleźliby tam obraz świata. Niesamowite, w jaki sposób można przedstawić chaos, mówiliby, za pomocą tych nierównych znaków, a jednocześnie porządek, transcendentny zamysł zorganizowania chaosu, nadania mu ulotnych ram. No i to żółte tło! Rewelacja. Kto wie, może by nawet cmokali, jak to piszą w powieściach. Widziałaś kiedyś, żeby ktoś cmokał z zachwytu? Jak to może brzmieć? – Upił łyk coli i wydał ustami odgłos wilgotnego plaśnięcia. Siedzący obok poruszyli się zaniepokojeni. Robert cmoknął jeszcze głośniej i pstryknął palcami.

– Przestań! Co za wariat. Jeszcze ktoś zawoła ochronę. Cmokać należy dyskretnie i z uznaniem – powiedziała i cmoknęła delikatnie w jego kierunku w sposób, który czynił z niej lubieżną boginię seksu. Jej wargi, a miała dość duże wargi, może nawet trochę za duże, ale Robertowi to się podobało, ułożyły się w kształt serduszka. Jak na filmie rysunkowym.

– Taaa... rób tak dalej, to się będą na ciebie rzucali w każdej galerii. – Robert znowu poczuł mrowienie. Co za dzień.

– Będę tak robiła tylko na twoich wernisażach i kiedy będziemy sami, i tylko kiedy będę pewna, że to ty się na mnie rzucisz.

Robert spiął się. Wiedział z doświadczenia, że rozmowy o jego malowaniu, o planach z tym związanych, zawsze się źle kończyły. Ona traktowała je jako nieszkodliwe hobby, coś w rodzaju zbierania znaczków czy starych opakowań po herbacie, a dla niego malowanie było (prawie) wszystkim. Czymś ważniejszym nawet od niej, czego ona na pewno nigdy nie zrozumie. Czymś, czym można się zająć albo na dobre, albo wcale. Jeśli chce się to robić dobrze. Poprawka: jeśli chce się to robić prawdziwie. Już chciał zacząć dyskusję, która skończyłaby się pewnie długim milczeniem i cholernymi łzami, pieprzonym orężem, o który rozbijał się każdy wystrzelony z jego strony pocisk, ale dał spokój.

– Właśnie tak – potwierdził i zmienił temat. – Myślisz, że będziemy tutaj mogli przychodzić na piechotę? Spójrz, widać nasz blok – wskazał na szarą bryłę, zasłaniającą kawałek horyzontu.

– Jasne, na niedzielne spacery. Weźmiemy naszego pieska...

– Żadnego pieska!

– No to kotka...

– Żadnego kotka! W ogóle niczego, co ma więcej nóg ode mnie. Papugi też nie! Rozmawialiśmy o tym milion razy. Nie będziemy trzymać żadnego sralucha na dwudziestu metrach kwadratowych na ósmym piętrze.

– Przecież tyle osób tak robi, proszę, chociaż malutkiego jamniczka – jęknęła. – U mnie w domu było tyle zwierząt, nie wyobrażam sobie życia bez nich.

– U ciebie w domu był prawie hektar ogrodu i można tam było otworzyć małe zoo z delfinarium. Tutaj będziemy mieszkali w betonowej klitce. Nie powinno się trzymać żywych stworzeń w takich miejscach.

– Tyle osób trzyma... – spojrzała na niego jak... pies łaszący się do pana.

– No właśnie, zamierzam zdobywać ich adresy i pisać donosy do Towarzystwa Opieki nad Zwierzętami. Kupiłem już specjalny zeszyt. Idziemy? Prawie siódma.

A jeśli siódma, to czas na pracę fizyczną. Ciężarówka z ich dobytkiem, zresztą nad wyraz skromnym, miała przyjechać jutro rano, ale drobniejsze rzeczy, takie jak książki, płyty, trochę bibelotów i jego rzeczy do malowania, firma przeprowadzkowa zobowiązała się dostarczyć dzisiaj.

Czuł się teraz lepiej, znacznie lepiej, może nawet był szczęśliwy. Wychodząc, objął Agnieszkę i pocałował ją w ucho, od razu przylgnęła do niego i zamruczała z zadowolenia. Od domu dzielił ich kilkuminutowy marsz do mazdy i pięćset metrów jazdy autem. Zaczynali nowe życie.

4

Kiedy Robert z Agnieszką lawirowali między samochodami na mokrym parkingu, zapomniawszy już o swoim wyścigu z ciężarówkami mordercami, osiemnastoletni Kamil Źródlaniec siedział z trójką przyjaciół w pokiereszowanym lanosie swojego ojca. Palił, obserwował, jak krople wody tworzą na przedniej szybie małe strumyczki, i zastanawiał się, co mu powie (ojcu, nie lanosowi).

Siedział tak już trzecią godzinę, myśląc cały czas o tym samym, i coraz wyraźniej zdawał sobie sprawę, że żaden błyskotliwy pomysł nie uratuje jego lekkomyślnej dupy. W końcu będzie musiał uruchomić silnik, opuścić zaciszną kryjówkę w podwórku przy Namysłowskiej, pojechać na Bródno, postawić samochód na parkingu, wrócić do mieszkania na piątym piętrze, położyć dokumenty z kluczykami na kredensie i...

– Może po prostu zostaw kluczyki, idź do siebie, a rano będziesz rżnął głupa – zwerbalizowana tym razem przez Norberta „Norbiego" myśl kręciła się cały czas we wnętrzu auta jak nieznośna mucha. Nikt się nie odezwał.

Łańcuch wydarzeń, który doprowadził do pokaleczenia „siwej strzały" (tak swój obciachowy pojazd zwykł nazywać ojciec Kamila), rozpoczął się o jedenastej rano, kiedy przedpołudniowo pustymi i jeszcze pogodnymi ulicami Kamil jechał Puławską w stronę Piaseczna. Pamiętał nawet, o czym wówczas myślał. Najpierw wyobrażał sobie, że oddaje Michałowi notatki do matury, jego nie ma, drzwi otwiera jego panna, cudna Sylwia, w koronkowej bieliźnie i pończochach, i pyta, czy nie ma nic przeciwko temu, że jest nieubrana. Jasne, że nie, odpowiedział w myślach i kontynuował nielojalną wobec przyjaciela fantazję. Głowił się, czemu takie sytuacje zdarzają się tylko w pornosach, a normalnie trzeba prowadzić przez pół imprezy dyskusje o braciach Coen, żeby nad ranem, walcząc ze snem, pogłaskać kawałek cycka.

A swoją drogą, zastanawiał się, dojeżdżając już do Auchan przed Piasecznem, czy to, że ma tak długie nazwisko, znacznie dłuższe niż na przykład Coen czy Lynch, oznacza, że nie zrobi kariery? A może, póki czas, zmienić je sobie na, powiedzmy, Źródło, albo bardziej międzynarodowe, na przykład: Source. Camil Source? Ale to nie brzmiało dobrze, a zanim wymyślił coś lepszego, dojechał już do kumpli, którzy czekali w pustej części parkingu przy supermarkecie.

Nauczyciele w przypływie dobrego humoru nazywali ich czterema muszkieterami, ale częściej czterema jeźdźcami Apokalipsy. Tego dnia mieli sobie zasłużyć, jak nigdy dotąd, na miano jeźdźców.

Mieli zrealizować najbardziej wariacki ze swoich pomysłów. Głupi, nieodpowiedzialny, szalony, niebezpieczny, brawurowy, i jeszcze raz głupi. Wspaniały. Jeden z tych, które się urzeczywistnia tylko wtedy, kiedy ma się osiemnaście lat, a połowę duszy wypełnia przekonanie o własnej nieśmiertelności.

Wróć. Feralny łańcuch wydarzeń nie zaczął się dziś rano, ruszył pod koniec września, kiedy świętowali zdany test z angielskiego – pierwszy krok do czekającego ich na wiosnę egzaminu – cha, cha! – dojrzałości. Zaczęło się od wymieniania tytułów, w których zagrała Sandra Bullock. Seba miał je wszystkie skompletować na maraton filmowy, poświęcony amerykańskiej aktorce z niemieckim rodowodem. Z *Fraülein* Bullock – tutaj byli zgodni – każdy by się chciał przespać, a potem rano wygrzebać ją z pościeli, jeszcze raz przelecieć i zrobić jajecznicę. Doszli do starego filmu *Speed*, w którym Sandra (z seksowną grzywką opadającą na czoło) kieruje zaminowanym autobusem pełnym pasażerów. Terrorysta sadysta, montując bombę, ustawił ją tak, że wybuchnie, jeśli autobus zwolni poniżej pięćdziesięciu mil na godzinę. Cały film to jedna wielka szaleńcza jazda srebrnym autobusem. Właśnie usiłowali sobie przypomnieć kolor obcisłego topiku Sandry, kiedy Kamil powiedział:

– Zrobię to w Warszawie. Przejadę Puławską od Auchan w Piasecznie do Silver Screenu, nie schodząc ani razu poniżej pięćdziesiątki. Zakład?

Przyjęli, nie mogło być inaczej. Niecałe trzy tygodnie później cała czwórka zapięła pasy i mimo psującej się pogody ruszyli.

– To była niezła jazda – mruknął Seba z tylnego siedzenia. – Może zwal to na mnie. Ostatnio nieźle mi się układa ze starymi, zbiorę opierdol, dostanę po kieszeni, i tyle. Serio mówię, potraktuj to tak, jakbym kupił bilet. Było warto, zapłaciłbym i więcej.

– Kurwa jebana mać. – Kamil ukrył twarz w dłoniach i oparł głowę na kierownicy. – Nie da rady, człowieku. Ja zawsze zbieram tak samo, wszystko jedno, czy zbiję szklankę, wrócę naprany, czy rozwalę samochód.

– Tej Wilanowskiej nigdy nie zapomnę – jęknął Maciek.

Maciek był pilotem wyprawy. Wcześniej we dwójkę kilkadziesiąt razy przejechali trasę o tej porze, sprawdzając ustawienia świateł i opracowując optymalny plan. Kamil prowadził, Maciek podawał tylko liczby z notesu: Płaskowickiej, przyśpiesz do siedemdziesięciu, doskonale, następna Mysikrólika, musisz przejechać na żółtym... zwolnij do sześćdziesięciu... przy Poleczki widać czerwone? OK, zwolnij do pięćdziesięciu i wlecz się tak, to dojedziemy na zielone.

Do Wałbrzyskiej szeroką trzypasmową jezdnią przejechali bez kłopotów, kilka razy tylko Kamil musiał niebezpiecznie lawirować między samochodami. Przed Wałbrzyską przystopował ich autobus linii 505, który gwałtownie zajechał im drogę. Nie było jak się przecisnąć, a na światłach przy Wałbrzyskiej mieli przelecieć w ostatniej chwili i na pełnym gazie. Kamil zjechał na prawy pas, ocierając lusterkiem o autobus i omal nie zwalniając poniżej pięćdziesiątki, docisnął, ale dwadzieścia metrów przed światłami zobaczył już czerwone. Docisnął jeszcze bardziej. Przeleciał przez skrzyżowanie przy wtórze radosnego ryku kolegów, kiedy na światłach samochody już ruszały. To była jazda. Maciek wrzeszczał: szybciej, kurwa, szybciej!

Przed nimi było jedno z większych skrzyżowań w Warszawie. Puławska i aleja Niepodległości zbiegały się tutaj, całość przecinała linia tramwajowa i biegnąca w poprzek szeroka aleja Wilanowska. Od strony Kamila skrzyżowanie wyglądało jak litera Y, przekreślona w połowie poziomą kreską. Plan był taki, że mijają w ostatniej chwili Wałbrzyską i tak samo Wilanowską. Ale już mieli sto metrów w plecy. Nadrobiliby spokojnie, gdyby nie przejście dla pieszych w połowie, po którym grupa turystów ze Wschodu, z kraciastymi torbami, przechodziła z tramwaju na bazarek przy Wałbrzyskiej. Kamil zaczął wrzeszczeć, wcisnął klakson i przestraszeni Ruscy się rozbiegli, ale mimo to musiał trochę zwolnić. Kiedy byli dwieście metrów przed światłami, żółte zmieniło się na czerwone. Sto metrów dalej widzieli już samochody przemierzające skrzyżowanie.

To był dobry moment, żeby zrezygnować. Prędkościomierz pokazywał sto dziesięć kilometrów na godzinę. Nikt się nie odzywał. Patrzyli na sznur samochodów i chcieli, żeby Kamil odpuścił, ale wstydzili się powiedzieć. Kamil wstydził się odpuścić. Prędkościomierz wskazywał sto, dziewięćdziesiąt, siedemdziesiąt, sześćdziesiąt... Zostało nie więcej jak trzydzieści metrów.

– Chcecie rozrywki, maminsynki? – wrzasnął. – No to jazda! Trzymaj klakson, Macieju! – ryknął i zrealizował to, co wymyślił przed sekundą.

Wskoczył na chodnik z prawej strony, żeby ominąć stojące na światłach samochody i pokazać tym jadącym z lewej, że na drodze jest szalony jeździec. Potem, zamiast pojechać prosto, skręcił z piskiem opon w prawo, zmuszając białe seicento do ucieczki na pas zieleni. Jechał teraz w stronę Wisły, ale musiał jak najprędzej zawrócić i wskoczyć z powrotem na Puławską, inaczej wszystko weźmie w łeb. Kiedy licznik pokazał siedemdziesiąt, skręcił kierownicę, zaciągnął hamulec ręczny i gdy samochód zaczął się obracać, puścił hamulec, zredukował bieg, wcisnął gaz i po chwili był znów na Puławskiej, mknąc w kierunku centrum. Strzałka prędkościomierza pokazała w czasie nawrotki pięćdziesiąt pięć. Cała czwórka wyła z radości, silnik lanosa ryczał jak zarzynane zwierzę, ponad połowę drogi mieli za sobą.

Na resztę był prosty sposób. Koło starej skoczni narciarskiej należało przejechać zaraz po zapaleniu się zielonego i trzymać równo dziewięćdziesiąt pięć na godzinę. Spóźnili się nieco przez poprzednie manewry, ale nie więcej jak kilka sekund – do nadrobienia. Następne trzy skrzyżowania minęli bezboleśnie, raz tylko wjeżdżając na tory tramwajowe przy Woronicza, żeby ominąć ruszające nieśpiesznie samochody. A potem „siwa strzała" zamieniła się w „ofiarę siwego chirurga".

Przed kawiarnią Mozaika na światłach ruszały samochody, których nie dało rady ominąć inaczej, jak tylko wjeżdżając na chodnik. To zresztą było w planie. Dzień wcześniej Maciek otoczył ten fragment chodnika taśmą, żeby nikt się tam nie kręcił. Nie pomogło. Taśma była zerwana, na chodniku stało srebrne bmw. Kamil minął limuzynę i – nie mając innego wyjścia – wjechał między drzewa na skwerku. Pierwsze minął, drugie urwało lewe lusterko, trzecie urwało prawe, zamieniło prawy bok lanosa w płaskorzeźbę i wyrwało tylny zderzak. Wjeżdżając na ulicę tuż przed autobus linii 514, zawadził jeszcze lewym tylnym błotnikiem o zielony zardzewiały słupek. Prędkość została utrzymana. Do Silver Screenu, czyli zbiegu Puławskiej z Rakowiecką, dojechali już bez przygód. Kamil wygrał. Trzech kumpli miało mu teraz stawiać do matury browar, ile tylko zażąda. A także zrobić wszystko, aby rzucić w objęcia Kamila Renatkę, ich niedostępną, ulepioną z najczystszej odmiany seksu koleżankę. Było o co walczyć.

Tak myślał wtedy, teraz był bliski zmiany zdania. Ale tylko trochę.

– Dobra, nie ma co jęczeć. Jadę na chatę, opowiadam prawie prawdziwą historię o tym, jak autobus zajechał mi drogę i musiałem wjechać między drzewa, żeby nie zmasakrować przechodniów, i...

– I sam zostajesz zmasakrowany?

– Tak, i sam zostaję zmasakrowany. Bywa. Było warto. Daję wam dwa tygodnie na załatwienie Renatki. No i odezwę się jutro. Pa.

Kumple wysiedli z lanosa, Kamil patrzył za nimi tęsknym wzrokiem. Osiem minut, może dziesięć, pomyślał, uruchamiając silnik. Tyle mu zajmie dojechanie na Bródno, odstawienie samochodu na parking, zamknięcie bramy, pomachanie pokrzywionemu dziadkowi parkingowemu, dojście do bloku i wjazd na piąte piętro. Powiedzmy, że przed kratą na korytarzu jeszcze trochę zamarudzi. No dobra, może nawet piętnaście minut, albo i dwadzieścia, jeśli brama na parking będzie zamknięta na kłódkę. Niewiele, ciągle niewiele. Czego się boi? Jest dużym chłopcem, który miał stłuczkę. Wielka rzecz. Poza tym było warto. Naprawdę.

5

Za co lubię kawiarnię Amatorska?, zapytał siebie Wiktor. Ten mały, duszny, peerelowski lokal, gdzie wszystko jest jak z lat osiemdziesiątych. Tapicerowane czerwonym skajem stołki barowe, przeszklona lodówka z wuzetkami, tleniona bufetowa, czarne stoliki, każdy z serwetką nakrytą szkłem, ze sztucznym rumiankiem w białym wazoniku „Społem". Za co lubię ten pieprzony skansen? Przede wszystkim za lustra. Wokół ścian, na wysokości lamperii, biegnie czarny, politurowany blat. Można przy nim usiąść. Usiąść i patrzeć w lustra, którymi wyłożono ściany nad blatem. Prosty zabieg architektoniczny, który powiększa optycznie pomieszczenie, miał w Amatorskiej zupełnie inny sens. Nikt nigdy nie pił samotnie. Choćbyś był jedynym klientem, bufetowa zemdlała za kontuarem, a kuchenna zatrzasnęła się w kiblu – nigdy nie będziesz sam. Zawsze po drugiej stronie będziesz miał chętnego do wypitki i dyskusji kumpla. Tak, lustra czyniły z Amatorskiej kultową knajpę samotnych znerwicowanych przegranych.

Wiktor lubił wpaść tutaj i zamówić cztery pięćdziesiątki. Bufetowa nie pytała, po co cztery, nie patrzyła z naganą, nie proponowała coli, nie drążyła, jaka to ma być wódka i czy na pewno nie woli dżinu, bo jest właśnie promocja. Pierwszą wypijał od razu przy barze, a pozostałe zabierał do korytka, jak nazywał czarny blat. Tam rozpoczynał rytuał przeciągania własnej duszy znad krawędzi czegoś, co było straszne, do krainy tego, co było szare, znane, mgliste i przynosiło ukojenie. Stawiał trzy pięćdziesiątki na blacie i czekał. Najpierw należało wywabić potwora.

Wypicie wszystkiego od razu byłoby jak wrzucenie trzech granatów do pieczary smoka. Może by się i na chwilę schował, ale i tak by zaraz wylazł, strasznie wkurwiony. Należało poczekać, aż bestyja wylizie ze swej nory. Nie trwało to długo. Najpierw poczuł, jak drżą mu dłonie i zaczyna drętwieć lewe ramię. Poruszył kilka razy barkiem, chrupiąc stawem, ale drętwienie nie przechodziło. Wręcz przeciwnie, powyżej łokcia zaczynał czuć ból. Nie był to ból przetrenowanego mięśnia albo stłuczenia, obejmował całe ramię, a jego źródło znajdowało się w środku, może w kościach. Nagle zabolało mocniej, Wiktor skulił się, ściskając bolące ramię dłonią, przez głowę przemknął mu cień paniki. Zawał, Boże drogi, ratuj mnie, to zawał. Czytał o tym, zawsze tak się zaczyna. Stres nie do zniesienia (jak dzisiaj), niemożność wyrzucenia z siebie napięcia (jak zawsze), serce pompuje krew z dużym ciśnieniem, którego mózg nie potrafi opanować, przeciążony mięsień sercowy zaczyna słać rozpaczliwe sos w postaci bólu, który obejmuje lewą część ciała, lewe ramię zwłaszcza (!!!), a potem serce kurczy się, żeby już się nie rozkurczyć – Wiktor słyszał, jak piskliwe są jego myśli. Wypił drugą pięćdziesiątkę. Nie musiał czekać, aż wódka spłynie do żołądka, stamtąd dostanie się do krwi, z krwią do mózgu i w końcu go uspokoi. Wystarczyła mu świadomość, że już zapoczątkował proces, żeby poczuć się lepiej. Smok dostał granatem w pysk. Pora na drugą rundę.

Ramię odpuściło. Na tyle, że mógł sobie dokładnie przypomnieć dzisiejszą rozmowę. Czy była dla niego zaskoczeniem? Nie. Chyba nie był tak głupi, żeby liczyć na cokolwiek. Każda uczelnia wypluwa przecież tysiące młodych, silnych ludzi bez nałogów, którzy są w stanie pracować dowolną liczbę godzin za dowolnie niską kasę. Jaką on ma nad nimi przewagę? Doświadczenie, inteligencję, talent literacki? Co to kogo interesuje. Żaden z tekstów, które dziś się ukazują, nie wymaga od swojego autora żadnej z tych rzeczy. Wystarczy nie robić błędów ortograficznych. A i od tego jest korekta. Głupi ludzie piszą głupie teksty, żeby w nudnych gazetach mogli je przeczytać jeszcze głupsi.

A jednak nie odpuściło. Wręcz przeciwnie, z przerażeniem zauważył, że nie jest w stanie podnieść leżącej na blacie ręki. Była jak sparaliżowana. Kiedy poruszył ciałem, spadła bezwładnie ze stołu na udo, uderzając go takim bólem, że mało nie krzyknął. Przycisnął głowę do piersi, łapiąc zębami kołnierz koszuli. Czuł, jak ból wędruje. Pulsując, opuścił ramię, minął obojczyk i zszedł niżej, chwytając za mięśnie z lewej strony klatki piersiowej. Szarpnięcie prawie zrzuciło go ze stołka. Przesadził, tym razem przesadził, zamiast pójść od razu do lekarza i ocaleć, umrze na podłodze Amatorskiej, nie pożegnawszy się z córką, zanim jakaś karetka przebije się tutaj w popołudniowych korkach. Dlaczego był taki głupi? Może jeszcze nie jest za późno, trzeba wezwać pomoc! Już chciał krzyczeć, kiedy mocny, męski głos odezwał się w jego głowie. Weź się w garść, chłopie, mówił, dobrze wiesz, że to zwyczajny atak. Pewnie cię kiedyś zabije, ale jeszcze nie teraz. Pij! Wiktor wypił trzecią pięćdziesiątkę i oparł głowę na rękach. Dyszał. Rzucił okiem na kumpla po drugiej stronie. Wyglądał, jakby zobaczył własną śmierć. Wiktor pokiwał mu przyjaźnie.

Wiedział, że najgorsze przed nim, ale jak zwykle miał nadzieję, że ominie ostatni etap. Próbował myśleć o sprawach niewywołujących emocji. Weronika? Nie, za bardzo boli. Ostatnie cztery lata? Nie, nie i jeszcze raz nie. Praca, kiedy był na topie? Może, przecież miał dobre momenty, uśmiechnął się na wspomnienie swojego nazwiska w gazecie, teksty obyczajowe, sądówki. O Boże, nie! Najdalej, jak najdalej od tego! To ten Koteczek, powinien łeb mu ukręcić, przywołał demony. Zgiń, przepadnij, a razem z tobą wspomnienia, które wywołałeś dla swojej uciechy. Boże, Boże, nie wierzyłem ostatnio zbyt mocno, ale błagam, zlituj się teraz nade mną. Zobacz, żegnam się ukradkiem pod stołem, pamiętam słowa modlitwy. Ojcze nasz, któryś jest w niebie, święć się imię Twoje, bądź królestwo Twoje jako w niebie, tak i na ziemi, nie, nie tak, pomyliłem, przepraszam, Boże, w domu sobie przypomnę, tylko mnie nie zabijaj. Matylda? Tak, Matylda, córeczka moja, moje śliczności, tak długo cię nie widziałem. A byłaś taka malutka, mieściłaś się cała na kolanach, a potem, jak już byłaś duża, zawsze pierwsza biegłaś się ze mną przywitać i zawsze chciałaś jednego buziaka więcej, pamiętasz? Jesteś jedynym dobrem, co mnie spotkało, jedynym, co mi się udało. Widzisz, teraz też mnie uratujesz, już mi lepiej, przecież oddycham. Właśnie, oddycham, choć boli, a jakbym miał zawał, to nie mógłbym oddychać, dusiłbym się, to tylko głupi atak.

Wyprostował się i wciągnął nosem powietrze, weszło płytko, zbyt płytko, jakby dalej miał płuca wypchane kurzem. Spróbował jeszcze raz, bez rezultatu. Tym razem to już nie był cień paniki, owo uczucie, które nim zawładnęło. Była to wielka, muskularna, wypasiona, rozwścieczona panika, najbardziej wredna z panik, która jedną rękę wepchnęła mu w usta, a drugą ścisnęła serce, łamiąc przy tym wszystkie żebra. Chciał zaczerpnąć powietrza, ale nie mógł. Jego kumpel zrobił się cały siny, obserwując te zmagania.

Wypił ostatnią pięćdziesiątkę. Minęło. Smok dostał prosto w paszczę i kwicząc, wbiegł do swojej nory. Trzeba ją było szybko zasypać.

Wiktor wlał w siebie dwa półlitrowe królewskie, pomachał bufetowej na pożegnanie i pobiegł do stojących przy Smolnej taksówek. Teraz wystarczy prędko wrócić do domu, wjechać na szóste piętro, otworzyć kratę, minąć stary rower, otworzyć drzwi i za jakieś dwie godziny spokojnie skończyć gorzką żołądkową, zostało jeszcze pół butelki. Do rana będzie spokój, pomyślał Wiktor, a potem się zobaczy. Może wypuści felieton dla Tomka? W końcu.

– Dokąd jedziemy?

– Bródno. Kondratowicza przy kwiaciarni Tuberoza, naprzeciwko szpitala.

– Wiem, wiem. Jaką trasą jedziemy?

– Chuj mnie to interesuje, to pan jesteś taksówkarz. Po prostu mnie pan zawieź.

6

Parter, wejście. 11 października 2002, godz. 19.34.

[zapalniczka]

Mężczyzna 1: Już?

Mężczyzna 2: Zaczekaj, jeszcze raz. Albo daj, odpalę, wiatr jest. Kiedy w końcu przyjadą te wieśniaki?

Mężczyzna 1: Szacuneczek, nie słyszałeś nigdy, że klient nasz pan, nawet jak dopiero co od obory odstawiony.

Mężczyzna 2: Od obory, dobre, tera to żeś przysrał, Stefan. Za taką oborę to ja bym dał bzyknąć Mariolkę. Chawira trzysta metrów, jak nie lepiej, w ogrodzie by zmieścił burdel, wesołe miasteczko i garaż dla helikoptera. Kominek, kminek, barek, jeleń na ścianie, kanapka ze skórki. Kaska z każdego kąta wyziera.

[splunięcie]

Mężczyzna 1: Krótko jesteś, to kasy nie widziałeś. To to było zwykłe wsiowe nowobogactwo, siwy pewno ma w miasteczku piekarnie, aptekie czy coś w ten deseń. Ale raczej stawiam na sklep z ciuchami.

Mężczyzna 2: Czemu z ciuchami?

Mężczyzna 1: Ja wiem, trudno powiedzieć. Kiełbasa, chleb, pastylki, to wszystko jakiś ślad zostawia, zapach taki jakby, nie? A tutaj nic nie czuć, więc może ciuchy. Rozumiesz, coś takiego, co peelen jest, a ręce czyste. Może nie ciuchy, ale dajmy na to...

Mężczyzna 2: Telewizory. Mieli taki wielki, płaski.

Mężczyzna 1: Może i telewizory. Ale czekaj, bo myśli nie skończyłem. To było, jak mówię, wsiowe, nawet ten telewizor był płaski, ale nie taki jak obraz. Ta plasma Philipsa, kojarzysz?

Mężczyzna 2: Jasne. Czterdzieści koła, jak nie lepiej.

Mężczyzna 1: No więc taką plasmę widziałem raz, jak przeprowadzałem koleżkę z Ursynowa do apartamentów na Dzikiej, tych nowych przy rondzie Babka. Stary, powiem ci, że ta plasma to był mały miki. Sprzęt: DVD, CD, LCD, tuner, amplifajer, kolumny – kosmos. Jeszcze takiego nie widziałem, tylko metal i szkło, podobno jakaś duńska firma. Pytam się gościa, po ile takie kolumny, bo sam się rozglądam. Ten w śmiech i mówi, że dwadzieścia koła każda.

Mężczyzna 2: Nie pierdol.

Mężczyzna 1: Przestań, bo się spełni. A zresztą coś nudna ta historia, kiedy indziej ci opowiem. Lepiej się wpraw w nastrój, bo zaraz państwo przyjadą i trzeba będzie grzecznie i z uśmiechem, pamiętaj, że bezrobocie jest.

Mężczyzna 2: Czasami to już bym wolał bezrobocie. Ile ja z tego mam? Półtora na rękę, jak coś włożą do kieszeni, poza tym stały opierdol i te wszystkie miny, jakie robią do robola. Sam jeden z drugim kartofle w warzywniczym podaje, a tutaj pan się znalazł. Przeprowadza się z jednej nory do drugiej. O, jadą. Szkoda, że nie później.

Mężczyzna 1: Daj spokój, widzisz, jaka pogoda. Do jazdy chujówka.

Mężczyzna 2: Ta, do jazdy. Pewnie jeszcze po drodze obiadek, bzy-kanie, postój, zakupy w supermarkiecie. Może makdonalda zwiedzać pojechali, wiochmeni.

[samochód, silnik, drzwi od samochodu, kroki]

Mężczyzna 3: Witam, panowie, bardzo przepraszam. Sami widzicie, jaka pogoda. Dzwoniłem do firmy, żeby was uprzedzić [drzwi od samochodu], ale powiedzieli, że macie zepsutą komórkę. To moja żona, Agnieszka.

Mężczyzna 1: Dzień dobry, Stefan Majewski.

Mężczyzna 2: Marek jestem.

Kobieta: Agnieszka Mochn..., przepraszam, Łazarek. [śmiech] To dopiero kilka miesięcy.

Mężczyzna 1: Przyzwyczai się pani. To co, zwalamy?

Mężczyzna 3: Jasne, możecie panowie zacząć wnosić pudełka do windy, ja pobiegnę na górę wszystko pootwierać, ty, kochanie, odstaw samochód tam dalej, żeby było miejsce. Mam prośbę, panowie. Na niektórych pudełkach jest napisane „ostrożnie", weźcie sobie to do serca, jasne?

Mężczyzna 2: Jasne, szefie, nie robimy od wczoraj.

Mężczyzna 3: Mam nadzieję. No to do roboty, jak się uwiniecie, to...

[kobiecy krzyk]

Kobieta: Chryste, co to było?

Mężczyzna 3: Mówiłem ci, że mieszkanie w Warszawie nie może być tak tanie. Może tu jest ośrodek przystosowawczy dla gości z psychiatryka. Właśnie ćwiczą okazywanie strachu na terapii grupowej.

Mężczyzna 1: Nie chrzań pan, tylko dzwoń po karetkę, ja zobaczę, co jest grane.

[kroki, drzwi]

Kobieta: Boję się, boję się, jeszcze nie słyszałam takiego krzyku.

Mężczyzna 3: Zostań przy samochodzie... halo, moje nazwisko Łazarek, Kondratowicza czterdzieści jeden, naprzeciwko szpitala, proszę przysłać karetkę... Nie wiem dokładnie, słyszeliśmy przerażający krzyk, co? Nie, nie ma pani ratować krzyku, tylko przysłać karetkę, jeśli

wszystko w porządku, to to odwołam... Tak, wiem, że to nie taksówka...
O jakich kosztach pani mówi? Czy ta rozmowa się nagrywa? To dobrze, mam nadzieję, głupia suko, że stracisz pracę przez to nagranie.
Przyślesz tę karetkę czy nie? Dziękuję. Wierzyć się nie chce. Zostań
przy samochodzie, ja zobaczę w środku.
[drzwi, kroki]
Mężczyzna 2: Stefan! Co się tam... Kurew, rzygasz mi na buty! [wy-
mioty] No przestań, zwariowałeś?
Mężczyzna 3: Jest potrzebna karetka?
Mężczyzna 1: Karetka? [śmiech] Karetka, kurwa? Karetka na pewno
nie. Lepiej zamów taryfę do przewozu sztywnych, a jeszcze lepiej dwie.
[śmiech] Dwie! Słyszeliście? Dwie! To mi się udało, dwie taryfy, a to
dobre. [śmiech]

7

Oleg Kuzniecow zwykle starał się nie nadużywać uprzywilejowanej
policyjnej pozycji, kiedy nie było takiej potrzeby, ale teraz, widząc
puchnący w alei „Solidarności" korek, położył koguta na dachu służ-
bowego forda i włączył sygnał. Nie ma sensu jeszcze bardziej prze-
dłużać dnia, pomyślał. Mimo wszystko miał poczucie winy.
   Chciał zadzwonić do żony, ale bateria oczywiście zdechła. Ciekawe,
czy kiedyś wymienią im telefony na nowsze niż te zabytki, które nie
mieściły się w kieszeni spodni.
   – Chudy, nie widziałeś gdzieś ładowarki do mojej nokii?
   Chudy, czyli Krzysztof Niemiec, jego przyjaciel z wydziału zabójstw
KSP, był tak naprawdę otłuszczony jak Pavarotti, z trudem mieścił
się na przednim fotelu w radiowozie. Wygodniej by mu było z tyłu,
na miejscu dla zatrzymanych. Czasami, kiedy Oleg wrzucał piątkę,
ocierał się wierzchem dłoni o jego gigantyczne uda. Niewykluczone,
że ładowarka dogorywa teraz gdzieś pod jego cielskiem, dawno już
straciwszy nadzieję, że ktoś usłyszy jej wołanie o pomoc.

– W kieszeni w drzwiach po twojej stronie.

– Skąd wiesz?

Rzeczywiście była.

– Włożyłeś ją tam przed pięcioma minutami, bo nie chciałeś na niej usiąść. – Chudy miał swoje zalety. – Teraz w lewo, zajedziemy od szkoły, to może mniej zmokniemy, znowu się rozpadało. Mieszkałem kiedyś w okolicy, poznaliśmy się tutaj z Ewą. Opowiadałem ci?

– Później mi się pozwierzasz, Chudy.

Oleg zaparkował koło pojemnika do segregacji śmieci. Z otworu na puszki wystawała szyjka od butelki, a ze szczeliny na papier rajstopy. Szybko przeszli do klatki, gdzie kilku krawężników trzymało z dala od wejścia ciekawskich pod parasolami. Jakiś pijak awanturował się głośno, że nie może się dostać do swojego mieszkania. Nie teraz. Kuzniecow skinął policjantom i razem z Chudym weszli do środka, miejsce było już zalane światłem mocnych policyjnych lamp – ekipa techniczna zwykle przybywała razem z dochodzeniówką, lecz tym razem chłopcy jechali z miasta i zdołali ich wyprzedzić. Oleg rozejrzał się. Widział takich miejsc tysiące, jeśli nie dziesiątki tysięcy, tak naprawdę miał wrażenie, że bywał w jednym z nich przynajmniej kilka razy dziennie.

Wejście do bloku.

Najpierw przeszklone metalowe drzwi, pokrzywione, z szybami zbrojonymi cienkim drutem. Zazwyczaj połowa zastąpiona dyktą lub kartonem. Tutaj było lepiej, całość wymieniono niedawno na szczelne drzwi z pcv, może nawet szyby są antywłamaniowe. Przy drzwiach domofon, często pełniący funkcję dekoracyjną. Z zamazanymi markerem numerami mieszkań, przypalony zapalniczkami, nieczynny, z wystającymi kabelkami, lub czynny i niemiłosiernie piszczący. Ten domofon był jednak nad podziw zadbany, choć na pewno nie nowy. W nowych nie wciska się przycisków do poszczególnych mieszkań, tylko wybiera numer na klawiaturze.

Potem klatka. Obłożona lastrykiem, wymalowana wszystkim, co tylko gnoje poznajdowały w kieszeni. Na schodach zawsze leżą z boku deski, choć tylko nieznający strachu inwalida zdecydowałby się na ich użycie do szaleńczego zjazdu swoim wózkiem. Skrzynki pocztowe i tablica dezinformacyjna, gdzie wiszą nazwiska lokatorów, którzy mieszkali tu przed trzydziestu laty, i zabawne ostrzeżenie, że za szkody wyrządzone przez dzieci odpowiadają rodzice.

Za schodkami – centrum komunikacyjne. Z jednej strony wejście na schody na piętra, z drugiej – dwie windy, jedna z pomieszczeniem towarowym zamykanym na kłódkę. Kiedyś Oleg, czekając na windę w swoim bloku, podpatrzył, jak sąsiad z parteru sika za zamknięte drzwi wewnętrzne. Wtedy postanowił, żeby już lepiej zostawić je na stałe otwarte. Nie kusi.

Na końcu poprzeczny korytarz pełen drzwi wiodących do domów wielkich przegranych – mieszkańców parteru. Najpierw ofiary włamań, potem założonych przez siebie krat, odbywających się pod oknem balang i spacerujących z psami ciekawskich, zawsze chcących sprawdzić, czy sąsiad przypadkiem nie posuwa żony.

Miejsce, gdzie stanęli teraz Oleg i Chudy, niczym nie różniło się od poprzednich. Pomijając trupa, rzecz jasna.

Trup spoczywał w windzie, drugiej licząc od wejścia do bloku, tej z przedziałem towarowym, zamkniętym na kłódkę. Leżał brzuchem do dołu, nogi miał skierowane w głąb windy, ręce rozrzucone na boki. Ubrany był w dżinsy i granatowy polar. Na nogach miał trekingowe buty za kostkę. Obok ciała znajdował się czarny sportowy plecaczek. Krwi pełno. Zachlapane były ściany windy, na jej drzwiach, jakby namalowana wielkim pędzlem, widniała rdzawa smuga. Krew rozlała się po lastrykowej posadzce, spłynęła po lastrykowych schodach, wsiąkła w filcową wycieraczkę i teraz krzepła powoli. W innym wypadku Oleg spytałby techników dokonujących oględzin, gdzie jest rana, z której wypłynęło tyle krwi. Tym razem nie było takiej potrzeby.

– Co o tym myślisz? – spytał Chudego.

– Myślę: gdzie jest głowa?

– No i dobrze myślisz. Chodźmy wyżej. Nie poślizgnij się tylko.

Na schodach nie poczuli ulgi, choć byli już wolni od widoku trupa. Gnoje zawsze wysiadują na klatkach schodowych, bo przy windach mają za mało kameralnie. Wszystko było brudne jak wagony drugiej klasy w PKP. Zejście do piwnicy zamknięto metalową kratą, z góry dolatywały błyski flesza.

Głowa leżała na pierwszym piętrze, w kącie, tuż przy kracie oddzielającej hol od korytarza z mieszkaniami. Oparta lekko o ścianę, oczy i usta miała szeroko otwarte. Patrzyła w stronę otwartych drzwi windy, za którymi teraz wolno kiwały się liny. Szyba w drzwiach była wybita. Oleg przemógł wstręt i przyjrzał się głowie. Twarz była wykrzywiona w jakimś dziwnym grymasie, denat nie mógł mieć więcej jak trzydzieści lat. Krótko ostrzyżony brunet, błękitne oczy, krzywe, zachodzące na siebie górne jedynki, na nosie charakterystyczny ślad po okularach. Oleg rozejrzał się. Leżały bliżej windy. Modne, owalne oprawki z matowego metalu.

– Co o tym myślisz? – Tym razem pytanie skierowane było do niego. Zadał je Smoliński, jeden z najlepszych techników w komendzie stołecznej.

– Ty mi powiedz. Zabójstwo?

– Raczej nie. Nieszczęśliwy wypadek. Moim zdaniem było tak: jechał windą na dół, kiedy zatrzymała się między pierwszym i parterem. Przed sobą miał kawałek „międzypiętrza”. Drzwi parteru nie widział wcale, były tuż pod kabiną. Na wysokości głowy zaczynały się drzwi na pierwsze piętro.

– Brzmi niegroźnie.

– Idź na dziwki na Żurawią, jak chcesz mieć groźnie. Ja mówię, jak było. Chociaż jest słaby punkt. Coś sprawiło, że facet, zamiast wciskać dzwonek, wzywać pomocy, zatelefonować z komórki czy po prostu czekać, postanowił wyjść z windy. Wybił ręką szybę w drzwiach i wsadził tam głowę, choć przecież musiał wiedzieć, że cały się nie przeciśnie. Wtedy winda ruszyła. Trudno uwierzyć, że ktoś przy zdrowych zmysłach mógł zrobić coś takiego. Sekcja wykaże, czy był naćpany. A może miał problemy z głową.

– Może. – Oleg wzruszył ramionami. – To chyba najprędzej. Trzeba popytać rodzinę i sąsiadów.

– Wiem, co go zabiło. – Chudy włączył się do rozmowy. Oleg ze Smolińskim spojrzeli na niego: powiedział to tak poważnie, że zabrzmiało złowieszczo.

– Obcy, drugi pasażer windy? – Żart Olega był całkiem, całkiem, ale mimo to nikt się nie uśmiechnął.

– Jesteś bliżej, niż ci się wydaje. – Chudy oblizał nerwowo wargi. – Zabiło go przerażenie. Mówię wam. Coś go przeraziło tak śmiertelnie, że postanowił wydostać się z windy za wszelką cenę, nawet przeciskając się przez okienko w drzwiach. Byle dalej od tego, co czatowało na niego gdzieś tam. Nie wiem gdzie. Może w kabinie, może w szybie, może w tej skrytce na szafy. Być może było tylko w jego głowie, ale to musiał być prawdziwy koszmar. Spójrzcie na jego twarz.

Spojrzeli. Oleg wzdrygnął się. W dziwnym grymasie odbijał się strach, Chudy miał rację. Na wszelki wypadek trzeba dokładnie zdjąć odciski z windy, zwłaszcza z drugiej części.

– Tylko raz widziałem taką maskę – mówił dalej Chudy, a jego głos z każdym słowem brzmiał coraz bardziej głucho. – I kto jak kto, ale wy powinniście ją pamiętać, choć to ja widziałem ją pierwszy i nigdy tego nie zapomnę. Wy pewnie też.

Zamilkli. Nikt nie chciał wymówić imienia dziewczyny.

ROZDZIAŁ 2

FAJNIE TU!
Warszawa, Bródno, graffiti na murze cmentarza przy ul. św. Wincentego

1

Nie mieli siły ani ochoty, żeby rozpakować cokolwiek. Trzy godziny czekali w samochodzie, aż policja wpuści ich do środka. Musieli odesłać ekipę przeprowadzkową, załadowali tylko kilka kartonów z najpotrzebniejszymi rzeczami do samochodu. Robert sam wniósł je do mieszkania, Agnieszka nie chciała widzieć klatki, jeszcze niewysprzątanej. W końcu, kiedy musiała już wejść na górę, przez cały czas miała zamknięte oczy, a Robert prowadził ją jak niewidomą.

– Wiesz, co ci powiem, Robert? – Siedziała teraz w kucki na pustej podłodze, oparta plecami o kaloryfer. Na kolanach położyła głęboki talerz, wyjęty z pudła na chybił trafił, który służył jej za popielniczkę. Na dnie talerza leżało już kilka vogue'ów, wypalonych ledwie do połowy. Jeden, źle zgaszony, tlił się. – Wiesz, co ci powiem? Powiem ci, że w dupie mam takie początki nowego życia, takie powitania w nowym domu – głos jej się łamał, Robert wiedział, że za chwilę wybuchnie płaczem. – Takie powitania i trup na dzień dobry. – Spojrzała na niego załzawionymi oczami, rękawem wytarła mokry nos. Zupełnie jak mała dziewczynka. – Halo, Robert, jesteś tam? – Pomachała mu ręką przed nosem. – Odezwiesz się, czy tak będziesz siedział?

Nic nie odpowiedział.

– Odezwiesz się czy nie? – ryknęła na cały głos i to był ostatni wysiłek, na jaki się zdobyła tego wieczoru. Rzuciła się na podłogę i łkała zwinięta w kłębek. Pety rozsypały się po wykładzinie. Robert wstał, pozbierał je i położył się obok żony. Nie miał pojęcia, co powinien zrobić.

– Przepraszam. Jakoś inaczej to przeżywam, inaczej niż ty. Czuję taką pustkę, jakby moja głowa nie chciała o tym myśleć. Z trudem przypominam sobie słowa, żeby móc się do ciebie odezwać. Chodź, przytul się lepiej.

Wtuliła się w niego plecami.

– Swoją drogą, to trzeba mieć farta, co nie? – mruknęła.

– Mogło być gorzej, pomyśl o babce, która natknęła się na głowę. Ona dopiero miała hard core.

– To ona tak wrzeszczała?

– Tak.

– I co się jej stało? Zabrała ją karetka?

– Co ty! – odpowiedział Robert. – Kobieta musi mieć nerwy ze stali. Wrzasnęła sobie, i tyle. Kamil opowiadał, że to jakaś dewotka. Codziennie do kościoła, krzyżyk, różaniec, takie tam. Mieszka tuż pod nim.

– Pod kim?

– Pod Kamilem, mówię przecież.

– Jakim znowu Kamilem?

– Tym, który stał koło mnie na dole. Taki wysoki młody chłopak, chudy szatyn z rzadkimi baczkami. W szarej kurtce z kapturem. Zresztą mniejsza o to, i tak nie mogłaś go zobaczyć, siedziałaś przecież w samochodzie. Zaprosiłem go do nas. Przyjdzie, to się poznacie.

– Zaprosiłeś? Chyba nie na dzisiaj?

– Zwariowałaś. Przecicż dzisiaj nasza pierwsza noc w domu. Mieliśmy swoje małe plany, pamiętasz?

– Hmmm? O jakich planach mówisz? – mruknęła, przeciągnęła się i włożyła ręce pod głowę.

Bluzka wyskoczyła spod ręki Roberta i czuł teraz jej ciało. Ruszył w kierunku szyi.

– Ty bestio! Kiedy zdjęłaś stanik, podobno byłaś taka zszokowana?

– Nie tylko stanik – zaśmiała się. – Jeszcze coś zdjęłam. Chcesz sprawdzić? – Przewróciła się na plecy. Robert poczuł, że krew się w nim gotuje. Z podniecenia migały mu plamki przed oczami.

Drażnione opuszkami palców sutki Agnieszki zachowywały się, jakby miały wolną wolę.

– Niestety, jest problem – powiedział. – Nie mam już wolnej ręki. Masz coś przeciwko temu, że sprawdzę ustami?

– Oj, wręcz przeciwnie.

Zadzwonił telefon. Oboje zesztywnieli.

– Nie odbierajmy – jęknęła, ale było za późno. Dzwonek wyssał z nich całe podniecenie.

Robert wstał, wyzywając najgorszymi słowy „ktosia", który zadzwonił o dwunastej, żeby przerwać im celebrowanie pierwszej nocy w nowym domu. Jak to pomyłka, znajdę jego adres i zatłukę jak psa, mamrotał do siebie.

– Halo? – ton jego głosu, miał nadzieję, nie pozostawiał wątpliwości, co sądzi o tego rodzaju telefonach.

– Witaj, kochanie, wszystko u ciebie w porządku? Dojechałeś szczęśliwie?

[mama]

– Tak, mamo. Dojechaliśmy szczęśliwie i wszystko u nas w porządku. Dlaczego dzwonisz o tej porze?

– Dzwoniłam wcześniej, ale nikt nie odbierał telefonu. Martwiłam się o ciebie, kochanie.

Już miał powiedzieć, że mogła przecież zadzwonić na komórkę, skoro tak umierała z niepokoju, ale się powstrzymał. Im krócej będzie trwała ta rozmowa, tym lepiej.

– ok, ale jak widzisz, wszystko w porządku, jutro się do ciebie odezwę.

– Ale jak podróż, jak mieszkanie, opowiedz coś. Jestem ciekawa, jak teraz wygląda twoje życie.

– Mamo! – krzyknął. – Jakie „teraz"? Przecież widzieliśmy się rano. Co chcesz usłyszeć? Że mamy kupę nowych przyjaciół, urodziła nam się dwójka dzieci, a w pracy zostałem prezesem? O co ci chodzi? Dzwonisz tutaj, żeby mnie dręczyć w środku nocy. Pytasz, czy dobrze. Ja odpowiadam, że dobrze. Pytasz, czy szczęśliwie, ja odpowiadam, że szczęśliwie. To czego jeszcze chcesz? – Robert patrzył, jak Agnieszka wkłada piżamę i rozkłada im na podłodze śpiwory. Dygotał z wściekłości.

– Przepraszam, bardzo cię przepraszam. Wiem, że nie powinnam dzwonić, że jesteś już teraz duży i samodzielny, ale za twoją samodzielność ja zapłaciłam samotnością. Rozumiesz to? Siedzę tutaj sama, wiem, że nie mam co na ciebie czekać, przecież wyprowadziłeś się do innego miasta, i płaczę jak jakaś nienormalna...

Zupełnie słuszna obserwacja, pomyślał.

– Czy to już wszystko, mamo? Bo jeśli tak, to chciałbym poświęcić trochę czasu swojej żonie.

– Tak, to wszystko, do widzenia, synku – słowa ledwie wydobywały się ze słuchawki. – Dziękuję, że ze mną porozmawiałeś, bardzo dziękuję. Śpij dobrze. Dobranoc. Pamiętasz, jak ci śpiewałam kołysankę? Miałeś jedną ulubioną, zaczynała się od słów „Na Wojtusia z popielnika iskiereczka mruga". Strasznie się denerwowałeś, jak ją śpiewałam, i krzyczałeś na mnie, że ty nie jesteś Wojtuś, tylko „Bobert", pamiętasz, jak...

– Dobranoc, mamo – powiedział zimno i odłożył słuchawkę.

Agnieszka leżała już w śpiworze, patrzyła na niego.

– Po pierwsze – odezwała się – nie opowiadaj mi o tej rozmowie, bo dość mam horrorów na dziś. Po drugie, idź umyj zęby. Po trzecie, przyjdź tutaj i nie bądź zbyt zmęczony. Dobrze ci radzę.

– Dobrze, mamo.

– Bardzo śmieszne. Do łazienki. Szybciutko!

Kiedy wyszedł z łazienki, Agnieszka już spała. Położył się obok niej i zanim przyszło mu do głowy, żeby ją obudzić, sam zasnął.

2

Ubeckie przesłuchanie dobiegło końca i Kamil uznał teraz, że błędem było zatajenie poprzedniego dnia wieczorem stanu samochodu. Cały ten młyn z wypadkiem na dole był dobrym pretekstem, żeby przemycić wiadomość o stłuczce. Ale on nie, jak zwykle dał ciała. Uznał, że skoro wszyscy są tak podekscytowani, to lepiej grzecznie iść spać, no i teraz płacił za tchórzostwo. Co za idiota! Gdyby wczoraj wpadł cały roztrzęsiony i wyznał, łkając, że rozbił samochód (w końcu nie kompletnie, był tylko podrapany), sprawa rozeszłaby się po kościach. Trup w windzie, takie emocje, i jeszcze dziecko miało wypadek. On postanowił jednak rżnąć głupa. Poszedł do siebie bez słowa, a rano udawał, że śpi, i słuchał, jak ojciec wychodzi z domu.

Liczył w myślach, ile jeszcze ma czasu. Ojciec złazi po schodach, idzie przez trawnik, zakręca, dochodzi do parkingu – jeszcze nic nie zobaczył, bo lanos stoi na końcu, za dużym fordem transitem – otwiera kłódkę i wiesza ją na bramie, otwiera bramę, idzie, widzi. Nie wierzy, że to jego samochód, aż sprawdza numer rejestracyjny i obchodzi auto dookoła. Ale wszystko się zgadza, nawet bambusowe podkładki pod plecy na siedzeniach, nawet święty Krzysztof i lawendowy odświeżacz, nie ma zmiłuj – to jego ukochany lanos. Kto to mógł zrobić, zastanawia się. Może nawet najpierw myśli, że to jacyś złośliwi żule przeskoczyli w nocy ogrodzenie, żeby tak urządzić jego auto.

Wraca, obmyślając po drodze, co powie i jak go ukarze, żeby jak najefektowniej objawić swoją moc. I wkłada klucz do zamka.

Kamil pomylił się niewiele, zamek szczęknął niecałą minutę później, niż się spodziewał. Słyszał, jak ojciec wchodzi i siada w kuchni (ciężko siada), ale postanowił zaczekać, aż go zawoła. Minęło kilka minut, zanim sprawca jego narodzin przyszedł i usiadł na skraju łóżka. Zaczął jak zwykle.

– Zanim opowiesz mi, jak to się stało – powiedział ze smutkiem, którego mógłby mu pozazdrościć senior Koteczek, gdyby panowie się znali – i zanim zastanowimy się, jakie konsekwencje powinniśmy wyciągnąć, chciałbym spytać, czy masz mi coś do powiedzenia.

Teraz najrozsądniej byłoby wyrzec równie rozdzierającym głosem „przepraszam" i łkając, poprosić o przebaczenie. Ale takiego chuja, pomyślał Kamil, znęcaj się, rób swoje i spierdalaj. Żadnego skamlenia nie będzie.

– O cholera, samochód – zerwał się, jak cudownie ozdrowiały po ataku amnezji. – Zapomniałem ci wczoraj powiedzieć przez tę hecę na dole. Miałem takie nieprzyjemne zdarzenie na Puławskiej, jak wracałem ze szkoły (skądinąd w ogóle jej nie odwiedził). Autobus zajechał mi drogę i musiałem wskoczyć między drzewa, żeby nie rozjechać jednego faceta. Pewnie nie wygląda to najlepiej, co? Wieczorem nie było widać zbyt wyraźnie, jeszcze ten deszcz.

Ojciec nie patrzył na syna, tylko za okno. W jego oczach było poczucie klęski, jaką zakończyło się wychowanie nowego obywatela. Westchnął.

– Więc to tyle chcesz mi powiedzieć. Rozbiłeś samochód, na który ja i twoja matka pracowaliśmy przez lata, często odmawiając sobie wielu rzeczy, i który kupiliśmy przede wszystkim z myślą o tobie, a ty masz tylko tyle do zakomunikowania. Nawet nie wiesz, jak mi przykro.

Kamil nie miał pojęcia, co odpowiedzieć, i obaj milczeli. Ojciec czekał na reakcję syna. Syn zastanawiał się, jak powinien zareagować.

Przez chwilę zwyciężał głos rozsądku, który krzyczał: skrucha, skrucha, skrucha natychmiast! Ale był też drugi głos: O co, kurwa, chodzi? Czy ja kogoś zamordowałem? Czy komuś stała się krzywda? Czy ja zasługuję na to, że zawsze muszę przechodzić tę upokarzającą procedurę? Nawet się nie spytał, czy jestem cały, jak to przeżyłem, co ze mną. Nie, zły syn znowu dowiódł, jakim jest niewdzięcznikiem i nieudacznikiem. Wszystkie ojcowskie podejrzenia się potwierdziły, mało tego, okazało się, że...

– No, słucham cię – przynaglenie przerwało tok jego myśli.

– Jezu, przepraszam, chcesz, żebym się czołgał u twoich stóp? Miałem stłuczkę i porysowałem kawałek blachy. Nikogo nie zabiłem, nie zgwałciłem nauczycielki, nie obrobiłem przedszkolaka z kieszonkowego. Więc może byś przestał robić te miny z łaski swojej.

– Nie popisuj się, synu. Nie robi to na mnie wrażenia. Nie jest mi przykro dlatego, że zniszczyłeś samochód. Masz rację, to tylko kawałek blachy, choć dla mnie i dla twojej matki ma też pewną wartość emocjonalną, której jak widać, nie ma dla ciebie. Jest mi przykro dlatego, że po raz kolejny okazało się, że jesteś egoistą, który potrafi myśleć tylko o sobie. Po raz kolejny zawiodłeś nasze zaufanie. Moje i twojej matki. Po raz kolejny też pokazałeś, pozwól, że ci powiem tak po męsku, jak bardzo masz nas w dupie – ojciec zaczynał podnosić głos. – I dlatego jest mi przykro! I wierz mi, nie chodzi tutaj o mnie. Ja jestem przyzwyczajony, mnie życie wychowało twardo i mogę wiele znieść. Ale dla twojej matki to będzie olbrzymi cios i chcę, żebyś o tym wiedział. Czy ty w ogóle pomyślałeś, gnojku jeden, jaki ból jej tym zadasz? Jak ona będzie się z tym czuła?

– Z czym? Z tym, że samochód jest podrapany?

– Nie udawaj głupszego, niż jesteś, synu – grał teraz rozjuszonego samca. – Nie chodzi mi o samochód, tylko o ból, jaki jej sprawisz.

– Ból? – Kamil dziwił się tak samo za każdym razem, choć doświadczenie powinno go nauczyć, że w tych rozmowach nie ma logiki. – Jaki ból? O czym ty mówisz?

– Już ty doskonale wiesz, o czym mówię! Naprawdę doskonale!

– Zbastuj, człowieku. Nie drzyj się tak na mnie.

– Nie mów do mnie tym językiem, szczeniaku! Jestem twoim ojcem! – Pryskał wokół kropelkami śliny.

Kamil skrzywił się z obrzydzeniem.

– Co ja poradzę? Ojca się nie wybiera.

– Syna też. Niestety.

Zapadła cisza. W każdej ich kłótni dochodziło do momentu, kiedy z rozmysłem uderzali w najczulsze miejsca. Po chwili Kamil powiedział:

– Słuchaj, stało się to, jak ja prowadziłem, i zrobię wszystko, żeby go wyklepać, jak najtaniej i jak najładniej, i oczywiście poniosę wszystkie koszty. Jakoś był to mój błąd, i wiem, że muszę za to zapłacić.

– Nie o tym mówię – warknął ojciec. – To jest dla wszystkich jasne, że zapłacisz, i na pewno też poniesiesz inną karę, którą potem wszyscy razem ustalimy. Mówię o tym, co zamierzasz zrobić z matką.

– Ona też jest podrapana?

– Uważaj, synu, dobrze ci radzę, uważaj. Wiesz, że nigdy cię nie uderzyłem, ale dobrze ci radzę, uważaj. Żarty są dobre, ale do czasu. A żarty z matki nigdy nie są dobre. Rozumiesz to, synu? Odpowiedz na moje pytanie.

– Szczerze? Nie, nie rozumiem. Porysowałem samochód, chcę zapłacić za naprawę, i dla mnie tutaj sprawa się kończy. Ty za to jesteś agresywny, nie potrafisz wypowiedzieć jasnego i konkretnego zdania i żądasz ode mnie czegoś, o czym nie mam pojęcia. Przynajmniej wyraź się jakoś jasno!

Ojciec milczał. Rozejrzał się po długim, wąskim pokoju Kamila, jakby szukając zrozumienia w stojących tam sprzętach.

– Jasno, mówisz. Chcesz, żebym wyraził się jasno. Dobrze, wyrażę się jasno. Tak jasno, jak potrafię. Sprawiłeś mi i mamie ogromny ból, i chciałbym, żebyś do wieczora zastanowił się, jak nas przeprosisz i jaką karę proponujesz dla siebie. Czy to jasne?

– Tak, tato, jasne – powiedział zrezygnowany Kamil.

Po co się kłócił? Przecież wiedział, jak to się skończy. Spojrzał na ojca. Zabawne, choć widywał go codziennie, nigdy nie mógł sobie przypomnieć, czy ma wąsy, czy nie. Teraz widział wyraźnie: ma. Szpakowate wąsy faceta po pięćdziesiątce. Ubranego schludnie, choć niemodnie. Lekko zapuszczonego, z twarzą obrazującą skłonność do obfitych kolacji i alkoholu. Pachnącego wodą kolońską, która przez nikogo nie zostałaby uznana za gustowną. Może nie znał lepszej, a może nie chciał wydawać pieniędzy. Biedny facet. Kamil wiedział, że jego smutek jest autentyczny, choć nie ma nic wspólnego ze stanem samochodu. Dlaczego zawsze się na niego rzucał? Czy to jego, Kamila, wina, że ojciec przeżył swoje najlepsze lata w mrokach PRL-u? Że nie było to życie, jakiego pragnął. Że spędził je z kobietą, której nie kochał, i z dzieckiem, którego nie chciał. Kto tu jest ofiarą, tato, kto? Jesteś przekonany, że to ty. Ale może wcale nie masz racji.

3

Piętro 8, lokal nr 50. 12 października 2002, godz. 16.20.

[dzwonek do drzwi]

[kroki]

Kobieta 1: Kto tam?

Kobieta 2: Sąsiadka, mieszkam obok.

Kobieta 1: Pani sobie życzy?

Kobieta 2: Chciałam pożyczyć klucz od piwnicy.

[drzwi]

Kobieta 2: Dzień dobry. Tak w ogóle chciałam się przedstawić, razem z mężem wprowadziliśmy się tutaj wczoraj. Pod pięćdziesiąt cztery. Właśnie staramy się rozłożyć nasze rzeczy, ale wie pani, jak to jest. Trudno wiele zmieścić na dwudziestu metrach. Część pudeł chcemy znieść do piwnicy, niech tam czekają na lepsze czasy.

Kobieta 1: Lepsze czasy?

Kobieta 2: No tak, wie pani, to takie pudła, gdzie się przechowuje rzeczy, które kiedyś może będą potrzebne, ale i tak nigdy nie są. Trzymać w mieszkaniu bez sensu, wyrzucić szkoda. Takie graty w sam raz do piwnicy. Mój mąż się śmieje, że musi im być przykro.

Kobieta 1: Przykro, co pani opowiada?

Kobieta 2: Tak, no bo zawsze są skazane na piwnicę. Jedne przedmioty się pysznią na półkach, inne trafiają na wysypisko, coś się z nimi dzieje przynajmniej. A te zawsze w pudłach, w piwnicy, po ciemku, ze szczurami, brrr. Ale zanudzam panią głupimi sprawami, a chciałam po prostu pożyczyć klucz od głównego wejścia do piwnicy. Mamy klucz od swojej komórki, a nie mamy od kraty. Ma pani ten klucz?

Kobieta 1: Nie, przykro mi, nigdy nie schodzę do piwnicy. Chociaż, niech pani zaczeka, taka miła pani ostatnio przyniosła jeden klucz. Sprawdzę na kredensie.

Kobieta 2: Nie chciałaby pani przyjść do nas na herbatę i kawałek ciasta? Serdecznie z mężem zapraszamy.

Kobieta 1: Proszę, niech pani spróbuje tym kluczem. Przykro mi, ale nie wiem, czy państwa odwiedzę. Dość rzadko wychodzę z mieszkania, mam już swoje lata, a moja starość to musi być nieprzyjemny widok dla takich młodych oczu.

Kobieta 2: Niech pani nie żartuje, wygląda pani lepiej ode mnie. Nie potrzebuje pani czasami, żeby coś pomóc?

Kobieta 1: Nie, dziękuję. Jest ktoś, kto się mną opiekuje. Młoda damo, proszę posłuchać rady starszej kobiety. Niech pani przestanie mówić cały czas „my" o sobie i o mężu. Z tego zawsze są kłopoty. Niech pani nie schodzi do piwnicy i niech pani na siebie uważa. Do widzenia.

Kobieta 2: Eeee, tak, oczywiście... Do widzenia.

[drzwi]

4

Kuzniecow nigdy nie mógł zrozumieć ślepego uwielbienia, jakim w Polsce otaczano osobę Jana Pawła II. Rozmyślał właśnie o tym jedynym poza Kubą i Koreą Północną kulcie jednostki, ponieważ razem z Chudym siedzieli w mieszkaniu Emilii Wierzbickiej, które było prywatnym muzeum kultu Jego Świątobliwości. Niektóre eksponaty, jak oprawne w ramki (oraz ramy) portrety Jana Pawła II, powycinane z gazet, były polską normą, nawet w ilości tutaj zaprezentowanej. Także proporczyki, papierowe czapeczki przeciwsłoneczne, różańce, breloczki i długopisy, które miały osobną gablotkę – Kuzniecow widywał takie rzeczy w domach starszych osób. Kapa na sofie w kolorach białym i żółtym – to była lekka przesada. Podobnie jak Ojciec Umiłowany zatopiony razem ze „śniegiem" w szklanej kuli. Zdumiał się na widok biblioteczki. Nie był pewien, czy w całym życiu przeczytał tyle stron, ile tutaj zostało poświęconych jednej osobie. W oczy rzucał się *Wielki leksykon* życia Jana Pawła II. Był istotnie wielki – 36 (słownie: trzydzieści sześć) cienkich tomów zajmowało całą półkę, a obok stało jeszcze wydanie trzytomowe, zawierające zapewne tę samą treść, tylko w innej formie edytorskiej. Ktoś zrobił złoty interes. Niektóre jednak eksponaty wyrastały znacznie ponad przeciętną. Na przykład metrowej wysokości gipsowy odlew, przedstawiający zamyślonego Białego – w tym wypadku wyjątkowo białego – Pielgrzyma. Na szyi statui gospodyni zawiesiła szkaplerz z wizerunkiem Matki Boskiej Częstochowskiej, a wokół prawej ręki okręciła różaniec. Przez moment Kuzniecow miał ochotę założyć Papieżowi swój kapelusz. Parsknął śmiechem i podzielił się pomysłem z Chudym.

– Na ramiona narzucilibyśmy mu prochowiec – dodał Chudy – i proszę: Humphrey jak malowany. Myślę, że to początek wspaniałej przyjaźni, Karolu. – Chudy wstał i uścisnął gipsową dłoń.

– Przestań, kretynie.

– Sam zacząłeś – Chudy chciał powiedzieć coś więcej, ale przerwał i gwałtownie ścisnął Olega za rękę. – O Boże – jęknął – o mój Boże, to już po nas, jesteśmy zgubieni, módl się za mnie, święty Krzysztofie, mój drogi patronie. On przyszedł po nas, obcy, ten z filmu z Sigourney Weaver w skąpych majteczkach – bełkotał.

Chudy był autentycznie przerażony.

– Tam – szeptał i pokazał ręką w kierunku ściany za Kuzniecowem. – Spójrz tam...

Oleg odwrócił się i musiał wcisnąć sobie pięść do gardła, żeby nie wybuchnąć śmiechem. Chudy obok aż się trząsł, zadowolony z udanego żartu. Na ścianie za Olegiem, pomiędzy zdjęciem Wojtyły z pierwszej komunii i oprawionym w ramki bezosobowym zawiadomieniem, że kancelaria watykańska dziękuje za list, znajdował się portret obcego.

– Widzę, że podziwiają panowie moją skromną kolekcję. – Gospodyni weszła, niosąc na tacy szklanki z herbatą i cukier w kostkach. – Przepraszam, że tak długo panowie czekaliście, ale musiałam przewinąć mamę. – Wyczulony na wariatów, Chudy spojrzał na nią podejrzliwie. – Mam nadzieję, że nie razi panów moja bezpośredniość. Lubię być szczera i uważam, że nie należy się wstydzić, że ma się chorą matkę. Zgodzą się panowie ze mną?

Chudy milczał i Oleg westchnął w duchu, gdy zdał sobie sprawę, że będzie musiał prowadzić rozmowę. Przyjrzał się uważnie swojej rozmówczyni, kiedy stawiała przed nimi szklanki z herbatą. Chyba miała koło pięćdziesiątki, może trochę więcej, ale ascetyczny styl sprawiał, że wyglądała staro. A może naprawdę była starsza? Nieufarbowane włosy spięte w kok, proste okulary, żadnego makijażu, fioletowy sweterek z wyłożonym kołnierzykiem zapiętej pod szyję białej bluzki. Srebrny krzyżyk w kształcie papieskiego pastorału, oczywiście na wierzchu. Beżowa spódnica, grube rajstopy i jedyny fantazyjny element ubioru: kapcie z króliczkiem. Widać w sprzedaży nie było kapci z Papieżem, co za niedopuszczalna rynkowa luka.

– Czy coś spodobało się panom szczególnie? – spytała, siedząc już na krześle. Sztywno wyprostowana, wygładziła spódnicę.

Oleg nie wytrzymał.

– Tak, naszą uwagę zwróciło to awangardowe dzieło sztuki – wskazał na obcego.

– Czyż nie jest oryginalne? Są tylko dwie takie rzeźby w Polsce. Specjalnie na moje zamówienie wykonał je mój szwagier. Jest rymarzem i produkuje galanterię skórzaną. Zwykle rzeźbi ze skóry motywy kwiatowe i Matki Boskie, ale dla mnie zrobił Papieża. Uważam, że wyszło wspaniale.

Kuzniecow zgodził się kurtuazyjnie. W duchu przyznał, że trudno od tego oderwać wzrok. Skórzana twarz Papieża wyłaniała się ze skórzanych ram jak filmowy obcy z brzucha ofiary. Największe wrażenie robił uśmiech Ojca Świętego. Szalony artysta postanowił go sportretować z otwartymi ustami, przez co w środku rzeźby ziała dziura najeżona skrawkami skóry – zębami. Oleg nie wierzył w siły nadprzyrodzone, ale bałby się włożyć tam rękę.

– A jak się pięknie uśmiecha, prawda? Mój szwagier jest naprawdę utalentowany. No, ale nie przyszli tutaj panowie rozprawiać o sztuce, nieprawdaż?

– W rzeczy samej. Niech nam pani opowie, co się stało wczoraj wieczorem na dole.

– Powiem krótko, bo nie chcę wracać do tego koszmaru. Wracałam z wieczornej mszy. Mieszkam na czwartym piętrze i zazwyczaj wchodzę po schodach. Tak dla zdrowia. Kiedy mijałam drzwi pierwszego piętra, usłyszałam dźwięki.

– Krzyki?

– Nie, to w ogóle nie było nic głośnego, takie stłumione, jakby z bardzo daleka. Ale niepokojące. Najpierw pomyślałam, że to ptak wpadł i trzeba mu pomóc. No to zajrzałam. Zajrzałam i w pierwszej chwili nie wiedziałam, na co patrzę. Na klatce było ciemno i światło padało tylko z kabiny windy.

Emilia zamyśliła się, a policjanci nie przerywali milczenia.

– Patrzyłam i nie mogłam zrozumieć, na co patrzę. Winda stała między piętrami, a w środku miotał się ten sympatyczny chłopak z siódmego piętra. Chyba oszalał, bo wystawił głowę przez tę szybkę w drzwiach windy. Strasznie wrzeszczał i usiłował wydostać się przez ten wąski otwór. Chciałam mu powiedzieć, że to niemożliwe, ale wtedy winda ruszyła. Wiedział, co się stanie, widziałam to w jego oczach, ale nie próbował cofnąć głowy, tylko pchał się coraz bardziej do przodu. A potem głowa potoczyła się w moim kierunku i zaczęłam krzyczeć. To wszystko. Nigdy nie przeżyłam czegoś tak upiornego. – Upiła łyk herbaty i pokiwała głową.

– To w końcu wrzeszczał czy nie? – spytał Oleg.

– Wrzeszczał, tylko ja nic nie słyszałam. Wyraźnie widziałam otwarte usta i czerwoną od krzyku twarz. Na pewno wrzeszczał, wręcz darł się, tylko ja musiałam być w szoku, bo nic nie słyszałam.

– A może słyszała pani wcześniej, jak krzyczał albo jak stłukł szybę w drzwiach windy. Przecież wtedy była pani już blisko, nie mogła pani być w szoku.

– No tak, ma pan rację. Ale przecież nie będę zmyślać, żeby panowie byli zadowoleni, prawda? – powiedziała i Olegowi zrobiło się głupio. – Po prostu mówię, jak było, a było tak, że nie słyszałam ani krzyku, ani dźwięku tłuczonej szyby. Nie słyszałam nawet, jak obcięło mu głowę, a przecież to chyba wydaje jakiś odgłos, rozumieją panowie.

Dwaj mężczyźni spojrzeli na siebie.

– Ma pani rację, pani Emilio. Nie będziemy już pani dłużej dręczyć. Proszę zadzwonić, gdyby się pani coś przypomniało lub gdyby... – Oleg zawahał się i spojrzał na przyjaciela, ten skinął głową – lub gdyby zauważyła pani coś wartego odnotowania, coś niecodziennego.

– Na przykład czyjeś zachowanie – powiedziała.

– Na przykład czyjeś zachowanie – potwierdził. – I jeszcze jedno: czy pani w ogóle nie używa windy?

– Oczywiście, że używam, jak niosę ciężkie zakupy lub jestem zmęczona.

– Czy coś panią tam spotkało, jakieś dziwne wydarzenie, albo może spotkała pani kogoś... kogoś, kogo nie powinno tu być?

– Nie, przykro mi. Jedyne moje wrażenia związane z windami to te, że wciskam guzik i jadę. Nigdy nawet nie stanęłam między piętrami.

– Dziękujemy, to by było na tyle. Być może jeszcze panią kiedyś ponękamy, ale na dziś to wszystko.

– Ależ proszę się nie krępować, zawsze chętnie odpowiem na panów pytania. – Wstała, żeby odprowadzić ich do drzwi. – Zresztą też mam do pana jedno pytanie, panie oficerze – zwróciła się do Kuzniecowa.

– Słucham.

– Prywatne.

– Słucham.

– Pan ma takie niepolskie nazwisko. Czy jest pan katolikiem?

– Nie. Urodziłem się w Polsce, ale moi rodzice są Ukraińcami. Prawosławnymi. I w tej wierze mnie wychowali. Ale coś mało skutecznie, bo teraz jestem chyba ateistą.

– Chciałabym, aby pan wiedział – powiedziała Emilia Wierzbicka prawie uroczyście – że nie przeszkadza mi to, że jest pan innowiercą, i że pana toleruję, tak jak naucza nasz papież, Jan Paweł II.

Oleg nie bardzo wiedział, jak ma zareagować.

– Dziękuję, to miło z pani strony – odparł z powagą.

Zakręcił ciepłą wodę i usiadł na dnie brodzika. Otworzył usta i pozwalał, żeby lodowata kranówa spływała mu do gardła. Smakowała obrzydliwie, ale nie chciało mu się wychodzić do sklepu po mineralną. I tak był spłukany. We wtorek wyczyścił konto, czyli wybrał na asygnatę marne sto czterdzieści cztery złote, teraz w kieszeni zostało mu trochę ponad dziesięć złotych.

– Jesteś nędzarzem, Wiktorze – powiedział do siebie i roześmiał się. – Jestem nędzaaaarzemmmm – zaśpiewał, parodiując popularną niegdyś piosenkę Edyty Górniak, i zaśmiał się jeszcze głośniej. Zakręcił wodę i zmarznięty wyszedł spod prysznica. Waliło potwornie. Ręcznik, którym się owinął, cuchnął wilgocią i zgnilizną, wydawał się aż śliski od tego zapachu. Śmierdziały porzucone koło wanny zafajdane ciuchy, ale najbardziej czuć było kibel. Wiktor nie pamiętał, kiedy ostatnio mył muszlę, ale musiało to być przed wieloma tygodniami. Ohydny słodkawy odór zdawał się wypełzać w postaci zielonkawego dymku, jak na kreskówkach dla dzieci. Wiktor stopą spuścił deskę i w pierwszym odruchu chciał posprzątać, ale przypomniał sobie, że właśnie wyszedł spod prysznica. Trudno, zrobi to wieczorem. Żeby mieć czyste sumienie, postanowił wrzucić chociaż brudy do pralki, ale okazało się, że nie ma proszku.

– Siła wyższa. – Westchnął. – Trzeba odłożyć sprzątanie.

W pokoju było niewiele lepiej. Rozejrzał się po zapuszczonym pomieszczeniu, jakby nie należało do niego. To niemożliwe, żeby tu mieszkał. Okna były szczelnie zamknięte, jedna zasłonka urwana do połowy, wykładzina pełna plam po bliżej niezindentyfikowanych płynach, koło łóżka ozdobiona łatwo rozpoznawalnym plackiem zaschłych wymiocin, zastawiony butelkami (gdzie szklanki?) stół cały lepił się od czegoś, co zostało rozlane przed wiekami i przypominało następną warstwę politury. Najgorzej wyglądało łóżko ze skotłowaną, brunatną miejscami pościelą. Czy to możliwe, żeby robił pod siebie?

Podszedł do łóżka, lawirując między plamami, i ostrożnie podniósł leżącą na podłodze książkę.

– Chodź, malutka, przynajmniej ciebie ocalimy – wyszeptał. Okazało się, że czytał *Ziemie jałowe* Kinga.

Mimo to przez następne pięć godzin sprzątał. Otworzył okno, wywalił szkło, wszystkie brudy wrzucił do starej poszewki, umył meble, wyczyścił wykładzinę, myśląc, że taki odkurzacz musi być trochę wart i w razie czego można go sprzedać, poprawił nawet zasłonkę. Zawiązał sobie twarz starym T-shirtem i walcząc z odruchem wymiotnym, umył kibel. Pod koniec był tak brudny, że znów musiał wziąć prysznic. Dwukrotnie.

Teraz siedział goły na krześle i płakał. Płakał i rysował palcem w powietrzu kształty, których brakowało. Najpierw sprzęty – biały, klasyczny fotel z IKE-i, który kupił dla Weroniki – w rogu obok okna. Wysoka stojąca lampa z białym abażurem, którą włączało się nogą – pomiędzy oknem i fotelem. Wielkie pudło z drewnianymi klockami, które nie zmieściło się w mikroskopijnym pokoju Matyldy – obok drzwi. Plastikowa zabawkowa kuchenka w niemiłosiernie jaskrawych żółciach i różach – obok pudła.

Potem osoby. Weronika siedzi w fotelu, czyta książkę, jedną nogę ma podwiniętą, drugą kiwa w powietrzu. Obok fotela paruje kubek z herbatą. „Czy mi się wydawało, czy mówiłeś, że chcesz zrobić sobie kolację – mówi, nie podnosząc głowy. – Jakbyś robił, to zrób i mi kanapkę".

„Ja ci zrobię!" – krzyczy Matylda, wstaje od swojej kuchenki i biegnie, trzymając w ręku pusty żółty talerzyk. „Taka kanapka, jak lubisz, z serkiem pysznym z szynką" – mówi. Weronika udaje, że zajada się kanapką, i odzywa się z pełnymi ustami: „Daj też tatusiowi, bo on to chyba dzisiaj nie zamierza jeść".

Niewyraźny kształt Matyldy biegnie do kuchenki i wraca zaaferowany z talerzem i dwoma kubkami.

„Proszę, dla tatusia pysznościowa kanapka z salami i piwo z pianką. Dzieci nie mogą pić piwa, prawda? Tato, ale zrobiłam sobie herbatkę, taką wspaniałą malinkową z prawdziwymi owocami. Chcesz spróbować?".

– Hmm, jaka dobra – mówi Wiktor na głos, kuląc się na krześle, łzy płyną jedna za drugą. – A może chcesz spróbować mojego piwka? „Głupi tata, przecież dzieci nie piją piwa. Chyba go zleję, co, mamo?". „Zlej, zlej, przyda mu się porządne lanie".

Kształt wspina mu się na kolana i bije go pięścią w głowę. Wiktor wykonuje ruch ramionami, jakby chciał ten kształt przytulić, ale obejmuje siebie. Kiwa się jeszcze chwilę na krześle, w końcu wstaje gwałtownie i podchodzi do telefonu. Koniec z takim życiem, myśli, trzeba się wziąć w garść i wrócić do świata żywych. Teraz, zaraz, natychmiast. Już.

Wykręcił numer do Tomka, swojego najlepszego przyjaciela i ważnego redaktora w „Kurierze", największej stołecznej gazecie.

– Cześć, tu Wiktor, możesz mówić?

– Jasne, gdzie jesteś?

– Chwilowo tak jakby na górze. Ale nie wiem, jak długo to potrwa. Pomożesz mi? Czuję, że teraz się uda.

Po drugiej stronie linii cisza. Tomek się zastanawia. Wiktor się poci. O czym teraz Tomek myśli? Może przypomina sobie, ile już razy wcześniej odbywał taką rozmowę. Może myśli, czy to w ogóle ma sens. Może myśli, czy ta przyjaźń nie kosztuje go zbyt wiele. Wiktor nie wytrzymuje.

– Miałem przesilenie – mówi cicho. – Naprawdę. Kiedyś, kiedy o tym mówiłem, nie miałem takiego przekonania, ale teraz jest inaczej. Czuję całym sobą, że teraz albo nigdy. Błagam, ostatni raz. Jak się uda, to wszystko będzie dobrze. Jak się nie uda, przegram tak, że już nigdy mnie nie zobaczysz.

Spokojny głos przyjaciela przerwał jego wynurzenia.

– Przestań dramatyzować. Nie dam ci na razie żadnego normalnego tekstu, bo nie wiem, w jakim jesteś stanie i czy można cię posłać do ludzi. Napisz mi cokolwiek na poniedziałek. Jak będzie OK, a ty będziesz w stanie odbierać telefony, pogadamy dalej.

– Chryste, nie wiem, jak ci dziękować.

– Nie mów do mnie „Chryste", bezbożniku. O wczorajszą rozmowę mam nie pytać?

– Tak jakby.

– Dobra, czekam do poniedziałku.

– I jeszcze jedno, jest taka sprawa...

– ...że przeleję ci dwie stówy na twoje konto. Nie ma problemu. Pamiętaj tylko, że to zaliczka, a nie darowizna. Wiktor...

– Hm?

– Trzymam kciuki. Naprawdę.

– Spieprzaj, bo się wzruszę. Widzimy się w poniedziałek.

– Pa.

6

Robert oparł ciężkie kartonowe pudło o zieloną poręcz, tuż obok drzwi do piwnicy. Agnieszka mocowała się z kłódką.

– Możesz mi powiedzieć, po co w ogóle zabraliśmy to gówno? – wydyszał do niej. – Po co nam komplet srebrnych sztućców na trzydzieści osób i zastawa na dwadzieścia pięć. Przecież nigdy tego nie użyjemy! Poza tym sztućców jest za dużo.

Agnieszka pomachała ręką, palce jej zdrętwiały od przekręcania klucza.

– Albo zastawy za mało – powiedziała. – Jak tak narzekasz, to trzeba było powiedzieć babci na weselu, że nie chcemy prezentu od niej. Mam ci przypomnieć, jak dziękowałeś za wspaniały prezent? Trzeba cię było siłą od biednej babci odciągać. A teraz proszę, wielki skrzywdzony, bo pudło musi dźwigać. Ciesz się, że to porcelana i srebro, a nie kamionka i stal.

Kucnęła i jeszcze raz spróbowała przekręcić klucz.

– Chyba się sąsiadce „takiej miłej pani" pokićkało – mruczała – bo coś ten klucz nijak nie pasuje. Albo ja mam siły za mało. Spróbuj ty.

Robert zostawił żonie pilnowanie kartonu i włożył klucz. Przekręcił, nie wkładając w to żadnej siły, i kłódka odskoczyła. Tak bardzo szykował się na mocowanie z zamkiem, że nie zdążył jej chwycić, kłódka upadła na schody z hałasem i stoczyła się do piwnicy. Agnieszka zaczęła się śmiać.

– Musisz nauczyć się panować nad swoją siłą, mój drogi, inaczej zadusisz mnie pewnego pięknego poranka, chcąc przytulić na dzień dobry.

– Technika, technika i jeszcze raz technika – odparł tonem, który jak mu się wydawało, pasowałby do ślusarskiego mistrza, i chwycił za karton. – A teraz, proszę państwa, niesamowity Robert Łazarek z pomocą swojej asystentki, łącząc w prawdziwie niecodzienny sposób nadludzką siłę z techniką godną precyzyjnej maszyny, dokona czegoś, na co jeszcze żaden człowiek się nie porwał – stęknął, biorąc karton z poręczy. – Otóż Robert Łazarek, nie korzystając z pomocy żadnego urządzenia, zniesie pudło do piwnicy! – zakończył triumfalnie i zataczając się, zaczął schodzić.

Agnieszka zapaliła światło. Włącznik był bardzo stary. Zamiast białego przycisku trzeba było przekręcić małą ebonitową czarną gałkę. Żarówka w drucianej osłonce rozświetliła korytarz.

– Ożeż! – krzyknął Robert, stawiając pudło na wilgotnej szlichcie. – Co to za cholerny loch! Katakumby jakieś?

Spodziewał się piwnicy. Normalnej blokowej piwnicy w budownictwie z lat siedemdziesiątych. Żelbetowe ściany, płaski strop, ślady po szalowaniu, co dwa metry drzwi do komórki lokatorskiej. Może jeszcze kotłownia, suszarnia i boczny korytarz. Tymczasem to wyglądało jak hitlerowska fabryka broni.

Agnieszka przypomniała sobie słowa sąsiadki: „Niech pani nie schodzi do piwnicy i niech pani na siebie uważa".

Stali w korytarzu, który mógłby być od biedy korytarzem blokowej piwnicy, tyle tylko, że nie było tutaj żadnych drzwi. Przed nimi podziemna ulica ciągnęła się jeszcze dobre dwadzieścia metrów, po czym ginęła w mroku, dalej nie docierało już światło jedynej żarówki, która smętnie żarzyła się nad ich głowami. Z tyłu, tam gdzie powinna być ściana, korytarz zwężał się i kończył prowadzącymi w dół schodami. Robert zastanawiał się, gdzie pójść, żeby nie targać cholernego pudła przez następną godzinę po piwnicznych zakamarkach.

– Zrobimy tak – powiedział. – Ty zaczekaj przy kartonie i przy kontakcie, światło może mieć czasowy wyłącznik, a ja zejdę i spróbuję znaleźć naszą komórkę.

Zanim zdążyła odpowiedzieć, pobiegł w kierunku schodów i zszedł piętro niżej. Tutaj schody się kończyły. I dobrze, pomyślał, tego by brakowało, żebym musiał przeszukiwać kilka pięter lochów. Korytarz był niższy i węższy, Robert musiał nawet lekko schylić głowę. Zaczął macać dłonią po wilgotnej ścianie, żeby znaleźć kontakt. Co prawda dochodziło tutaj trochę światła z góry, ale nie na tyle, żeby zobaczył, co jest dalej. Przesunął się kilka kroków w głąb korytarza i nic. Tylko ściana, żadnych drzwi, kabli, tym bardziej włączników. Co za miejsce.

– I co, znalazłeś? – Usłyszał z góry przytłumione wołanie.

– Nie ma chyba światła. Przynieś latarkę, dobra? Powinna być w kartonie na samym wierzchu.

To był jednak przebłysk geniuszu, żeby ją zabrać, pochwalił sam siebie. Za chwilę usłyszał kroki i zobaczył chwiejny błysk latarki. Krążek światła zszedł po schodach, podkradł się do niego i wylądował prosto na twarzy.

– Nazwisko! – warknął głos zza światła.

– Łazarek, tyle razy już mówiłem. Poza tym nic nie wiem, pani pułkownik, nie bijcie, proszę, żona w domu czeka...

– Waszą żoną już się zajęliśmy, Łazarek. A i dla was jest robota. Musicie zapłodnić sto tysięcy komsomołek. Do niedzieli! I lepiej, żeby to byli synowie, Łazarek, bo jak nie...

Oboje wybuchnęli śmiechem. Robert pocałował żonę w nos, zabrał latarkę i poświecił w głąb korytarza. Okazało się, że kontakt był ledwie kilka centymetrów dalej niż miejsce, przy którym przestał obmacywać ścianę. Przekręcił.

– No i proszę, piwnica się znalazła – skomentowała Agnieszka.

Rzeczywiście, niższy poziom już bardziej przypominał tradycyjną przestrzeń podblokową. Po obu stronach widać było drewniane drzwi, co mniej więcej dziesięć metrów główny korytarz krzyżował się z poprzecznym.

– Powinni dawać razem z kluczami plan tych lochów. Dojdź teraz, która jest nasza – mówił Robert, idąc wzdłuż boksów. – Żadnej logiki w tym nie ma. Po lewej piętnaście, po prawej osiemdziesiąt cztery, po lewej siedemdziesiąt, po prawej trzydzieści trzy. Weź się w tym połap.

Świecąc na każde drzwi i czytając uważnie numery, doszedł do krzyżówki i poświecił latarką w lewo – korytarz kończył się ślepą ścianą. Po prawej ciągnęły się normalnie boksy. Robert poszedł kawałek, ale numery piwnic były równie nonsensowne. Znalazł czterdzieści trzy, ale ich numeru nie było. Było za to drugie siedemdziesiąt. Niezły bajzel. Zgasło światło.

– Zapal! – krzyknął za siebie do Agnieszki.

Bez odpowiedzi.

– Jesteś tam?

Cisza.

– Nie no, kurna, teraz ci się zabaw zachciało? Ja tu nie będę siedział cały dzień. Zapal to światło! – wrzasnął.

Agnieszka ciągle nie odpowiadała, zawrócił więc, klnąc pod nosem. Zrobił dwa kroki i prawie wyrżnął nosem w ścianę. Moment, moment, pomyślał, a gdzie krzyżówka? Omiótł latarką przestrzeń wokół siebie i zmartwiał. Gdzie ja skręciłem? Po prawej stronie zamiast cegieł miał zwykłą ziemię, jakby budowniczym skończył się materiał. Na wysokości jego głowy z ziemi wystawał biały korzeń, przypominający kawałek kości. Po lewej stronie było kilkoro drewnianych drzwi, tuż obok siebie. Niskie numery. Trzy, pięć, sześć, dziesięć. Oczywiście, bez żadnej logiki. Robert zauważył, że drzwi były mniejsze niż pozostałe. Co za kretynizm, przemknęło mu przez głowę. Że niby ci z parteru mają najmniejsze komórki, a ci z dwunastego największe? Zrobił jeszcze dwa kroki i niespodziewanie wpadł od tyłu na Agnieszkę.

Krzyknęła. Znowu zrobiło się jasno.

– Zwariowałeś, chcesz mnie tutaj straszyć?

– Kto? Ja? Wołam cię od kilku minut! Jak chcesz się bawić, to beze mnie!

– Odpieprz się! Stoję tutaj, ty gdzieś znikasz, potem skaczesz mi na plecy i jeszcze masz pretensje.

– Naprawdę nie słyszałaś, jak wołam?

– Naprawdę!

Spojrzał na nią. Była wystraszona i chyba nie kłamała.

– Sorry, skręciłem w jakiś boczny zaułek i sam się przestraszyłem. Chodźmy na górę, tutaj nie ma naszej piwniczki.

Robert miał rację. Okazało się, że piwnice lokatorskie są jednak wyżej, za zakrętem głównego korytarza. Normalnie ponumerowane i całkiem nieźle utrzymane, suche. Na szczęście poprzedni właściciel mieszkania opróżnił pomieszczenie ze swoich gratów i Robert mógł tam bez problemu ustawić zarówno karton ze sztućcami, jak i kilka innych sprzętów, które przywieźli z Mazur, łudząc się, że dwadzieścia trzy i trzy dziesiąte metra to tak naprawdę znacznie więcej, niż jest.

Na koniec Robert zniósł na dół swoje sztalugi, blejtramy i pudło z farbami. Niechętnie.

– Zdajesz sobie sprawę, że jak to tutaj wsadzę, nic nie namaluję, dopóki się nie wyprowadzimy do większego mieszkania – marudził. – A powinienem ćwiczyć.

– Możesz ćwiczyć szkice węglem na stole. Doskonale wiesz, że nie ma miejsca na ten twój szpej. Poza tym byłoby tak samo jak w Olecku. Siedziałbyś godzinami, maczał pędzle w terpentynie i jęczał, że nie masz pomysłów. A tutaj zrobimy tak: ty zgłosisz pomysł, Agnieszka go rozważy i jak jej się spodoba, wyciągniemy szpej na górę. Gra?

– Nie, nie gra. Chcesz mieć męża artystę czy urzędnika? – zapytał wściekły.

– Chcę mieć męża mądrego, dobrego i kochającego. To, czy będzie malował, liczył budżety, czy zamiatał ulice, jest dla mnie najzupełniej drugorzędne, a może nawet trzeciorzędne. Rozumiesz?

Robert czuł, jak się w nim kotłuje.

– A to, co sprawia, że ja jestem szczęśliwy, to jest dla ciebie którorzędne?

Spojrzała na niego zdumiona.

– Żartujesz sobie chyba. Ważne jest przecież to, co robimy dla naszego związku, żebyśmy byli razem szczęśliwi. Przecież się kochamy, prawda? I na tym nam zależy.

– Oczywiście, ale zależy nam też na sobie samych. Słyszałaś na pewno, że im mocniejsze są elementy układu, tym mocniejszy jest cały układ. Nie da się inaczej go wzmocnić.

– O co ci chodzi?

– Chodzi mi o to, że jedyny sposób, żeby żyło nam się fajnie, to rozwijać siebie. Trochę razem, a trochę osobno. Na przykład ja będę malował, a ty nie. Ty będziesz chodziła do filharmonii, a ja nie. I tak dalej. Każde z nas będzie się rozwijało i razem będzie nam lepiej. Będziemy bogatsi, bardziej wartościowi, będziemy mogli więcej sobie zaoferować.

Patrzył na nią i nie rozumiał, dlaczego z każdym jego słowem robi się coraz bardziej smutna.

– Ale ja nie chcę bez ciebie, naprawdę – wyjąkała. – Czy to jest obowiązkowe, żeby robić coś samemu? Może zróbmy tak, że ty coś będziesz robił sam, a ja tylko z tobą. Może tak być?

Robert przejechał dłonią po twarzy w geście rezygnacji.

Westchnął, objął Agnieszkę i powiedział:

– Wiesz co, najmilsza moja najdroższa?

– Co?

– Wyjdźmy w końcu z tej piwnicy, zanim się na dobre pokłócimy.

7

Piętro 4, korytarz. 12 października 2002, godz. 18.30.
[śmiech]

Mężczyzna 1: Niesamowite, pierwszy raz widzę coś takiego. A więc i u nas zrealizowano ideę Jednostki Mieszkalnej.

Mężczyzna 2: O czym ty mówisz?

Mężczyzna 1: O ogólnodostępnej strefie socjalnej, jednoczącej lokatorów wielkich budynków mieszkalnych. Kiedy Le Corbusier wymyślił coś takiego jak Wielki Blok – nazwał to Jednostką Mieszkalną – umieścił tam nie tylko mieszkania dla półtora tysiąca osób, ale też sklepy, punkty usługowe, miejsca rozrywki, przedszkole. A na każdym piętrze było coś w rodzaju świetlicy. Foteliki, stoliki, szachy, popiółka, takie tam. Co by się lokatorzy mogli spotkać i zaprzyjaźnić.

Mężczyzna 2: Ale przecież tutaj są dwa połamane krzesła ogrodowe i popielniczka z nakrętki od słoika z dżemem.

Mężczyzna 1: Jezu, masz poczucie humoru jak policjant z dowcipów. Na tym właśnie polega greps. Zrozumiałbyś, gdybym ci najpierw nie musiał przybliżać wiedzy ogólnej z architektury. Powiedz lepiej, co sądzisz o babie.

Mężczyzna 2: Po pierwsze, to mnie nie pouczaj, Chudy, bo jestem wyższy stopniem. A po drugie, myślę, że to zdziwaczała dewotka-idiotka, i tyle.

Mężczyzna 1: Ale z tym krzykiem... Dziwne, nie? Pamiętaj, że nikt inny nie słyszał krzyków. Jedyny wrzask, jaki słyszeli, to wrzask Anny Marii Emilii, a ten biedny facet przecież musiał drzeć się wniebogłosy.

Mężczyzna 2: Szła schodami pijana od własnych wyobrażeń o tym, jak Papież ją przyjmuje na prywatnej audiencji. Wpakowała się w tej ekstazie na pierwsze piętro i zobaczyła, jak facetowi odlatuje głowa. Kto wie, może nawet pomyślała, że to święty Jan Chrzciciel, a ona to Salome, i właśnie otrzymuje krzyczącą bezgłośnie głowę. Czy jak tam opowiadają w kościołach. Daj mi spokój, Chudy. Zapalimy?

Mężczyzna 1: Czemu nie. A jednak coś tu nie gra [zapalniczka], i nie chodzi tylko o krzyczącą głowę. Byłem rano na Cyryla, gadałem też z dzielnicowym z Chodeckiej. Nie uwierzysz, co znalazłem.

Mężczyzna 2: Nie uwierzę.

Mężczyzna 1: To nie pierwszy wypadek w windzie w tym bloku.

Mężczyzna 2: Dawaj.

[szelest papieru]

Mężczyzna 1: Luty 2000, Dzień Świętego Walentego. Roman Gąsienica...

Mężczyzna 2: Góral?

Mężczyzna 1: Kto go tam wie, chociaż czekaj, tak, urodzony Nowy Targ, w 1968 roku, młodziak w sumie. Mieszkał z żoną na dziesiątym piętrze. Wyszedł wieczorem do zsypu, a ponieważ u niego był zapchany, zszedł na dziewiąte. Wyrzucił śmieci i wymyślił sobie, że wróci windą. Otworzył drzwi, wszedł do środka i spadł trzydzieści metrów w dół. Nie było co zbierać.

Mężczyzna 2: Bywa, i to wcale nie tak rzadko. Myślisz, że czemu w cywilizowanych krajach wszędzie wiszą tabliczki „Sprawdź, czy jest winda"?

Mężczyzna 1: Masz rację, tak bywa. Tylko dlaczego nikt nam o tym nie powiedział? To w końcu nie było tak dawno.

Mężczyzna 2: Sugerujesz, że to jakiś spisek lokatorów morderców, którzy co dwa lata zabijają kogoś za pomocą windy? Oszczędź mi, Chudy. Coś jeszcze?

Mężczyzna 1: Sierpień 1997, na piątym piętrze wybuchł pożar w lokalu trzydziestym piątym. Mieszkała tam samotnie niejaka Jadwiga Stańczyk, profesor zwyczajny filologii polskiej, czyli światła, rozsądna kobieta, miesiąc później skończyłaby sześćdziesiątkę. Czekała na balkonie na pomoc, w końcu nie wytrzymała i skoczyła na chodnik. Skok przeżyła, umarła w szpitalu dwa dni później.

Mężczyzna 2: Trudno, też byś wpadł w panikę, gdyby cię płomienie lizały po plecach i miałbyś do wyboru skoczyć albo upiec się żywcem.

Mężczyzna 1: W tym problem. Nie było żadnych płomieni. Ludzie stali na dole i krzyczeli, żeby nie skakała. Kobieta szamotała się na balkonie i wariowała, coś za nią dymiło, ale nie było widać ognia. Pół tuzina strażaków wpadło później do mieszkania i co? Dymu było pewnie w cholerę, bo tlił się plastikowy siding w kuchni za piecykiem.

Ale to wszystko. Mogła przeżyć, gdyby zamknęła drzwi do kuchni i siedziała w pokoju przed telewizorem.

Mężczyzna 2: Niepotrzebnie się podniecasz. Myślisz, że profesor zwyczajny nie może wpaść w panikę. Poza tym, co chcesz udowodnić, że jakiś szalony psychopata sprawia, że mieszkańcy sami zachowują się jak psychopaci i popełniają samobójstwa? Jak niby miałby to robić? Wmawiać im, że nie mają po co żyć, bo zsyp na ich piętrze nie działa? Krzyczeć przez megafon: „Uważaj, już ci się palą rajstopy, skacz!"? Czy może schować w przedziale towarowym gumowego karalucha dwumetrowej wielkości?

Mężczyzna 1: Hipnoza?

Mężczyzna 2: Litości, Chudy. Przestań czytać powieści, zacznij czytać gazety. Albo idź ratować panią Emilię. Może właśnie głos w telefonie powiedział jej, że Papieżowi nie podoba się jego skórzany portret, i już odkręciła gaz. Leć, może nie będzie za późno.

Mężczyzna 1: Zamierzam w tym trochę poszperać.

Mężczyzna 2: Szperaj. Jeśli to wezmą do telewizji, to chcę się pojawić w migawce. Jak Hitchcock w swoich filmach. Idziemy. [winda] Ten twój Le Corbusier postawił w końcu swój Wielki Blok?

Mężczyzna 1: Po wojnie wybudowali taki w Marsylii. Była afera, architekta oskarżano, że stworzył „maszynę do mieszkania", do której trzeba dopasować człowieka, że zamknięcie tylu osób na małej przestrzeni sprawi, że zaczną świrować. Pewnie do głowy im nie przyszło, że trzydzieści lat później pół wschodniej Europy będzie mieszkać w takich miejscach, a raczej ich wykrzywionych mutacjach. Bo nasze bloki łączy z tym marsylskim tylko tyle, że są wielkie, ciasne i odczłowieczają. Reszta idei poszła się walić.

Mężczyzna 2: Co się stało z budynkiem w Marsylii?

Mężczyzna 1: A jak myślisz? Zamienił się w slumsy. Blok to blok, i tyle.

ROZDZIAŁ 3

PRZEPRASZAMY. WYBRANE ŻYCIE JEST W TYM MOMENCIE
NIEOSIĄGALNE. PROSIMY SPRÓBOWAĆ PÓŹNIEJ.
Warszawa, Praga Północ, napis markerem w bramie kamienicy
przy salonie firmowym sieci Idea, ul. Okrzei

1

Jeszcze raz przeczytał tekst od początku do końca i uznał, że choć
zdecydowanie nie jest to jego najlepsze dzieło, nie powinien się wstydzić. Pomysł na felieton, a raczej od razu na ich cykl, przyszedł mu do
głowy już przed dwoma tygodniami, kiedy tylko skończył rozmawiać
z Tomkiem. Albo jeszcze inaczej: przyszedł mu do głowy już kilka
lat temu, obgadywał go z Weroniką, kiedy była w ciąży. O mało się
wtedy nie pokłócili.

„To dobry pomysł. Tak czy nie?" – spytała.

„Powiedzmy, że jakby niezły – odpowiedział i zaczął marudzić: –
Dobre pomysły to ma każdy idiota, wiesz o tym równie dobrze jak
ja. Żeby je zrealizować, trzeba i wiedzieć, i mieć warsztat, i zacięcie.
Trzeba być kimś, a nie panem reporterkiem od ogonów".

„Spróbuj. Zobaczymy, jak ci wyjdzie. Jak będzie źle, wtedy potwier-
dzi się twoja zdolność samooceny i będę ci zazdrościła świadomości
samego siebie. Jak będzie dobrze, to chyba będzie dobrze? Tak czy
owak będziesz wygrany" – mówiła, i oczywiście miała rację. Obiecał,
że spróbuje, a potem zajęli się sprawdzeniem, czy już czuć ruchy dziecka, czy nie. Weronika przysięgała, że jak trzyma dłonie na brzuchu, to
ma siniaki od kopnięć, on mówił, że burczenie w żołądku to jeszcze
nie ruchy dziecka, i tak się droczyli godzinami, zarazem wymyślając najlepsze imię dla chłopca i dla dziewczynki. Najdłużej chyba się
kłócili o imię Iwo.

Ale to stare dzieje.

Pomysł, który wtedy obgadywał z Weroniką, a który teraz pozwalał mu wrócić do świata żywych, był prosty formalnie i trudny w realizacji. Polegał na pisaniu cyklicznych felietonów, z których każdy zaczynałby się słowami: „Za oknami mojego bloku...". Potem powinien pojawić się opis sytuacji, najlepiej takiej, która rzeczywiście mogła być widoczna z okien, a następnie uogólnienie i puenta. Co ważne, język powinien być jak najprostszy, pozbawiony chybionych barokowych porównań, pretensjonalnych obserwacji i felietonowego zadęcia. Wiktor chciał pisać prosto. Krótkie zdania, krótkie myśli, czytelne wnioski. Chciał potraktować okno w bloku z wielkiej płyty jak obiektyw z zoomem – najpierw zbliżenie, potem szerszy plan. Rzecz jasna opisywane zdarzenia musiały być w większości zmyślone, ale forma felietonu na to pozwala.

Dwóch rzeczy Wiktor był pewien, i dlatego nie potrafił się przez tyle lat zabrać za swój pomysł. Po pierwsze, język takiego tekstu musi być bez zarzutu, po drugie, trzeba mieć coś do powiedzenia. Wiktor bał się, że kiedy zacznie, dwie sprawy staną się jasne: nie potrafi pisać i nie ma nic do powiedzenia. Dlatego nie zaczynał. Teraz uznał, że i tak nic nie traci, stworzył więc konspekt serii, napisał pierwszy tekst i wysłał Tomkowi w zeszły poniedziałek. Zgodnie z umową.

Liczący sobie dokładnie 4128 znaków (ze spacjami) felieton zaczynał się tak: „Za oknami mojego bloku widać okna bloku obok". I Wiktorowi się wydawało, że nie jest to zły początek. Potem w krótkich zdaniach wyliczał, co widać w tych oknach, tworząc rodzaj osiedlowej litanii. Na przykład: „Na pierwszym piętrze, drugie okno od prawej, mieszka stolarz. Kiedy firanki są odsłonięte, widać, że wszystko jest z drewna, nawet abażur wiszącej lampy stolarz zrobił z cienkiej sklejki. Stolarz nigdy nie miał dzieci, a żona albo umarła, albo odeszła, bo nie widać jej już od dawna. Kiedyś rzeźbił drewnianą lalkę, która przypominała Pinokia, ale teraz już tego nie robi".

Wiktor lubił taki styl i miał nadzieję, że kiedyś uda mu się choć trochę zbliżyć do tego, co z prostymi zdaniami potrafili zrobić Hrabal i Hemingway. Trochę, czyli na jakiś milion lat świetlnych.

Puenta była taka: „Okno dokładnie naprzeciwko mojego nie ma firanki, zasłony ani żaluzji. Ktoś nakleił odblaskową folię i szyba zamieniła się w lustro. Jak się w nie patrzy, to widać i cały blok naprzeciwko, i mój blok. A w moim bloku piętro wyżej sąsiad nakleił też taką folię i w niej z kolei widać blok naprzeciwko. Jak się dobrze ustawić, w tych dwóch oknach ciągną się bloki bez końca, tylko że coraz mniejsze, i tak jest naprawdę".

Czytając to teraz, miał wrażenie, że puenta mogłaby być lepsza. Ale nie potrafił nic wymyślić. „I to był wspaniały widok"? Tandeta i oczywistość. „I aż można wpaść w ten tunel"? Wiktor aż się skrzywił i dopisał „aż" do listy słów, których używać nie wolno. Kartkę z listą zawsze miał podczas pisania i sprawdzał z nią swoje teksty. Potem zauważył, że przecież niemożliwe jest osiągnięcie efektu „tunelu odbić" w dwóch małych lustrach tak oddalonych od siebie. W końcu uznał, że pora wysłać ten tekst, inaczej za chwilę dojdzie do wniosku, że składa się on z samych błędów logicznych i stylistycznych, i dostanie doła.

Posłał w poniedziałek, Tomek zadzwonił wieczorem, powiedział, że mu się podoba, że pokaże szefowi i żeby Wiktor się trzymał. Zadzwoni do środy, tylko niech Wiktor nie chleje, a wszystko będzie dobrze. Zadzwonił w środę, kazał przyjść w czwartek. Wiktor przyszedł.

Spotkanie z szefem trwało krótko. Nie rozmawiali o tym, co Wiktor kiedyś pisał, dlaczego potem zniknął i tak dalej. Było o tym, że temat jest modny, że hip-hop, że cześć Tereska, że Masłowska, że całkiem niezłe, że jeśli będzie trzymał poziom, to drukujemy regularnie, pierwszy w czwartek za tydzień, jeśli do środy odda jeszcze dwa, i lepiej, żeby były dobre.

I tyle. Wiktor we wtorek oddał jeszcze dwa (jeden o społecznym parkingu strzeżonym przez inwalidów, drugi o opuszczonym placu zabaw) i czekał. W czwartek spokojnie zszedł do sklepu, kupił pieczywo, poprosił o gazetę, włożył ją pod pachę i wrócił do domu. Jeszcze w windzie zerknął na pierwszą stronę. Jest! „Lapidarium osiedlowe Wiktora Sukiennika – nowe felietony na s. 9". Po raz pierwszy od kilku lat wszedł do domu szczęśliwy. Przekręcając klucz, czuł radość, a nie, jak zazwyczaj, smutek i rezygnację. Zrzucił ze stołu na podłogę stertę gazet i rozłożył czwartkowy „Kurier". Po prawej stronie dziewiątej kolumny, w dziale „Komentarze i opinie", był jego tekst. Udało się, jest na dobrej drodze. Czas pisać dalej. Teraz stał przy oknie, palił i szukał natchnienia. Telefon milczał. Wiktor miał nadzieję, że przeczyta i że zadzwoni do niego pierwsza.

2

Ekspedientka spojrzała wrogo na banknot pięćdziesięciozłotowy.

– Nie ma pani nic drobnych?

– Przykro mi, akurat wzięłam z bankomatu.

– Ale ja nie mam wydać – powiedziała i nie było w tym ani odrobiny żalu. Stojący za Agnieszką w kolejce klienci patrzyli niecierpliwie. Czuła, jak się rumieni. Nigdy nie potrafiła się zachować w takich sytuacjach. Co powinna zrobić? Kłócić się? Zrezygnować z zakupów? Zaczekać grzecznie z boku, aż w kasie uzbiera się tyle drobnych, żeby dostała resztę? Poza tym była pewna, że babsztyl, gdyby tylko chciał, znalazłby pieniądze. Ale po co? Baba była stara, brzydka, garbata, opuchnięta, agresywna, i pewnie cały dzień czekała na swoją chwilę chwały, która właśnie nadeszła. Agnieszka przetrząsnęła kieszenie i portmonetkę w poszukiwaniu drobnych. Uzbierała trochę ponad cztery złote.

– Po kawę pani przyjdzie później. To pani teraz starczy – doradził babsztyl ze złośliwym uśmiechem ulepionym z nieforemnych pomarańczowych warg.

– Gdybym nie potrzebowała kawy, tobym jej nie brała z półki – odparła Agnieszka, słysząc już pomruki w dalszej części kolejki. – Dobrze, niech pani odliczy. – Zrezygnowała. Nienawidziła osiedlowych sklepów. Pomyśleć, że cała ta hołota śmie mieć pretensje, że supermarkety zabierają im pracę. Jakaś państwowa komisja powinna się przelecieć po tych sklepach i karnie wysłać na bezrobocie co najmniej połowę tych strasznych babsztyli. Wstyd, że ta potwora tu się rządzi, kiedy porządni ludzie nie mogą znaleźć pracy.

– A kawę niech pani łaskawie odstawi na półkę. To jest kasa, a nie magazyn – rzuciła baba, zbierając tłustymi palcami drobne.

– Pocałuj mnie w dupę, babo głupia – warknęła Agnieszka i wyszła w lepki październikowy wieczór. Chciała odetchnąć głęboko, ale powietrze było jak zawiesina, jakby leżące na ziemi błoto uniosło się samoistnie i stworzyło brudną, szarą mgłę, przez którą słabo się widzi i którą z trudem się oddycha. Szła powoli w stronę ich klatki. Pociągnęła kilka razy nosem. Katar nie przechodził od dwóch tygodni, odkąd się tutaj sprowadzili. Musiała się przeziębić tamtej, jak to mówił Robert, „nocy pełnej niespodzianek", i do tej pory nie mogła się wykurować.

Może to przez pracę? Dzisiaj mało się nie rozpłakała, wstukując po raz drugi notatki ze spotkania zarządu. Przepisywała je już wczoraj, z trudem odcyfrowując poprawki naniesione przez szefa, ale chyba zapomniała zachować zmiany przed wyłączeniem komputera i dziś musiała zrobić wszystko od początku, przy wtórze połajanek, z obolałą głową i cieknącym nosem, pracując bez chwili przerwy od ósmej do szóstej wieczorem. Nie tak wyobrażała sobie dorosłe życie. Czasami chciałaby znaleźć się z powrotem w Olecku, powiedzieć mamie, że dziś nie idzie do szkoły, i zagrzebać się w pościeli z książką, czekając na rosół i herbatę z cytryną.

Znowu pociągnęła nosem. Czuła się bardzo słaba. Żeby tylko z tego nie było zapalenia oskrzeli, pomyślała przestraszona. Po numerze, który wykręciła, gdyby jeszcze zadzwoniła z informacją, że jest chora i przyjdzie za tydzień – to mógłby być koniec jej krótkiej i mało błyskotliwej kariery. A i Robertowi nie idzie najlepiej. Ma trudny charakter i nie potrafi się przystosować. Ciągle powtarza, że zasługuje na więcej i że to tylko na przeczekanie i nie zamierza oddawać duszy firmie, która każe mu jeździć od sklepu do sklepu za dwa tysiące miesięcznie – i to brutto. Pewnie ma rację, ale jest wielu takich, którzy by za mniejsze pieniądze oddali duszę nie tylko swoją, ale i najbliższej rodziny. I lepiej, żeby Robert to zrozumiał, zanim wydarzy się coś złego.

Stanęła przy windach i zauważyła, że cichutko dyszy. To chyba niemożliwe, żeby była aż tak zmęczona, przecież przeszła tylko kawałek ze sklepu. Spojrzała niechętnie na drzwi prowadzące na klatkę schodową. Odkąd tu zamieszkali, wchodziła po schodach, nie ufając windom. Poza tym brakowało jej wysiłku fizycznego. Dziś jednak nie miała ochoty na przeskakiwanie po dwa schodki ani nawet na człapanie z piętra na piętro. Nic z tego. Wsiadła do windy i nacisnęła ósemkę. Kabina nawet nie drgnęła. Agnieszka pchnęła drzwi, zaczekała, aż się zamkną, i wcisnęła jeszcze raz. Znowu nic.

Zaklęła i kopnęła w ścianę windy. Nie miała najmniejszej ochoty jechać drugą, tą, w której TO się stało, ale dziś zgodziłaby się na wszystko, byle nie wchodzić na ósme piętro. Wyszła na korytarz. Najpierw lekko uchyliła drzwi drugiej windy i zajrzała, nie wsuwając przezornie głowy. Przykucnęła, żeby sprawdzić, czy na suficie nie ma plam krwi. Nie było. Na wewnętrznych drzwiach wisiała solidna szara kłódka, identyczna z tą na kracie do piwnicy. Ciekawe, czy klucz pasuje, przemknęło przez myśl Agnieszce.

Zamknęła drzwi, nie wchodząc do środka, i stała niezdecydowana. Może na kogoś zaczekać, pomyślała. To w końcu duży budynek, o tej porze powinien być ruch jak na Marszałkowskiej. Ale oczywiście nikogo nie było. Co za dzień.

– Nie co za dzień, tylko nie bądź głupia – powiedziała, wsiadła i wcisnęła numer swojego piętra. Winda ruszyła. Kiedy Agnieszka zdała sobie sprawę, że ma zaciśnięte pięści i wstrzymuje oddech, parsknęła śmiechem. Boże drogi, nawet w tanich horrorach nic się nie zdarza dwa razy w tym samym miejscu. Od razu przypomniała jej się upiorna, hałasująca, zjeżdżająca z piskiem i zgrzytem winda w hotelu, w którym rozgrywała się akcja *Lśnienia*.

Drugie piętro.

Właśnie, hałasująca. A jednak coś wydało jej się nie tak. Ta winda była idealnie bezszelestna. Agnieszka na moment przestała oddychać, żeby usłyszeć jakieś dźwięki: pracujący w górze silnik, coraz głośniejszy w miarę pokonywania kolejnych pięter, skrzypienie kabiny, drzwi szorujące czasami o podłogę, mruczenie jarzeniówki. Nie usłyszała niczego. W windzie panowała idealna cisza.

Trzecie piętro.

To chyba niemożliwe? Chrząknęła, żeby sprawdzić, czy to nie jakiś problem z uszami. Może ogłuchła od kataru? Nie, słyszy, chrząknięcie zabrzmiało jak grzmot.

Czwarte piętro.

Dopiero? Psiakrew, trzeba było iść schodami, byłoby szybciej. Zaczęła nucić pod nosem i szeleścić siatką z zakupami, żeby zagłuszyć ciszę. Za szybą drzwi na czwartym piętrze panował idealny mrok, jakby ktoś zakleił szybę czarną taśmą izolacyjną. Kłódka na drzwiach do przedziału towarowego drgnęła i metalicznie zaklekotała.

Agnieszka poczuła mrowienie. A więc tak to wygląda, kiedy włosy stają na głowie? Przestała nucić, przycisnęła do siebie siatkę i cofnęła się w kierunku metalowych drzwi wejściowych, nie mogąc oderwać wzroku od kłódki. Czuła, jak jej płaszcz trze o drzwi, ale nie słyszała tego. Słyszała tylko podzwanianie kołyszącej się kłódki. Dzyń, dzyń – jak mały dzwoneczek.

Piąte piętro.

Musiałam ją poruszyć przez przypadek, pomyślała, a myśl ta zabrzmiała rozpaczliwie nieprzekonująco, jak słowa dziecka, które ze spuszczoną głową szepce, że „samo się stłukło". I tak jak dziecko nie wierzy w to, co mówi, ani w to, że ktokolwiek mu da wiarę, tak i ona nie wierzyła. Wiedziała, że nie jest tu sama. Wiedziała, że kimkolwiek – lub czymkolwiek – jest jej towarzysz, bez wątpienia nie jest dobry. Wiedziała, że to się zbliża, że jest coraz bliżej szpary w drzwiach. Chciała odwrócić głowę, ale nie mogła. Czuła, że zła siła trzyma ją i otwiera przemocą powieki, żeby musiała zobaczyć. Żeby nie mogła uciec.

Szóste piętro.

Przecież można tu wysiąść! Wystarczy wcisnąć STOP! Nie odrywając oczu od drzwi w głębi kabiny, nacisnęła czerwony guzik. Trzykrotnie, raz za razem. Winda bezszelestnie jechała dalej. Oczy Agnieszki – których nie mogła zamknąć i którymi nie mogła zamrugać – wypuściły dwie łzy bezsilności.

W przedziale towarowym coś się poruszyło. Nie widziała jeszcze tego, ale wyraźnie usłyszała ruch. Boże, spraw, żeby to były zwidy, pomyślała, halucynacje, niech to będzie najgorsza choroba, tylko niech to się przestanie dziać. Niech to nie będzie naprawdę. Niech to wytrzyma w swojej kryjówce jeszcze przez chwilę, jeszcze tylko jedno piętro. Niech to zaśnie, błagam.

Siódme piętro.

Coś w środku oparło się o drzwi. Oba skrzydła z politurowanej płyty zaczęły się uchylać, szpara między metalowymi kątownikami, którymi były obite krawędzie, rozszerzyła się do kilku centymetrów. Kłódka głośno zadzwoniła. Agnieszka zmrużyła oczy, żeby nie widzieć, co jest w środku, ale nie udało jej się ich zamknąć. To halucynacje, to tylko halucynacje, efekt traumy sprzed dwóch tygodni, uspokój się, to tylko halucynacje, weź głęboki oddech i uspokój się natychmiast, halucynacje, halucynacje, halucynacje, coraz szybciej powtarzała w myślach słowa niekończącej się litanii.

– Rozumiesz, uspokój się natychmiast! – wrzasnęła na cały głos. Drzwi cofnęły się. Cokolwiek to było, przestało napierać.

Winda wjeżdżała na ósme piętro. Powoli. Bardzo powoli. Zbyt powoli. Agnieszka czuła smród spalenizny. Halucynacje zapachowe? Czy to w ogóle możliwe? Mdliło ją od tego zapachu. Kiedyś jako nastolatka usiłowała przypalić papierosa od kuchenki gazowej i podpaliła sobie grzywkę. To ten zapach, ten sam swąd: tlących się włosów i spalonej skóry.

Jeszcze tylko pół metra. Szybciej, szybciej.

W głębi kabiny, za drzwiami, zakwiliło małe dziecko, dziewczynka. Czuła, jak wpada w panikę, w uszach słyszała własny opętańczo szybki puls. Zrobiłaby wszystko, żeby się stąd wydostać, przestać się bać (wszystko? jak tamten chłopak pierwszego dnia?). Cichy płacz był tak wyraźny, jakby dziewczynka siedziała jej na ramieniu. Agnieszka oparła się plecami o ciągle poruszające się drzwi. Znowu coś napierało od środka. Musiało być silne. Widziała, jak ucho kłódki się rozgina. Dziecko płakało cichutko. Kabina w końcu się zatrzymała. Agnieszka napierała plecami na drzwi, które nie chciały się otworzyć. Na metalowej krawędzi schowka pojawiły się palce małego Murzynka. Agnieszka zaczęła krzyczeć. To nie był Murzynek. To były miejscami zwęglone, spalone do czerwonego mięsa, z widocznymi kawałkami kości, palce dziecka. Rączki chwyciły krawędzie i zaczęły je rozginać. Drewno kruszyło się pod palcami pochlipującej dziewczynki, na uchu kłódki pojawiło się pęknięcie. Agnieszka wiedziała, że cokolwiek to jest, za chwilę rzuci jej się na szyję.

Ciągle nie mogła zamknąć oczu.

Drzwi od windy otworzyły się i Agnieszka wpadła prosto w ramiona Roberta.

– No co ty, od kiedy jeździsz windą? Nie dbasz już o figurę... Jezu, co ci jest?

– Nie słyszałeś, jak wrzeszczałam?

– Co? Wyszedłem wyrzucić śmieci i zobaczyłem, że stoisz w windzie, to otworzyłem drzwi. Nie jesteś przypadkiem chora? Nawet trudno powiedzieć, że jesteś blada, jesteś przezroczysta.

Agnieszka trzęsła się cała. Ręce jej latały.

– Czujesz zapach spalenizny?

– Nie, a o co chodzi? Pali się?

– Przynieś klucz od piwnicy. Natychmiast!

Robert chwycił jej dłonie i spojrzał zaniepokojony w twarz żony.

– Kochanie, spójrz mi w oczy – powiedział spokojnie. – Coś nie tak? Stało się coś złego? Powiedz mi.

Odetchnęła głęboko. Powolutku się uspokajała.

– Jechałam windą i... – zawahała się – i przeżyłam coś dziwnego, jakby halucynacje. To pewnie dlatego, że jestem zmęczona, i przez to, co się tutaj stało, sama nie wiem. Zrób coś dla mnie. Ja przytrzymam drzwi, a ty sprawdź, czy tam niczego nie ma. Tam, w środku.

– Ale tam jest kłódka.

– Spróbuj kluczem od piwnicy, może pasuje.

3

Robert wyjął z kieszeni breloczek, na którym trzymał klucze od mieszkania, a także dorobiony niedawno klucz od piwnicy. Najpierw potrząsnął kilka razy kłódką i zajrzał przez szparę do środka. Pusto, choć nie było widać zbyt wiele. Pociągnął nosem. Żadnej spalenizny, tylko ostry zapach środków dezynfekujących. Po tamtym wypadku mieli chyba najczystszą windę w Polsce.

– Tylko ostrożnie. – Usłyszał za plecami głos Agnieszki.

Naprawdę była przestraszona. O co tutaj chodzi, zastanawiał się. Czuł, jak udziela mu się jej niepokój.

Klucz rzeczywiście pasował. Robert zdjął kłódkę, wstrzymał oddech i zdecydowanym ruchem otworzył drzwi. Za nimi był jedynie najczystszy przedział towarowy najczystszej windy w Rzeczypospolitej.

– Teren czysty, panie kapitanie – wyskandował. – Obcy musieli przenieść się na dolny poziom.

Zamknął kłódkę i wyszedł.

– Możesz już puścić drzwi, pamiętaj, że nie mieszkasz tu sama. Na parterze czekają inni, którzy słono zapłacili za bilety do windy duchów, największej atrakcji Bródna.

– Przestań, naprawdę się bałam. Może nawet nigdy nie byłam tak przerażona. Nic z tego nie rozumiem. Byłam pewna, że tam coś jest i że... no, wiesz... czyha na mnie. Jakieś, tylko się ze mnie nie śmiej, dziecko, takie małe, najwyżej kilkuletnie. – Pokręciła głową, jakby nie mogąc uwierzyć w to, co ją spotkało.

Robert objął ją ramieniem i popchnął w stronę mieszkania. Winda zaczęła hałaśliwie zjeżdżać na dół.

– Nie mam zamiaru się śmiać. Najstraszniejsze horrory to te z dziećmi. Ale nie rozmawiajmy o horrorach ani o naszych karierach, co w sumie na jedno wychodzi. Poczytajmy lepiej „Telebiblię", pamiętam, że zajawiali jakąś komedię romantyczną na TVN, to chyba dzisiaj... Agnieszka! Co znowu?

Jego żona była blada, oczy miała szeroko otwarte ze strachu. Jedną ręką zasłoniła sobie usta, drugą wpiła mu w bark. Bolało.

– Słyszałeś?

– Co słyszałeś?

– Śmiech. Śmiech małej dziewczynki i tupot nóżek. Na klatce schodowej. Musiałeś słyszeć!

Robert wepchnął ją do mieszkania, zatrzasnął drzwi i zasunął wszystkie zamki.

– Nie, nie słyszałem. Słyszałem, że zestresowane żony muszą wziąć relaksującą kąpiel, zjeść pyszne spaghetti ze szpinakiem i tuńczykiem, popić wyśmienitą bułgarską mądrością z promocji za sześć dziewięćdziesiąt, a potem porządnie się wyspać. Słyszysz?

Ścierał żółty ser do posypania makaronu, kiedy Agnieszka wypłynęła z łazienki na obłoku pary. Miała na sobie bordowy szlafrok z podwiniętymi rękawami i wyglądała znacznie lepiej niż przed półgodziną. Rozczesywała szczotką wilgotne włosy.

– Mężczyzna przy kuchni to chyba jeden z najpiękniejszych widoków, jaki może ujrzeć kobieta po tysiącleciach uciemiężenia – zakpiła i pocałowała go w szyję. – Możesz mi powiedzieć, po co przyniosłeś sztalugi z piwnicy?

Robert przez kilka godzin – odkąd wrócił z pracy, wcześniej niż zwykle, i pod wpływem nagłego impulsu wyciągnął malarski szpej z komórki w piwnicy – zastanawiał się, co odpowie na to pytanie.

– Miałem pomysł – zaczął opowiadać, mieszając sos. – W zasadzie to już go wałkuję w głowie od kilku dni i więcej nic nie wywałkuję, dopóki go nie sprawdzę na płótnie. Wiesz, jak to jest. Ile czasu można o czymś myśleć? – Zdał sobie sprawę, że się usprawiedliwia, i odchrząknął, żeby jego ton stał się mniej płaczliwy. – Trzeba spróbować, i tyle – zakończył mężnie.

– A gdzie będziemy spali, mój ty twórco, jeśli nie da się teraz rozłożyć łóżka?

– Sprawdziłem, jak wszystko złożę, to zmieści się do wanny. A w nocy i tak się nie kąpiemy. I ciesz się, że nie jestem muzykiem. Z fortepianem byłby kłopot.

– Jasne, jasne, daj spróbować sosu... hmmm, wyśmienity... opowiesz mi o tym pomyśle?

Robert nałożył na głębokie talerze makaronu, polał go sosem i posypał żółtym serem. Poprosił Agnieszkę, żeby zaniosła talerze i sztućce, a sam wziął się za otwieranie wina. Oczywiście urwał połowę korka. Sam nie wiedział, czy to pech, brak umiejętności, czy korkociąg jest do bani. W końcu musiał wepchnąć resztę do środka i nalać wina do kieliszków przez sitko.

– Pomysł jest taki, coby namalować agresję – powiedział, nawijając nitki na widelec.

– Autoportret?

– Spadaj. Przyszło mi to do głowy, jak myślałem o Marku.

– Którym? Moim bracie?

– Tak, twoim bracie. Nie chodzi o to, że chcę malować twojego brata, ale u niego to najlepiej widać. Powiedz, jaki on jest.

– Taki, no sama nie wiem, wycofany taki, jak wszyscy oni. Coś tam by chciał, najlepiej dostać by chciał, chciałby mieć ciuchy, brykę, kupę forsy i mało do roboty. Pyszny makaron zrobiłeś.

– Dzięki. Tak to mamy wszyscy. A głębiej, gdybyś miała powiedzieć, jaką ma duszę?

– Ale masz zachcianki, czekaj, niech pomyślę. Jest jakiś taki bezbronny, zaskoczony, że reszta świata nie jest tak wrażliwa jak on, może nawet zalękniony.

– Cały on! – Robert zaśmiał się.

– Nie no, wcale nie cały. To, że taki jest, nie znaczy, że się kiwa w kącie i nie odzywa. Jest też taki, jakim go znają ludzie. Uśmiechnięty bystrzak, szybki chłopak, trochę...

– No...?

– Agresywny.

Robert odsunął od siebie talerz i zaczął gestykulować tak gwałtownie, że w ostatniej chwili złapała jego kieliszek z winem.

– No właśnie. Są dwie osoby, sama o tym mówisz. Jedna jest wrażliwa, głęboka, emocjonalna, to jakby jądro ludzkiej duszy, esencja. Niestety, owa esencja jest słaba i bierna, taki ślimaczek bez muszli na deptaku w Łebie. I ten ślimaczek ma swojego żołnierza, ochroniarza, czyli tę drugą osobę. Druga jest silna, agresywna, energetyczna, napędza swoją słabszą stronę, ciągnie razem ze sobą do przodu. Bez żołnierza nasz wrażliwiec siedziałby w kącie, nie widział świata i nie miałby pożywki, żeby być mądrym i wrażliwym. Z kolei sam żołnierz bez swojego chudego kolegi byłby jak lokomotywa, która jedzie do przodu, ale cholera wie po co.

– No tak, ale kto jest szefem?

– Ty.

– Ja?

– Jasne. Każdy musi się nauczyć żyć tak, żeby obie te natury były we względnej harmonii, różnie wysunięte, w zależności od potrzeby i okoliczności. Pamiętaj, że jedna natura nie może istnieć bez drugiej, nawet jeśli ktoś sprawia zupełnie inne wrażenie. Ilu znasz ludzi, którzy są tylko bezmózgimi żołnierzami, pozbawionymi, zdałoby się, normalnych uczuć, litości i empatii, a ilu znasz takich, którzy są zupełnie wycofani ze świata. Myślę, że ludzie, którzy odnaleźli tę harmonię, czyli nie udają, że mają tylko jedną naturę, i nie miotają się w panice od jednej do drugiej w głupim przekonaniu, że muszą którąś wybrać, są cholernie szczęśliwi.

– Ja to kupuję w zasadzie. Ale co ty chcesz właściwie namalować? I jak?

Robert przez chwilę nic nie mówił. Bezwiednie wsadził palec do nosa.

– Przestań! Jeszcze jem!

– Sorki. Jak by to powiedzieć, chcę namalować obydwie te natury w stanie równowagi, spokoju, może nie tyle jako pokorne sługi, ile dwóch przyjaciół...

– Geje?

– Nie będę z tobą gadał.

– Wiem, że to dla ciebie ważne, ale nie musi być od razu takie poważne. No, dawaj, dwóch przyjaciół i co dalej. Jak chcesz to namalować?

– Nie wiem. Prawdę mówiąc, każdy pomysł wydaje mi się głupi i zły, dlatego wyciągnąłem sztalugi. Może jak coś zacznę, ot tak, kreskę postawię, coś się wyklaruje. Zwłaszcza agresja nie daje mi spokoju. Jak namalować siłę napędową, dzięki której jemy, gadamy, seks uprawiamy.

– Seks, powiedziałeś? Hmm, nieźle brzmi. A ty też masz dwie takie natury? Siłę napędową?

Agnieszka odsunęła się od stołu i oparła stopy na jego krześle. Zaplotła dłonie na karku pod włosami i przeciągnęła się, szlafrok zsunął jej się z ud i odsłonił trochę piersi.

Podobały mu się inne kobiety, ale żadna nie działała na niego tak jak własna żona. Może dlatego, że żadna inna nie wychodziła po kąpieli z jego łazienki, nie kipiała od seksu, nie rozkładała przed nim nóg jak królowa lubieżności i nie celowała w niego czerwonymi sutkami spod szlafroka.

Wszystko przede mną, pomyślał i zsunął się z krzesła pomiędzy najpiękniejsze uda świata.

4

Piętro 5, lokal nr 32. 24 października 2002, godz. 18.00.

Kobieta: Byłoby lepiej, gdybyś spytał ojca. Naprawdę.

Mężczyzna 1: Przecież go nie ma! A ja nie jestem półsierotą. Chyba możesz podjąć decyzję bez pytania ojca o zgodę. Już chyba wystarczająco jest chore, że dorosła osoba musi się spowiadać rodzicom z tego, co robi. A teraz się jeszcze okazuje, że spowiadać się trzeba przed najwyższą komisją. No basta!

Kobieta: Przesadzasz, Kamil. Po prostu zaczekaj pół godziny. Poza tym mogłeś mu powiedzieć wczoraj. I nie jesteś tak dorosły, jak ci się wydaje.

Mężczyzna 1: Od pieprzonych dwóch tygodni nigdzie nie byłem!

Kobieta: Pamiętaj dlaczego. Rozbiłeś samochód, a to była kara, którą razem ustaliliśmy. I umówiliśmy się nie na dwa tygodnie, tylko na miesiąc. Żadnych wyjść i praca u taty w biurze, żeby zarobić na naprawę.

Mężczyzna 1: Błagam, nie przypominaj mi. Gdybym wydał pamiętniki, ten pisarz ze Śląska pogodziłby się ze swoim ojcem.

Kobieta: Zaraz przyjdzie, to porozmawiacie. Ja nie mam nic przeciwko, żeby cię dziś puścić.

Mężczyzna 1: Nie masz, ale musisz spytać o zgodę, a jakby co, to i tak nic nie zrobisz. Ech, gadać się nie chce.

Kobieta: Słowa, słowa, słowa. Jak jesteś taki dorosły, to po prostu wyjdź.

Mężczyzna 1: Wyjść mogę, a co dalej? Ten psychopata nie wpuści mnie przecież do domu, przestanie płacić za szkołę, za angielski i za korepetycje. Za pół roku będę wykolejeńcem bez matury albo z maturą i bez kasy na płatne studia, bo na zwykłe się nigdy nie dostanę bez korków.

Kobieta: Dziękujemy, że pozwalasz nam się utrzymywać. To bardzo miłe z twojej strony. My ci dajemy wikt, opierunek i wykształcenie, a ty nam gniew i pogardę. Uczciwa transakcja bezgotówkowa.

[domofon]

Kobieta: Idź, otwórz ojcu.

Mężczyzna 1: Halo? Halo? Halo?! Gówno słychać, tylko piski i zgrzyty.

Kobieta: To jeszcze nic, ja ostatnio słyszałam...

Mężczyzna 1: Co słyszałaś?

Kobieta: Nieważne, może po prostu otwórz.

[brzęczyk]

[garnki]

[gaz]

[drzwi]

Mężczyzna 2: Czołem, drużyna! Co dziś na obiad?

Kobieta: To, co wczoraj, tylko z ryżem. Już wstawiłam. Miły miałeś dzień?

Mężczyzna 2: A jakieś piwko do meczyku? Jest?

Kobieta: Coś tam jest.

Mężczyzna 2: Co, synu, obejrzymy chyba razem, jak Legia wygrywa w pucharach?

Kobieta: On chce ci coś powiedzieć.

Mężczyzna 2: Hmm?

Mężczyzna 1: Mam taką prośbę do ciebie, tato, taką małą tyci-tyci prośbę, czybym dzisiaj, no wiesz, nie mógł dostać przepustki z zakładu.

Mężczyzna 2: Chcesz wyjść? Wykluczone, umówiliśmy się przecież, i to wspólnie. Zostały ci jeszcze dwa tygodnie.

Mężczyzna 1: Dziś są urodziny Renaty.

Mężczyzna 2: Taaak, rozumiem. Jak i tak nie masz nic do roboty, poza oglądaniem telewizji, ma się rozumieć, to wtedy kara jest dobra i nie ma sprawy. A kiedy trafia się fajna balanga, kara już nie jest tak dobra, tak?

Mężczyzna 1: To nie tylko melanżyk. Było wiele imprez, na które chciałbym iść, a nawet o nich nie wspominałem. Ale rozumiesz, u Renaty wolałbym być.

Mężczyzna 2: Zrozum. Tak naprawdę cała twoja kara za ból, który nam sprawiłeś, powinna się sprowadzać do tego jednego dnia. Dopiero dziś odczuwasz jej dotkliwość. Dopiero dziś czujesz, że zostałeś ukarany. Gdybym teraz pozwolił ci wyjść, to tak, jakbyśmy uznali, że nic się nie stało. A stało się. A Renata, skoro tak cię lubi, chętnie się z tobą spotka za dwa tygodnie. Nawet będziesz miał lepiej, bo bez innych gości.

Mężczyzna 1: Czyli co? Nie ma takiej opcji?

Mężczyzna 2: Nie ma. Nasza decyzja, twojej matki i moja, jest nie-odwołalna. Zresztą to także twoja decyzja. Sam się zgodziłeś. Gdybyś wtedy pamiętał o jej urodzinach, może byś zaproponował coś innego. Ale widać nie jesteś specjalnie zaangażowany.

Mężczyzna 1: O co tu, kurwa, chodzi? Jaki masz cel, żeby zabronić mi iść do panny, którą... która jest mi bliska. Jaką masz w tym korzyść? Mężczyzna 2: Ja? Żadnej. Miałbym spokój, a tak to mi tutaj jęczysz nad uchem. Jeszcze chwila i zaczniesz ryczeć, a to już mi naprawdę zepsuje wieczór. Przecież ty masz korzyść, nawet jeszcze nie wiesz, jak wielką. Specjalnie zapiszę dzisiejszą kłótnię w dzienniku, żeby móc ci to pokazać, jak przyjdziesz do mnie kiedyś z kwiatami i z podziękowaniami. Mężczyzna 1: Jesteś chory. Spierdalam stąd. Mężczyzna 2: Jeśli stąd „spierdolisz", nie będziesz miał po co wracać. Ostrzegam cię. Mężczyzna 1: Nie bój się, nie wyjdę. Mężczyzna 2: Ty też się nie martw, synu. Kiedyś na pewno umrzemy, zostawimy cię w spokoju, i będziesz mógł naprawdę robić wszystko, na co masz ochotę.

5

Anna Maria Emilia usiadła z herbatą na kanapie i miała właśnie włączyć telewizor, kiedy przypomniało jej się, że nie zmówiła jeszcze koronki do Miłosierdzia Bożego. Spojrzała na zegarek. Powtórka *Na dobre i na złe* zaczynała się za pięć minut, więc może zdąży, jak się pospieszy. Zapaliła świeczkę przed kopią, naturalnej wielkości, obrazu *Jezu, ufam Tobie* i uklękła na poduszce z różańcem w ręku.

Szybko odmówiła *Ojcze nasz, Zdrowaś Mario* i *Wierzę w Boga*, potem ze wstydem odłożyła poduszkę. Święta Faustyna na pewno nie klęczała na poduszce ani nawet na dywanie. Postanowiła jednak włączyć telewizor, oczywiście bez dźwięku, który mógłby jej przeszkadzać w modlitwie. Były reklamy.

– Ojcze Przedwieczny, ofiaruję Ci Ciało i Krew, Duszę i Bóstwo najmilszego Syna Twojego, a Pana naszego Jezusa Chrystusa, na przebłaganie za grzechy nasze i całego świata – powiedziała głośno, a potem, już ciszej, przesuwając między palcami paciorki różańca, deklamowała szybko, połykając sylaby – ...dla Jego bolesnej męki miej miłosierdzie dla nas i całego świata.

To zdanie przy każdym koraliku trzeba było powiedzieć dziesięć razy, to znaczy raz, ale Anna Maria zwiększyła normę, żeby modlitwa przynosiła lepszy skutek.

Trzeci raz odmówiła *Ojcze przedwieczny...* – tak jak przy dużych paciorkach, na szczęście tylko raz. Już ponad połowa za nią. Zesztywniała, gdy z głębi mieszkania dobiegł ją kaszel matki. Boże miłosierny, pomyślała Emilia, byleby się teraz nie przebudziła zasikana. – ...Miej miłosierdzie dla nas i całego świata dla Jego bolesnej męki miej miłosierdzie dla nas i całego świata dla Jego bolesnej męki miej miłosierdzie dla nas i całego świata...

– Aaaniijuu?

Blok reklamowy dobiegł końca, jeszcze tylko sponsorzy, i zaraz się zacznie.

– Nie teraz, mamo. Śpij. Przeszkadzasz mi w modlitwie.

– Anijuuu!

Afazja. Pamiętała to słowo z wykładu lekarki, którego wysłuchała w szpitalu po pierwszym wylewie matki. Nie był to wykład długi. Na szpitalnym korytarzu mama siedziała na wózku, milcząca, jakby wciąż nie mogąc uwierzyć, co się stało, z niedowładem prawej strony ciała, a pani doktor, która bardzo się śpieszyła, tłumaczyła, czym jest afazja. Że mama będzie miała problemy z wypowiadaniem słów, że niektórych może nie rozumieć, że z jej zdolnością komunikowania się będzie coraz gorzej. Afazja.

To było dawno, po pierwszym wylewie. Tamten trudny okres wydawał jej się dziś sielanką. Teraz, po drugim wylewie, kiedy mama nie wstawała z łóżka, wymagała pielęgnacji, karmienia i przewijania, afazja sprawiła, że nie mogła nawet poprawnie wymówić jej imienia. A ona, kochana córeczka, nie mogła się pomodlić i znaleźć dla siebie wolnej godziny, żeby obejrzeć ulubiony serial.

– Coureczio!

Boże, jak ona jęczała. Jeśli nie potrafi wymówić tego słowa, niech go w ogóle nie wymawia. Dlaczego tak zawodzi? Dlaczego nie może dać jej spokoju?

Telewizor pokazał czołówkę. Szybko powtórzyła trzy razy na zakończenie koronki „Święty Boże, Święty Mocny, Święty Nieśmiertelny, zmiłuj się nad nami i nad całym światem", i włączyła dźwięk. W ostatnim odcinku związek Tomka o mało się nie rozpadł przez tę szajbuskę, córkę Bruna. A zresztą kto wie, może się rozpadł, za chwilę miała się wszystkiego dowiedzieć. No i ciekawe, jaka będzie choroba w tym odcinku, może ktoś umrze? Emilia dawno zauważyła, że w *Na dobre i na złe* w zasadzie nikt nie umiera, a jeśli już, to bohaterowie czwartego planu. Wielu co prawda było umierających, ale tylko zwodzili widza i pochlipującą ekipę szpitala w Leśnej Górze przez kilka odcinków, a w końcu i tak zdrowieli. Dlaczego Najświętsza Panienka nie sprawi, żeby tak było w prawdziwym życiu? Wzrok Emilii, nie odrywając się od telewizora, spoczął na zatkniętym za ramkę papieskiego portretu obrazku z Maryją. Matko Boża, spraw, żebym przez godzinę miała spokój, powtórzyła w myślach trzy razy.

– Aaaaaaaaaaa!

Nie drgnęła. Nic jej nie jest, myślała, wyczuła, że chcę mieć spokój, i od razu się drze, głupia starucha. Nie ma mowy, tym razem nie wstanę, dopiero za godzinę. Niedawno ją poiłam i przewijałam, może teraz wytrzymać chwilę.

Cały czas trzymała w ręku pilota i różaniec. Zwiększyła poziom dźwięku o trzy kreski. Głos doktor Burskiego brzmiał teraz jeszcze donośniej niż zwykle. Gdzie ona była, kiedy tacy jak doktor Burski i doktor Walicki szukali swoich życiowych partnerek? Jak to gdzie, z mamusią była, gdzieżby indziej. A teraz? Czy miałoby sens szukanie kogoś? Zaśmiała się prawie w głos. Cóż mogłaby powiedzieć nowemu mężczyźnie swojego życia? „Ależ tak, oczywiście, że możemy przeprowadzić się do mnie, kochanie, rozłożę ci polówkę koło mamusi. Strasznie śmierdzi i ciągle się drze, ale to nie przeszkodzi naszej miłości, czyż nie?". Bez sensu. Lepiej poświęcić się Bogu i modlitwie, dzięki temu przynajmniej zaskarbi sobie szczęśliwe życie w niebie, taka będzie jej nagroda za to, że tutaj, na ziemskim padole, nie spotkało jej nic dobrego.

Mimo głosu telewizora słyszała matkę. Nie darła się już, ale wydawała z siebie przeciągłą, wibrującą skargę, jakby sam szatan przez nią przemawiał! Kto wie, może to prawda, może Bóg w ten sposób wystawia ją na próbę? Chce się dowiedzieć, czy uda jej się wypędzić Złego z własnej matki. Tylko jak miałaby tego dokonać, jak?

Pociągnęła nosem, wyczulona na wszystkie fizjologiczne zapachy, jakie wydziela chory człowiek. Karmiła ją, fakt, a przedtem zmieniła zasikaną pieluchę. A rano? Rano trochę jedzenia, odleżyny i pielucha, też zasikana. No tak, najwyższy czas na kupę. Rzadki, brudny, wlewający się w każdy zakamarek śmierdzący stolec. Szatańska sprawka. I dlatego trzeba się z tym zmierzyć. Zaraz, jak się skończy odcinek. Zwiększyła głośność jeszcze o trzy kreski.

6

Wiktor, odkąd Weronika odeszła, zabierając Matyldę, niczego nie zmienił w dziecinnym pokoju. Zostało łóżeczko obklejone naklejkami powyciąganymi z różnych chipsów – największy skarb pięciolatka – malutki żółty stolik pomazany kredkami, trochę zabawek (ciekawe, czy za nimi tęskni?) i masa rysunków na ścianach. Większość autorstwa Matyldy, ale było też kilka jego i Weroniki. Ulubiony rysunek Wiktora to ten, który malutka namalowała, kiedy miała niewiele ponad trzy lata. Na rysunku była wielka głowa, raczej uśmiechnięta, z czterema sterczącymi radośnie grubymi włosami. Pod buzią była jeszcze krzywo narysowana sukienka, z której wystawały ręce i nogi. Siłą rzeczy bardzo malutkie, gdyż po narysowaniu głowy zabrakło miejsca na cokolwiek.

Pamiętał, jak Matylda przyniosła mu ten rysunek, położyła na kolanach i odeszła bez słowa ze smutną miną. Dogonił ją w pokoju. „Co jest, młoda, czemu jesteś smutna?".

„Bo mi się nie udał rysunek dla ciebie" – burknęła dziecinnie i schyliła głowę tak nisko, że ciemna grzywka dotknęła jej kolan.

„Żartujesz chyba, jest rewelacyjny. Co na nim jest?".

„No widzisz chyba?!".

„Widzę, dziewczynka" – odparł, zastanawiając się, o co chodzi Matyldzie.

„To jestem ja, tylko jakaś dziwna".

„Dlaczego dziwna?". – Z trudem powstrzymywał śmiech.

„Bo inna niż w lusterku".

Od tamtej pory powiedzenie „ja, tylko jakaś dziwna" pozostało w ich rodzinie i było przywoływane za każdym razem, kiedy coś komuś wyszło fajnie, ale nie tak idealnie, jak autor sobie życzył.

Nie mógł uwierzyć, że tamtego życia już nie ma. Nie ma Weroniki, nie ma Matyldy, nie ma wspólnego rysowania i zażartych kłótni o to, czy trzeba oglądać mecz piłkarski, skoro właśnie zaczyna się dobranocka. Zostało kilka zabawek i rysunki na ścianie.

Jak to możliwe? Dlaczego tego wszystkiego już nie ma? Wiktor potarł palcami skronie. Znowu poczuł wszechogarniające znużenie. Teraz, kiedy nie pił, spał po szesnaście godzin na dobę. Wszystko, byleby tylko nie rozpamiętywać. Dziś ukazał się jego trzeci felieton. Niemożliwe, żeby nie czytała, niemożliwe, żeby nie wiedziała, że teraz jest normalnym autorem, całkiem niezłych tekstów na dodatek. Dlaczego nie dzwoni? Może wyjechały gdzieś z Matyldą na wczasy. Na trzy tygodnie? To niemożliwe. A może po prostu nie czyta gazet? To też niemożliwe, przecież sama pracuje w gazecie, musi czytać inne, nawet jak jej się nie chce. A jego felietony zawsze są zajawiane na okładce, dzisiejszy jeszcze ze zdjęciem. Tomek mówi, że czytelnicy dość żywo reagują na to, co pisze, i że warto to trochę podbić.

Zadzwonił telefon. Momentalnie podniósł słuchawkę.

– Cześć, co tak szybko odebrałeś? Trzymasz telefon na kolanach?

– Hej, Tomciu. Akurat byłem w pobliżu. Nie mieszkam w stupokojowej rezydencji, pewnie pamiętasz.

– Nie bój. To się zmieni. Zostaniesz sławnym felietonistą, potem sławnym pisarzem, ja twoim wydawcą, i zbudujemy sobie wielkie rezydencje z basenami i palmami. To znaczy tylko ja sobie wybuduję, bo cię oszukam i oskubię, jak każdy wydafca.

– W tym klimacie? Palmy? Zwariowałeś chyba. Cud, że tutaj sosny rosną.

– Odbiło ci? Rezydencje to trzeba mieć nad Adriatykiem, nie nad Bałtykiem. A tam ci, to znaczy mi, wyrosną palmy przed drzwiami nawet bez proszenia. Słuchaj, dzwonię, żebyś wiedział, że twój ostatni kawałek, ten o placu zabaw, bardzo się podobał. Dostaliśmy już ponad sto maili, że masz rację, że „u mnie też są te powyginane zardzewiałe rury" i że trzeba to zmienić. Dzwonili też z twojej administracji, że plac zabaw jest na liście remontowej i że w tym roku na pewno będzie odnowiony. Masz władzę, chłopie.

– Rewelacja. W takim razie następny napiszę o babie ze spożywczaka. Może ktoś ją zwolni.

– A myślałem, że z ciebie socjalista. Zastanów się, czybyś nie chciał trochę pochodzić po ludziach i napisać takiego większego kawałka o psychologii blokowisk. Modny temat ostatnio. Trochę publicystycznie, trochę reportażowo. Jakieś dwadzieścia, dwadzieścia pięć tysięcy znaków.

– Na kiedy? – Wiktor powiedział to tak spokojnie, jakby dostawał podobne propozycje dwa razy na dzień, ale w środku cały chodził. Tak, tak, udało mu się! Wrócił do zawodu, pisze, zamawiają u niego teksty, nie chleje. Jest normalnym człowiekiem. Hura!

– Dasz radę na za trzy tygodnie? Chciałbym to puścić przed świętami.

– Dam.

– Super. Jeszcze jedno pytanie: pijesz?

– Ani kropli.

– W takim razie jesteś twardszy, niż myślałem. Może do nas wpadniesz w przyszłą sobotę? Monika ma potrzebę ci pogratulować i osobiście pocieszyć. Naprawdę nie wiem, co o tym sądzić.

– Zobaczę – powiedział Wiktor. Nie miał ochoty na żadne odwiedziny, ale może trzeba się zmusić i zacząć odbudowywać życie towarzyskie. – Zadzwonię w tygodniu.

– Znasz numer. Do usłyszenia.

Tomek się rozłączył. Wiktor trzymał słuchawkę jeszcze przez chwilę i z namaszczeniem odłożył na widełki. A raczej na plastikowy guzik, widełki to prehistoria.

No dobra, pomyślał, nie ma co czekać. Nie chce zadzwonić, ty do niej zadzwoń. Teraz jest dobry moment. Podniósł słuchawkę, wystukał trzy pierwsze cyfry jej komórki, odłożył słuchawkę. W ustach miał tak sucho, że nie mógł przełknąć śliny.

– Nie ma pośpiechu – powiedział sobie – miałem przecież napić się herbaty. – W połowie drogi do kuchni zawrócił jednak i wykręcił cały numer. Jaki sygnał usłyszy? Przyśpieszony jak jego tętno; znak, że rozmawia, może nawet z kimś, kto nie jest jej obojętny, śmieją się i wymieniają zapewnieniami o miłości. Czy długi, przerywany chwilami ciszy, mówiący o tym, że zaraz podniesie słuchawkę? A może ma wyłączony telefon i usłyszy jej głos, zapraszający do pozostawienia wiadomości? To by chyba było najlepsze.

Zanim rozległ się jakikolwiek sygnał, w słuchawce kliknęło i damski głos powiedział:

– Przepraszamy, wybrany abonent jest w tym momencie nieosiągalny, prosimy spróbować później...

Wiktor odłożył słuchawkę. OK, myślał, nic się nie stało, może rozładowała jej się bateria albo przejeżdża przez tunel, a może zmieniła numer.

Zatelefonował jeszcze raz, ale przywitał go ten sam bezosobowy komunikat. Nie ma rady, trzeba zadzwonić do roboty. Nie pamiętał numeru do niej na biurko, wybrał więc centralę.

– „Gazeta”, słucham.

– Dzień dobry, poproszę z dyżurnym „Stołka”. – No proszę, z jego głosem nie było tak źle, na wszelki wypadek jeszcze odchrząknął.

– Łączę...

– „Gazeta Stołeczna", Amelia Ślubowska, słucham. – Nie znał jej.

– Dzień dobry, szukam Weroniki Sukiennik. – Był pewien, że jak już odłoży słuchawkę, zostaną na niej wgłębienia po jego palcach, tak mocno zaciskał dłoń. Czuł, jak pot spływa mu po czole, i miał nadzieję, że po drugiej stronie nie słychać, jak płytki i nerwowy jest jego oddech. Z trudem łapał powietrze.

– Przykro mi, ale już tutaj nie pracuje, to znaczy ja tu jestem dopiero od lipca i jak przyszłam, już jej nie było, ale może dam kogoś, kto pracuje dłużej, dobrze?

– Tak, jasne, bardzo dziękuję. – Jednocześnie poczuł ulgę i zawód. Czekał, aż „ktoś" podejdzie, i wsłuchiwał się w redakcyjny gwar, który wyłapywała słuchawka. Tego też mu brakowało. Słuchawka zaszeleściła.

– Tak, słucham, w czym mogę pomóc? – powiedział znajomy damski głos.

– Marta?

– Tak, a kto mówi, jeśli wolno spytać? – Marta, wieloletnia przyjaciółka Weroniki, zawsze była konkretna.

– Cześć, to ja, Wiktor, szukam Weroniki...

– Wiktor? – Już wiedział, co będzie dalej. Głos koleżanki zamienił się w kawałek sopla, który gwałtownie wbił mu się w ucho. – Mam ci tylko do powiedzenia dwa słowa: spierdalaj, skurwysynie!

– Marta, proszę...

– Nie proś mnie o nic! – darła się tak, że w biurze musieli się już zbierać na przedstawienie. – Nie proś mnie o nic, bo nawet gdybym chciała, i tak ci nic nie powiem. Wiesz dlaczego? Bo nic nie wiem! Bo pół roku temu się zwolniła i zniknęła, i nawet mi nic nie powiedziała, i wszystko to twoja wina, obyś zdechł! – cały czas krzyczała. – Nie wiem, gdzie jest, nie wiem, co robi, nic nie wiem, rozumiesz? Nic nie wiem, a wszystko przez ciebie – teraz szeptała. – Mam nadzieję, że będziesz cierpiał przez wieczność, do widzenia – powiedziała i rozłączyła się.

Trząsł się cały. Ręce latały mu tak, że nie potrafił odłożyć słuchawki. Cisnął nią o podłogę i zaczął szybko chodzić po pokoju, próbując złapać oddech. Przesadza, przesadza, bo nic nie wie, powtarzał gorączkowo w myślach. W końcu Wika nie musi się jej ze wszystkiego spowiadać. Postanowiła zmienić pracę, uwolnić się od starych znajomych, zmienić otoczenie, nic wielkiego. A ta głupia dupa jest rozczarowana, że już nie jest czyjąś najlepszą przyjaciółką. Cóż, pewnie nie ma wielu znajomych, więc można ją zrozumieć, choć to oczywiście jej nie usprawiedliwia.

Jak ona mogła?! Oczywiście, w rozpadzie tego związku jest też trochę jego winy, ale w końcu kto tu kogo zostawił, do jasnej cholery! Kto zabrał mu córkę, jedyne, co w jego życiu było ważne?

– No kto?! – wrzasnął i rzucił się na łóżko. Włożył głowę pod poduszkę i zaczął się drzeć jak nienormalny, żeby zagłuszyć ból. Trochę pomogło.

Wylazł spod poduszki czerwony na twarzy, spocony i dyszący. Jest jeszcze jeden telefon, który musi wykonać. Do rodziców Wiki. Tam pewnie będzie jeszcze gorzej niż u Marty, ale nie ma wyjścia.

Podniósł z ziemi słuchawkę i wcisnął kilka razy guzik. Nic, cisza. Wyjął wtyczkę z gniazdka, włożył i spróbował jeszcze raz. Cisza.

– A takiego wała, i tak zadzwonię – szepnął do siebie. Wziął portfel i nie zakładając kurtki, zbiegł schodami. Przy monopolowym, zaraz koło klatki, był automat telefoniczny.

Wcisnął kartę i wystukał numer. Gdy czekał na sygnał, przemknęło mu przez głowę, że telefon może odebrać Matylda. Co jej powie? „Cześć, mówi tata"? A jeśli Weronika powiedziała jej, że tatuś nie żyje, co wtedy? Nie, nie mogła tak powiedzieć, to niemożliwe. Trudno, jak odbierze Matylda, wtedy odłoży słuchawkę, przynajmniej będzie wiedział, że tam są.

Pikanie sygnalizujące wybieranie numeru dobiegło końca. W słuchawce odezwał się damski głos: – „Nie ma takiego numeru, nie ma takiego numeru, nie ma takiego numeru, nie ma takie...". Wiktor wypuścił słuchawkę z rąk i osunął się na ziemię. To koniec. Spojrzał na wystawę sklepu Ukojenie; sam kiedyś wymyślił tę nazwę dla pana Jacka. Tatra była w promocji. W sumie czemu nie, pomyślał, jakie to ma znaczenie. Wiesz już, że możesz przestać pić, jeśli tylko chcesz, zarabiasz uczciwie pieniądze, więc i tak będziesz miał z czego oddać Tomkowi, a dzisiaj kielich ci się jakby należy. Pora na dzień urlopu od pisania. A jutro znowu zacznie szukać dziewczynek. Przecież nie mogły zapaść się pod ziemię.

Dwie godziny później był już pijany i dziwił się, o co w ogóle tyle zachodu. Biedna Marta ma histerię, telefony się psują, bywa. Trzeba będzie trochę podzwonić, poszukać może w internecie, i tyle. Jak dobrze pójdzie, to jutro już się przeproszą z Weroniką, w niedzielę pewnie zobaczy Matyldę, wszystko wróci do normy. Czy życie nie jest piękne? Wystarczy tylko trochę dobrej woli i wysiłku, żeby wszystko się idealnie ułożyło.

Ciesząc się na wspólny weekend z żoną i córką, dodreptał do łazienki. Wysikał się na ścianę koło muszli, usiłując spłukać wędrującego po kafelkach prusaka, który przestraszony światłem, panicznie szukał kryjówki.

– Spieprzaj, stary – powiedział do niego Wiktor. – Nie ma miejsca dla robali w domu, do którego wracają dziewczynki.

7

To miała być niespodzianka. Agnieszka specjalnie zwolniła się wcześniej z pracy, by przygotować dla Roberta miniprzyjęcie. Bez żadnej okazji, ot tak, żeby było przyjemnie. W pracy miała dobrą passę, czego się nie tknęła, była chwalona, katar przeszedł jak ręką odjął. Zdawała sobie sprawę, że nie robi teraz może olśniewającej kariery, ale spokojna praca w miłym zespole to chyba niezły początek i nabieranie doświadczenia. Żeby jeszcze u Roberta było podobnie, wtedy naprawdę nie mielibyśmy powodów do zmartwień. Ale u niego działo się coraz gorzej. Codziennie musiała wysłuchać frustrującego monologu o pracy. Jaka jest nudna i ogłupiająca, jak jej nienawidzi, że spotyka się z debilami, którymi gardzi, i że musi się wziąć za siebie. Zachowywał się tak dziwnie i agresywnie, że Agnieszka wolała potakiwać niż ryzykować kłótnię. Mimo to nie traciła nadziei, że w pracy Robert panuje jeszcze nad sobą na tyle, żeby nie okazywać tym wszystkim ludziom, jak bardzo ma ich w dupie. Przez pracę Roberta nie pojechali do Olecka na Wszystkich Świętych, i teraz Agnieszkę dręczyły wyrzuty sumienia.

Dzisiaj postanowiła uprzedzić Roberta w jego narzekaniach i przygotować niespodziankę: dobre jedzenie i dobry seks.

Włożyła klucz do zamka, ale nie chciał się przekręcić. Co jest, czyżby Robert zapomniał zamknąć, kiedy wychodził? W tej okolicy to rewelacyjny sposób na utratę dorobku życia. Nacisnęła klamkę i jęknęła. Robert już był w domu. Jak to możliwe, że skończył tak wcześnie?

Malował i słuchał muzyki przez słuchawki. Był tak pochłonięty tym, co robi, że nie odnotował wejścia Agnieszki. Postawiła torebkę na podłodze w przedpokoju i cicho zbliżyła się do niego. Sztalugi stały oparte o ścianę, a Robert malował na kawałku kartonu rozłożonym na gazetach na podłodze, siedząc na piętach, jak dzieci w przedszkolu. Ufajdany był jak czterolatek. Malował akwarelami, zawsze przymierzał się w ten sposób do pomysłu, zanim zaczął pokrywać płótno olejną. Gazety dookoła kartonu były przesiąknięte brudną wodą, podobnie spodnie i koszulka, o którą najwidoczniej wycierał brudne dłonie. Co się zresztą nie na wiele zdało, gdyż i tak był po łokcie zapaskudzony farbami. Obok leżało kilkanaście już zamalowanych kartek – nieomylny znak, że dzieło powstaje w bólach, a kolejne szkice są odrzucane przez mistrza. Agnieszka uśmiechnęła się, zastanawiając się, czy to dobrze, że jej mąż ma taką pasję. Czy to oznacza, że jest żoną nietuzinkowego faceta, która może mówić o wielkim szczęściu? A jeśli zawsze będzie skazana na bycie numerem dwa? Na rolę kogoś, kto w przyjemny sposób wypełnia lukę pomiędzy obrazami?

Zawsze kiedy malował, i jeszcze chwilę potem, był tak nieobecny, że zdawał jej się obcym człowiekiem. Nieraz już tak było w Olecku. Kiedy Robert przez cały dzień malował, a wieczorem siadali do kolacji, to albo milczał, albo mówił coś na odczepnego, tylko po to, żeby przerwać w pół zdania i powiedzieć: „Co za debil ze mnie, przecież wystarczyło tło pomalować poprzecznie, i już będzie zupełnie inaczej wyglądało. Sorry, zaraz wracam, muszę to przynajmniej naszkicować". Czuła się wtedy odtrącona, jak ktoś, kto znalazł się przy nim przypadkiem, tylko dlatego, że pan artysta nie lubi spać sam. Co za cholerny egoista! Nieraz widziała, jak zmusza się, żeby odstawić pędzelki, umyć ręce i trochę z nią pobyć. Czuła się wtedy jak terrorystka, i nawet było jej wstyd, ale nie potrafiła inaczej. Ma czekać cierpliwie, aż panicz znajdzie czas na przerwę w swoich zajęciach? Raz nawet krzyczał, że to nienormalne, żeby była zazdrosna o pędzelki. Miał rację? Trochę tak, rzeczywiście była zazdrosna, że głupim fantazjom poświęca więcej uwagi niż swojej żonie. Czy to dziwne?

Podkradła się na palcach jeszcze bliżej, żeby zobaczyć, co maluje. Lubiła patrzeć, jak pracuje, mimo wszystko. Na jednym z odrzuconych kartonów, tym, który leżał na samym wierzchu, Robert namalował drogę w szpalerze drzew. Droga zwężała się co prawda perspektywicznie, nie znikała jednak za horyzontem, tylko wyrywała się drzewom, zawijała do góry i zawracała w stronę widza. Jeszcze między drzewami stał (szedł?) jeden człowiek, za to u góry, lecz nie do góry nogami, tylko jakby po drugiej stronie drogi, wędrowała cała masa ludzi. Agnieszce skojarzyło się to z obrazem Żydów idących do getta. Może przez tonację rysunku – „zimnoakwarelową", jak mówił Robert – całego w rozwodnionych błękitach i szarościach. Wszystko było sine i smutne.

Stuknęła go w ramię. Wrzasnął i podskoczył jak oparzony.

– Szajbuska, chcesz, żeby mi jakaś żyłka strzeliła w mózgu? – powiedział, zdejmując słuchawki. – Co ty tu robisz o tej porze?

– Sprawdzam, czy się nie gzisz z jakąś blondyną.

– No co ty, przecież powinienem być teraz w pracy. Poza tym ty jesteś moją jedyną blondyną.

– Nie czaruj, tylko powiedz, czemu nie jesteś w robocie.

– A ty?

– Dostałam wolne popołudnie za wzorowe wypełnianie obowiązków, uśmiech na co dzień, koleżeństwo seksualne i najpiękniejszy biust na piętrze. – Zatrzepotała rzęsami.

– Boję się, że to wszystko prawda. Mnie z kolei rozkraczył się samochód i pan Jurek zdecydował łaskawie, że nie muszę objeżdżać sklepów tramwajami. Nie uważasz, że to miło z jego strony? Swoją drogą nigdy go nie podejrzewałem, że jest w stanie przeprowadzić tak logiczny proces myślowy. – W głosie Roberta pojawił się sarkazm. – Nawet już sobie kupiłem bilet dzienny.

– No i co teraz zrobimy z tak pięknie rozpoczętym dniem? – zapytała Agnieszka, chcąc zmienić temat. Wyglądało na to, że Robert jest w świetnym humorze. Może jej rozczarowanie było przedwczesne, a szampański wieczór da się zorganizować i bez niespodzianki.

– Teraz maluję, a potem się zastanowimy.

– Dobra, ja coś upichcę. – Agnieszka próbowała nie zdradzić, że jest dotknięta. – A kiedy skończysz?

– Jak skończę, to skończę – warknął poirytowany. – Nie mam zielonego pojęcia. Chcesz, żebym ci powiedział „siedemnasta pięć" i dokładnie o tej porze odłożył farby?

– No nie...

– Więc nie pytaj głupio. Jak skończę, pierwsza się dowiesz, obiecuję. – Cmoknął ją na odczepnego, założył słuchawki i ukłęknął przy farbach.

Spojrzała na rysunek, nad którym pracował, i dreszcz przebiegł jej po plecach. Widziała to miejsce tylko raz, a poznałaby je zawsze. Piwnica, dziwne lochy, w których się mało nie pogubili. Swoją drogą ciekawe, że Robert nie bał się tam zejść po sztalugi.

Tym razem nie można było mu zarzucić, że użył sinych barw. Karton kipiał od oranżu, żółci i czerwieni – cały korytarz wyglądał, jakby za jego ścianami wrzała lawa. Ze szpar w drzwiach tryskały promienie jaskrawego światła. Im dalej, tym korytarz był jaśniejszy, jakby Robert uchwycił moment, kiedy u jego końca wybuchła bomba o wielkiej sile. Już wybuchła, jej błysk dotarł, ale fala uderzeniowa jeszcze nie. Był to najbardziej niepokojący obraz, jaki kiedykolwiek widziała; wywoływał zwierzęcy strach i Agnieszka prędzej by się wyprowadziła, niż zgodziła żyć z tym nie tylko u nich na ścianie, ale w ogóle w jednym budynku.

Jeszcze jedno nie ulegało wątpliwości: to zdecydowanie najlepszy szkic, jaki Robert kiedykolwiek popełnił. Był tak prawdziwy w tym, jak przerażał. Postanowiła nie mówić o tym mężowi; może jeszcze znajdzie styl, który nie powoduje drżenia kolan i suchości w ustach.

Domofon zagrał sygnał „Lata z radiem". Kiedy go wybierali, wydało jej się to świetnym pomysłem, teraz wolałaby po prostu coś, co robi „ding-dong".

– Halo?

Nikt się nie odezwał.

– Halo? – powiedziała trochę ostrzej, nie cierpiała głupich żartów. Ciągle nic. Już miała odłożyć słuchawkę, kiedy usłyszała w tle jakieś szmery. Zakryła drugie ucho dłonią i wsłuchała się w dźwięki podwórka. Podwórka? Słyszała szepty, szybkie kroki, w tle zawył pies. Oprócz szumów wyraźnie zabrzmiał brzdęk tłuczonej szyby. Jeden, potem drugi. Ktoś zaklął. Szmer nasilał się, jakby całe podsłuchiwane zdarzenie przeciskało się przez kabel w jej stronę. Wrażenie nie było przyjemne, ale była zbyt ciekawa, co się stanie dalej, żeby oderwać słuchawkę od ucha.

– Z prawej! Nie pozwólcie jej uciec! – krzyknął męski głos, zadudniły kroki.

Co tam się dzieje? Może film kręcą.

– Robert, wyjrzyj no przez balkon! – krzyknęła głośno, ale ten nawet nie drgnął. Kabel był za krótki, żeby podejść do okna. Agnieszka powiesiła słuchawkę na wieszaku koło swojej kurtki i podbiegła do drzwi balkonowych. Na zewnątrz nic się nie działo. Szybko wróciła do domofonu i przyłożyła słuchawkę do ucha.

– Tak! Tak zróbmy! Zasłużyła sobie! – wrzeszczeli jacyś ludzie.

Odpowiedział im jęk tak cichy, a jednocześnie tak wyraźny, pełen bólu i rezygnacji, że pod Agnieszką ugięły się kolana. Oparła się plecami o ścianę. Co się tam dzieje, u diabła, puścili jej słuchowisko grozy przez domofon?

– Niech się dzieje wola Boga, w imię Ojca i Syna, i Ducha Świętego. Amen – powiedział męski głos. Zapadła idealna cisza. Agnieszka czuła jednak, że to nie koniec, że dziwaczna transmisja trwa. Wyłowiła uchem delikatny trzask ognia. Chwilę potem płomień zaczął huczeć jak wielka góralska watra. Tłum westchnął głośno.

Co tam się działo?

Wtedy nad dźwięk buzującego ognia i wrzask ludzi wybił się wibrujący kobiecy krzyk. Dziewczyna zaczęła krzyczeć, niezbyt głośno, jakby do końca próbowała się powstrzymać przed okazaniem słabości, ale stopniowo krzyk przemienił się w ryk bólu. Długi, nieprzerwany, każący wątpić w swoją realność, wdzierający się do mózgu jak rozgrzany do czerwoności pręt, a razem z nim pędził do Agnieszki żar ogniska, który torturował i zabijał kobietę. Ściskając kurczowo słuchawkę, Agnieszka zmusiła się, żeby odkleić ją od ucha i odstawić jak najdalej, na odległość wyciągniętej ręki. Może to była tylko halucynacja, ale zobaczyła, jak głośnik słuchawki wypluł z siebie miniaturowe języczki ognia, i wszystko ucichło. Odwiesiła domofon i stała, wpatrując się w niego jak w nabitą broń, z którą należy się obchodzić wyjątkowo ostrożnie.

Kiedy „Lato z radiem" radośnie zakwiliło tuż koło niej, odskoczyła. W poniedziałek idę na tomografię, postanowiła. Nie może tak być. Delikatnie podniosła słuchawkę i trzymając kilkanaście centymetrów od twarzy, spytała cicho:

– Halo?

– Dzień dobry, nazywam się Oleg Kuzniecow, jestem z policji, widzieliśmy się już kiedyś. Czy możemy z państwem chwilę porozmawiać?

– Tak, oczywiście – odparła z wyraźną ulgą.

8

Mieszkanie Janusza Stopy, wykształconego za oceanem specjalisty od psychologii marketingu, i jego żony Iwony, dyrektora personalnego w polskiej filii bardzo dużej francuskiej korporacji (obecnie na dwumiesięcznym szkoleniu za granicą), było najbardziej wyjątkowym mieszkaniem, jakie urządzono w bloku z wielkiej płyty – co do tego zgadzali się wszyscy, którzy je kiedykolwiek odwiedzili. Tak naprawdę były to trzy mieszkania. Pierwsze, które dostali od rodziców Iwony, kiedy ona studiowała, a on klepał biedę jako psychoterapeuta idealista, miało prawie sześćdziesiąt metrów, trzy pokoje i – wówczas – boazerię na każdej ścianie. Odremontowali je, jak mogli najlepiej, z jego pensyjki – czyli ograniczyli się do zerwania boazerii, wybicia prusaków i pomalowania ścian najtańszą farbą emulsyjną. Był 1989 rok, on miał trzydzieści lat, ona była pięć lat młodsza. Byli szczęśliwi i uważali, że brak pieniędzy jest niejako stanem przyrodzonym uczciwego człowieka. Tak było w ich rodzinach od pokoleń. Przyszła nowa Polska i wiele rzeczy się zmieniło. Kilkoro znajomych, dotąd tak samo klepiących biedę, stało się bogaczami. Przyjeżdżali na neskę w nowych ciuchach, opowiadali o wakacjach w Grecji i o mocnej, gęstej i słodkiej jak nutella kawie podawanej w małych ceramicznych kubeczkach. „Mówię wam, dopiero tam się dowiedziałam, jak smakuje kawa. Musicie tego spróbować" – egzaltowała się znajoma, a oni uśmiechali się z podziwem i mówili, że na pewno spróbują. Mieli paszporty, wiedzieli, że mogą wszędzie pojechać, a nie stać ich było na weekend w Krakowie.

Jeszcze wtedy im to nie doskwierało, znajomi wychodzili, a oni się śmiali i baraszkowali w pościeli. Co tam Grecja, skoro mamy siebie. Chcieli mieć dziecko, ale mimo wielu prób Iwona nie mogła zajść w ciążę. Po wielu miesiącach kłamstw, że „nic nie szkodzi" i że „kiedyś się uda", po wielu płaczach Iwony przy kolejnym okresie, postanowili się przebadać. Jego żona okazała się bezpłodna. Wtedy nie wiedzieli, co z sobą zrobić. Może powinni byli adoptować dziecko, a może nie, decyzja była zbyt trudna.

Iwona po studiach zaczęła staż w zachodniej firmie. Wiele takich otwierało wówczas filie w Polsce i brali każdego, kto był w miarę otrzaskany i znał języki. Nie mając innego pomysłu na życie, po lekarskim wyroku rzuciła się w wir pracy, w ciągu dwóch lat awansowała na szefową polskiego oddziału i nagle stali się – jak na warunki krajowe – bardzo zamożni. Ich mieszkanie z wielkopłytowej nory przeistoczyło się w zaprojektowaną przez architekta wnętrz ilustrację z katalogu. Biel, ciemne drewno, elementy metalowe. Kuchnia pojawiła się na okładce magazynu wnętrzarskiego. Mogli oczywiście kupić mieszkanie gdzieś w centrum, w ładnej kamienicy, ale mieli sentyment do tego miejsca.

Iwona namówiła Janusza na zrobienie MBA. Mówiła, że tylko marketing i zarządzanie się liczą, że to są zawody przyszłości. Zgodził się nie dlatego, że w to wierzył, ale że doskwierało mu bycie na utrzymaniu żony. Pomogła mu wyjechać do Stanów, dzięki czemu zrobił dyplom w Bostonie, tam też odkrył możliwości, jakie daje połączenie handlu i psychologii. Już na własną rękę znalazł kursy, które uczyły metod manipulacji klientem. Po powrocie ślęczeli kilka dni nad ofertą, i w końcu wysłali do kilkunastu firm list z propozycją niekonwencjonalnego szkolenia z mechanizmów psychologii handlu. Rzecz jasna w ofercie użyto wielu z tychże mechanizmów. Odzew ich zaskoczył. Po miesiącu grafik szkoleń na najbliższy rok był zapełniony, a państwo Janusz i Iwona Stopa stali się już nie zamożni, ale bardzo bogaci.

Wtedy kupili dwa mieszkania – jedno tuż obok swojego (lokal 56), niecałe czterdzieści metrów, i drugie, bliźniacze do pierwszego, tylko piętro wyżej (lokal 61). Po czym zadzwonili do swojego architekta i kazali mu z tego zrobić cudo. Nakata (architekt, choć urodzony w Polsce, był z pochodzenia Japończykiem) dokonał cudu. Najbardziej śmiały pomysł polegał na wybiciu w stropie dziury o średnicy czterech metrów, której krawędzie wspierały się na kolumnach z nierdzewnej stali – zabieg był możliwy dzięki temu, że na ostatnim piętrze wybijanie dziur w suficie nie mogło zaszkodzić konstrukcji budynku. Na górnej kondygnacji dziurę okalała balustradka. W stropie wykuto jeszcze kilka mniejszych dziur, które przykryto hartowanym szkłem. Te międzypoziomowe okienka widziały wiele gorszących scen w okresie, kiedy byli z Iwoną zafascynowani seksualnością swoją i swoich znajomych, których ilość przyrastała wprost proporcjonalnie do stanu konta.

Nigdy się nad tym nie zastanawiali, ale odkąd stali się bogaci, nie rozmawiali już o adopcji, co może wydać się dziwne, gdyż właśnie teraz mieli najlepsze warunki, żeby zaopiekować się niechcianym dzieckiem, dwojgiem nawet.

Tak czy owak, myślał Janusz, być może trzeba już sprzedać mieszkanie i wyprowadzić się pod miasto. Dość ma tej cholernej płyty, małomiasteczkowych biednych sąsiadów i wiecznego smrodu na klatce. I jeszcze ostatnio ten facecik z obciętą głową. Janusz nienawidził samobójców, jego niesmak budził fakt, że można epatować kogoś własną śmiercią, nie mogąc nawet zobaczyć efektu owego epatowania. Samobójcy byli zdaniem Stopy frajerami, tchórzami i nudnymi natrętami, którym udawało się swe natręctwo przeciągnąć poza granicę śmierci. Jeszcze jak prowadził terapię, zbierało mu się na wymioty za każdym razem, gdy kolejny smutas zaczynał opowiadać drżącym głosem, że myśli „o tym, żeby z tym skończyć, rozumie pan...".

Janusz usiadł w fotelu z ulotką Media Markt w ręku. Od razu wyrzucił strony ze sprzętem AGD – lodówki nie interesowały go wcale – i zaczął studiować zestawy kina domowego. Philips czy Sony? DVD, DTS, RDS, MPG, VCD... Połowa z tych skrótów nic mu nie mówiła. Mógłby zajrzeć do internetu, żeby je odszyfrować, ale chyba wystarczała mu prosta wiedza, że im więcej skrótów i im większa cena, tym lepszy sprzęt. Doświadczenie ostatnich konsumenckich lat mówiło mu, że nie istnieje coś takiego jak „dobre i tanie" – to zgrabny oksymoron ułożony po to, aby biedacy wysupłali swoje zaskórniaki na coś, czego nie potrzebują, wierząc, że nawet oni mogą mieć coś „dobrego". O święta naiwności!

Janusz postanowił kupić najdroższy zestaw i w poczuciu dobrze spełnionego obowiązku zamówił przez telefon pizzę. Wziął prysznic, a myśl o nieobecnej od kilku tygodni żonie sprawiła, że nabrał ochoty na seks. A może by tak zadzwonić po panienkę, pomyślał. W końcu wielu mężczyzn tak robi. Żadna znajoma, żadna koleżanka z pracy, kochanka z oczekiwaniami – ot, prostytutka, która przychodzi czyściutka, rżnie się wesoło i znika bezproblemowo. Czemu nie. Otworzył gazetę na stronie z ogłoszeniami towarzyskimi. „Największy wybór w Warszawie". Wykręcił numer, przełykając ze zdenerwowania ślinę, nigdy wcześniej tego nie robił.

– Agencja Siódme Niebo, słucham.

– Dzień dobry, chciałbym zamówić dziewczynę. – Janusz skrzywił się. Gadam, jakbym dzwonił po pizzę, pomyślał.

– Brunetka, blondynka, ruda, mały biust, duży, młoda, starsza?

– Eee, koło trzydziestki, nie za wysoka, jakaś trójka najchętniej, ale może pani coś zaproponuje?

– Niech pan weźmie Ewę. Biust co prawda trochę mniejszy, dwójka, ale pan nie pożałuje. To najbardziej ognisty rudzielec w Warszawie, a akurat jest wolna. Na godzinę?

– Tak, wystarczy. – Czuł się coraz bardziej idiotycznie. Może jednak odłożyć słuchawkę, pomyślał.

– A może na dwie? Wtedy trzecią dostanie pan gratis. Co pan na to?

– Przecenia mnie pani chyba. – Zwariowała. Co on miałby robić z tą Ewą przez trzy godziny. Opowiadać o żonie?

Na życzenie dziewczyny z call center podał adres.

– OK. Dziewczyna przyjdzie z ochroniarzem za godzinę, zapłaci mu pan sto pięćdziesiąt złotych. Potem ochroniarz wyjdzie i przyjdzie po dziewczynę. Uprzedzam, że jeśli Zygfrydowi nie spodoba się u pana, to z randki nici.

– Zygfrydowi?

– No, ochroniarzowi.

– Jasne.

– To życzę miłej zabawy i dziękuję za wybranie naszej agencji. Na pewno pan nie pożałuje.

– Dziękuję. Do widzenia – odpowiedział odruchowo. Boże drogi, nie przypuszczał, że taka kultura panuje w tej branży. Myślał, że to jakieś mroczne podziemie, a w Pizza Hut go lepiej nie potraktowali.

Zadzwonił domofon.

Zwlókł się z fotela i podszedł do drzwi. Domofon był jedną z niewielu rzeczy w tym mieszkaniu, która nie działała na pilota, niestety.

– Tak?

– Pizza dla pana.

9

Oleg i Chudy kolejny raz stali przy windach na pierwszym piętrze, jakby tutaj miało im przyjść do głowy rozwiązanie. A może po prostu przyciągało ich miejsce, gdzie zdarzyło się coś tak niesamowitego. Palili w milczeniu.

– Zaczynam się czuć jak agentka Scully – powiedział Chudy, wracając ze zsypu, gdzie skiepował papierosa. – Nikt nic nie wie, dzieją się dziwne rzeczy i żadna z nich nie jest ani trochę śmieszna.

– Racja – odparł Oleg. – Pytanie, czy to sprawa dla nas. Mamy miejsce, gdzie wypadki chodzą po ludziach, i tyle. Nikt nikogo nie morduje, nikt nawet na nikogo nie napada. Są ofiary, nie ma sprawców. Policja tu nie jest potrzebna.

Chudy usiadł pod ścianą i wyciągnął następnego. Już miał zapalić, kiedy zdał sobie sprawę, że siedzi w miejscu, gdzie leżała głowa. Przesunął się w stronę okna.

– Być może do czasu – powiedział.

– Co „być może do czasu"? – Oleg uniósł brwi zdziwiony.

– Być może w końcu ktoś kogoś kropnie.

– Niby dlaczego? Dlatego że odsetek dziwaków jest wyższy niż gdzie indziej? Daj spokój. Równie dobrze mógłbyś zamknąć wszystkich, którzy pracują w warsztacie, gdzie naprawiam moje punto. To dopiero banda pojebów... – Oleg zaklął na samo wspomnienie swoich majstrów. – Mówię ci, nic tu po nas. Chodzimy, kręcimy się, szukamy logiki w zwykłym, może rzeczywiście nie do końca zwykłym, wypadku z uporem godnym lepszej sprawy, a inna robota odłożona.

– A co powiesz na niusy z administracji? – Chudy spojrzał pytająco.

– Że co? Że połowa mieszkań stoi pusta? Mnie to nie dziwi. Ludzie uciekają z blokowisk. Ci, co mają pieniądze na kupno mieszkania, wolą wziąć kredyt i wprowadzić się gdzie indziej. Sam bym nie chciał tutaj mieszkać. Poza tym, jeśli masz rację i jest to miejsce rzeczywiście „nawiedzone", to co się dziwić. Nie ma chętnych i dlatego stoi puste. Dajmy sobie spokój i weźmy się za tę sprawę z Łomianek. Chudy nie odpowiedział.

– O co ci chodzi? – zaczął znowu Oleg, tym razem podniesionym głosem. – Mam chodzić od drzwi do drzwi i mówić: „Przepraszam państwa, w tym domu zdarzają się dziwne wypadki, lepiej się stąd wyprowadźcie"?

– Sam nie wiem – odparł po chwili Chudy. – Zauważyłeś, że tylko my w ogóle coś widzimy? Ci, co tutaj mieszkają, są jacyś tacy może nie tyle wyluzowani, co nieświadomi. Jakby brali prochy. Nic z tego nie kapuję i wiem, że masz rację, ale czuję, że to nie koniec. Że jak teraz damy sobie spokój, wkrótce znowu będziemy musieli tu przyjechać do jakiegoś trupa. A potem do jeszcze jednego. A jak się kiedyś okaże, że to jednak nie były wypadki? Że to ktoś ustawił? Że jest sprawca? Jak się będziemy wtedy czuli, co?

– Wariujesz, chłopie. Ciągnie cię tutaj, bo za dużo czytasz. Babka skoczyła z okna, świadkowie widzieli, że zrobiła to sama. Chłopak był w windzie też sam. Czemu mielibyśmy nie wierzyć Emilii. Facet, który wpadł do szybu, ok, być może ktoś go wepchnął, ale nie ma nawet pół poszlaki. Kompletnie nic!

– A co powiesz na rysunek tego młodego, Łazarka, i na to, co mówili razem z żoną? – Chudy nie poddawał się łatwo.

– Teraz przegiąłeś, jak Boga kocham. – Oleg usiadł ciężko przy ścianie na znak rezygnacji. – Koleś sobie rysuje straszne obrazy, jego prawo. Jego żona ma atak paniki w windzie, gdzie komuś ucięło głowę. Też ma do tego prawo, nie dziwi mnie to wcale. Poza tym może cierpi na schizofrenię, ma raka mózgu albo po prostu ciężką nerwicę. Nie interesuje mnie to i ciebie też nie powinno.

Oleg wyciągnął z kieszeni piersiówkę z ukraińskim koniakiem i pociągnęli po łyku. Milczeli, nie patrząc na siebie. Potem jak na komendę wstali, zeszli razem na parter do wyjścia.

Chudy westchnął.

– Dobra, niech ci będzie. Chciałbym jeszcze zobaczyć tę piwnicę i spadamy.

– Ale nie dzisiaj. Możemy wpaść w przyszłym tygodniu, jak wrócę z urlopu.

– OK. Ja też będę miał dużo roboty.

Za oknem było już ciemno i wyraźnie widzieli w szybie swoje odbicia oraz pustą klatkę za plecami. Jedna z jarzeniówek mrugała i nerwowo brzęczała, jakby ich poganiając. Oni jednak wciąż stali, zastanawiając się, dlaczego towarzyszy im uczucie, jakby o czymś zapomnieli.

Drzwi otworzyły się nagle, choć żaden z nich nie położył dłoni na klamce. Obaj mężczyźni parsknęli śmiechem i wyszli, nie zamykając ich za sobą.

Drzwi zamknęły się same.

10

Co może zrobić samotna dwudziestodziewięciolatka w piątkowy wieczór, w dzień swoich urodzin? Zrobić przyjęcie, iść do kina, spotkać się z przyjaciółmi na mieście, obejrzeć na wideo film z Meg Ryan – możliwości są setki. Tymczasem Rachela Michalak wybierała się na zebranie do pracy i czyniła to z radością. Zorganizowanie kwartalnego spotkania szefów działów w piątkowy wieczór było dla niej najpiękniejszym urodzinowym prezentem. Zwłaszcza że po raz pierwszy, odkąd pracowała w tej firmie, miała poprowadzić spotkanie.

No dobrze, poprowadzić to trochę za dużo powiedziane, pomyślała, po raz setny poprawiając przed lustrem garsonkę. Teraz z kolei wydało jej się, o ile to w ogóle możliwe, że rajstopy krzywo się ułożyły i widać na nich cień. Poprawiła je ostrożnie, żeby nie zrobić dziury, ale teraz zdało jej się, że jest jeszcze gorzej. Zdjęła je i założyła, tym razem powoli i staranniej. Przez chwilę szukała zgubionej myśli. Zaraz? O czym to ja...? Aha, poprowadzić to za dużo powiedziane, w końcu miała tylko obsługiwać rzutnik, z którego będą padać na biały ekran kolejne slajdy przedstawiające stan firmy, omawiane przez jej szefa.

Wielu sądziłoby, że jest to zadanie dla sekretarki, w gruncie rzeczy dość głupie i niegodne młodszego kierownika Działu Korporacyjnego, którym była Rachela. Ona myślała inaczej. Niejednokrotnie widziała, jak złe zmienianie slajdów – za wolne lub za szybkie – zmuszało do interwencji dyrektora zarządzającego. Jeszcze pół roku temu chciała się zapaść pod ziemię ze wstydu, kiedy jedna z jej podwładnych przez przypadek wyłączyła komputer, zmuszając szefa do przerwania prezentacji i kąśliwej uwagi: „Widać ciągle za mało wydajemy na szkolenie komputerowe personelu".

Teraz zrobi to sama i wszystko będzie po prostu idealnie. Wyszła z mieszkania na trzecim piętrze i szybkim krokiem zeszła po schodach. Na parterze, przed drzwiami prowadzącymi na zewnątrz, przystanęła, żeby po raz ostatni się przejrzeć w szybie. Poprawiła dekolt bluzki. Czy nie jest za głęboki? Zaniepokoiła się, że ktoś to zauważy, i chciała wrócić do domu, ale nie było już czasu. Taksówka czeka, a ona musi być za kwadrans na miejscu. I oczywiście jeszcze raz wszystko sprawdzi. Przy takim zadaniu nie ma miejsca na wpadki.

Pchnęła drzwi, które ani drgnęły. Szarpnęła kilka razy w jedną i drugą stronę. Nic. Zamknięte. Co za kretyn zamyka drzwi wejściowe? Wyjęła klucze z torebki. Włożyła właściwy do zamka i próbowała przekręcić. Użyła całej siły, na próżno i w końcu zrobiła dźwignię z długiego klucza do mieszkania i nacisnęła – trzasnęło i klucz pękł, zostawiając swoją większą część w zamku.

Krzyknęła ze złości. Co robić, myślała gorączkowo. Jak się wydostać, żeby się nie spóźnić. Może przez okna sąsiadów na parterze? Mają kraty, ale część się chyba otwiera. Podbiegła do kraty oddzielającej klatkę schodową od korytarza i zaczęła naciskać wszystkie dzwonki.

Nikt nie wyszedł.

Nacisnęła wszystkie jeszcze po kilka razy. Też nic.

– Błagam, nie! – krzyknęła ze łzami w oczach. – Nie mieliście kiedy wyjść?!

Boże, Boże, myślała, już po mnie, po karierze, po pracy. Koniec. Moment, moment, przecież można wyjść z korytarza na pierwszym piętrze na daszek i stamtąd zsunąć się lub zeskoczyć. Jasne! Podbiegła do schodów. Drzwi były zamknięte. Odsunęła się od nich zdziwiona. Jak to? To niemożliwe, przecież przed sekundą tędy przechodziła i były otwarte. Zatrzasnęły się? Kiedy? Szarpnęła za klamkę. Kawałek metalu został jej w ręku, z drugiej strony drzwi dobiegł metaliczny brzdęk. Świetnie!

Windy!

Żadnej nie było na dole. Nacisnęła guzik i czekała. Musiały być wysoko, bo żadna się nie pojawiała. Jeszcze raz nacisnęła guzik. Dioda świeciła zielono, ale poza tym nic. Żadnego ruchu. Żadnych przesuwających się za szybą lin – zwiastunów rychłego pojawienia się kabiny. Nic.

Stała nieruchomo i poczuła niepokój. Przypomniała sobie, co się tu niedawno zdarzyło. Nagle przestało jej zależeć na dotarciu na zebranie. Zapragnęła, żeby się ktoś tutaj pojawił. Ktokolwiek. Jest piątkowy wieczór, kupa ludzi się kręci, na pewno zaraz ktoś przyjdzie i coś wymyślą, zadzwonią po ślusarza na przykład, po konserwatora wind. Szkoda, że zostawiła komórkę w pracy. Tak to mogłaby sama zadzwonić.

Jeszcze kilkakrotnie, bez wiary w efekt, wcisnęła guzik. Stała, bębniąc palcami o udo. Migająca jarzeniówka nad jej głową zabuczała przeraźliwie i strzeliła iskrami. Rachela krzyknęła i podbiegła do drzwi wejściowych. Czuła, że coś ugniata jej mostek, czuła mrowienie w dłoniach i pulsowanie krwi w głowie. Bała się i nic nie mogła na to poradzić. Strach rozlewał się po jej ciele jak alkohol w mroźny dzień. Zaczęła walić rękami w drzwi, wzywając pomocy. Przytknęła głowę do szyby i okoliła twarz rękami, żeby zobaczyć, czy ktoś przechodzi na zewnątrz. Ale równie dobrze mogłaby próbować ujrzeć coś za lustrem w łazience. Kiedy bezskutecznie wytężała wzrok, usłyszała za sobą zatrzymującą się windę.

Zrobiła dwa kroki w jej kierunku i westchnęła. Winda nie była pusta. Coś się w niej ruszało. Widziała to, choć stała daleko. Ale nie był to człowiek, nie był to pies, wyglądało raczej, jakby cała kabina była oblepiona karaluchami. Rachela wyraźnie słyszała zgrzyt trących o siebie chitynowych pancerzy.

Zaczęła wrzeszczeć, jak tylko potrafiła najgłośniej. Czuła, że ból rozrywa jej gardło, miała smak krwi w ustach, ale nie dbała o to, nie zważała, czy pękną jej struny głosowe i czy kiedykolwiek wyda z siebie głos. Byleby głośniej, na coraz wyższych tonach, żeby ktoś ją usłyszał. I wtedy, być może od dźwięku jej głosu, pękła szyba w drzwiach windy. Rachela zobaczyła, jak przez szczelinę wychodzą pierwsze owady. Nie przestając krzyczeć, zaczęła walić rękami, łokciami i kolanami w szyby drzwi, żeby je rozbić. Robale dotarły do schodów. Kiedy pierwszy znalazł się koło jej buta, odwróciła się plecami do drzwi i zauważyła leżący pod skrzynkami na listy kawałek lastryko. Rzuciła się po niego, a jej obcasy ślizgały się po karaluchach. Podniosła go i z całej siły rzuciła w ciemną szybę. Jednak zamiast w największe okno lastryko trafiło w wąską szybę z boku, przez którą i tak nie mogłaby się wydostać.

Szkło rozbiło się na wiele kawałków i Rachela Michalak, zanim umarła, zdążyła jeszcze zobaczyć, że za szybą nic nie ma, tylko absolutna czerń, i że kawałki szkła zamiast wypaść razem z kamieniem na podwórko, wlatują z wielką szybkością do środka, jakby z tamtej strony ktoś rzucił kamieniem. Jeden z kawałków, długi i cienki jak sopel lodu lub sztylet mordercy, poleciał w jej stronę, przebijając na wylot zmęczone krzykiem gardło.

Dziewczyna osunęła się na schody. Nie bała się już. Ostatnią jej myślą było, że nie ma tu przecież żadnych robaków i że to idiotyczne organizować służbowe spotkania w piątkowe wieczory.

11

Parter, wejście. 8 listopada 2002, godz. 21.30.
Kobieta: Tutaj?

Mężczyzna: Tak. Będę czekał na dole, więc jak skończy wcześniej, po prostu zejdź. Za półtorej godziny tańczysz na Mokotowie.

Kobieta: Bez bzykania?

Mężczyzna: Gnojki mają wieczór kawalerski, zapłacili też za bzykanie już-wkrótce-małżonka. Ale wiesz, jak jest. Popatrzą najebani, i tyle.

Kobieta: Wątpisz we mnie?

[śmiech]

Mężczyzna: Żartujesz chyba. Ale możemy się założyć. Chcesz?

Kobieta: Że go wybzykam? ok. Jak się nie uda, oddaję swoją dolę, jak się uda, dokładasz mi drugie tyle.

Mężczyzna: Stoi, ale najpierw tutaj, do pana samotnego Jana Kowalskiego. Wchodzimy. Czekaj, wcisnę domofon.

[domofon]

[cisza]

Kobieta: Może już śpi. Masz do niego telefon?

Mężczyzna: Tak, czekaj, już dzwonię.

[cisza]

Mężczyzna: Nie odbiera. Spróbujmy zastukać. Wciśnij do sąsiadów. Najlepiej wszystkich, niech sobie pogadają.

[domofon]

[cisza]

Kobieta: Szlag by trafił, półtorej stówy w plecy.

Mężczyzna: Jak się postarasz na Mokotowie, to wyjdziesz na swoje. Idziemy czy chcesz próbować dalej?

Kobieta: Idziemy, nie ma co. Nie podoba mi się tutaj.

ROZDZIAŁ 4

TRUDNO NADAĆ SENS PORZĄDKOWI, KTÓRY DZIEJE SIĘ WBREW ROZUMOWI.

Warszawa, Bródno, napis na murze cmentarza przy ul. Odrowąża

1

Agnieszkę obudziło ciepło. Wyjątkowo mocne jak na listopad słońce wpadało przez zamknięte okno i rozgrzewało granatową pościel. Dziewczyna jeszcze w półśnie skopała ją z siebie i otworzyła jedno oko, żeby spojrzeć na czerwone cyfry radia z budzikiem. 11.11. O Boże, pomyślała, kiedy ja się ostatnio tak wyspałam, chyba jeszcze u rodziców. Wieczorem nie tyle zasnęła, co straciła przytomność, starając się przeczytać kilka stron *Sokoła maltańskiego*. I tym razem nic nie zakłóciło jej odpoczynku. Odkąd się tutaj wprowadzili, wystarczył najlżejszy szelest, żeby przerwać jej sen i sprawić, że czasem aż do świtu przewracała się z boku na bok, nie mogąc usnąć. Bywało, że zaczynała odczuwać irracjonalny strach, który sprawiał, że zapalała lampkę i czytała, żeby oderwać się od swoich wyobrażeń. Zdarzało się tak zwłaszcza wtedy, kiedy nawiedzał ją koszmar – zawsze ten sam, zawsze bez zakończenia, zawsze równie przerażający. Bała się, że kiedyś przyśni jej się do końca.

Ale dziś było inaczej. Czuła się rześka i wypoczęta jak nigdy dotąd. Spokojna. Włączyła płytę z najlepszymi przebojami Roda Stewarta, otworzyła okno i odetchnęła kilka razy pełną piersią. Wyjrzała za zasłonkę, która oddzielała wersalkę od reszty pomieszczenia (żałosna namiastka sypialni). Robert siedział na podłodze, oparty plecami o ścianę. Pomiędzy jego nogami leżał pomazany karton. Gryzł koniec pędzelka i gapił się w okno. Nawet nie zauważył, że wstała.

– Co my teraz zrobimy z tak pięknie rozpoczętym dniem? – zapytała siebie cichutko, ładując poduszki do schowka w składanej sofie i kołysząc się w takt *Rhythm of my heart*. Najpierw napiję się kawy, myślała, potem pójdę po coś na śniadanie. Roberta po południu na pewno uda się wyciągnąć na spacer. Wieczorem jakaś dobra kolacyjka... Ech, życie jednak potrafi być piękne. Agnieszka chciała, żeby dziś było wyjątkowo piękne i żeby Robert był szczęśliwy i odprężony, gotów na przyjęcie najlepszej wiadomości od czasu, jak się poznali. Ale na razie niech sobie maluje, myślała. Jego wczorajsze szkice były co prawda przerażające, ale jednocześnie rewelacyjne. Wzbudzić taki niepokój, posługując się tylko pędzelkiem – to jest sztuka. Kto wie, może już niedługo jej problemem będzie, co włożyć na wernisaż w CSW, jego – jak odpowiadać w wywiadach, a ich wspólnym, czy w czerwcu na Dominikanie nie jest zbyt gorąco i czy nie lepiej pojechać tam w październiku, a teraz wyrwać się na weekend do Sztokholmu.

Uśmiechnęła się promiennie. Życie jest super, a będzie jeszcze lepiej.

2

Siedział, patrząc na karton, na którym późnym wieczorem naszkicował ledwie kilka kresek ołówkiem. Po raz nie wiadomo który powtórzył w myślach, że to jest niemożliwe i nieprawdopodobne. Że owszem, potrafi się wyłączyć w czasie rysowania, wpaść w stan zbliżony do narkotycznego, ale mimo to jeszcze nigdy mu się nie zdarzyło zobaczyć następnego dnia swojego rysunku i stwierdzić, że to nie on malował. Bez sensu. Chyba że to tak głęboko w nim siedzi, tak mocno, że podobnie jak zjawia się w snach bez jego świadomości, tak samo bez jej udziału potrafi pojawić się na kartonie. Czy ta teoria brzmi prawdopodobnie? Ni cholery.

Jeszcze wczoraj usiłował po raz kolejny zabrać się do szkicowania swoich dwóch sił – agresji i wrażliwości. Po raz kolejny szło mu jak krew z nosa. Stawiał kreski, które niczemu nie służyły, rysował figury i kształty, które nic nie znaczyły. Czasami wychodziło z tego coś innego – na przykład szkice piwnicy – coś, co musiało najwidoczniej opuścić jego duszę, ale to były ciągle dygresje, dalekie od tego, co chciał zrobić. Nie zbliżył się ani o pół kreski do celu.

A teraz jeszcze to.

Najpierw dziwny koszmar. Śniło mu się, że wracał do domu, tego rodzinnego, a raczej matczynego, na Mazurach. Nie czuł niepokoju, żadnego strachu. Szedł, przeskakując z kamienia na kamień, jak to mu się zdarzało po bardzo dobrym dniu w szkole. Skręcił z głównej drogi, przeszedł przez mały lasek i dotarł na pole, gdzie stała ich chałupka. Nazywali ją tak, ale na żadnej wsi by takiej nie uświadczył. Kiedy matka postanowiła wyprowadzić się z Warszawy po zawodzie miłosnym – Robert miał wówczas pięć lat – kupiła zwykły wiejski dom. Dwie izby, kuchnia węglowa, wszystko zapuszczone. Doprowadzenie tego do stanu używalności, przy skromnych funduszach, jakie matka zdobywała ze sprzedaży obrazów i ilustrowania książek, a także (o czym dowiedział się znacznie później) rysowania świerszczyków, które krążyły na podziemnym rynku komiksowym, zajęło dwa lata. Kiedy było ciepło, spali w dużym namiocie wojskowym, rozbitym na polu za chałupą, w zimie w jednej z izb, nad którą dach naprawiono na tyle, że nie przeciekał. Tak naprawdę ów koczowniczy okres wspominał dość dobrze. Matka troszczyła się o niego, usiłowała mu zrekompensować trudy takiego życia, zmiany miejsca, nowego przedszkola, gdzie na początku był odrzucony jako „obcy", i na dodatek „z Warszawy".

W końcu budowa dobiegła końca, namiot zostawili na pamiątkę, i wprowadzili się do chałupy, która teraz została wzbogacona o dodatkowe pomieszczenie. Tak naprawdę pomieszczenie to było dwa razy większe od całej reszty. Nazywali je Salą. Sala miała siedemdziesiąt metrów powierzchni i była wysoka na ponad siedem metrów w najwyższym punkcie. Wszystkie krokwie, belki i deskowanie dachu były na wierzchu; brak sufitu i ścian działowych dawał Sali dodatkową przestrzeń. W nocy, kiedy jedyne źródło światła stanowił olbrzymi murowany kominek, czarne cienie rzucane przez grube podpory i krokwie tańczyły w czerwonym świetle, a szczyt Sali ginął w mroku tak smoliście czarnym, że strach było tam patrzeć. Robert często wolał spać w Sali niż w swoim pokoju i przed zaśnięciem patrzył zafascynowany na czerń. Miał wrażenie, że tam nie jest pusto, że bulgocze tam ciemna nicość. Wyobrażał sobie, że kiedy światło przygasa, czerń schodzi, oddzielają się od niej grube, tłuste krople, próbując spaść na jego łóżko – i chowają się, jak tylko strzeli iskra albo matka zapali nową świeczkę. Leżał tak i próbował zasnąć, rozkoszując się niesamowitością widowiska, a matka siedziała w kącie Sali, gdzie miała warsztat, i krótkimi pociągnięciami pędzla i kropeczkami (nigdy chyba nie zrobiła linii dłuższej niż kilka centymetrów) wydobywała z płótna świat fantastycznych barw i kształtów. Zapach Sali – terpentyny, farb olejnych, płonącego drewna i topiącej się stearyny – to był zapach jego dzieciństwa. Dzieciństwa, które wówczas było magiczne i wspaniałe, a potem – kiedy mama zdziwaczała – zamieniło się w..., zresztą mniejsza. Było, minęło. Nie ma co rozdrapywać starych ran. Dobrze, że się jej pozbył, wyjechał trzysta kilometrów dalej, teraz jest wolny.

Tak, łatwo powiedzieć: „Nie ma co rozdrapywać...". A ten sen? Dochodził do chałupki i wszystko jeszcze było w porządku. Minął szpaler słoneczników, głaszcząc pieszczotliwie ich wielkie głowy, i dopiero wtedy coś go zaniepokoiło. Podniósł głowę i zobaczył, że z komina, tego od kominka w Sali, wali gęsty, czarny dym, jakby ktoś palił u nich oponami. Było go mnóstwo. Cienkimi strużkami wydobywał się też ze szczeliny pod drzwiami i kładł na ziemi, otaczając łodygi słoneczników i jego stopy, nieczuły na podmuchy wiatru.

Otworzył drzwi, bojąc się, że w środku będą tylko płomienie i dym, ale nie – tutaj też leżała czarna mgła, tylko na podłodze, sięgała trochę wyżej, do poziomu kolan. Krzyknął: „Mamo! Jesteś tam?". „Jestem, jestem, pracuję w Sali!" – odkrzyknęła. To go trochę uspokoiło. Może to normalne, że dym tak się wije?

Wszedł do Sali. Okna były zasłonięte. W kominku nie płonął ogień, było za to mnóstwo rzucającego szkarłatny blask żaru, od którego drgało powietrze. Było tak gorąco, że ledwo dało się oddychać. Matka malowała, odwrócona do niego tyłem, przy świecach. Zauważył, że źródłem dymu nie był kominek. To z płonących czystym, białym płomieniem czarnych świec spływało szerokimi smugami owo „coś" i zbierało się na dole. Podszedł bliżej, żeby rzucić okiem na obraz. Był dziwny. Przedstawiał ciemną ścianę, pokrytą oknami – trochę przypominało to ściany w wielkich blokach w Suwałkach. W części okien było zapalone światło, tworząc na ciemnej plamie jasny wizerunek twarzy z *Krzyku* Muncha. Był to tylko obraz, ale tak straszny, że chciał uciec. Oczywiście nie mógł wykonać żadnego ruchu, jak to we śnie. Wbrew sobie podszedł jeszcze bliżej.

Białe, zawsze długie i kręcone włosy matki zasłaniały jej twarz. „Podejdź na chwilę, chcę ci pokazać coś fajnego – powiedziała cicho, nie odwracając się. – Doszłam do wniosku, że już najwyższy czas na autoportret. Szkoda, że nie zrobiłam tego, jak byłam młoda" – dodała i zachichotała.

„Przestań, przecież jesteś młoda" – zaoponował, a własny głos dobiegał do niego jak przez ścianę.

„Nie, nie, nie jestem młoda, wręcz przeciwnie, jestem już bardzo stara, tak stara, że powinnam nie żyć od wielu lat". – Teraz dopiero spojrzał na rękę trzymającą pędzel. Była przeraźliwie chuda, a opinająca kości pomarszczona skóra przypominała skórkę pieczonego jabłka. Paznokcie były długie i zawinięte, przy kciukach wrosły w palce. To było obrzydliwe i straszne. Chciał krzyczeć, ale nie był w stanie. Zrobił jeszcze krok do przodu, wtedy matka odłożyła dymiący nicością pędzel do słoika i odwróciła się do niego. Nie chciał widzieć jej twarzy, ale nie mógł odwrócić wzroku. Nie mógł zamknąć oczu, nie mógł też podnieść ręki, żeby je sobie wydłubać. Zrobiłby wszystko, żeby tylko tego nie zobaczyć. Ale ujrzał. Twarz trupa z płonącymi białym światłem oczami.

Wtedy się obudził.

Z zamyślenia wyrwał go brzęczyk elektrycznego czajnika. Słyszał pogwizdywanie Agnieszki i dzwonienie łyżeczką o ścianki kubka. Nawet nie zauważył, jak wstała.

Agnieszka podeszła do niego, trzymając w ręku kubek z kawą. Była już ubrana.

– Cześć, słodki, co byś chciał na śniadanie?

– A co jest? – Prawie południe, a on nawet nie zauważył, że jest głodny.

– Co chcesz. Pójdę po zakupy do Carrefoura, możesz więc żądać nawet marynowanych kałamarniczek. Tylko powiedz.

Była w świetnym humorze. Nic dziwnego, pewnie jej nie dręczą koszmary. A jak się w dodatku śpi po dwanaście godzin! Poczuł złość. Dlaczego jemu wszystko przychodzi z takim trudem? Dlaczego ona się tak nie męczy? Czy nie widzi, ile go to kosztuje? Praca, życie domowe, malowanie, ostatnio nawet sen. Cholerna egoistka, głupia dupa ze wsi. Robi słodkie minki, a tak naprawdę go rozszarpuje, chce jak najwięcej dla siebie. Ażeby ją znowu w windzie napadło, mitomankę!

Spostrzegł, że z wściekłości zacisnął ręce z całej siły na kolanach. Bolało. Spojrzał na swoje dłonie, jakby należały do kogoś innego. To on je zaciskał? Czy przed chwilą nie myślał o swojej żonie jak o kimś obcym? Cholera, chyba jest przemęczony.

– Co? Do Carrefoura? Świetnie.

Świetnie, nie będzie jej co najmniej przez godzinę. Weźmie prysznic i chwilę odsapnie. Może warto później się napić trochę piwa albo pójść do kina. Potrzebuje jakiejś odskoczni.

– Kup coś na grzanki, co? Zrobimy sobie z tuńczykiem i pomidorem, kup też świeżą bazylię, jak będzie. W sam raz taki lekki lunch. Potem może gdzieś wyskoczymy.

Podeszła i pocałowała go w usta.

– Chętnie, chętnie. Będę jak najszybciej. – Spojrzała na karton. – Malujesz od rana? Pokaż... Przecież to Sala! A tam w kącie maluje twoja mama. Tylko nie ma chyba takich długich włosów, co? Całkiem nieźle. I szybko ci poszło, wczoraj jeszcze tego nie widziałam.

Teraz był dobry moment, żeby powiedzieć o wszystkim. O tym, że nie pamięta, żeby to malował, że miał okropny sen, że czuje się dziwnie, że wczoraj stracił pracę. A w tej chwili czuje się źle, jest mu smutno i nie chce, żeby wychodziła. Chce, żeby położyli się razem, żeby go przytuliła i powtarzała, że go kocha i wszystko będzie dobrze. Potrzebował tego. Tak bardzo, jak niczego innego, wiedział o tym gdzieś głęboko, i teraz to uczucie przez chwilę pojawiło się na powierzchni. Otworzył usta, żeby wszystko wyznać.

– A, to taki mały szkic, wprawka, zacząłem go wczoraj w ciągu dnia, tylko leżał pod papierami. Nie zapomnij o papryce, dobra? Zużyłem wczoraj resztkę.

– OK. Nie ma sprawy – odparła.

Czekał, aż zapyta, czy nie chce jej jeszcze czegoś powiedzieć, czy wszystko w porządku. Ale ona wróciła do kuchni, żeby odstawić kubek.

– A, kochanie, jeszcze jedno! – krzyknął za nią.

– Tak?

Zaczerpnął głęboko powietrza. Teraz albo nigdy.

– Zrób mi kawy, jak już jesteś w kuchni. Też się chętnie napiję.

3

Chciało mu się pić. Nie, nie chciało mu się pić. Umierał z pragnienia. Nie był w stanie poruszyć językiem ani otworzyć ust, nie miał śliny, którą mógłby przełknąć. Ktoś inny mógłby pomyśleć, że to objaw groźnej choroby, może nawet wpadłby w panikę. Ale Wiktor wiedział, że ma po prostu monstrualnego kaca. Spokojnie wstał, nie otwierając oczu, podszedł do lodówki i wyjął z niej butelkę niegazowanej wody.

Wypił połowę i dopiero wtedy pokusił się o otwarcie powiek. Coś łupnęło go w głowę od środka. Zamknął oczy i wrócił po omacku do łóżka, przyciskając do piersi plastikowy pojemnik.

Liczył, że zaśnie.

Nic z tego.

Powiercił się trochę w łóżku, próbując znaleźć dobrą pozycję. Taką, w której zachce mu się spać. Jednak im bardziej się kręcił, tym bardziej był rozbudzony, dał więc spokój i postanowił wstać. Usiadł ostrożnie na skraju łóżka i wlał w siebie resztę wody. Lepiej.

Czas od wczorajszego popołudnia był czarną dziurą. Pamiętał tylko, że kupił butelkę i przyszedł z nią do domu. Potem pewnie było jak zwykle. Rozejrzał się po pokoju, aby ocenić efekty straconej nocy. Nie było źle, a przynajmniej nie tak źle, jak bywało. Butelka walała się po wykładzinie, zupełnie pusta, czyli nie będzie go kusić klinem. Nigdzie nie widział wymiocin, w łóżku nie było ekskrementów, ogólnie nie najgorzej. Otworzył okno. Niezatrzymywane przez brudne szyby, słońce zaświeciło mu prosto w oczy, od czego mało nie umarł. Jęknął głośno i odwrócił głowę.

– Prysznic, kawa, kanapka – mruknął i poszedł do łazienki. Wysikał się, spuścił wodę i odkręcił kurki przy wannie. Poleciało trochę brązowej, rdzawej cieczy, potem kran parsknął kilka razy, kichnął resztką wody, i tyle.

– Basta! – zawył Wiktor. – Nie mieliście kiedy zakręcić wody, wy nieodrodni synowie swoich jakby puszczalskich matek!

Rąbnął z całej siły w baterię. Kilka razy zakręcił i odkręcił kurki, co oczywiście nic nie dało. Przez to, że nie mógł się umyć, poczuł się jeszcze bardziej brudny niż przed chwilą. Czuł, że jest lepki, śmierdzący, a wszystko, czego potrzebuje, aby osiągnąć komfort, to odrobina wody.

W kuchni też nic nie leciało, za to kran dłużej wygrywał swoją skoczną melodię. W lodówce na szczęście były jeszcze dwie butelki mineralnej. Wiktor wziął je i kombinował, jak można się umyć w trzech litrach. W końcu westchnął i wlazł z butelkami do wanny. Najpierw zmoczył ręcznik i wytarł nim ciało, potem się namydlił, w końcu spłukał się w ten sam sposób, to jest raczej starł mydło wilgotnym ręcznikiem. Resztkę lodowatej wody po prostu na siebie wylał. Drugim ręcznikiem wytarł się do sucha, cały czas klnąc najgorszymi słowami, jakie mu przychodziły do głowy.

„Prysznic" miał za sobą. Teraz śniadanie. Nasypał rozpuszczalnej kawy do kubka, zdjął czajnik z kuchenki i podstawił go pod kran. Stał tak chwilę, zanim zrozumiał, że w kranie nie ma wody, a resztkę butelkowej zużył do spłukania mydła ze stóp, i zaczął się śmiać tak, że musiał usiąść. Licząc na cud, zajrzał ponownie do lodówki (może są samonapełniające się lodóweczki, tak jak nakrywające się stoliczki?), ale z płynów były tam tylko dwa kartony z sokiem pomarańczowym. W zamrażalniku był za to pojemnik z lodem. Cierpliwie wydłubał lód z pojemnika, rozkruszył go i wcisnął przez dziubek do czajnika. W końcu, bardzo z siebie dumny, nastawił wodę.

Kilka minut później siedział już przy biurku z dwiema kanapkami z żółtym serem i kubkiem kawy. Włączył komputer.

Skatowany alkoholem, żołądek dość szybko zareagował na potraktowanie go mocną kawą. Wiktor pobiegł do łazienki i tym razem, jak przypomniał sobie, że jest pozbawiony wody, już mu nie było do śmiechu. Szybciej za to wymyślił, co należy zrobić. Wylał dwa litry soku pomarańczowego do miski i spłukał tym toaletę.

– *Voilà* – powiedział, z hukiem opuszczając deskę. – Prawdziwa szkoła, kurwa, przetrwania. Nie ma to jak mieszkać w wielkiej aglomeracji i korzystać na co dzień z dobrodziejstw cywilizacji.

Skończył śniadanie i otworzył nowy dokument. Chciał zrobić plan swojego tekstu o blokowiskach, zanim zacznie zbierać materiały. Komputer pokazywał za kwadrans jedenastą. Akurat, pomyślał, do drugiej popracuję, potem pójdę po coś na obiad i zapas wody. Rewelacja.

Minęło pół godziny, a ekran był cały czas tak samo biały, zapełniła się jedynie popielniczka przy klawiaturze.

No, Sukiennik, ty cholerny leniu, napisz cokolwiek, tylko przestań się gapić w ten ekran. Wiesz, że jak zaczniesz, to już jakoś pójdzie. Wystukał:

cokolwiek

Pobębnił chwilę palcami o blat biurka i stukał dalej:

no widzisz, bardzo ładne cokolwiek, teraz dalej, no, hop, siup, trala, la, la, piszemy Sukiennik cały czas, bo inaczej nic nie napiszemy, ble, ble, ble, kocia fujarka, bara bara riki tiki tak, gorzka wódka, nic mi nie przychodzi do głowy, blok, blok, smok i cmok, buzia fruzia, daj mi tę noc

Przerwał. Ten sposób czasami skutkował, choć nie zawsze. Mimo to próbował dalej:

a może by tak bardziej z sensem, zastanów się, jak napisać o blokowiskach, żeby było świeżo, żeby nie mówi pan psycholog i hip-hop i dresy i pijaczki, bo to wszystko obrobione na milion stron, żeby nie po patologiach, ale po zwyczajnościach, zamknięciach, alienacjach i po tym, że jak to możliwe, że na świecie tyle przestrzeni, a tutaj z każdej strony ktoś siedzi za ścianą

Znowu przerwał. Zaczynało mu się układać. Skasował wszystko, co napisał wcześniej, i zaczął wyliczać w punktach:

1. wyobraź sobie blok, gdzie ściany i stropy są ze szkła

2. pokaż prawdziwe typy mieszkające w jednym budynku, może być twój, ale niekoniecznie

3. wypowiedzi nudnych mądrych (socjolog, psycholog, wychowawca, ksiądz, policjant) do ramek; skup się na historiach

4.

Nie pojawiało się żadne cztery. Przyszedł mu za to do głowy pomysł, żeby sprawdzić pocztę.

Hola, hola, panie Sukiennik, mieliście pracować do drugiej, a tu jeszcze dwunastej nie ma!

Dobra, przecież to chwila, usprawiedliwił się i połączył z internetem. W poczcie nic nie było oprócz propozycji, żeby zobaczył, jak matka zabawia się ze swoją córką. Skasował. Powziął postanowienie, że popracuje do dziesięć po drugiej, a teraz jeszcze sprawdzi u Czarnoksiężnika, czy są jakieś nowości, skoro i tak jest połączony. Kiedy już pojawiały się pierwsze elementy witryny księgarni, kliknął „stop" i wybrał z ulubionych Google.

Dlaczego mu to nie przyszło wcześniej do głowy? Przecież Weronika, gdziekolwiek pracowała, bez wątpienia miała adres e-mail, udzielała się jak zwykle w grupach dyskusyjnych, forach, być może też wyskoczą jakieś jej publikacje. To najprostszy sposób, żeby ją znaleźć!

Wpisał w okienko wyszukiwarki „weronika sukiennik barska" (nie wiadomo, czy nie używa panieńskiego nazwiska). Dopisał jeszcze „veraikon" – to był nick, którym często się posługiwała. Wcisnął „enter".

„Could not open the page...".

Zaklął. Co za dzień. Ciekawe, co się jeszcze stanie. Kliknął „wstecz", ale pojawił się ten sam komunikat. W ogóle nie mógł załadować żadnej strony. Zerknął w róg ekranu. Nic dziwnego, że nie mógł, skoro go rozłączyło. Gdy kilka razy „połączenie ze zdalnym komputerem nie powiodło się", dał spokój, uznawszy, że w tepsie znowu nawaliły modemy. Chwalić Pana, nie zdarzało się to już tak często jak kiedyś, ale ciągle nie było rewelacyjnie.

Dla pewności podniósł słuchawkę. Głucho. Kilka razy nacisnął guzik. Cały czas głucho.

Wstał od biurka i walnął się na łóżko. Czuł się, jakby przerzucił tonę węgla.

Podsumujmy, myślał. Wody nie ma, jedzenia nie ma, picia nie ma, telefon tak jakby głuchy. Pomysłów żadnych nie ma i jeszcze głowa boli. Miałeś pracować do drugiej (a nawet dziesięć po drugiej), ale trzeba być elastycznym. Teraz pójdziesz na spacer i zakupy, dotlenisz się, przewietrzysz łepetynę, a popracujesz wieczorem. Zgoda?

Wiktor chętnie się ze sobą zgodził, ubrał i wyszedł.

4

Kamil przez ostatnie tygodnie skwapliwie korzystał z zakazu wychodzenia, gdy chodziło o wszelkie prace domowe. Stosował coś w rodzaju strajku włoskiego. Po prostu uznał, że zakaz jest absolutny.

Nie chodził ze śmieciami, nie robił zakupów, nie „wyskakiwał po piwko", gdy ojciec zapomniał przynieść. Kiedy starzy robili się natarczywi, odpowiadał: „Dobra, pójdę, przy okazji wskoczę do księgarni". Wtedy robiła się afera („Jak to do księgarni?! Zapomniałeś o naszej umowie?!". Ble, ble, ble...), i w końcu stawiał na swoim. Jak oni tak, to on tak. Trochę to wszystko było dziecinne, ale czasami wojna podjazdowa stanowiła jego jedyną rozrywkę, więc delektował się nią, wymyślając coraz to nowe powody konfliktu. Ale dziś już miał dość. Pogoda była przecudna, kuriozalne okienko słońca w szarej ścianie, którą Polska była zasłonięta od października do kwietnia. Stał na balkonie oparty o balustradę i miał wrażenie, że cały świat opuścił swoje ponure mieszkania o zbyt niskich stropach. Co prawda jutro był już ostatni dzień kary i w poniedziałek na pewno nie wróci wcześniej niż o północy, ale w poniedziałek mogło być szaro, mokro i po mazowiecku jesiennie. Jak co roku w Dzień Niepodległości.

Długo kręcił się po kuchni, marudząc, czego brakuje na śniadanie i czego w ogóle brakuje, i czemu mają jeść wczorajsze bułki (które są tak naprawdę przedwczorajsze), jeśli mogą zjeść świeże, dlaczego nie ma pomidora do kanapek, wszyscy dostaniemy hemoroidów z braku witamin, i tak dalej. W końcu zniecierpliwiona matka krzyknęła, żeby dał jej spokój, poszedł sobie po bułki i pomidora, i najlepiej nie wracał wcześniej jak za godzinę.

Nie zdążyła skończyć, a Kamil już był na korytarzu. Otworzył kratę i sfrunął po schodach.

5

Za chwilę Agnieszka, Kamil i Wiktor – główni bohaterowie wydarzeń, które rozegrały się w ciągu następnych dni (a raczej główni bohaterowie pozytywni) – spotkają się na dole przy zamkniętych drzwiach. Wówczas nie znałem osobiście żadnego z nich, ale czułem już, że od chwili, kiedy ktoś zapuka do mojego mieszkania i spyta: „Co się tu, u diabła, dzieje?", dzielą mnie nie miesiące i nie dni nawet, lecz godziny. To było nieuchronne. Zastanawiałem się, co im powiem. Czy są gotowi na prawdę? Czy zechcą jej wysłuchać?

Wahałem się długo, aż zrozumiałem, że w zbyt mroczne miejsce doprowadziły nas kłamstwa i niedopowiedzenia, żeby można sobie było pozwolić na jeszcze jedno. Tylko prawda mogła przynieść wyzwolenie tym, którzy go rzeczywiście chcieli. A takich – jak sądziłem – była większość, po jednej i po drugiej stronie.

6

Sąsiadka Łazarków z ósmego, ta, która pożyczyła Agnieszce klucz do piwnicy, siedziała nieruchomo w głębokim fotelu przy oknie. Czuła, że z żadnym żywym człowiekiem nie była nigdy tak związana jak z tym meblem. Pokryte pluszem oparcia wydawały się protezami jej rąk, a wysoki zagłówek najlepszym przyjacielem, z miłością dotykającym jej głowy. Lata samotności sprawiły, że zdziwaczała, i tylko w swoim fotelu czuła się bezpiecznie. Każde opuszczenie strefy, gdzie panowało obicie w kolorze burgunda, powodowało drżenie rąk, miękkość nóg i szybsze bicie serca. Mówiła sobie: starość, ale to było coś innego.

Tutaj siedziała na kolanach swojej matki, kiedy nikt nie słyszał jeszcze o miejscach, gdzie ludzie mieszkają pod tobą, nad tobą i obok ciebie. Tutaj klęczała u stóp babci, patrząc, jak z jej drutów spływają swetry, szaliki i wełniane czapki. Na ten fotel padł jej ranny ojciec, pamiętała, jak nie mogąc wykrztusić słowa, tylko patrzył na nią z miłością, i zaraz potem w tym fotelu umarł. Piła tu herbatę, kiedy odeszły jej wody płodowe, i siedziała w nim, kiedy w kuchni zawał powalił jej męża. Czasami myślała, że zbyt wiele emocji pamięta ten mebel i że bardziej ona należy do niego niż on do niej. Powinna pozbyć się go już dawno, przed dziesiątkami lat, ale nie chciała – nie chciała przyznać, że jest jego więźniem.

Teraz siedziała w nim nieruchomo od wielu godzin, na pewno od wczorajszego wieczoru, bez zmrużenia oka, i nasłuchiwała. Kiedy z korytarza dobiegło ją wesołe: „No to pa, będę za godzinkę”, trzaśnięcie i tupot młodych nóg, zbiegających po schodach, odetchnęła z ulgą.

Zbliżało się rozwiązanie i – kto wie – może nawet ona uwolni się od obicia w kolorze burgunda.

Jarek Kwaśniewski, dwudziestoośmioletni mieszkaniec najwyższego, dziesiątego piętra, patrzył na panoramę Bródna i cieszył się, że w końcu przeprowadzi swój eksperyment. Miał zapasy na pięć dni, a nawet więcej. Wyrzucił wczoraj do zsypu kable od telefonu, telewizora i komputera. Komplet kluczy wysłał pocztą kurierską do swojego przyjaciela, z zaznaczeniem, żeby przesyłkę dostarczono dopiero w środę, drugim kompletem zamknął wszystkie zamki, a następnie zniszczył klucze pilnikiem do metalu.

Do środy nie będzie mógł się stąd wydostać, nie będzie mógł zadzwonić, wysłać maila ani nawiązać żadnego kontaktu ze światem zewnętrznym. Całe pięć dni na medytację, pracę nad sobą i spowiedź życia. Albo zwariuje, albo się odrodzi. Miał szczerą nadzieję, że jego udziałem stanie się ta druga możliwość.

Paulina, samotnie wychowująca siedmioletnią córkę matka z szóstego piętra, walczyła z kurkiem od wanny. Stara bateria miała tę przykrą przypadłość, że chętnie wyrzucała z siebie strumienie lodowatej wody lub ukropu, ale wszystko, co pomiędzy – już niekoniecznie. Paulina przekonała ją do swojej wersji, wlała do wanny trochę płynu do kąpieli dla dzieci (butelka miała kształt bałwanka) i zawołała Anię. Dziewczynka wbiegła do łazienki z naręczem zabawek i wskoczyła do wody.

– Zostaniesz ze mną? – zapytała.

– Nie mogę, muszę do kogoś zadzwonić – odpowiedziała Paulina, widząc, jak jej córka markotnieje.

– To w takim razie przynieś mi radio, żebym mogła słuchać muzyki.

– OK, co chcesz?

– Michała...

– Nie ma mowy.

– No to prosiaczka.

Sprawdziła jeszcze raz temperaturę wody i przyniosła do łazienki małe różowe radio z CD. Włączyła je do gniazdka koło lustra, wcisnęła „play", spojrzała na Anię znacząco: „Tylko bez szaleństw, moja droga", i wyszła z łazienki. Z radia już płynęła piosenka o tym, że wystarczy „kilku kumpli i patyk albo dwa", żeby zbudować dom. Szkoda, że nie wszystko jest takie proste, pomyślała i sięgnęła po telefon, żeby rozpocząć ze swoim „do-niedawna-mężem" kolejne negocjacje.

Było zajęte.

Usłyszała plusk. Co to dziecko znowu wyprawia? Wyłączyła fonię w telewizorze (akurat jakiś krajowy mistrz kuchni nadawał z Jamajki – ten to ma życie), żeby lepiej słyszeć dochodzące z łazienki odgłosy.

Wykręciła jeszcze raz.

Usłyszała drugi plusk, Ania krótko krzyknęła, telewizor i światło zgasły, powietrze wypełniło się zapachem ozonu. Paulina momentalnie znalazła się w ciemnej łazience. Po powierzchni wody pływało, sypiąc iskrami, dziecięce radio. Poczuła, że umiera. Bała się zanurzyć ręce w wodzie, bała się, że wyciągnie stamtąd zwłoki swojej córki. Krzyknęła, kiedy coś mokrego chwyciło ją za rękę.

– Mamo...

Ania stała obok, ociekając wodą, w ręku trzymała gumowego misia.

– Mamo, to nie moja wina, naprawdę, wyszłam z wanny, bo miś wypadł, a bez niego nie ma zabawy, i chciałam wrócić, i wtedy zobaczyłam, jak to radio spada, ale ja go naprawdę nie dotykałam, mamo, przysięgam. Myślisz, że ono jest teraz zepsute?

Marianna i Witold Dobrzyńscy leżeli obok siebie w łóżku, trzymając się za ręce. Przeżyli ze sobą więcej, niż ktokolwiek chciałby przeżyć. Nie mówili tego głośno, ale jedyne uczucie, jakiego wspólnie nie doświadczyli, to uczucie śmierci. Wiele już lat na nią czekali, stając się jeszcze bardziej nierozłączni. Bali się, że dopadnie ich, kiedy będą sami. Ale śmierć nie przychodziła. Nie mówili tego głośno, ale obawiali się, że złośliwa kostucha specjalnie czeka na moment, aż się rozdzielą, i dlatego trzymali się siebie jeszcze bardziej kurczowo. Teraz, leżąc, nie musieli niczego mówić głośno, gdyż oboje doskonale to czuli. Śmierć była blisko, wystarczyło nie puszczać swoich dłoni.

Pustostany, a było ich tutaj wiele, stały się tej soboty jeszcze bardziej puste i zimne niż zazwyczaj. W dwupokojowym mieszkaniu na parterze zagrały rury nad zlewem, standardowa blokowa bateria z plastikowymi kurkami zatrzęsła się jak człowiek, który bezskutecznie usiłuje zwymiotować, i w końcu wypuściła z siebie strumień czarnego, gęstego dymu. Jak ten, który we śnie Roberta spływał z czarnych świec oświetlających warsztat jego matki. Idealna czerń połykała całe światło opuszczonego mieszkania, pokryła podłogę i wspięła się na ściany, w krótkim czasie pokrywając także sufit i okna ciemnością. Potem zaczęła szukać następnych szpar, rur, kabli i kratek wentylacyjnych, żeby powędrować dalej.

7

We dwójkę patrzyli, jak dziewczyna usiłuje po raz enty poruszyć drzwi, tym razem jednocześnie ciągnąc do dołu klamkę i barkiem wypychając je do góry. W swoim zacietrzewieniu była prześliczna. Wiktor mimowolnie pomyślał, że od czasu rozstania z Weroniką nie miał żadnej kobiety. I aż do dzisiaj, gdy zobaczył tę walczącą z drzwiami apetyczną blondynkę w obcisłym swetrze, nie odczuwał takiej potrzeby.

– Dziewczyno – zaczął spokojnie – drzwi są zepsute, a resztka klucza, który je zamknął, tkwi w zamku. Nie otworzysz ich.

– Skąd możesz wiedzieć – wydyszała. – Próbowałeś zdjąć z zawiasów? Wiktor westchnął głośno i spojrzał na brudny sufit.

– Przez kwadrans, zanim przyszłaś. Razem z Kamilem próbowaliśmy tak jakby wszystkiego. – Spojrzał wymownie na stojącego obok chłopaka, dając mu znak, żeby się przyłączył do rozmowy.

– Ta jest, wszystkiego – potwierdził gorliwie Kamil. – Nic z tego.

– Z tego wniosek – powiedziała, puszczając w końcu drzwi – że ofermy z was, a nie ślusarze. Załatwcie panowie z dozorcą, żeby otworzył, a ja wyjdę przez okno na pierwszym piętrze.

Wzięła torebkę i wbiegła na klatkę schodową.

Kamil podszedł do drzwi i w geście rezygnacji oparł czoło o szybę.

– No to się po prostu w pytce nie mieści – powiedział do szyby. – W końcu mogę gdzieś wyjść, ot tak sobie, samemu, nie z ojcem w samochodzie, i co? Zamknięte.

– Jak to: z ojcem w samochodzie? A jak chcesz przejść przez ulicę, to czekasz na kogoś starszego? – Wiktor nie mógł się powstrzymać od złośliwości.

– Człowieku, nie muszę ci odpowiadać, bo widzę, że coś chcesz być kurka zbyt dowcipny, ale powiem ci. Mam szlaban od miesiąca, chodzę tylko do szkoły, do której stary mnie zawozi i z której mnie przywozi. Poza tym wychodzę tylko, żeby pracować u ojca w biurze, i wtedy też mnie wozi. Jasne?

– Nie jesteś za stary na takie zabawy?

– Kurwa, człowieku. A ty nie jesteś za stary, żeby rzygać po klatkach schodowych, chodzić w zasikanych portkach i śmierdzieć w windzie jak psia kupa?

Wiktor otworzył usta do kolejnej riposty, ale usłyszał na schodach postukiwanie butów Agnieszki i postanowił, że lepiej siedzieć cicho.

– Dobra, kwita – wymruczał tylko.

Dziewczyna wyszła z klatki schodowej wyraźnie zmieszana.

– Nic z tego nie rozumiem – powiedziała – na pierwszym piętrze też się nie da otworzyć okna. Nie wiem, może jestem za słaba...

– Ja spróbuję. – Kamil pognał biegiem na górę, a Agnieszka stanęła przy Wiktorze. Zapaliła papierosa i spojrzała tęsknie na rozświetlony jesiennym słońcem świat za oknem.

– Jedno jest pewne. Wyprowadzam się stąd jak najszybciej.

– Czyli tak szybko, jak to będzie możliwe?

– Bardzo śmieszne. Zbyt wiele się tu dziwnych rzeczy dzieje. Robert, mój mąż, miał rację, jak mówił, że coś podejrzanie tania była ta oferta. Pewnie gdybym była z Warszawy i czytała tutejsze gazety, tobym wiedziała, że trzeba się od tego miejsca trzymać z daleka.

– Pocieszę panią...

– Agnieszka, proszę mi mówić po imieniu.

– Wiktor. Pocieszę cię, że ja jestem z Warszawy, czytuję regularnie gazety i coś nie widziałem wstrząsających reportaży o nawiedzonym domu. Choć trzeba przyznać, można by było napisać niejeden. To ostatnie zdarzenie to nie był pierwszy wypadek.

Agnieszka gwałtownie odwróciła się w jego stronę.

– Był pożar? Ktoś spłonął?

– No nie, przynajmniej ja nic o tym nie wiem. Pożar był, niewielki, lokatorka wpadła w panikę i wyskoczyła z balkonu. Spłonąć nikt nie spłonął. A skąd ci to przyszło do głowy?

Zaciągnęła się papierosem i rozejrzała w poszukiwaniu popielniczki, w końcu rzuciła go i zadeptała na posadzce. Uwadze Wiktora nie uszło, jak ładnie naprężyło się jej udo w legginsach.

– Miałam jakieś dziwne zwidy – wyznała niechętnie. – Poza tym dręczą mnie koszmary, nie chcę o tym mówić... coś ci jest?

Wiktor poczuł, jak krew odpływa mu z twarzy, a kark tężeje w żelbetowy blok. Dłonie zaczęły już cierpnąć, a gardło wysychać. Z trudem się opanował.

– To nic, po prostu nie lubię, jak ktoś wspomina o złych snach, sam nie sypiam najlepiej.

Przez chwilę nic nie mówili, tylko patrzyli sobie w oczy, połączeni wspomnieniem nocnych majaków, każdy swoich, oraz nagłym poczuciem, że coś naprawdę może być nie tak, jak powinno. Wiktor pomyślał, że ten Robert jest szczęściarzem. Panna nie była posągowo piękna, ale miała w sobie coś. I te usta – jakby za duże w stosunku do reszty twarzy. Bardzo sexy. Ciekawe, co ona widzi? Zniszczoną twarz faceta starszego o piętnaście lat? Alkoholowe wory pod oczami? Włosy źle ostrzyżone i jeszcze brudne, bo zabrakło już na nie wody? Mimo to czuł, że przeskoczyła między nimi jakaś iskra. A może to już ten wiek, że człowiek czuje „iskry" przy każdym sprężystym ciele?

Intymną w niejasny sposób chwilę przerwał Kamil.

– Bez sensu, rzeczywiście nie da się otworzyć. Wiecie, gdzie mieszka cieciu? Nigdy u niego nie byłem.

Agnieszka potrząsnęła głową i oderwała wzrok od Wiktora.

– Ja tym bardziej nie, zostawiam to wam, panowie, i wracam do siebie. Mam tylko prośbę, zapukajcie do mnie pod pięćdziesiąt cztery, jak już będzie otwarte, ok?

To może lepiej ty do mnie zapukaj, pomyślał Wiktor, u mnie nie ma żadnego Roberta. Głośno powiedział:

– ok. Zapukamy. Dozorca mieszka gdzieś na parterze, pięć albo sześć. Jest napisane na drzwiach od zewnątrz. – Zaśmiał się i skinął głową na Kamila. – Chodź, młody, rozumiem, że nie chce ci się wracać do siebie.

– Ano nie, a swoją drogą trzeba opieprzyć facia-ciecia. Myślałem, że lepiej tu wysprzątali. – Wskazał na fragment posadzki pod skrzynkami na listy, gdzie widać było zaschniętą strużkę krwi.

Agnieszka pobiegła na górę.

8

Parter, lokal nr 5. 9 listopada 2002, godz. 12.30.

[dzwonek]

[dzwonek]

Mężczyzna 1: Może nie działa, zapukaj.

[stukanie]

[stukanie]

Mężczyzna 2: Kto to tam?

Mężczyzna 3: Wiktor Sukiennik, z szóstego, mamy tutaj problem z drzwiami. Ktoś zamknął i ułamał klucz, nie da się ich otworzyć.

[drzwi]

Mężczyzna 2: Którymi?

Mężczyzna 3: Przecież nie tymi. Wejściowymi.

Mężczyzna 2: W poniedziałek się zrobi.

Mężczyzna 3: Oszalał pan? Cały weekend mamy siedzieć zamknięci? A jak ktoś dostanie zawału, to co pan powie? Żeby karetka przyjechała w poniedziałek? Poza tym w poniedziałek jest święto państwowe. Ani po chleb wyjść, ani po gazetę, ani po flaszkę...

Mężczyzna 2: Aaaa, tutaj szanownego pana boli.

Mężczyzna 3: Słuchaj no, cieciu, masz coś zrobić, żeby te drzwi były otwarte, albo za chwilę powybijam tam szyby twoim kwadratowym łbem, dociera to do ciebie?

Mężczyzna 2: Panie, pan się uspokoi, gdzie ja panu kogoś z administracji w sobotę ściągnę?

Mężczyzna 1: Prywatnie można, są takie firmy, co wszystko otworzą.

Mężczyzna 2: Panicz taki wyrywny, to może zapłaci? Panicz myśli, że takie usługi to za frajer? Sto zeta najmarniej, a ja tutaj siedemset na rękę dostaję. Kto mi to potem odda, hę?

Mężczyzna 3: To co pan zrobi?

Mężczyzna 2: Przede wszystkim bez nerwacji się do tego zabiorę. W administracji są dyżury, ktoś przyjedzie, ale nie na już i nie na zaraz. Do wieczora się zrobi.

Mężczyzna 1: Świetnie, po prostu zajebiście.

Mężczyzna 3: Dobra, ma pan czas tak jakby do piątej, potem tu przychodzę.

Mężczyzna 2: Jasne, jasne, boję się strasznie. A tego „tak jakby" to już chyba najbardziej. O co w ogóle ten krzyk? Łykend jest, trzeba w domu posiedzieć, odpocząć trochę, telewizję pooglądać. A na dworze chujnia ziąb sukinkot, choć suchy, że tak sobie tutaj klasyka zacytuję, słoneczko też już się schowało. Po to ma się dom, żeby w nim siedzieć, a jak nie, to na wieś, jak się komuś w mieście nie podoba, ja tam żadnego problemu nie widzę. Wychodzić i wychodzić, znaleźli się podróżnicy z Kondratowicza, program niech o was w telewizji zrobią, obieżyświaty...

Mężczyzna 3: Dobrze już, dobrze, można u pana wyjść oknem?

Mężczyzna 2: Nie, kraty są.

Mężczyzna 1: Nie otwierają się?

Mężczyzna 2: Ano nie, zaspawane na fest. No to ja żegnam panów.

Mężczyzna 3: O piątej się widzimy, przypominam.

[drzwi]

Mężczyzna 1: Niewiarygodne.

Mężczyzna 3: Niewiarygodne. Masz komputer z drukarką?

Mężczyzna 1: Ta jest.

Mężczyzna 3: Napisz, że jest usterka i że drzwi będą otwarte do siedemnastej najpóźniej, żeby ludzie nie dostawali wścieku, OK?

Mężczyzna 1: Jasne.

Mężczyzna 3: Ja spróbuję wyskoczyć z jakiegoś balkonu na parterze albo na pierwszym piętrze, nie zamierzam tutaj tkwić jak kołek.

Mężczyzna 1: Wszędzie chyba są kraty.

Mężczyzna 3: Na pierwszym piętrze? Co ci ludzie, powariowali?

Mężczyzna 1: No nie, to nawet logiczne. Jak ci z parteru mają kraty, to łatwo po tych kratach wejść do góry, więc ci z pierwszego też pozakładali. Zresztą na drugim też mają prawie wszyscy i nawet jeden facet na trzecim. Słabo?

Mężczyzna 3: Tak czy owak się przejdę. Może u kogoś na pierwszym się otwierają.

Mężczyzna 1: Powodzenia.

9

Wszystkie szkice, wprawki, prace nie na temat i cholerny, nienamalowany jego ręką obraz Sali odłożył na bok i przykrył gazetami. Porozkładał na podłodze nowy papier pakowy, a na tym czysty karton. Uklęknął, oparł się czołem o papier i zamknął oczy. Odetchnął kilka razy głęboko.

Emocje, myślał, pamiętaj, że prawda leży w emocjach. Nie szukaj rozwiązań rozumowych, nie staraj się ułożyć tego jak puzzle, prawda to nie jest kostka Rubika. Masz obraz – okno na prawdę –

a w oknie widać dwa pierwiastki, które tworzą jedną siłę. Albo jedną słabość. Ale powinny siłę. Czy agresja ma być jakby ochroną? Nie, bez sensu, siła napędowa nie może być pasywna. Poza tym miałeś nie kombinować rozumowo. Najpierw agresja, jest taka soczysta. Pomyśl, co cię naprawdę rozwścieca. Czego nienawidzisz najbardziej.

Agnieszka.

Nie, bzdura, to przecież najukochańsze na świecie stworzenie, i na dodatek te usta...

Przeszkadza ci, dobrze o tym wiesz, nie możesz na nic wpaść, bo wysysa z ciebie emocje, robi uczuciowego eunucha, kastruje tymi mięsistymi wargami. To przez nią jesteś pusty jak dziurawy garnek.

Robert poderwał głowę i wstał. Napił się wody i zaczął szybko chodzić po domu, żeby się uspokoić. Znowu coś usiadło mu na piersiach. Może rzeczywiście ostatnio układa im się różnie, na pewno znacznie gorzej niż przed wyjazdem z Olecka, ale to jeszcze nie powód, żeby robić z niej kozła ofiarnego i zarazem kata.

Spróbuj.

Właściwie czemu nie? Wyobraźnia to nie grzech, myśleć możesz wszystko – tak zawsze powtarzała mu matka. Po to masz głowę, żeby móc myśleć o wszystkim. To, że wyobrażasz sobie czyjąś śmierć, nie robi z ciebie mordercy. Kucnął przed kartonem, naszkicował szybko owal twarzy Agnieszki, włosy, duże usta, lekko rozchylone, wyzywające.

Gotowe do wyssania.

Sięgnął po farby. Namalował oczy. Duże, czarne, pozbawione źrenic, dwie małe beczki smoły, zerkające złowieszczo spod powiek. I usta. Czerwień, dużo ciemnej czerwieni, jakby zbyt zachłannie chłeptała krew, czerwień rozlewa się wokół warg i spływa w dół kartonu, tworząc małą kałużę na brązowym papierze, kąciki ust unoszą się lekko w grymasie, tylko nieznacznie przypominającym uśmiech.

Teraz widać jej prawdziwe oblicze, co?

Namalował upiora. Ze wstrętem odrzucił pędzelek i patrzył na portret czarownicy. Źle, źle, źle, to nie jest ten kierunek, nie o to chodzi, nie taki jest cel!

Co ci zależy, to tylko rysunek, no dalej, maluj!

– Nie rozkazuj mi – wrzasnął do głosu w swojej głowie i usłyszał szczęk zamka. Energicznie zmiął kartkę i rzucił ją w kąt ze śmieciami. Miałaś zniknąć na godzinę.

– Co się stało? Miałaś być na zakupach.

Agnieszka rzuciła torebkę i nie zdejmując butów, przeszła przez papierowy dywan, żeby usiąść na kanapie.

– Nie uwierzysz. Nie można się wydostać z tego cholernego bloku.

– Że jak?

– Drzwi wejściowe są zamknięte, nie dadzą się otworzyć. Chciałam wyjść przez okno na półpiętrze, ale też zamknięte. Jakiś absurd. Sąsiedzi mają załatwić z dozorcą, żeby otworzył te drzwi.

– Ktoś próbował wybić szybę?

– Nie no, spokojnie, kilka godzin można posiedzieć w domu, po co od razu demolować wspólne dobro. I tak jedna szybka jest już wybita, niestety, nie da się przez nią wyjść.

Teraz ci będzie siedziała na głowie, zrobiła to specjalnie.

– Czyli nie możesz wyjść po zakupy? – Robert zapytał powoli.

– Jesteś genialny. Z wystawnego śniadania nici, ale mogę ci zrobić kanapki.

Zdjęła sweter przez głowę, wrzuciła go do szafy i weszła do kuchni.

– A nie możesz pójść na jakiś spacer?

Pogwizdywanie ucichło. Agnieszka wystawiła głowę z kuchni i spojrzała na niego jak na cielę z dwiema głowami.

– Gdzie miałabym spacerować? Koło zsypu czy po schodach, a może mam sobie pojeździć windami z góry na dół? Zwariowałeś?

Kpi z ciebie.

– Już się tak nie denerwuj. Zwyczajnie myślałem, że będę mógł pomalować spokojnie przez chwilę – powiedział Robert i już w połowie kwestii zobaczył, że to nie był dobry pomysł. Jego żona zrobiła się czerwona na twarzy

Tak, jak namalowałeś.

i ruszyła w jego stronę z zaciśniętymi ustami.

– Dobry człowieku – wycedziła – jak taki z ciebie wielki artysta, jak tak bardzo potrzebujesz wolności, czasu i przestrzeni, dam ci dobrą radę. Miej trochę jaj, pozarywaj noce, zarób, wynajmij pracownię i tam sobie maluj długie tygodnie. Zarób, rozumiesz sens tego słowa? Czekaj, przeliteruję: z-a-r-ó-b. Podobno mężczyźni to potrafią.

Zerwał się na równe nogi.

– Źle ci? Teraz się dowiedziałaś, że nie jestem maklerem? Trzeba było pójść za młodego Polkowicza. Pieprzyłaś się z nim po imprezach, to trzeba było pójść dwa ruchy biodrami dalej. Rodziłabyś teraz niemowlaki w czerwonych szelkach i woziła je beemką.

Podeszła do niego z zaciśniętymi pięściami, jej oczy błyszczały wściekle.

– Jak możesz mówić takie rzeczy? Jak możesz być tak głupi i podły? Jak śmiesz mi wypominać? A ty co? Byłeś prawiczkiem, jak się spotkaliśmy? Pierwszy dziewic Olecka, czekający na swoją dziewicę? Ty dupku! Doskonale wiesz, że tutaj nie chodzi o pieniądze!

– Nie o pieniądze? To po co ta gadka z zarabianiem? Widziały gały, co brały. Byłem golcem, jestem golcem i pewnie będę golcem. I wiesz co? – wrzeszczał, podnosząc palec do góry i nabierając oddechu, choć w głębi duszy wiedział, że to nie jest najlepszy moment. – Będę jeszcze większym golcem, bo wczoraj mnie wyrzucili z roboty.

– Jak to? Jak to wyrzucili? – Wściekłość momentalnie ją opuściła. Oparła się o framugę, szeroko otwierając oczy.

– Normalnie, tak to. Powiedzieli, że mógłbym się bardziej przykładać. Poważna rozmowa, panie Robercie, niech pan siada – unosił się coraz bardziej na wspomnienie tego upokorzenia. – Proszę zrozumieć, stosunek do klientów świadczy o firmie, nie może być pan opryskliwy, ble, ble, ble, ble, prosimy o poprawę...

– Czekaj, to jeszcze nie zwolnienie.

– Masz rację, wyrzucili mnie trzy sekundy później.

– Dlaczego? Co powiedziałeś?

– Spytałem, czy te kieszonkowe wiertarki, przy których sprzedawaniu tak potrzebny jest szacunek, potrafią odnaleźć męski punkt G. Bo jeśli tak, to proponuję, żeby je sobie wsadzili w dupę aż po wtyczkę, odnaleźli swój i sprawili sobie, starałem się uśmiechać cały czas uprzejmie, największą rozkosz swego handlowego życia.

Ostatnie słowa wykrzyczał do niej z wykrzywioną twarzą, machając rękami, choć w oczach pojawiły mu się łzy. Jak mógł zrobić coś takiego, Jesteś wart więcej niż to. coś tak niewyobrażalnie głupiego, tak szczeniackiego, na dodatek nie mając racji. Agnieszka oparła się plecami o regał, ręce opuściła wzdłuż ciała, pochyliła głowę w geście rezygnacji. Włosy zakryły jej twarz.

– Boże drogi – powiedziała cicho – jak my sobie teraz poradzimy? Jeszcze te nowe wydatki.

– Jakie znowu wydatki? – spytał opryskliwie.

– To nie jest chyba dobry moment – zaczęła wolno, żachnęła się i skończyła: – Jestem w ciąży.

– A co mnie obchodzi twoja pieprzona ciąża – zawarczał i poczuł, że coś w nim pękło i umarło. Dlaczego nie zawahał się choć przez chwilę, ułamek sekundy, pół ułamka. Dlaczego, dlaczego jednym zdaniem zmienił wszystko w sposób nieodwracalny. A może odwracalny? Może nie usłyszała? Może powie jakiś żart, rozładuje napięcie, przecież wie, że to nie jest prawda, że tak nie myśli. Przecież chce z nią dożyć późnej starości, otoczony wnukami przy kominku w ich małym domku w Bieszczadach.

Cisza trwała nieskończenie długo. Bał się ruszyć. Chciał, żeby uczyniła niemożliwe i odwróciła nieodwracalne. Ona jednak tylko wzięła sweter, spojrzała na niego i powiedziała:

– To nie jest tylko moja pieprzona ciąża.

I wyszła.

I dobrze, niech wraca do tatusia. Nawet lepiej.

Nowy karton sfrunął z szafy i ułożył się u stóp Roberta.

Z sześciu mieszkań na parterze w domu był tylko dozorca (z zaspawanymi kratami) i jego sąsiedzi, młode małżeństwo, którzy również mieli zaspawane. Choć w ich wypadku kraty to mało powiedziane – były to potworne umocnienia z karbowanych prętów zbrojeniowych. Łatwiej by wydłubać łyżeczką dziurę w ścianie niż przepiłować te zasieki. Była też jedna świrnięta staruszka, która najpierw zwyzywała go od domokrążców, a potem od zboczeńców i gwałcicieli, co w końcu porządnie go rozbawiło. Śmiał się jeszcze, kiedy wciskał kolejne dzwonki na pierwszym piętrze. Najpierw myślał, że nikogo nie ma, potem otworzyły się drzwi w końcu korytarza.

– Słucham? – głos nie był serdeczny.

– Dzień dobry, jestem z tego bloku, mieszkam kilka pięter wyżej. Czy pan ma kraty na balkonie? – zapytał Wiktor.

– Mam, a co? – odburknął głos.

– A czy się otwierają?

– To znaczy?

– No, czy mają kłódkę?

– Mają. Wielką, żelazną kłódkę, waży z pół kilo. Nie do otworzenia i nie do przepiłowania, dałem za nią prawie sto złotych – ożywił się głos, którego właściciela Wiktor ciągle nie widział, choć przykleił twarz do kraty i próbował zezować w głąb korytarza.

– Świetnie, bo widzi pan, drzwi na parterze są zepsute i nie ma jak wyjść, a koniecznie muszę się wydostać na zewnątrz – relacjonował Wiktor. – Pomyślałem, że może byłby pan tak miły, otworzył kratę i pozwolił mi wyskoczyć?

Cisza. W końcu głos zapytał:

– Czy pan przypadkiem nie jest nienormalny?

Wiktor westchnął.

– Proszę zejść na dół i sprawdzić, zobaczy pan. Po co miałbym wymyślać takie niestworzone historie!

– No nie wiem, może dlatego, że ma pan zajoba? – odpowiedział głos, a jego właściciel w końcu podszedł do kraty. Polak weekendowy. Rozdeptane góralskie kapcie, dres i szary sweterek. Plus minus pięćdziesiąt lat, zakola, brzuszek, wczorajszy zarost. Przypominał Wiktorowi jego nauczyciela wuefu z podstawówki.

– Znam pana – powiedział wuefista. – Pan jest ten dziennikarz, pijak z szóstego piętra. Żona pana jeszcze odwiedza czasami? – zapytał złośliwie.

Wiktor zmełł w ustach przekleństwo. A podobno w blokach nikt o nikim nic nie wie, pomyślał.

– Tak jakby, czasami, ostatnio dość często, chyba wszystko się między nami ułoży – skłamał gładko, nieomal sam w to uwierzył, wprawiając się w lepszy nastrój. – Właśnie dlatego muszę stąd wyjść, pomoże mi pan?

Wuefista poczuł władzę. Kiwał się w przód i w tył, samotny rewolwerowiec, jego kapcie cicho przy tym mlaskały.

– No nie wiem, nie wiem – powiedział tonem policjanta drogówki sugerującego łapówkę. Wiktor był pewien, że zaraz powie: „A co ja będę z tego miał?".

Mylił się.

– Dobra, pan wchodzi – sąsiad nagle zrobił się energiczny, sięgnął do kieszeni po klucz i otworzył kratę. – Dobrze panu z oczu patrzy, a ja to co jak co, ale znam się na charakterach. Po tylu latach w szkole, sam pan rozumie. Codziennie po kilka razy usiłują mi wciskać jakiś kit.

Wiktor uścisnął wyciągniętą rękę sąsiada i już miał zapytać, czego uczy w szkole, ale weszli do jego mieszkania, całego obwieszonego proporczykami, medalami, dyplomami i plakatami z zawodów sportowych. Na honorowym miejscu wisiało wielkie zdjęcie, gdzie sąsiad stał w otoczeniu pięknych licealistek. Napis głosił: „Dziękujemy, panie trenerze – dziewczyny z XIII LO, III miejsce w wojewódzkich zawodach w piłce ręcznej".

Sąsiad skinął głową w kierunku zdjęcia.

– Fajne laski, już pełnoletnie – zagaił i oblizał się obleśnie. Po czym spojrzał na Wiktora i roześmiał się nieszczerze. – Żart, żart, żart, drogi sąsiedzie. Ale co zrobić, za takie właśnie żarty mnie zwolnili. Nikt już nie ma poczucia humoru w tych ponurych czasach. Ale widzę, że i pan się nie śmieje, więc chyba pana wypuszczę.

– Bardzo dziękuję, naprawdę bardzo dziękuję – powiedział Wiktor, patrząc, jak wuefista wyciąga z szuflady złoty kluczyk i podchodzi do okna. Czuł, że serce chce mu wyfrunąć z klatki piersiowej. Jeszcze chwila błąkania się po tych ponurych korytarzach i zacząłby mieć halucynacje. A tak: wolny! Wróci dopiero wieczorem, kiedy ten nie-udaczny cieć otworzy drzwi.

Sąsiad wyszedł na balkon i otworzył kratę.

– Proszę uprzejmie – powiedział dworsko. – Niewiele wyżej niż rekord w skoku wzwyż. Od biedy mógłby pan zeskoczyć, ale chyba lepiej zejść po kracie sąsiada z parteru. Po co ryzykować. Gdyby la-seczka nie skakała, jak zawsze mówiłem na zajęciach, toby brzucha nie miała – zarechotał.

Wiktor podszedł do balustrady, chwycił ją oburącz i przełożył jedną nogę, tak że siedział na niej okrakiem.

– Wielkie dzięki, ma pan u mnie butelkę – powiedział do sąsiada i przełożył drugą nogę.

I znowu stał na balkonie. Rozejrzał się zdezorientowany.

– No co, strach obleciał? Alpinisty to z pana nie zrobimy – zakpił wuefista.

Wiktor nie odpowiedział. Jeszcze raz usiadł na balustradzie, po-nownie przełożył nogę i znów stanął na balkonie.

– Do trzech razy sztuka, mistrzu! Może potrzymać pana za rękę? – Obleś zataczał się ze śmiechu.

Wiktorowi drżały ręce. To wszystko nie miało sensu. Może ma schizofrenię, może na chwilę druga osobowość przejmuje nad nim władzę i każe mu wrócić. Może to jakiś objaw choroby alkoho-lowej?

– Eeee, przepraszam, może pan spróbuje? – zapytał.

– Oszalał pan? Ja mam weekend, wołami mnie stąd nie ruszą. Poza tym, co pan, mam skakać po balkonach?

– Niech mi pan jeszcze powie, wiem, że to może zabrzmieć dziwnie – uprzedził Wiktor. – Co pan widzi, kiedy ja to robię?

Sąsiad mlasnął zniecierpliwiony.

– Widzę, jak pan siada, przekłada pan nogę, chce przełożyć drugą, ale taki strach pana oblatuje, że ta druga przelatuje dookoła i siup: już pan jest na bezpiecznej terakocie mojej loggii. A teraz niech się pan zdecyduje, jeśli łaska. Albo pan złazi, albo wraca do siebie.

Wiktor spojrzał na balustradę i odsunął się od niej, jakby parzyła.

– To ja chyba pójdę. Tak jakby – powiedział niepewnie. – Bardzo przepraszam za kłopot, naprawdę, bardzo przepraszam.

Nie czekając na gderliwą odpowiedź sąsiada, wyleciał na korytarz i szybko wbiegł schodami na swoje piętro. Pierwsze, co zrobił, to sprawdził wczorajszą butelkę. Była sucha jak Sahara. W barku – nic. W kuchni – nic. Pod łóżkiem – nic.

Spokojnie, tylko spokojnie, powtarzał w myślach. Pójdziesz tam o piątej, drzwi będą otwarte, wszystko będzie ok. Teraz się prześpij.

Zaciągnął zasłony, położył się na łóżku, nie zdejmując butów, nakrył głowę poduszką i bezskutecznie próbował zasnąć. Serce znowu wyrywało mu się z piersi, tym razem z przerażenia.

11

Za pięć piąta Wiktor narzucił kurtkę i zszedł po schodach na parter, mając nadzieję, że drzwi są już otwarte. Z pierwszego piętra usłyszał gwar głosów – czyli nic z tego. Na klatce przy drzwiach zgromadziło się kilkanaście osób. Rozpoznał Agnieszkę – stała samotnie, wtulona w kąt przy windach, i wyglądała na bardzo przestraszoną, bardzo smutną, albo jedno i drugie. W oczach miała taką pustkę, że Wiktorowi zrobiło się przykro i czym prędzej do niej podszedł.

Po drodze przecisnął się obok Kamila, który przyszedł razem z rodzicami. Szara aż do przesady kura domowa ze spuszczoną głową to bez wątpienia matka Kamila – byli do siebie bardzo podobni. Wyprostowany mężczyzna o zmarszczonych brwiach i zaciętej twarzy wojskowego musiał być jego ojcem. Wiktor mrugnął do chłopaka i oparł się o ścianę obok Agnieszki.

– Nie wyglądasz najlepiej – zagaił. – Aż tak ci doskwiera to zamknięcie?

Odwróciła ku niemu twarz i Wiktor się wzdrygnął. Znał ten wyraz bólu i smutku.

– Pokłóciłam się z mężem – powiedziała głucho.

– Teraz?

– Nie, przed południem, zaraz po tym, jak się rozstaliśmy.

Od strony drzwi dobiegł ostry głos młodej kobiety, trzymającej za rękę kilkuletnią córkę:

– Proszę zadzwonić do dozorcy, nie będziemy tu stać wiecznie!

Kamil odwrócił się i wcisnął dzwonek, nie puszczając.

– Starczy – warknął do niego ojciec. – Masz jakieś podstawy, żeby przypuszczać, że on jest głuchy?

Chłopak obdarzył Wiktora spojrzeniem „sam widzisz" i puścił przycisk.

– Biedna, nawet nie mogłaś stąd wyjść. – Ściszył głos Wiktor, widząc, jak ojciec Kamila pochyla lekko głowę w ich stronę.

– Siedziałam na schodach – odparła Agnieszka tym samym głuchym głosem.

Wiktor już miał powiedzieć, żeby następnym razem przyszła do niego, kiedy otworzyły się drzwi mieszkania i sam gospodarz domu wyszedł do zgromadzonych.

– Szkoda, że nie później – zauważyła z przekąsem młoda kobieta.

Cieć puścił uwagę mimo uszu, poprawił spodnie i potoczył wzrokiem po lokatorach, wyraźnie rozkoszując się tą chwilą.

– Dzień dobry wieczór państwu – zaczął. – Posiadamy tutaj mały problem z drzwiami. Jak wiecie, przypuszczam, zgłosili mi go rano dwaj jakże mili panowie lokatorzy. – Spojrzał na Wiktora wzrokiem, który zawierał informację, że tak naprawdę myśli „dwa głupie chuje". – Dzwoniłem do urzędu administracji, ale telefon nie działa. Z myślą o państwa dobru zadałem sobie trud i próbowałem zadzwonić od innych państwa lokatorów, ale u nich telefony też głuche.

– Czemuś pan nie zadzwonił z komórki? – spytał natarczywie lokator w garniturze i z brzuszkiem, wyjmując swój lśniący gadżet. – Proszę podać numer.

– A próbował pan zadzwonić gdzieś dzisiaj z komórki? – odparł słodziutkim głosem dozorca. – Bo jakby szanowny pan Stopa próbował, toby wiedział, że żadne błyszczące caceńka w tym domu nie działają.

Stopa uniósł brew, wcisnął klawisz i podniósł telefon do ucha. Zaraz schował go do kieszeni.

– Może sieć Plusa wysiadła. Czy państwo macie może telefony w innych sieciach? – rzucił w tłum.

Ludzie zaczęli wyciągać swoje komórki. Po kilku chwilach wszyscy schowali je z powrotem, kręcąc głowami i raportując kolejno: „Nie działa", „Moja też nie", „Ani moja".

– Sami państwo widzicie – kontynuował dozorca. – A skoro nie da się wykonać telefonu, musimy uciec się do argumentów siłowych – to mówiąc, sięgnął ręką do swojego mieszkania, wziął wiertarkę i ruszył z nią w kierunku drzwi wejściowych. – Rozwiercimy zamek i po kłopocie.

– Nie mógł pan tego zrobić rano? – odezwał się z pretensją ktoś z tłumu.

Dozorca nie odpowiedział. Ukląkł przy drzwiach, przyłożył wiertło do zamka i uruchomił wiertarkę. Na ziemię posypały się iskry i drobinki metalu. Po kilkunastu sekundach zmienił wiertło i ponownie wgryzł się w zamek. Wstał i całym ciałem nacisnął, piskliwy wizg zmienił ton i wiertło przeszło na drugą stronę.

– No i proszę. Krótka chwilka, i po sprawie. – Dozorca otarł dłonie o spodnie, szarpnął za klamkę i otworzył drzwi, za którymi była tylko czerń listopadowego wieczoru. – Zapraszam miłych państwa na zewnątrz.

– Imbecyl! – syknęła młoda matka. – Mogłam stąd wyjść pięć godzin temu. Idziemy, kochanie – powiedziała do córki, przestąpiła próg i... znalazła się z powrotem w środku.

Wiktor rozluźnił zaciśnięte pięści i wypuścił powietrze. Więc jednak. W przeciwieństwie do innych nie czuł zaskoczenia.

12

Rano, kiedy otwarte drzwi oznaczały dla niego godzinę wolności, Kamilowi zależało na sukcesie operacji, teraz jednak obserwował wszystko dość obojętnie. Jeśli się uda, pójdzie z rodzicami odwiedzić zdziwaczałą ciotkę Cecylię. Jeśli nie, wróci z nimi na górę. Tam miał swoją muzykę, książki i telewizję, u ciotki miał tylko ciotkę.

Kiedy drzwi stanęły otworem, wzruszył ramionami i ruszył w stronę wyjścia, patrząc odruchowo, jak młoda kobieta wychodzi na zewnątrz, a za nią drepcze kilkuletnia dziewczynka. Zobaczył szczupłe plecy znikające w mroku i w tym samym momencie jej zdumioną twarz. Idący za nią facet z telefonem stanął gwałtownie.

– Wychodzi pani czy nie?

– Wychodzę, oczywiście – przyznała Paulina. – To znaczy, przepraszam, sama już nie wiem, chyba wychodzę, tak, tak, wychodzę, ale... – zająknęła się – ale może niech pan wyjdzie pierwszy. – Odsunęła się na bok i przepuściła Stopę.

Mężczyzna ruszył dziarsko do przodu i równie dziarsko wmaszerował do środka, omal nie przewracając starszej pani ze spanielem na rękach i we włochatym berecie na głowie.

– Bój się Boga! – zapiszczała staruszka. – Chce pan nas zmiażdżyć?

Ludzie, którzy cisnęli się z tyłu do drzwi, w tym rodzice Kamila, zaczęli krzyczeć do tych z przodu, żeby się ruszali trochę raźniej, bo nie po to cały dzień czekali, żeby teraz stać drugie tyle na klatce. Kamil wycofał się na schody i z góry obserwował najbardziej kuriozalne wydarzenie w swoim życiu. Pojedynczy ludzie wychodzili i od razu wchodzili z powrotem z głupimi minami, następni odsuwali ich zniecierpliwieni i sytuacja się powtarzała. W końcu powstał najdziwniejszy korek świata. Ci, którzy CHCIELI WYJŚĆ, blokowali tych, którzy też CHCIELI WYJŚĆ. Dwie osoby popychane przez tłumek zostały wypchnięte przez drzwi – a tym samym wepchnięte do środka. Im bardziej na nie naciskano, tym bardziej były wpychane do środka. Kamil obserwował ich czerwone twarze i obawiał się, czy właśnie nie powtarza się znane ze stadionów i rockowych koncertów tratowanie ludzi. Przepychane osoby musiały pomyśleć o tym samym, bo zaczęły krzyczeć, i wtedy zagrzmiał głos Wiktora:

– Spokój! Natychmiast spokój! Odsuńcie się wszyscy od tych drzwi.

Ludzie odeszli i zwrócili się w stronę Wiktora.

– Bo co? – zapytał buńczucznie dozorca. – Teraz pan tu rozkazuje?

– Zamknij się, cieciu – zganił go ktoś, kogo Kamil nie znał.

– Nie, nie rozkazuję – odpowiedział spokojnie Wiktor. – Chcę tylko zrozumieć, co się tutaj dzieje, pewnie tak samo jak państwo. Nie ma sensu, żebyśmy wszyscy się pchali, skoro nie możemy wyjść.

Podszedł do drzwi, reszta otoczyła go wianuszkiem, żeby zobaczyć, co zrobi. Stanął przy progu i wysunął rękę w ciemność aż po bark.

– Nic tam nie ma – powiedział. – Widzę chodnik, klomby, plac zabaw i blok naprzeciwko. Widzę też wyraźnie swoją rękę. Widzicie państwo?

Odpowiedział mu potakujący pomruk.

– A teraz spróbuję wyjść. Obserwujcie mnie uważnie – polecił i zrobił krok naprzód, który był jednocześnie krokiem do środka. Ludzie odsunęli się od niego. Jedna z kobiet przeżegnała się i podniosła do ust wiszący na szyi krzyżyk.

– Już mnie to raz dziś spotkało – mówił Wiktor. – Chciałem koniecznie wyjść i poprosiłem sąsiada z pierwszego piętra, żeby mnie wypuścił przez balkon. Kiedy próbowałem przejść przez barierkę, wydarzyło się dokładnie to samo. Przestraszyłem się i pomyślałem, że to ze mną coś nie tak, ale widzę, że nie tylko ja mam problem. Zróbmy jeszcze mały eksperyment – wziął torebkę od Agnieszki i małego spaniela od protestującej staruszki. – Sprawdźmy, czy to dotyczy tylko ludzi.

Zamachnął się i rzucił torebkę, która wróciła do środka i upadła dobre dwa metry od drzwi, jakby z tamtej strony ktoś nią cisnął. Potem lekko pchnął pieska na zewnątrz. W tej samej chwili spaniel wbiegł do środka i wskoczył swojej pani na ramiona.

– Oprawca – zakwiliła staruszka.

– Wygląda na to, że nie możemy się stąd wydostać – stwierdził ponuro Wiktor.

– Ani my, ani nic innego.

– Bzdura. To niemożliwe – żachnął się Stopa.

– Teoretycznie ma pan rację. Myślę, że ci z państwa, którzy chcą się przekonać, być może ponownie, powinni teraz spróbować. Tylko bez pchania się.

Stopa i kilka osób, w tym kobieta z krzyżykiem, mamrocząc pod nosem modlitwę, spróbowali. Bezskutecznie.

– I co teraz, bracie? – spytał Kamil, patrząc na Wiktora.

– Nie możemy wyjść, ale być może uda nam się skomunikować ze światem. Zaczekamy, aż ktoś będzie przechodził.

– Za chwilę zjawią się tu moi rodzice – odezwała się Paulina. – Właśnie chciałam wyjść po ciasto dla nich.

– Dobra, poczekamy – powiedział Wiktor. Wszyscy stali w ciszy, patrząc w napięciu na podwórko. Po drugiej stronie ktoś jechał na rowerze.

– Hej, hej! – wrzasnął Stopa tak głośno, że wszyscy podskoczyli. – Ty, na rowerze, hej, hej, podjedź tu, tutaj, klatka naprzeciwko, ty, na rowerze, hej, hej! – darł się, aż rowerzysta, nie reagując, zniknął za rogiem.

Teraz stali w jeszcze większej ciszy. Kiedy w jednej z zawieszonych na ścianie skrzynek z instalacjami zaszumiało, spojrzeli jednocześnie w tamtą stronę. Wiktor podszedł do blaszanych drzwiczek, nasłuchując, i zatrzymał się przed jednymi, zamkniętymi na małą kłódkę.

– Co tam jest? – zapytał dozorcy.

– Suchy pion. Pusty hydrant, do którego można podłączyć wodę w razie pożaru. Na każdym piętrze jest końcówka i zawór.

– Dlaczego szumi?

– Skąd mam wiedzieć? Powinno być suche. Momencik, otworzę.

Wygrzebał z kieszeni pęk kluczy, znalazł właściwy i odblokował kłódkę. Oczom zgromadzonych ukazała się gruba rura z czerwoną, hydrantową nakrętką. Teraz wyraźnie słyszeli.

– Jeśli w środku jest woda, a ja to odkręcę, co się stanie? – Wiktor zadał dozorcy kolejne pytanie.

– Jak pan poluzuje, zacznie ciec, a jak pan odkręci, to się tu basen zrobi, osobiście odradzam – odpowiedział i odsunął się na bezpieczną odległość.

Wiktor stanął z boku wnęki, położył dłoń na zakrętce i lekko przekręcił. Zasyczało. Cofnął gwałtownie rękę i spojrzał na Kamila, który podszedł z drugiej strony. Na czole Wiktora lśniły grube krople potu.

– Może razem, co? – mruknął do niego Kamil i położył swoją dłoń na nakrętce. Razem przekręcili ją o ćwierć obrotu... nic... potem o pół... Stojąca najbliżej kobieta zaczęła głośno krzyczeć i cofać się w kierunku wind. Kamil spojrzał na zawór i też krzyknął. Spod nakrętki zwisała pęczniejąca, wielka kropla czegoś, co wyglądało jak płynna czerń. Było to obrzydliwe. Tłuste, ciężkie i idealnie czarne – nie odbijało żadnego światła, punkt niczego zawieszony w przestrzeni. I co najgorsze, to żyło. Kropla wydymała się i podrygiwała, jakby rozglądając się za czymś.

– Zakręćcie to, zakręćcie natychmiast! – wrzeszczeli ludzie. Kamil zerknął na Wiktora. Mężczyzna był jak zahipnotyzowany, wpatrywał się w kroplę tępym wzrokiem. Także Kamila coś ciągnęło w tamtą stronę, przyzywało. Zmusił się, żeby oderwać wzrok, zacisnął powieki i czując wyraźny opór, zakręcił zawór. Znowu zasyczało. Usłyszał ciche pacnięcie. To kropla oderwała się od rury i spadła na posadzkę. Szybko odskoczył. Wiktor, śmiertelnie blady, cały czas tkwił w tym samym miejscu, z ręką na zaworze, wpatrzony już nie w kroplę, lecz w podrygującą czarną plamę.

– Szatan! – zawyła kobieta z krzyżykiem i padła na kolana. – Ratuj nas, Ojcze Święty, szatan przybył, aby nas zabrać ze sobą, ratuj nas, Chryste!

Nawet jeśli plama była szatanem, nie obawiała się imienia Boga. Podpełzła kawałek w stronę histeryzującej kobiety. Reszta jęknęła głośno i odsunęła się pod ściany. Plama przelała się jeszcze kawałek w kierunku dewotki, ale zmieniła zdanie i zaczęła wolno przemieszczać się w stronę Kamila, który – wciśnięty w kąt pomieszczenia – nie miał dokąd uciec.

Nie miał też pomysłu, co zrobić. Odchrząknął, spojrzał na plamę, wysyczał „spierdalaj" i splunął w kierunku skondensowanej ciemności. Chybił, ale plama zatrzymała się. Przez chwilę – Kamil mógłby przysiąc – wahała się, co zrobić, aż w końcu szybko podpłynęła do ściany w miejscu, gdzie z podłogi wystawała rura z gazem, i cicho sycząc, spłynęła do piwnicy.

Zanim wszyscy zdążyli odetchnąć, Paulina zawołała radośnie:

– Idą! Idą moi rodzice.

13

Agnieszka nie czuła nic. Kłótnia z Robertem sprawiła, że cała zapadła się do środka, do swojego najgłębszego ja, nie pozostawiając na wierzchu niczego, co jeszcze można by zranić. Nie czuła, nie myślała, ograniczyła się do najprostszych funkcji życiowych. Nie zrobiła na niej wrażenia awantura z drzwiami, nawet nie mrugnęła, obserwując pływającą po posadzce plamę nicości. Teraz też bez emocji patrzyła na zamieszanie spowodowane przyjściem rodziców Pauliny. Wiedziała, co się stanie. Nic.

Jeszcze zanim starsi państwo pojawili się w drzwiach bloku, Paulina, stojąc w progu, krzyczała i machała do nich, ale nie przynosiło to żadnych rezultatów. Nie zauważali jej. Kiedy dotarli już do wejścia, zatrzymali się nagle, a w środku wszyscy stłoczyli się obok Pauliny, wołając: „Dzień dobry!", „Halo!" i „Tutaj, proszę państwa!". Agnieszka, cały czas stojąc u szczytu schodów, patrzyła na parę za drzwiami, która najwyraźniej nie dostrzegała znajdującego się pół metra przed nią rozwrzeszczanego tłumu.

– Cicho! – krzyknęła Paulina. – Oni coś mówią.

Tłum się uciszył i nawet Agnieszka wyraźnie słyszała rozmowę.

– Wiesz co, kochanie, cały czas mam takie wrażenie, że o czymś zapomniałem – powiedział on.

– Tak, wiem, mnie też coś trapi, odkąd wysiedliśmy z tramwaju. Zamknąłeś drzwi? – zapytała ona.

– Jak zawsze tak.

– Gaz?

– Jak zawsze tak.

– Jesteś pewien?

– Jak zawsze nie.

Roześmiali się oboje.

– No to chyba możemy iść na spacer, prawda, mężusiu? – powiedziała i przytuliła się do niego, a on objął ją ramieniem.

– Tak jest, duszko, i nie będziemy się niczym martwili, tylko rozkoszowali rześkim, jesiennym powietrzem.

– Nie mów do mnie „duszko" – zawrzała udawanym gniewem – bo ani nie mam osiemdziesiątki, ani nie jesteśmy mieszczanami z początku wieku.

– Ależ oczywiście, moja duszko. A który konkretnie wiek masz na myśli?

Zaśmiali się, on pocałował ją w czapkę, odwrócili się i zaczęli oddalać w stronę ulicy.

– Mamo! Tato! – ryknęła Paulina. – Przyszliście mnie odwiedzić. Mnie i Anię, pamiętacie?! Mieszkamy tutaj! Mamo! Wracaj! Proszę!

Oni jednak szli dalej, zadowoleni, jakby nic nie mieli tutaj do załatwienia. Ania rozpłakała się i przytuliła do nóg matki.

– Mamusiu – zapytała – dlaczego babcia nie chce nas odwiedzić?

Paulina otarła załzawione oczy i wzięła dziewczynkę na ręce, uśmiechając się zbyt promiennie, żeby było to szczere.

– Och, nie martw się. Babcia z dziadkiem przypomnieli sobie o czymś ważnym i szybciutko musieli wrócić do domu. Ale jak tylko zrobią to coś ważnego, na pewno do nas przyjdą. A kto wie – teatralnie zawiesiła głos – może nawet zabiorą cię do siebie i będziesz mogła u nich zanocować. Co ty na to, hm?

Dalszy ciąg rozmowy zagłuszył głos Wiktora, który doszedł do siebie po zdarzeniu z plamą.

– Więcej już się chyba dzisiaj nie dowiemy. Nie możemy wyjść, nie możemy niczego wyrzucić, nie możemy się z nikim porozumieć i najwyraźniej nikt nie chce do nas wejść. Poza tym jest jeszcze to – wskazał z obrzydzeniem na hydrant – to coś, o czym nie chcę pamiętać. Nie sądzę, żebyśmy dziś dowiedzieli się czegoś więcej, a nie ma sensu tutaj stać, napędzać sobie nawzajem strachu i podsycać panikę. Być może to jakiś rodzaj halucynacji, zbiorowej, tak jakby sugestii. Wyśpijmy się porządnie, odpocznijmy, a jutro zobaczymy, co dalej. W południe sprawdzimy, czy coś się zmieniło. Oby tak! A jeśli nie, to przede wszystkim zrobimy zebranie lokatorów. Zgadzacie się państwo ze mną?

Rozległ się pomruk aprobaty i wszyscy jak na komendę ruszyli do wind. Ci, którzy mieszkali niżej, poszli w stronę schodów.

Agnieszka nie była w stanie uwierzyć, że Wiktor to powiedział. Zamiast zdopingować sąsiadów, żeby na wszelkie sposoby próbowali się wydostać, on proponuje rozejście się do domów. I wszyscy to robią! Zamiast wybijać szyby, krzyczeć, palić pochodnie i wypisywać w każdym oknie „Pomocy!", ci ludzie ze spuszczonymi głowami wracają do swoich mieszkań, zamienionych – kto wie, na jak długo – w więzienne cele. A ona? Ona też się nie rwie do jakichś spektakularnych działań. Tak samo stoi jak kołek, tyle tylko, że nie za bardzo ma gdzie wrócić po dzisiejszej kłótni. Może dlatego jej się wydaje, że powinni walczyć, a tak naprawdę Wiktor ma rację. Trzeba to po prostu przeczekać, odespać porządnie.

Zapaliła.

Moglibyśmy spróbować wyjść na dach, przemknęło jej przez głowę, ale nie potrafiła się zmusić do wypowiedzenia tego głośno.

Postanowiła jeszcze zamienić słowo z Wiktorem i porozmawiać o tym – zrobić coś, żeby zmusili się wzajemnie do działania – kiedy w drzwiach klatki schodowej stanął Robert. Był zdyszany, umazany farbą, ale jego twarz nie wyrażała takiej nienawiści jak przed południem. Agnieszka cofnęła się, kiedy spróbował chwycić ją za rękę.

– Wiem, że może już być za późno – wyszeptał – ale proszę, przyjdź.

– Nie.

– Błagam. Wiem, że jednym słowem zburzyłem nasz domek w Bieszczadach, ale może zostały jeszcze fundamenty. Zbuduję go na nowo, obiecuję. Wybacz mi. Nie wiem... nie wiem, dlaczego tak się stało.

– Nie chcę, żebyś się do mnie odzywał i spał obok mnie – odparła po chwili milczenia.

– Wszystko, czego tylko chcesz – odpowiedział szybko.

– Żadnego malowania, kiedy ja jestem w mieszkaniu.

Cień przeleciał przez jego twarz, ale Robert się nie zawahał.

– Żadnego.

Agnieszka rozejrzała się jeszcze i złowiła czujny wzrok Wiktora. Podniosła lekko brew, a on skinął głową, jakby potwierdzał: „W każdej chwili". Boże, dlaczego Robert nie ma w sobie takiego spokoju, pomyślała. Dlaczego w ogóle rodzą się mężczyźni przed trzydziestką?

14

Ostatnimi, którzy zostali na dole, byli Wiktor i Kamil z rodzicami. Wiktor nie pojechał, bo nie chciał, oni nie zmieścili się do windy. Nikt się nie odzywał. Kiedy kabina rozwiozła innych lokatorów i wróciła na parter, Wiktor zawołał:

– Kamil, możesz ze mną zostać na chwilę?

Jego ojciec już otwierał usta, żeby zaprotestować, ale spojrzał na otwarte drzwiczki hydrantu i powiedział do syna:

– Kwadrans. Rozumiesz? Kwadrans. – Po czym razem z żoną wsiedli do windy i odjechali.

Kamil zszedł po schodach i usiadł przy otwartych ciągle drzwiach.

– Nawet stamtąd nie wieje, co nie? – powiedział, odetchnąwszy głęboko. – Myślisz, że oddychamy tutaj w kółko tym samym powietrzem i w końcu się podusimy?

– Cholera wie, taki blok ma dość dużą kubaturę. – Wiktor usiadł obok niego. – Może jeszcze wystarczy na jakieś... moment, niech policzę... dziesięć pięter razy metrów sześciennych razy zużycie tlenu przez dorosłego na dobę... to będzie... ożeż!

– Co jest?

– Wychodzi mi, że jeszcze pół godziny!

Zaczęli się śmiać jak szaleni.

– Wielkie dzięki. Byłeś świetny – zwrócił się Wiktor do Kamila, kiedy ochłonęli. – Masz niezły refleks i od groma zimnej krwi płynie w twoich żyłach, młody. Może zostaniesz kiedyś kierowcą rajdowym.

Kamil parsknął śmiechem i spojrzał uważnie na swojego nowego, starszego kumpla:

– Co ci się wtedy stało? To nie był tylko cykor, co nie?

Wiktor siedział, milcząc, w końcu powiedział:

– Masz rację, to nie strach. To wspomnienie. Widziałem kiedyś coś takiego, to znaczy nie taką kroplę ani plamę, tylko zjawisko. Coś, co jest tak czarne, że nie może być prawdziwe. Nie jest czarne jak smoła, jak węgiel czy bazalt. Jest czarne jak...

– Jak nic?

– Tak, jak nic. Jak skondensowane czarne nic. Esencja nocy. Pożeracz światła.

– Gdzie?

– Widziałem to – Wiktor przełknął ślinę i wciągnął powietrze ze świstem – widziałem to w oczach pewnej dziewczyny. Czarne źrenice bez tęczówek i żadnego refleksu światła. Tylko mrok.

Kamil spojrzał z niepokojem na Wiktora.

– Tylko mi tutaj nie zemdlej, człowieku. Spokój, opanowanie, wielkie OM. Było, minęło. Różne rzeczy się trafiają, sam miałbym kilka do opowiedzenia.

– Taki szczaw? Nie żartuj, dzieciaku.

– Nie żartuję. Idę o zakład, że kilka moich koszmarów nie dałoby ci spać. Musiałbyś kimać przy zapalonym świetle.

Wiktor ponownie wybuchnął śmiechem. To był bardzo wesoły wieczór.

– Przyjmuję. Tutaj nie jesteś mnie w stanie niczym zaskoczyć. Wczoraj spałem dwie godziny, i tylko dlatego, że skułem się do nieprzytomności. Dziś będę musiał włożyć sobie zapałki pod powieki, żeby nie zasnąć.

– Dlatego że co noc robisz dwa kroki dalej i wolisz każde inne rozwiązanie, byleby nie wyśnić koszmaru do końca?

– Skąd wiesz?

– Co ci się śni? Tamta dziewczyna? – Kamil zignorował pytanie Wiktora.

– Musiałbym być szalony, żeby ci powiedzieć.

– Być może nie będziesz miał innego wyjścia.

– Oszalałeś.

– Głośno pomyślałeś. Ty widzisz związek między swoimi koszmarami a tym, co się dzieje. Ja widzę związek ze swoimi. Być może powinniśmy je sobie opowiedzieć. – Kamil wyszczerzył się złośliwie i dodał: – Chętnie wysłucham jakiejś mrożącej krew w naczyniach włosowatych historii. Poza tym, tak chyba będzie lepiej, skoro mamy zostać aurorami.

– Aurorami? Tropicielami czarnoksiężników? Nie sądziłem, że taki duży chłopiec czyta Harry'ego Pottera. I skąd takie przemądrzałe teksty. O co jeszcze spytasz? „A co pan czuje?", „A co pan o tym sądzi?". Oszczędź.

– Po pierwsze, nie jestem takim starcem jak ty, żeby czytać tylko encyklopedię zdrowia, po drugie, miałem ciotkę terapeutkę i wujka księdza (a może odwrotnie?), po trzecie, być może za kilka dni będziemy gotowi na wypróbowanie wszystkiego. Słabo?

Wiktor westchnął. Polubił tego chłopaka i kto wie, może i miał on rację. O swoim śnie i swoim strachu nie opowiadał nikomu, nawet

Weronice. Zdusił wszystko w sobie, doprowadzając się niemal do psychozy, o alkoholizmie nie wspominając.

Ale tak naprawdę nie sądził, że spędzą tutaj kilka dni. Był pewien, że jutro będzie po sprawie.

– Niczego nie obiecuję – powiedział. – A ukradniesz ojcu jakąś flaszkę, żebym mógł przeżyć noc?

Kamil roześmiał się.

– Muszę? Mogę przynieść swoją. Ale jak obstajesz przy kradzieży...

– Dobra, dobra. Pod czterdzieści.

– Sie wie, proszę pana. Czas dostawy do trzydziestu minut, kurier będzie miał przy sobie dziesięć złotych na wydanie reszty.

ROZDZIAŁ 5

PANIE, BĄDŹ WOLA TWOJA, A NIE DEWOTEK.
Warszawa, Śródmieście, rysunek w bramie
przy Nowym Świecie, koło Wareckiej

1

Piętro 4, lokal nr 28. 10 listopada 2002, godz. 0.30.

[cisza, tykanie zegara, szelest pościeli, szum wody w kanalizacji, daleki klakson]

[cisza]

[westchnienie, cichy jęk]

Kobieta 1: Hmmm, tak, hmmm, nie, nie wiem, nie chcę, nie powiem.

[cisza]

[szybki oddech]

Kobieta 1: Tak... wiem... wiem, że powinnam... ale to już wszystko... naprawdę... nie pamiętam już żadnego... nie kłamię... jestem szczera, przysięgam na Boga... wszystkie już wyznałam... niech ksiądz mnie nie dręczy... błagam... jakie myśli?... nie, nie mam takich myśli, nigdy nie miałam... jak ksiądz śmie!... dlaczego mi nie wierzy... no tak, wiem, może trochę, czasami, myślałam... o kim?... to chyba nie jest ważne... ważne?... ale ja nie chcę... muszę?... tak, tak, chcę być czysta, chcę zasłużyć na eucharystię, oczywiście... więc wyznam... marzyłam... marzyłam... marzyłam... wyobrażałam sobie...

[bardzo szybki oddech]

Kobieta 1: Marzyłam, że robię to z księdzem... uff, co za ulga... jak?... byłam u spowiedzi, tak jak teraz... nie pamiętam, jakie grzechy wyznawałam... ale ksiądz wyszedł z konfesjonału i powiedział, że kto nie dotknął ziemi ni razu, ten nigdy nie może być w niebie... i zaczęłam płakać, przestraszyłam się piekła... tak, wyszedł ksiądz, tak jak teraz, nachylił się nade mną, tak jak teraz... czy co chętnie?... tak, chętnie to odegram, pragnę grzeszyć... och, jak bardzo pragnę grzechu... chi, chi, ile ta sutanna ma guzików...

[głośne jęki]

Kobieta 1: Cicho... coś słyszę... zostaw mnie, klecho... słyszysz kroki?... ja słyszę... zostaw mnie!... kroki, stukot kroków... boję się... proszę księdza, niech ksiądz spojrzy... o Boże, nieee... Nieeeeeeee!

Kobieta 2: Aaaniju!

[hałas, głośne zaczerpnięcie oddechu]

Kobieta 1: Co? Błagam, nie, gdzie ja jestem? W imię Ojca i Syna, i Ducha Świętego, apage! To sen, to tylko sen, to nie twoja wina, uspokój się, Emilio, uspokój się natychmiast! To tylko sen, zły sen...

Kobieta 2: Aaaniuju!

Kobieta 1: Tak, mamo, idę, już idę.

[szelest, kroki]

Kobieta 1: Co się stało, mamo? Coś cię boli? Miałaś... miałaś zły sen?

Kobieta 2: Chiaałam iee ouudzii, Anju...

Kobieta 1: Chciałaś mnie obudzić, mamo? Och, dziękuję ci, dziękuję, nawet nie wiesz, jak bardzo ci dziękuję, mamo. Kocham cię, mamo. Śpij, potrzymam cię za rękę, dobrze? Ja już nie chcę dziś spać.

Piętro 8, lokal nr 54. 10 listopada 2002, godz. 0.50.

[szmer pociągnięć pędzla, cichy plusk wody]

Mężczyzna: aaaak, tak lepiej, znacznie lepiej, jeszcze tutaj, prawie dobrze, oki doki, nie jest źle... Nie jest, ale ciągle czegoś brakuje...

[krzyk]

Kobieta: Nieeeeeee!

[kroki]

Mężczyzna: Co ci jest, kochanie? Zły sen?

Kobieta: Nie dotykaj mnie!

Mężczyzna: Przepraszam, przestraszyłem się. Co ci się śniło?

Kobieta: Nie chcę, nie chcę tego...

Mężczyzna: Raz-raz, dawaj, będzie ci lepiej.

Kobieta: Dobrze, może masz rację. Śniło mi się, śniło mi się, że śpię, normalnie tutaj, w naszym łóżku, widziałam to jakby z góry, wiesz, jak w snach. Nagle się obudziłam i wstałam, dalej już widziałam wszystko swoimi oczami, czułam dziwny zapach, taki zapach, jakby ktoś coś zostawił w piekarniku... mięso, rozumiesz. Ale nie bałam się, byłam wściekła, że zapomniałam wyłączyć piekarnik. Wstałam, założyłam klapki i poszłam do kuchni. Było ciemno, jedyne światło dawała żarówka z piekarnika. Raźno, szybkim krokiem, podeszłam do kuchenki i wtedy poczułam jeszcze wyraźniej ten zapach, i...

[cisza]

Mężczyzna: I?

Kobieta: To był ten zapach, który czułam w windzie... Zapach spalonego mięsa i włosów, czułam to tuż przedtem, zanim zobaczyłam w szparze drzwi te malutkie rączki. I wtedy wpadłam w panikę. Chciałam uciec stamtąd, nie zbliżać się do piekarnika, nie patrzeć, co jest w środku... Och, Boże...

Mężczyzna: Już, już, spokojnie, już tego nie ma.

Kobieta: Ale nie mogłam. Nie mogłam wybiec z kuchni, czułam, jak coś chwyciło mnie za głowę, przytrzymało powieki, żebym nie mogła ich zamknąć, i zaczęło ciągnąć mnie do okna w drzwiczkach piekarnika. Żebym zobaczyła. Nachylałam głowę, starałam się ruszać gałkami, żeby przynajmniej widzieć nieostro, tak strasznie się bałam. I wtedy tym zamglonym spojrzeniem zauważyłam jakiś ruch w środku. I zaczęłam krzyczeć najgłośniej, jak potrafiłam, żeby się obudzić...

Mężczyzna: I udało się.

Kobieta: Tak się bałam. Czułam, że za chwilę stracę zmysły. Nie zniosę tego jeszcze raz...

Mężczyzna: Śniło ci się to już kiedyś?

Kobieta: Często, odkąd się wprowadziliśmy. I za każdym razem podchodzę bliżej i wiem, że w końcu nie uda mi się obudzić. Będę musiała zobaczyć, co jest w środku. Boję się zasnąć.

Mężczyzna: To nie śpij, zrobię ci herbaty.

Kobieta: Tak, chętnie. Co robisz?

Mężczyzna: Rysuję.

[cisza]

Kobieta: Myślałam, że się umówiliśmy?

Mężczyzna: No tak, ale spałaś. Jak śpisz, to tak jakby cię nie było.

Kobieta: Już nie śpię.

Mężczyzna: Toteż i ja nie rysuję.

[cisza]

Kobieta: Wiesz, że to koniec.

Mężczyzna: To nie koniec.

Kobieta: Dlaczego tak sądzisz?

Mężczyzna: Jesteś moja. Przysięgałaś przed Bogiem.

[śmiech]

Kobieta: Przysięgałam, że będę cię kochać, a nie że jestem twoja. Nie zachowuj się jak nienormalny.

[kroki]

Kobieta: Mój Boże! Co to jest?

Mężczyzna: Co? Rysunek?

Kobieta: Nie, to w słoiku!

Mężczyzna: To? Brudna woda po pędzlach. Rzeczywiście, chyba najwyższa pora ją zmienić.

Kobieta: Ale woda tak nie wygląda, to jest jakaś... jakaś smoła... jakaś słoikowa czarna dziura!

Mężczyzna: Uspokój się, nie panikuj. Zaraz to sprzątnę. Wszystko sprzątnę. Nie będzie śladu po malowaniu, oki?

Piętro 9, lokal numer 55. 10 listopada 2002, godz. 1.10.

[chrapanie]

[chrząknięcie]

Mężczyzna: Kochanie, już wróciłaś... miało cię nie być dłużej... o, super, masz coś dla mnie!... a co?... niespodzianka?... no powiedz...

[chrząknięcie]

Mężczyzna: Jak to?... jak to: dziecko?... przecież my nie możemy mieć dzieci... adoptowałaś i przywiozłaś do Polski?... to tak można...

nie no, oczywiście, że się cieszę... gdzie ono jest?... w kufrze?... w jakim kufrze?... oszalałaś?... w tym kufrze?... ale przecież dzieci się nie trzyma w kufrze, to jakiś absurd!... jak to: niebezpieczne?... co?... no chyba tak... myślę, że mnie polubi... ale przecież wypuść je z tego kufra, na miłość boską!... właśnie... no i gdzie... o Boże... to... to niemożliwe... to nie może być prawda... to... nie!... nie!... zabierz to ode mnie!... nie jestem tatą!... to nie jest moje dziecko!... to w ogóle nie jest dziecko!... pomocy!... nie!...

Piętro 5, lokal nr 32. 10 listopada 2002, godz. 1.20.
[radio, cicha muzyka]
Mężczyzna 1: Mamo! Mamo! Nie!
[szamotanie]
[kroki, światło]
Kobieta: Już, synku, jestem przy tobie, obudź się. Już wszystko w porządku.
Mężczyzna 1: Mamo? To naprawdę? Teraz to naprawdę? Tak?
Kobieta: Miałeś zły sen. Ale to już koniec, nie bój się.
Mężczyzna 1: Co za koszmar. Kurwa mać.
Mężczyzna 2: To nie powód, żebyś klął w obecności matki, synu.
Mężczyzna 1: Nie chce ci się spać przypadkiem?
Kobieta: Kamil...
Mężczyzna 2: Nie chce. To mój dom i śpię w nim wtedy, kiedy mam na to ochotę. A teraz nie mam. Podobno miałeś jakiś koszmar, opowiedz nam.
Mężczyzna 1: Tak, chętnie opowiem. Widziałem we śnie swoją rzeczywistość i nie mogłem tego znieść.
Mężczyzna 2: Co przez to rozumiesz?
Mężczyzna 1: Rozumiem przez to, że moim największym koszmarem jesteście wy!
Mężczyzna 2: Uaaa, jesteś taki nudny, synu. Jak nic ci nie jest, to chyba możemy już iść spać?

Mężczyzna 1: Najlepiej na zawsze.

Mężczyzna 2: Och, nasz dzidziolek chyba dojrzewa, że jest taki niesympatyczny. Nie sądzisz, Krysiu? Sprawdź, czy nie mamy w apteczce trochę melisy, może przyda się coś na uspokojenie.

Mężczyzna 1: Nienawidzę cię.

[cisza]

Mężczyzna 2: Wiesz co, synu? Ja też cię nie bardzo lubię.

Kobieta: Tadeusz!

Mężczyzna 2: Przestań, jest już dorosły, nie muszę przed nim udawać. Tak naprawdę nigdy nie chciałem mieć dziecka, a już na pewno nie takiego rozpieszczonego maminsynka i mazgaja jak ty...

Kobieta: Jak możesz!

Mężczyzna 2: Muszę zapierdalać dnie i noce, żeby wyżywić twoją żarłoczną gębę i utrzymać matkę, która przez ciebie zamieniła się w kurę domową. Płacę za twoje dodatkowe lekcje, bo tych w szkole jest za mało dla takiego debila jak ty. Ale to jeszcze bym zniósł. Najbardziej nienawidzę tych twoich wiecznych babskich dąsów. Tych dziecinnych pretensji, krzyków i nastrojów. Codziennie coś innego ci się nie podoba. Nie wiesz, jaki sport lubisz, ale doskonale wiesz, jakiego nie cierpisz. Nie słuchasz żadnej muzyki, ale zawsze chętnie mówisz, jakiej słuchają pedały i frajerzy. Jesteś jak makaron, który notorycznie rozgotowuje twoja matka. Brzydzę się ciebie dotknąć, bo się boję, że na palcach zostanie mi ciepłe, lepkie, rozgotowane ciasto!

Kobieta: Proszę...

Mężczyzna 2: Jesteś tak absolutnie bez jaj, że obrażasz wszystkich mężczyzn, którzy kiedykolwiek chodzili po ziemi.

Mężczyzna 1: Zabiję cię.

Mężczyzna 2: Oczywiście. Pod warunkiem, że mamusia przyniesie ci nóż, włoży go w rękę, a potem zaprowadzi do mnie i poderżnie mi gardło twoją miękką łapką. Nie rozśmieszaj mnie. Dorośnij i wynocha.

[drzwi]

Kobieta: Och, Kamilu, nie zwracaj uwagi na to, co on wygaduje. Wiesz, jaki ma ostatnio zły okres, jeszcze rozbiłeś ten samochód i w ogóle...

Piętro 6, lokal nr 40. 10 listopada 2002, godz. 6.00.

[ćwierkanie]

Mężczyzna: Bardzo dobrze, mój mały, bardzo dobrze, ćwierkaj długo i głośno, żeby twój przyjaciel Wiktor nie zasnął...

[czknięcie]

Mężczyzna: Będę do ciebie mówił, mój ptaszku słodki, bo inaczej usnę, a to mi się, niestety, przytrafić nie może, oj, nie może, bo jak usnę, znowu mi się przyśni, a jak się przyśni, to twój druh Wiktor – kto wie – może nawet odwali kitę. Rozumiesz, co to jest „odwali kitę"? Jakiej ty w ogóle jesteś rasy, ptaszku? Nie jesteś krukiem, bo kruk robi „kra", nie jesteś sową, bo sowa robi „hu, hu". Może więc jesteś po prostu zwykłym ptaszkiem fiutkiem, co robi „fiu, fiu".

[śmiech]

Mężczyzna: Ptaszek Fiutek, a to dobre, a na nazwisko pewnie masz Kutasiński. Skąd ty się tutaj wziąłeś, malutki? A tak, już pamiętam, Matylda zmusiła dziadków, żeby jej kupili to paskudztwo – ojć, pardon – ten przepiękny ptasi zegar na urodziny. Pamiętasz Matyldę, ptaszku? Taka mała dziewczynka z ciemnymi włosami, mieszkała tu razem z mamą i takim jednym gościem. Co mówisz? Nie, nie, to nie byłem ja, tamten to był zupełnie inny gość, serio, fajny facet, ale już tutaj nie mieszka. No, normalnie nie mieszka, wyprowadził się ze swoimi dziewczynkami, przecież on by nie mógł bez nich żyć, zabiłby się chyba. Rozumiesz, ptaszku? Wiem, wiem, nie jest łatwo się zabić, może masz i rację. Może by się nie zabił, może by tu został i tak siedział, i czekał, aż życie z niego wyjdzie. Tak by czekał, i nic by się nie stało, bo człowiek to jest – musisz to wiedzieć, mój ptaszku – twarda bestia. Nie to co ty, fiutku. Żeby człowieka zabić, to trzeba ho, ho, trzeba się naprawdę postarać. Albo zostawić go samego ze sobą i czekać, aż oszaleje. Każdy człowiek ma w głowie coś, od czego można oszaleć. Ptaszki też mają? No właśnie, tak przypuszczałem. Z każdego człowieka można wywlec jakiegoś stracha, jakąś winę, zaniedbanie, nawet marzenie – tak, marzeniem też można odebrać człowiekowi zmysły. Ludziom miesza się rzeczywistość z wyobraźnią. Wstydzą się tego, o czym pomyśleli, są dumni z rzeczy, których nie zrobili, kochają tych, których nie znają, i nienawidzą tych, o których tylko słyszeli. Jak tak spojrzysz, ptaszku, na siebie, zobaczysz, że masz las, a jak spojrzysz na mnie, zobaczysz, że mam może dom, pracę, znajomych, może kochankę, dziecko, rodziców. Czy dużo tego mam? Ja, człowiek? Mało mam, na jednej kartce bym wszystko wyliczył. Więcej masz pewnie w swoim lesie. Tylko że ja mam wszystko w głowie, wszystko, każde pół myśli, ćwierć fantazji, każdy ułamek marzenia. Mam trylion kochanek, tysiąc par rodziców, milion zawodów i trzy miliardy przygód. Bywam ofiarą i katem, gwałconym i gwałcicielem, mordercą i świętym. Wszystko to mam, ptaszku mój najsłodszy, w głowie. I właśnie dlatego nie mogę dziś zasnąć, bo jakoś się tak porobiło, że nad tym wszystkim już nie panuję. Boję się, że wezmę jaką zbuntowaną, bezczelną myśl za rzeczywistość i w niej już zostanę. A może to być, ptaszku, takie najprawdziwsze obrzydlistwo, że już chyba lepiej by było wyciągnąć kopyta. Ale tak jak ci mówiłem – człowiek to twarda bestia.

[cisza]

Mężczyzna: O Boże, prawie zasnąłem. Jeszcze chwila. Jeszcze chwila i będzie świt, gadaj, gadaj i zrób sobie kawy. Ta, z czego, przecież nie ma wody. Od kogo ja wezmę wodę o tej porze, może pochodzę po piętrach, ktoś na pewno ma zapas mineralnej. To nawet niezła myśl. Jak pochodzę, to nie zasnę. A jak spotkam tamto? Nie, lepiej nie, już lepiej zostać tutaj. Pogadam sobie z ptaszkami, byleby głośno i bez przerwy. Byleby nie zasnąć.

2

Niedzielny poranek był złośliwie jeszcze piękniejszy od sobotniego. Dwa takie dni z rzędu? O tej porze roku? Kamil był co prawda młody, ale nie przypominał sobie takiej anomalii. Powinno być ciemno, szaro, ponuro i depresyjnie. A tutaj słońce wlewało się bez przeszkód – żadnej chmury! – i rozświetlało szare lastryko blokowego korytarza. Radosne błyski skakały po sztucznym kamieniu, który zdobił klatki schodowe i cmentarze w całej Polsce. Na parterze nikogo. Trochę dziwne, Kamil był pewien, że skoro świt wszyscy popędzą na dół. A może popędzili i już dawno wyszli; serce zabiło mu mocniej. Stanął przy otwartych drzwiach i wciągnął mocno powietrze – czy poczuje rześkość wstającego na zewnątrz dnia? Nic z tego. Tylko mdławy odór środków czyszczących i ciepła wilgoć piwnicy, zawsze wyczuwalna na parterze. Podszedł do drzwi i wystawił za nie rękę – tak jak wczoraj Wiktor. Jak na razie OK, pomyślał. Zrobił krok naprzód – i wszedł z powrotem na klatkę. Obejrzał się zrezygnowany. Po chodniku szły dwie młode laski, z jedną chodził do podstawówki.

– Hej, hej, Karola, słyszysz mnie? – zawołał kilka razy, nie oczekując reakcji. I słusznie. Dziewczyny poszły dalej.

Spróbował jeszcze wyrzucić na zewnątrz swój but. Cisnął nim tak mocno, że kiedy wrócił, boleśnie uderzył go w udo, zanim zdążył się uchylić. Zaklął, założył but i pokuśtykał do Wiktora, na szóste piętro.

Nagle boleśnie oślepił go promień słońca, odbity od okna bloku naprzeciw. Odwrócił skrzywioną twarz i zaczął trzeć oczy dłońmi. Po nieprzespanej nocy czuł, że ma wywrotkę piasku pod powiekami. Zgodziłby się na kolejny miesiąc kary w zamian za miskę wody, w której mógłby zanurzyć twarz. Dwa litry najzwyczajniejszego w świecie substandardowego produktu miejskich wodociągów. Ale wody nie było od wczorajszego wieczoru. A i jemu coś nie śpieszyło się do odkręcania kurków po przygodzie z czarną kroplą.

– Widzę po twojej minie, że już byłeś na dole. – Usłyszał, jak tylko przekroczył próg mieszkania Wiktora.

– A ty?

– Ja? Jakoś nie było mi śpieszno do intymnej schadzki z hydrantami. – Wiktor uśmiechnął się krzywo.

Jego pomięta twarz nie robiła najlepszego wrażenia. Jeśli wczoraj wyglądał na swoje lata, to dziś przypominał własnego wuja. Sprawiał wrażenie starego, chorego i wyczerpanego.

– Walczyłem całą noc, żeby nie usnąć – powiedział, jakby w odpowiedzi na spostrzeżenia Kamila. – Nie było łatwo, ale zabawiałem się rozmową z ptaszkiem.

Kamil uniósł brwi zdziwiony.

– Nie, nie, nie z tym ptaszkiem. – Roześmiał się Wiktor. – Z tym – wskazał na wiszący na ścianie zegar. Obok godzin widniały rysunki różnych ptaków. Kamil nie był w stanie rozpoznać żadnego z nich.

– Nie myśl, że wariuję, po prostu tak panicznie bałem się usnąć, że złapałbym się wszystkiego.

– To co robimy, szefie? – Kamil przerwał tłumaczenia Wiktora. Nie wiedział dlaczego, ale postanowił, że nie będzie opowiadał, przynajmniej nie teraz, o swoich koszmarach i nieprzespanych nocach.

– Przelecimy się po mieszkaniach, zawiadomimy ludzi, że sytuacja się nie zmieniła...

– I tak będą chcieli sprawdzić.

– Wiem. Zwłaszcza ci, którzy nie odczuli wczoraj potrzeby wyjścia i dopiero od nas dowiedzą się wszystkiego. W każdym razie zwołujemy zebranie na osiemnastą na dole.

– Dlaczego tak późno? – zdziwił się Kamil. – Zwołajmy teraz, kminimy, jak stąd wyjść, i pryskamy.

– Dlatego że ciągle mam nadzieję, że coś się zmieni. Dajmy temu „czemuś" trochę czasu. Na wszelki wypadek sami będziemy chodzić co godzinę na dół, a wszystkim powiemy, żeby próbowali regularnie dzwonić z normalnych telefonów i komórek. Może ktoś ma CB-radio?

– To jak się dzielimy? – Kamil szybko odpuścił. Nie wiedział dlaczego, ale od razu poczuł ulgę.

Wiktor zastanawiał się przez chwilę.

– Ty weź dół do piątego piętra, ja oblecę te wyżej. Pytaj każdego, czy mu się nie przytrafiło nic dziwnego, i nie irytuj się, jak ludzie będą agresywni. W ogóle nie jest lekko, a teraz wszyscy mają dodatkową porcję piany na ustach.

Kamil rozejrzał się po mieszkaniu w poszukiwaniu butelki likieru, którą wczoraj przyniósł. Jajkowóda stała na stole. Pusta.

– Nie było chyba lekko wydudlić całą flaszkę i nie zasnąć? – spytał.

– Tak jakby nie, ale to był jedyny sposób. Najbardziej w tym wszystkim wykańczał mnie smak tego słodkiego gówna. Jak ty możesz pić takie świństwa, dzieciaku? Dziewczyna u ciebie zostawiła?

Kamil zaklął w myślach.

– Piję to, co lubię – burknął. – Odpieprz się. A w ogóle to trzeba było zostawić sobie coś na później. Ja już nic nie mam. U dawcy nasienia też sprawdziłem.

Zobaczył, jak źrenice Wiktora rozszerzają się ze strachu. Cholerny alkoholik. Jak ten facet jest w ogóle w stanie żyć? Ciekawe, czy zacznie już teraz żebrać po mieszkaniach, żeby mu odlali coś na wieczór. Może zabierze ze sobą słoiczek na datki w płynie. Kamil czuł, że niepotrzebnie się wnerwia i wyzłośliwia, ale dopiekła mu uwaga o damskim likierze, przypominająca wieczne wyrzuty jego ojca. Czy naprawdę nie może pić tego, co mu akurat smakuje? Musi walić wódę z gwinta, żeby się z niego nie śmiali?

– No trudno – bąknął Wiktor. – Jakoś sobie poradzę. Leć już. Za dwie godziny u mnie.

Kamil krzyknął krótko: „Nara!”, zbiegł na parter, gdzie ciągle nikogo nie było, i rozpoczął wędrówkę po mieszkaniach.

Już na drugim piętrze miał oczy jak spodki. To, jak ludzie reagowali na jego wizytę, było co najmniej dziwne. Większość – a nie było ich wielu, zaskakujące, jak dużo mieszkań stało pustych – kiwała tylko głowami i zamykała drzwi, ktoś powiedział „w porządku”, ktoś sucho potwierdził „o osiemnastej, na dole”. Nawet dozorca, jeszcze wczoraj dusza towarzystwa, uniósł tylko na chwilę przekrwione z niewyspania oczy, żeby wymamrotać „dobra, ale i tak mi to zwisa”. Wszyscy wyglądali jak własne cienie, projekcje ze starego rzutnika, którego żarówka świeci ostatkiem sił. Szarzy, wymięci, zapadnięci w sobie. W dwóch mieszkaniach Kamil słyszał szmery i dobijał się dość długo, ale nikt nie otwierał. Wzdrygnął się, gdy pomyślał, że te szmery wcale nie muszą oznaczać ludzkiej obecności. Wyobraził sobie mieszkanie wypełnione nicością, tą czernią, która wczoraj ich wystraszyła. W końcu rura biegła przez cały blok. Dokąd mogło płynąć to coś, a raczej nic? Czy dopłynie też do jego mieszkania? I kiedy? Czy do tej pory uda im się wydostać?

Tak rozmyślając, wcisnął przycisk dzwonka koło drzwi w końcu korytarza na piątym piętrze – ostatnim, którego mieszkańców miał zawiadomić. Jego własne mieszkanie było na drugim końcu. Śmieszne, ale nigdy nie widział sąsiada (sąsiadki? sąsiadów?), który tu mieszkał. Pewnie ten lokal też stoi pusty. Usłyszał szmer, ale nikt nie otwierał. Wcisnął jeszcze raz, przytrzymał. Brzęknęła blaszka wizjera, który nie wiedzieć czemu znajdował się na poziomie jego pasa.

– Kto tam? – zapytał męski głos.

– Dzień dobry, Kamil Źródlaniec, jesteśmy sąsiadami, ja w sprawie naszej sytuacji.

Szczęknęła zasuwka i drzwi się otworzyły. Kamil ze zdziwienia cofnął się o krok.

3

Od rana czułem się jak aktor przed premierą. Byłem pewien, że dzisiaj któryś z nich do mnie zapuka. Tylko kto? Kiedy usłyszałem, że to Kamil, poczułem się niepewnie. Wiktor był dorosłym, dojrzałym facetem, a Kamil wściekłym nastolatkiem. Jak rozmawiać z kimś takim? Spięty czekałem na dzwonek. Na zmianę podjeżdżałem do drzwi, wracałem do pokoju i znowu byłem przy wejściu. Robiłem sobie herbatę, ale piłem wodę. Musiałem w kółko powtarzać, że Kamil przecież nic nie wie, ale i to mnie nie uspokajało. Rozważałem, czy udawać, że nie ma mnie w domu. Ganiłem się, że to głupie, przecież równie mocno oczekiwałem tej wizyty, co się jej bałem. Żyłem nadzieją, że na tej jednej się skończy. Powiem im, że nic mnie to nie obchodzi – i tak jestem przykuty do wózka – a oni dadzą mi spokój. Tak byłoby najlepiej, ale to nie ma prawa się udać. W końcu ktoś im powie i bez wątpienia zapukają do mnie drugi raz. Zapukają, wyłamią drzwi, zażądają wyjaśnień.

Kiedy w końcu zabrzmiał dzwonek, akurat byłem w łazience – jakżeby inaczej. W panice zacząłem się ubierać i niezdarnie gramolić z powrotem na wózek, jakby sparaliżowało mnie wczoraj, a nie przed dziesiątkami lat.

Kiedy w końcu wytoczyłem się z łazienki, mieszkanie było pełne wrzasku dzwonka. Wyobrażałem sobie, że to nie dzwonek, że to Kamil domyślił się prawdy i teraz ryczy do mnie z wściekłością przez dziurkę od klucza. Na wszelki wypadek wyjrzałem przez wizjer – nie ryczał. Stał ze znudzoną miną i przestał dzwonić, kiedy mnie usłyszał.

Spytałem: „Kto tam?", żeby usłyszeć jego głos, i otworzyłem drzwi. No cóż, nie był przygotowany na ten widok. Nikt w tym domu nie wiedział, że ktoś taki jak ja żyje w dwupokojowym mieszkaniu na piątym piętrze, pod numerem trzydziestym szóstym, za drzwiami bez tabliczki.

Śmieszne, ale wyobrażałem go sobie inaczej. Myślałem, że jest raczej niski, pulchny, bez zarostu, trochę zniewieściały, z zamglonym spojrzeniem, tak głęboko utkwiły we mnie wszystkie uwagi jego ojca. Tymczasem przede mną stał dobrze zbudowany wysoki chłopak, a raczej mężczyzna, krótko obcięty, z fantazyjnie podstrzyżonymi baczkami. Szare oczy patrzyły na mnie spod krechy gęstych brwi ze zdumieniem, ale bez lęku, i z ciekawością. Nie wyglądał na kogoś, komu łamie się głos w czasie rozmowy z rodzicami. A jednak.

– Tak, słucham? – zapytałem.

– Nigdy pana nie widziałem – odparł. – Długo pan tu mieszka?

– Dłużej, niż pan żyje, młody człowieku. Co pana sprowadza? – Nie wiem, dlaczego robiłem z siebie idiotę. Przecież po tym, co mi powiedział przez drzwi, powinienem być ciekaw, o jaką sytuację chodzi.

Opowiedział mi dość wiernie wydarzenia wczorajszego dnia. Rozczarowała mnie zwięzłość tej bezosobowej relacji. Wydało mi się, że to nie opowieść żywego człowieka, lecz cytat z notatki prasowej jakiegoś dziennikarza-analfabety.

Kiedy skończył, wyrecytowałem powtarzaną w myślach od rana kwestię:

– Cóż, jak pan sam widzi. – Wskazałem na swoje bezwładne nogi – uwięzienie nie jest dla mnie stanem nowym. Wręcz przeciwnie, jest dla mnie bardziej naturalne niż dla pana chodzenie. Oczywiście martwi mnie, że nie będzie mogła dotrzeć do mnie opiekunka z jedzeniem, ale mam jeszcze zapasów na tydzień. Do tego czasu sytuacja chyba się wyjaśni. Tak więc nie mam po co przychodzić na zebranie.

Wysłuchał mojej gładkiej gadki i zapytał:

– Nie zaskakuje pana cała ta sytuacja?

Źle. Chciałem uniknąć teraz tej rozmowy. Niestety, zrobiłem z siebie jeszcze większego idiotę.

– Nie, nie zaskakuje – odpowiedziałem. – Może jestem upośledzony fizycznie, ale natura wynagrodziła mi to, dając jakby szósty zmysł. Bardziej niż inni czuję, co się wokół mnie dzieje, poza tym, jak siedzę czasami w ciszy, słyszę, o czym rozmawiają sąsiedzi na korytarzu... – zawahałem się i dokończyłem: – ...a nawet w swoich domach.

– Ma pan taki dobry słuch czy przykłada stetoskop do ściany?

Gówniarz wyraźnie kpił ze mnie.

– Nie! Oplotłem cały budynek siecią podsłuchów! – wypaliłem wściekły.

Chciałem, żeby odszedł. Ale on stał z rękami w kieszeniach, z głową lekko pochyloną do przodu, i gapił się na mnie.

– Człowieku – powiedział – chodzę po mieszkaniach i opowiadam tę historię ludziom, którzy jej nie znają. I nikt jeszcze jej nie wysłuchał do końca. Każdy wygląda jak upiór, przerywa mi w połowie zdania, niczego nie jest ciekaw, a informację o zebraniu musiałem kilka razy wykrzykiwać przez zamknięte drzwi. Panu opowiedziałem wszystko, a pan najpierw nie jest zaskoczony, a potem pieprzy coś o szóstym zmyśle. Mam takie małe pytanie: co pan, kurwa, wie?

– Nic – odparłem szybko. Zbyt szybko.

– Taaa, jasne. A może mnie pan zaprosi do środka? Pogadamy, na pewno się pan nudzi.

Pociłem się jak mysz.

– Wręcz przeciwnie. – Starałem się, z dość mizernym skutkiem, aby mój głos brzmiał jak najspokojniej. – Właśnie zabierałem się do układania pasjansa. Czynię to codziennie o tej porze, a nie cierpię zmieniać swoich rytuałów.

Parsknął śmiechem. Bezczelny dzieciak.

– Nie wątpię. Wpadnę wieczorem, opowiem panu, jak było na zebraniu, może akurat wpasuję się między rytuały, i sobie trochę pogawędzimy. Co pan na to?

– Obejdzie się – burknąłem. – Podsłucham sobie.

I zamknąłem szczeniakowi drzwi przed nosem.

4

To było nie do zniesienia. Lżej by jej było rozmawiać z zupełnie obcą osobą niż z własnym mężem. Siedzieli przy stole i pili herbatę, starając się nie patrzeć na siebie. To była czwarta herbata tego przedpołudnia. Nadchodził moment, kiedy jedno z nich nie wytrzymywało i pytało „może chcesz herbaty", na co drugie odpowiadało „tak, tak, bardzo chętnie". Miała już kapcia w ustach od tej herbaty; poza tym powinni oszczędzać butelkowaną wodę. Niewiele jej zostało, a wszystkie krany były suche jak flaszki w mieszkaniu alkoholika.

Próbowali rozmawiać na neutralne tematy, ale nic z tego nie wychodziło. Z kolei żadne z nich nie chciało poruszyć najważniejszego – ich tematu – bojąc się, że to jeszcze pogorszy sytuację.

O ile w ogóle może być gorzej, pomyślała Agnieszka.

Kątem oka cały czas obserwowała Roberta. Zachowywał się dziwnie. Albo patrzył na nią wzrokiem zbitego psa, który zniesie wszystko, żeby tylko pani go pogłaskała, albo prostował się i rzucał jej spojrzenie pełne pogardy i nienawiści, a jego twarz pokrywała się cieniem. Albo zerkał tęsknie w stronę swoich pędzelków. Agnieszka nie miała pojęcia, co o tym wszystkim sądzić. Wiedziała, że już nigdy nie będzie między nimi tak jak przedtem, ale mimo to nie dopuszczała myśli, że może nie być w ogóle. Wczoraj, kiedy zszedł na dół taki skruszony, ucieszyła się; wcześniej wałęsała się po korytarzach w przekonaniu, że ich związek zakończył się gwałtownie i ostatecznie.

Ale teraz, kiedy patrzyła na te błyski gniewu i przypominała sobie tamto nocne idiotyczne „jesteś moja", czuła, jak po plecach przebiega jej zimny pajączek strachu. Czy to jest ten sam człowiek, który w Olecku przenosił ją na barana przez rzekę, żeby nie zamoczyła sobie stóp? Ten sam, który zawsze był gotów do kpiny, zgrywy i obracania wszystkiego w żart? Ten sam, który krzyczał do niej: „Co mnie obchodzi twoja pieprzona ciąża"?

To ten diabelski budynek, pomyślała. Ten blok. Wszystko się zaczęło, kiedy się wprowadzili. Najpierw trup, potem piwnica, zdarzenie w windzie, malowanie, straszne obrazy, kłopoty z pracą, zamknięcie, wczorajsza potworna kłótnia...

– Pójdę na spacer – powiedziała.

Uniósł brew, nie wiedząc, co odpowiedzieć.

– Nie martw się, to żadna prowokacja. Widzę, że z trudem się powstrzymujesz, żeby nie sięgnąć po farby. Maluj sobie, a ja zajrzę do Wiktora i Kamila. Pewnie siedzą razem i dalej próbują otworzyć budynek.

Robert poruszył się na krześle.

– Ale przecież on tutaj był, ten cały Wiktor. Mówił, że dopiero wieczorem jest spotkanie. A poza tym ja naprawdę wolę siedzieć z tobą niż malować.

Zrobiło jej się przykro. Wolałaby, żeby zachowywał się wobec niej szczerze. Kiedyś tak robił.

– Spytam jeszcze raz. Mogę tu siedzieć i będziemy pili herbatę, aż wykorkujemy, albo pójdę... na spacer, powiedzmy, a ty będziesz mógł rysować. Co wybierasz?

– Przecież na siłę cię nie zatrzymam...

Z trudem powstrzymała się od płaczu. Rzuciła jeszcze raźno:

– No to pa, zobaczymy się wieczorem na kolacji – i wyszła.

Teraz już wiedziała, że to koniec.

Rozryczała się dopiero na schodach. Puściło wszystko, co wzbierało w niej od wczoraj. Szlochała i szlochała, a kiedy się uspokoiła, poczuła się znacznie lepiej. „Nie martw się, maleńka. Znajdziemy fajnego faceta i będziemy żyły jak królewny".

Zeszła trzy piętra i zapukała do Wiktora. Kiedy otworzył drzwi, nie mogła się powstrzymać od okrzyku:

– Jak ty wyglądasz?

– Pewnie jak własny wuj dzień po wypłacie – odpowiedział, uśmiechając się kwaśno. – Walczyłem całą noc ze snem. I zwyciężyłem.

– Gratuluję. Ja zasnęłam na dwie godziny. I to był błąd. Obudziłam się w ostatniej chwili, znowu dwa kroki bliżej rozwiązania. Nie wyobrażam sobie, żebym mogła dojść do końca. Tej nocy też zrobię wszystko, żeby nie zmrużyć oka.

Weszła do środka. Kamil siedział przy stole, machnął jej na przywitanie, nie wstając. Rozejrzała się po zapuszczonym mieszkaniu i ze zdumieniem zauważyła dziecięce rysunki na ścianach.

– Myślałam, że jesteś kawalerem – zwróciła się do Wiktora.

– Nie, nie jestem – odpowiedział krótko.

– Długo już? – zapytała.

– Tak jakby. Za osiemnaście dni będzie rok.

Chciała spytać, jak to jest, kiedy się rozstaje z kimś, kogo się przez lata kochało, ale się powstrzymała. Przez kilka sekund patrzyli na siebie, potem rzuciła torebkę na podłogę i usiadła przy stole. Zapaliła papierosa, ale go po chwili zgasiła.

– Jak tam na froncie? – zapytała.

– Bez zmian – zameldował Kamil. – Tyle razy już próbowałem przejść przez te drzwi, że mi spowszedniało. Poza tym powiesiliśmy plakat – w oknie Wiktora wisiało kilka zlepionych skoczem kartek z dużym napisem: RATUNKU! – ale prędzej dupa mi się z pępkiem zamieni na miejsca, niż to coś da. No i spotkałem obcego, ósmego lokatora naszej przemiłej willi.

– To znaczy?

– Na piątym piętrze mieszka łysy, sparaliżowany dziwak. Pierwszy raz go widziałem na oczy. A mieszkam na tym samym piętrze, dziesięć metrów dalej. Znasz go? – spytał Wiktora.

– W życiu. Jak wygląda?

– No mówię, jak obcy. Jest potwornie chudy, ale ma wielkie graby i umięśnione ramiona. To pewnie od jeżdżenia wózkiem. Jest blady, ale nie biały, tylko chorobliwie szary, kompletnie łysy, bez brwi i rzęs, a jego czaszka... Jak to opisać? Odchyla się do tyłu, ten obcy wygląda przez to jak jaszczurka. Szara, bezwłosa jaszczurka. Mówię wam, aż się cofnąłem.

– Ale jeździ na tym wózku? – zainteresowała się Agnieszka.

– No.

– To w takim razie dlaczego nie wychodzi z mieszkania?

– Cholera wie, spytaj się go. Może przeprowadza eksperymenty na psich mózgach i nie może ich opuścić ani na chwilę, bo musi pilnować napięcia w elektrodach. Wygląda na świra.

Wiktor włączył się do rozmowy.

– Też spotkałem jednego na ostatnim piętrze. Najpierw mówił, że mnie kocha swoją najgłębszą ludzką naturą, a potem powiedział, że nie może wyjść ani mnie wpuścić, bo zniszczył klucze, ale zaprasza we środę.

Zakręcił palcem przy skroni, żeby pokazać, co myśli o sąsiedzie.

Rozmawiali o różnych lokatorach, ich zachowaniach, dziwactwach i o tym, że mieszkańcy bloku wyglądają na wycofanych i zalęknionych. A dziś przede wszystkim na niewyspanych. Wiktor zabawił pozostałych barwną opowieścią o wuefiście z pierwszego piętra. W powietrzu wisiał temat czarnej plamy, ale nikt nie chciał go podjąć. Było też drugie tabu, które przełamał Kamil.

– I o co właściwie chodzi z tymi snami? Dlaczego wszyscy mamy te koszmary?

Zapanowała ciężka cisza. Agnieszka i Wiktor wbili wzrok w nieokreślone punkty, Kamil patrzył z zaciekawieniem to na jedno, to na drugie. Agnieszka w końcu podniosła głowę.

– To nie są koszmary – powiedziała. – To raczej wizje, coś tak realnego, że drętwieję na myśl o tym. Na pewno dziś nie zasnę. Wolałabym podciąć sobie żyły, byleby nie doświadczyć tego po raz kolejny. To jest... – głos jej się łamał – to jest najgorsza rzecz, jaka mnie w życiu spotkała. I to nie jest sen! To jest tak realne, jak najbardziej realna rzeczywistość. Jestem tam w pełni świadoma. Nie ma skoków czasu i przestrzeni, nie ma sennego absurdu i niekonsekwencji. To świat, który opiera się na pęczniejącym od pierwszej chwili strachu, tak jakby ktoś wywlókł wam z głowy najgorszy lęk, a potem wsadził was do środka, i nie dość, że nie pozwolił uciec, to jeszcze trzymał za głowę, żebyście wszystko dokładnie obejrzeli. Boję się nawet myśli o tym. Boję się pamiętać, że jest pora, kiedy zasypiam, boję się... hej, Wiktor, co ci jest?

Wiktor, śmiertelnie blady, złapał się obiema dłońmi za mostek i zsunął z krzesła na podłogę.

– Umieram – wychrypiał. – Przestań, nie mów już więcej, błagam, to mnie zabija. Ja... to chyba zawał... nie mogę oddychać... pomóżcie mi...

– Wódki! – wrzasnął Kamil.

– Co?

– Wódki! Masz u siebie jakiś alkohol? Wódka, piwo, wino, cokolwiek...

– Nie, chyba nie... czekaj, tak! Mam becherówkę!

– Przynieś szybko. To alkoholik, nalewka postawi go na nogi. Biegiem!

Kamil zaczął coś mówić do Wiktora uspokajającym głosem, ale go nie słuchała, pobiegła na ósme, wpadła do mieszkania, nie tłumacząc niczego Robertowi, złapała opróżnioną do połowy butelkę specyfiku z Karlowych Warów i pognała na dół.

Wiktor nie był już blady, zsiniał i bezskutecznie usiłował złapać powietrze. Kamil tulił go do piersi jak małe dziecko, nucąc coś pod nosem. Agnieszka nalała trochę becherówki do szklanki i przystawiła Wiktorowi do ust. Po mieszkaniu rozszedł się ziołowy, słodkawy zapach.

– Jeszcze – wyszeptał i złapał za butelkę. Przytknął ją do ust, wypił duszkiem i odstawił. Zaczerpnął powietrza pełną piersią. Po kilku oddechach z jego twarzy zeszła śmiertelna siność.

– No, facet – skomentował Kamil – po takim grzdylu w cuglach wygrasz zawody w rzyganiu.

– Ma rację – dopowiedziała Agnieszka – z tym nie można przesadzać.

Wiktor spojrzał na nich jak na ciotkę przyzwoitkę, która przeszkadza w macanej randce.

– Po pierwsze: nie martwcie się o mnie – powiedział. – Po drugie: wielkie dzięki. Przed chwilą myślałem, że umrę. Perspektywa rzygania to dla mnie jak bilet na Teneryfę. Mogę co najwyżej podskoczyć z radości.

Siedzieli we trójkę przy stole wokół pustej butelki. Agnieszce przemknęło przez głowę, że sama by się chętnie upodliła. Skuła tak, żeby żaden sen nie miał szans być wyraźny. Spytała o to Wiktora.

– To nic nie daje – odparł krótko. – Jest jeszcze gorzej, bo trudno się otrząsnąć po przebudzeniu, jak jesteś zamroczony. Mój sposób to nie spać i pić tyle, żeby nie wpaść w panikę na jawie. Nie jest to proste. A teraz będzie niewykonalne – wskazał na pustą butelkę – o ile nie masz jeszcze jakiegoś alkoholu.

Pokręciła przecząco głową.

– No widzisz. Ja nie mam, ty nie masz, Kamil też nie ma, do monopolowego wyskoczyć się nie da. Swoją drogą nigdy nie przypuszczałem, że mój detoks odbędzie się w takich warunkach.

Milczeli przez godzinę i wcale im to nie przeszkadzało. W końcu Kamil przełamał tabu po raz drugi.

– Opowiedz ten sen – poprosił Agnieszkę.

Parsknęła tylko śmiechem.

– Mówię poważnie. Jeśli nawet go nie wyśniłaś do końca, do tego najstraszniejszego końca, a już jesteś tak przerażona, że nie chcesz nawet o nim wspomnieć, to nigdy nie będzie lepiej. Myślę... – zająknął się – myślę, że to nas tutaj trzyma. Jesteśmy więźniami nie tych murów, ale naszych własnych lęków. Dopóki one mają nad nami władzę, będziemy zamknięci.

Wiktor wstał od stołu.

– Róbcie, co chcecie – powiedział. – Ja w tym uczestniczyć nie będę. Wódy już nie ma, wy jeszcze chcecie się w tym babrać. Ja idę.

– Dokąd? W kimę? – zakpił Kamil.

– Daj mi spokój, dzieciaku. Co ty możesz wiedzieć o kimie?

– Może więcej, niż ci się wydaje?

Wiktor zatrzymał się przy drzwiach, rękę trzymał na klamce.

– Ile ty masz lat? Siedemnaście? Osiemnaście? Niech będzie, że osiemnaście. Czego ty się możesz bać? Jakie cię mogą dręczyć koszmary? Tatuś nie puścił na imprezkę? Mamusia nie dała na firmowy ziomarski ciuszek? Bardzo jestem tego ciekaw. Bardzo jestem ciekaw, jakie horrory śni ktoś, kogo jedynym obowiązkiem jest spotkać się w szkole z kumplami, kto może cały dzień oglądać MTV, ma zapewnione komfortowo żarcie, spanie, sranie i czyste ręczniki. No, proszę. – Wiktor puścił klamkę i podszedł do stołu. Obiema dłońmi oparł się o blat i nachylił ze złośliwym uśmiechem w kierunku Kamila. – Taki z ciebie, kurwa, analityk, jak chcesz, żebyśmy sobie opowiadali, to zaczynaj.

Kamil spuścił głowę i odchylił się na krześle. Nie odezwał się.

– No, słuchamy.

Kamil podniósł wzrok, ich spojrzenia się spotkały. Wiktorowi złośliwy grymas spełzł z twarzy, gdy dojrzał bezmiar smutku czającego się w oczach chłopaka.

– Uwierz mi, człowieku – odezwał się cicho Kamil. – Jeśli nasze koszmary są naszymi winami, to nie przelicytowałbyś mnie. Nigdy. Uwierz mi. I mówi się ziomalski, a nie ziomarski.

Wiktor otworzył usta. Agnieszka była przekonana, że chce powiedzieć: „Powiedz. Powiedz, to uwierzę", słyszała echo tych słów, zanim jeszcze Wiktor się odezwał, ale on zamknął usta, nie wydając żadnego dźwięku.

Odezwała się za to ona.

– Zostań, Wiktor. Zostań choć na chwilę. Wiesz przecież, że te zawody nie mają sensu. A ja czuję – mimowolnie położyła dłoń na brzuchu; ciekawe, czy to teraz będzie mój nowy nawyk, przemknęło jej przez głowę – ja czuję, że to może mieć sens. Nie pytajcie dlaczego, po prostu tak czuję. I nie kłóćcie się już. Ja zacznę. Ja opowiem.

5

Wyobrażacie sobie, z jakim napięciem słuchałem tej rozmowy. W końcu, po tylu latach, po tylu dekadach dziwnych zdarzeń i wypadków, do których Chudy by się nie dokopał, choćby grzebał do końca swoich dni. Wreszcie ktoś wpadł na to, co – być może – było kluczem do zagadki tego miejsca. Siedziałem w słuchawkach przy magnetofonie i czułem się, jakbym oglądał najlepszy dreszczowiec świata. Byłem zaskoczony, że Agnieszka, którą miałem za głupią gęś, tak twardo postawiła sprawę. Wbrew pozorom okazała się najmocniejsza z nich wszystkich. Ale to był dopiero mały, malutki kroczek. Jak powiedzenie człowiekowi z lękiem wysokości, że może skoczyć na spadochronie i że od razu będzie lepiej. Czy może? Jasne, że może. Zapewne nawet uwierzy, że będzie mu lepiej. Lecz czy to zrobi? W dziewięciu przypadkach na dziesięć – nie. Ale lęk wysokości nikogo nie doprowadza do samobójstwa. To znaczy nie doprowadza w innych miejscach.

6

Oleg Kuzniecow próbował uporządkować papiery walające się w jego mikrogabineciku na pierwszym piętrze Komendy Stołecznej Policji w Pałacu Mostowskich. Z zapału, którego pełen był rano, nie został najmniejszy ślad. Stał pośród rozłożonych wszędzie stert dokumentów, zgrzytał zębami i klął. Myślał, że wyrzuci pół tony papieru i zacznie nowe uporządkowane życie wzorowego policjanta, który o niczym nie zapomina i niczego nie odkłada.

To był błąd. Po trzech godzinach pracy okazało się, że wszystko jest potrzebne, że ilość spraw odłożonych na nieokreślone później jest przytłaczająca, i że i tak ma mniej dokumentów, niż powinien, żeby się wszystkim porządnie zająć. Próbował posegregować je wedle ważności. Na biurku miał teraz dziesięć papierowych wież dotyczących spraw, które powinien skończyć wieki temu. Ważne i bieżące już się nie zmieściły.

Kiedy Chudy wsadził głowę do pokoju, spojrzał na niego niechętnie.

– Tylko nie przynoś mi żadnych akt! – warknął.

Chudy teatralnym gestem schował trzymaną teczkę za plecami.

– Tak jest, panie komisarzu. Ja w sprawie wyciągnięcia pana komisarza na spacer.

– Chudy, nie próbuj mnie podrywać.

– Nie bądź tępy, tylko spójrz za okno. Następny dzień takiej pogody zdarzy nam się w maju. Skoro i tak już jesteśmy tutaj zamiast z żonami w Łazienkach, przynajmniej wyjdźmy na chwilę. Poza tym chcę pogadać, a u ciebie nie ma miejsca.

Oleg rozejrzał się nieprzytomnym wzrokiem i westchnął. To prawda, w gabinecie nie było miejsca.

Zarzucił skórzaną kurtkę i wyszli przed budynek. Chudy miał rację. Gdyby nie łyse drzewa i trawniki, trudno byłoby uwierzyć, że jest połowa listopada. Słońce mocno grzało, w powietrzu unosiła się woń mokrej ziemi i gnijących liści, zmieszana z miejskim zapachem asfaltu i betonu. Oleg pomyślał, że jego żona być może spaceruje teraz sama. Zostawił ją, żeby uporządkować sprawy w pracy, a tak naprawdę nic nie zrobił. Bez sensu.

Usiedli na ławce koło fontanny przed Muranowem. Śmieszne, że miał do kina trzy minuty na piechotę, a ostatni raz odwiedził je przed kilkoma laty. Chudy wyjął z kieszeni płaszcza batonik.

– Lubię to miejsce – powiedział, wskazując ręką na plac Bankowy.

– Dlaczego?

– Jest takie wielkomiejskie. Błękitny wieżowiec, ratusz, tramwaje, wejście do metra. Z tyłu drzewa ogrodu Krasińskich. I dużo przestrzeni. W żadnym innym mieście w Polsce nie ma takiej przestrzeni. Te wszystkie Krakowy i Gdański może są i ładne, ale jakieś takie duszne.

Małe uliczki, małe placyki, wszystko małe i ciasne. Po godzinie już mnie głowa boli.

Oleg przezornie milczał. Miłość Chudego do miasta była tyleż legendarna, co wprost proporcjonalna do niechęci, jaką darzył prowincję, do której zaliczał wszystko położone poza obrębem warszawskiego centrum. Musieli go bronić, gdy przy ich jeszcze do niedawna szefie – pochodzącym z Krakowa – wypalił, że Kraków i Łódź należałoby wyciąć żyletkami ze wszystkich map Polski, bo to wstyd dla całego kraju, „żebyśmy takich wsiurów do Unii ciągnęli".

– O czym chciałeś gadać?

– Będziesz się śmiał.

– O nie, co to, to nie, Chudy! Widziałeś, co leży u mnie? To są Bardzo Pilne Sprawy, które powinienem dawno skończyć, a którymi dopiero zamierzam się zająć. Nie interesują mnie żadne fantazje o blokach mordercach. Nie ma mowy. Poza tym daj mi trochę odpocząć, chłopie.

Oleg zamknął oczy i wystawił twarz do słońca. Uśmiechnął się, słuchając odgłosów miasta. Hamujący tramwaj, gang silnika poloneza, syk drzwi w nowym autobusie, gdzieś daleko sygnał karetki pogotowia. Szmer roweru, szybki stuk obcasów po chodniku. Otworzył jedno oko, żeby zobaczyć właścicielkę obcasów. No naprawdę, nie było źle.

Chudy nie rezygnował.

– Jak coś się stanie, będziesz potem biegał po korytarzach i wylewał na wszystkich swoje pretensje. A ja będę chodził za tobą krok w krok i szeptał ci bez przerwy do ucha: a nie mówiłem, a nie mówiłem.

– Boże, jaki ty jesteś męczący. Co mamy zrobić według ciebie?

– Obserwować. Postawić tam kogoś. Niech chłopcy z Chodeckiej pilnują.

– Myślę, że chłopcy z Chodeckiej będą zachwyceni twoim pomysłem. Ale niech ci będzie. Damy tam kogoś. Na tydzień. Niech patrzy, czy nic się nie dzieje.

– Od dzisiaj?

– Chudy! – ryknął Kuzniecow. – Dziś jest niedziela, a jutro święto państwowe. Oszalałeś? Od wtorku.

– Tak, tak, masz rację, zapomniałem – wycofał się Chudy. – Ale w takim razie chyba jeszcze do nich jutro zadzwonię.

– Gdzie? Na Chodecką?

– Nie, na Kondratowicza, do tych lokatorów. Czy wszystko gra.

– Dobry Panie, strzeż mnie przed warszawskimi świrusami – powiedział Oleg i ziewnął.

Najchętniej zdrzemnąłby się na tej ławce i choć trochę zmniejszył swój nieustanny deficyt snu.

7

Piętro 6, lokal nr 40. 10 listopada 2002, godz. 16.50.

Mężczyzna 1: No i co dalej?

Kobieta: Dalej? Nic. To koniec. W tym momencie się dziś obudziłam. Dzięki Bogu.

Mężczyzna 1: Taaa, jasne. Ale musisz wyobrazić sobie ten sen do końca. To wszystko jest w twojej głowie. Jeśli jest w niej początek, jest i koniec. Gdybyś nie znała końca, nie byłabyś tak przerażona. Lęk przed nieznanym to mały szczurek w porównaniu ze słoniem naszych brudnych rojeń.

Mężczyzna 2: Co ty, poradników się naczytałeś? Nauka psychoanalizy w weekend? Przestań dręczyć dziewczynę.

Kobieta: Zostaw, Wiktor. On ma rację.

Mężczyzna 1: Dupa, a nie rację. Ale róbcie, co chcecie.

[cisza]

Mężczyzna 2: Spróbuj. Uwolnij się. Pomyśl: co tam jest, co jest za szybką tego piekarnika?

Kobieta: Nie. Nie mogę.

Mężczyzna 1: Dziecko?

Kobieta: Nie.

Mężczyzna 1: Coś mniejszego?

[cisza]

Mężczyzna 2: Płód.

[szloch]

Kobieta: Ja... ja jestem w ciąży. Wiem to dopiero od kilku dni. Ja... ja nie chcę... nie mogę sobie tego wyobrazić... boję się...

[szloch]

Kobieta: Boję się, że jak to sobie wyobrażę, to... to to się stanie... zrobi się rzeczywiste... a to dziecko, które jest we mnie... to się stanie właśnie jemu...

Mężczyzna 1: Co się stanie?

Kobieta: Błagam, nie, nie teraz, może później. Teraz niech ktoś inny opowie. Zostawcie mnie, po prostu dajcie mi spokój.

[cisza]

Mężczyzna 2: To co? Twoja kolej, młody. Zaraz zobaczymy, co jest warta twoja teoria.

Mężczyzna 1: Nie mogę.

[śmiech]

Mężczyzna 2: Rewelacyjnie, skąd wiedziałem? No powiedz mi, Kamil, skąd wiedziałem?

Mężczyzna 1: Nie rozumiesz. Chodzi o to, że nie mogę nie dlatego, że nie chcę. Nie mogę, ponieważ ja nie pamiętam swoich snów. Serio. Jeszcze wczoraj – tak mi się wydaje – coś pamiętałem. A dzisiaj już nic. Zero. Kompletnie.

Mężczyzna 2: Bredzisz. Ja mam każdą sekundę swojego koszmaru cały czas przed oczami.

Kobieta: Ja też.

Mężczyzna 1: Weź nie rób ze mnie tchórza, dobra, Wiktor? Co by mi szkodziło opowiedzieć tyle ile Agnieszka, bez finału? Nie kłamię. Musicie mi uwierzyć. Po prostu niczego nie pamiętam – tylko wrażenie, że spałem, zrywałem się i byłem przerażony, tak przerażony jak nigdy dotąd. Ale żadnej treści, nic. Nul.

Mężczyzna 2: Kłamiesz, dzieciaku.

Kobieta: Zostaw go, dlaczego miałby kłamać?

Mężczyzna 2: Bo się boi. Jaki może być inny powód?

Kobieta: Ja mu wierzę. Ale nawet jeśli kłamie, przecież nie zmusisz go do mówienia.

Mężczyzna 1: Mówię prawdę.

[cisza]

[cisza]

Mężczyzna 2: Wynocha, nawet na mnie nie patrzcie. Powiedziałem już, co o tym sądzę.

[cisza]

Mężczyzna 2: Szkoda, że nie ma czwartego. Można by roberka. Gracie w brydża? Albo w kości? Co wy na to? Przynajmniej się czymś zajmijmy.

[cisza]

Mężczyzna 2: Przez ten czas może dzieciak sobie przypomni...

Kobieta: Daj spokój.

[cisza]

Mężczyzna 2: Widziałem kiedyś, jak palisz. Masz teraz przy sobie papierosy?

Kobieta: Mam. Chcesz? Nie wiedziałam, że palisz.

Mężczyzna 2: Tak jakby.

Kobieta: Jak „tak jakby"?

Mężczyzna 2: Czasami nie palę przez tydzień, czasami wypalę paczkę w dwa dni. Zależy. Jak piję, palę więcej. Teraz nie piję, to i palić mi się nie chce.

[zapalniczka]

[cisza]

Mężczyzna 2: Żeż kurwa, dlaczego ja zawsze robię to, co powinienem, albo co wydaje mi się, że powinienem, zamiast tego, na co mam ochotę. Opowiem wam tło, dobra? Wydarzenia, z których zrodził się mój koszmar. A potem zobaczymy.

Kobieta: Zrobisz, co chcesz.

Mężczyzna 1: Jak...

Mężczyzna 2: Zamknij się i słuchaj.

[cisza]

Mężczyzna 2: To, co opowiem, będzie znacznie dłuższe niż historia Agnieszki. Żebyście wszystko zrozumieli, muszę cofnąć się do czasu, kiedy byłem szybkim, beztroskim i odnoszącym sukcesy reporterem w codziennej gazecie. Nie miałem już co prawda dwudziestu lat, ale ciągle tak się czułem, a moje życie było pasmem sukcesów. Aż do tej sprawy.

8

To był jeszcze przed moim, nazwijmy to, odkryciem najgłośniejszy proces tamtych lat – zaczął Wiktor i uśmiechnął się w duchu, słysząc echo swojego głosu sprzed kilku tygodni. Jednak teraz sytuacja była zupełnie inna. Wtedy miał przed sobą rozpalony wzrok debila, żądnego krwawych szczegółów, teraz dwie osoby, które byłyby wdzięczne, gdyby im każdej z tych scen oszczędził. Tamten kazał mu to wyciągać dla własnej radochy, oni chcieli mu pomóc. Aż trudno uwierzyć, że spotkał ich w tym budynku, gdzie nigdy nie zamienił z nikim więcej niż dwa słowa. – A wówczas nie mogło mnie spotkać nic lepszego niż głośny proces. To oznaczało, że przez dwa miesiące nie musiałem się martwić o żadne tematy. Zwykle w dzienniku każdy ma problem, że przychodzi rano do roboty z pustą głową i słyszy sakramentalne pytanie szefa: „No, to co dzisiaj przyniesiesz?". Trzeba mieć naprawdę dobrą wymówkę, żeby nie dać się wkręcić w robienie jakiegoś gówna, którego nikt inny nie może ruszyć, bo akurat jest zajęty. Obsługując wielki, głośny proces, nie musiałem robić nic innego. Nawet w dni, kiedy nie było rozpraw, wystarczyło burknąć: „Zbieram materiały do Honoraty, wiesz, coś większego", i wszyscy chowali ogony. Fakt, że miałem już ugruntowaną pozycję i w ogóle mogłem sobie pozwolić na więcej niż dziennikarskie szaraczki.

– Byłeś hieną? – zapytała Agnieszka.

– Tak jakby. Nie, nie tak jakby, zdecydowanie byłem. I byłem z tego dumny. Tropiłem po prokuraturach i sekretariatach sądowych. Im bardziej sprawy były niecodzienne, wulgarne i krwawe, tym lepiej. Kiedy ktoś podsuwał mi akta grupy gwałcicieli, aż podskakiwałem z radości. Kiedy słyszałem na korytarzu o oskarżeniu w sprawie matkobójcy, to czułem się jak w siódmym niebie.

– Obrzydliwe. A chodziłeś do ofiar, jak ci z TVN? Wiesz, „jak się pani czuje po tym, jak petarda oderwała pani synowi obie nogi".

– Ba, jasne. Byłem mistrzem w przekonywaniu krewnych ofiar, żeby zgodzili się opowiedzieć swoją historię. Pukałem do drzwi i jak już przeleciał pierwszy strumień bluzgów, robiłem żałobną minę i opowiadałem o misji społecznej, najczęstszy cytat: „Wiem, że nic nie przywróci życia pani mężowi, ale nie możemy pozwolić, aby ta śmierć poszła na marne. Niech społeczeństwo pozna szczegóły tych zbrodni, niech zobaczy pani ból, niech się dowie, jak zła unikać i jak je karać", i tak dalej.

– I nabierali się? – spytał Kamil.

– Za każdym razem. Oczywiście nie tylko z tego powodu mówili. Chcieli się podzielić swoim nieszczęściem, no i *last but not least*, większość ludzi pragnie zaistnieć publicznie, zobaczyć swoje nazwisko w gazecie, twarz w telewizji. Myślicie, że to jakiś wielki trud wyszukać te wszystkie dziwolągi do takich hienowatych programów, jak „Rozmowy w toku"? Wręcz przeciwnie, stoją w kolejce, proponując: „Rozmawiała już pani z sierotami bez rączek, a może chciałaby pani porozmawiać z sierotami bez rączek i bez nóżek?".

No więc byłem hieną i kiedy pierwszy raz usłyszałem o sprawie Honoraty, czyli mniej więcej siedem lat temu, nie pomyślałem wcale „biedna dziewczyna", tylko „super, ale będzie proces".

– O co w ogóle chodziło z tą Honoratą? – Kamil sprowadził Wiktora na główny tor opowieści.

– Honorata to była śliczna piętnastolatka, wzorowa uczennica i wzorowa córka, idealne dziecko, takie jak z amerykańskich filmów familijnych. Mieszkała z rodzicami i młodszym bratem w kamienicy na Żurawiej, tuż przy placu Trzech Krzyży. Na początku czerwca została porwana. Porwana albo zamordowana, wówczas nikt tego nie wiedział. W każdym razie zniknęła. Szukała jej cała stołeczna policja, gazety nie pisały o niczym innym.

– Ty też?

– Nie, to wzięli koledzy z kryminalnego, ja wtedy zajmowałem się nudnym procesem malwersantów. Polityczna, niestrawna historyjka. Cały dzień w sądzie, a do gazety notka na trzysta znaków. Koszmar. Ale oczywiście śledziłem sprawę Honoraty, podobnie jak cała Polska. Policja wywracała miasto do góry nogami, co chwilę pojawiał się ktoś żądny sławy, twierdząc, że „widział ją na jachcie pod mostem Grota", ale nie znaleziono nawet najmniejszego śladu. Wyszła ze szkoły na Skorupki i zniknęła. Kamień w wodę. Nikt nic nie wie.

Wiktor oblizał spierzchnięte wargi.

– Nie macie czegoś normalnego do picia? – spytał. – Wody, soku, coli?

Kamil wyskoczył za drzwi i wrócił po chwili z pięciolitrowym baniakiem mineralnej. Nalał Wiktorowi i Agnieszce.

– Ty nie pijesz? – zdziwiła się.

– Nie, piłem rano, teraz jakoś nie mam ochoty.

Wiktor opowiadał dalej.

– Minął miesiąc od dnia zniknięcia, kiedy dziewczyna się znalazła. Przypadkowy nocny spacerowicz zobaczył ją, jak leżała naga w krzakach w parku na skarpie. Wiecie, za sejmem. Gdyby wpadł na nią kwadrans później, pewnie już by nie żyła.

Przerwał.

– No więc nie będę wam szczegółowo opowiadał, w jakim była stanie, bo to nie ma nic do rzeczy, nie jest też tematem mojegu snu... mojej wizji. Ale skrzywdzono ją chyba w każdy możliwy sposób, w jaki można skrzywdzić człowieka. Była bita, torturowana, wielokrotnie gwałcona. Przed wypuszczeniem wyrwano jej język, żeby nie mogła się poskarżyć. Nie było to potrzebne. Honorata, kiedy ją znaleziono, nie była już żywą dziewczyną, była rośliną. Myślę, że mniejszy szok dla wszystkich stanowiłaby jej śmierć. To, że pozwolono jej żyć, było chyba największym okrucieństwem.

Rozpoczęło się poszukiwanie sprawców, równie zacięte, co wcześniejsze poszukiwanie zaginionej. I równie bezskuteczne. Przełomem była zgoda lekarzy na okazanie dziewczynie albumu ze zdjęciami przestępców i tych, co do których policja „ma pewne podejrzenia". Kiedy na widok jednego ze zdjęć Honorata wpadła w histerię, śledczy powiedzieli: „Bingo!". To był lokalny żulik, drugoroczny z ósmej klasy, równoległej do klasy Honoraty.

Zorganizowano okazanie. Do żulika dobrano kilku podobnych fizycznie typów, większość ze szkoły na Skorupki, i pokazano dziewczynie w komendzie na Wilczej. Zareagowała potwornie. Wyrwała się policjantom i przylgnęła do szyby przed jednym z okazanych, wydając z siebie jeden niekończący się wrzask.

– Dostali go.

– No, niekoniecznie, ponieważ w czasie okazania zareagowała tak na swojego kolegę z klasy, normalnego chłopaka, z którym podobno kiedyś nawet mieli się ku sobie. Policjanci byli zdziwieni, ale wzięli w obroty jednego i drugiego. Schwytani nie przyznawali się, ale jakieś szczątkowe zeznania świadków, ślady zapachowe i badania wariograficzne pozwoliły prokuraturze zmontować akt oskarżenia. Szczerze mówiąc, był on gówno wart, ale presja społeczna była tak wielka, że służby chciały zamknąć kogokolwiek, byle warszawiacy nie zaczęli pikietować pod komisariatami. Razem z dwoma chłopakami, Michałem T. i Edmundem F., oskarżono starszą od nich dziewczynę ze szkoły gastronomicznej, Teresę C., która jak stwierdzili świadkowie, prowadzała się z nimi i która też została rozpoznana przez Honoratę, i nie wypadła najlepiej na wariografie. Zarzuty były te same: porwanie, uszkodzenie ciała, gwałt ze szczególnym okrucieństwem i usiłowanie zabójstwa. Najwyższa możliwa kara: dożywocie.

Wiktor nalał sobie szklankę wody i wychylił duszkiem.

– Proces zaczął się błyskawicznie, niemal natychmiast po przedstawieniu aktu oskarżenia i co tu dużo mówić, był kompletnym fiaskiem. Biegli zdruzgotali dowody zapachowe i badanie wykrywaczem kłamstw, poległo także rozpoznanie. Pamiętam nieustający szloch matki Honoraty, kiedy biegły psychiatra beznamiętnym głosem punktował wynik rozpoznania dokonanego przez osobę w stanie katatonii. Już w połowie procesu stało się jasne, że nic z tego nie będzie. Sprawę mogło odmienić tylko zeznanie jakiegoś świadka, który nagle powie: „Tak, widziałem, jak ją ciągnęli", albo odnalezienie przez policję miejsca, w którym Honorata była przetrzymywana. Nie muszę mówić, że po oskarżeniu tamtej trójki niczego już nie zrobiono w tej sprawie. Policję rozlicza się z zatrzymanych, nie ze skazanych.

– I co, puścili ich? – zapytał Kamil.

– Chwila. Za moment wszystkiego się dowiecie. Był koniec września, wyszedłem z sądu dość zniesmaczony, zbyt wielu widziałem już przestępców puszczonych wolno, bo babeczkom na państwowych posadach w prokuraturze nie chciało się nadzorować śledztwa.

– Lepiej uwolnić dziesięciu winnych niż skazać jednego niewinnego – odezwała się Agnieszka.

– Teoretycznie masz rację, ale wierz mi, szybko zmieniłabyś zdanie po kilku procesach. W każdym razie wyszedłem z sądu i zacząłem się szwendać po kwadracie Krucza–Wilcza–Marszałkowska–Hoża. Tam Honorata i jej dwóch „kolegów" chodzili do szkoły, tam mieszkał jeden z nich, tuż obok drugi i Teresa c., w tej samej kamienicy zresztą. Szkoła gastronomiczna była dalej, przy Poznańskiej. Chodziłem tak i zastanawiałem się, jak to możliwe, że nikt nie zauważył momentu porwania. Jedna z tez oskarżenia mówiła, że Honorata poszła do domu Edmunda f., tam została napadnięta, ogłuszona i tak dalej. Ale to było szyte grubymi nićmi. Pomyślałem: a może ona w ogóle nie opuściła szkoły?

Stałem przed dwupiętrowym budynkiem, obłożonym płytami z piaskowca, patrzyłem w ciemne otwory okien i zastanawiałem się: czy to możliwe, że nie wyszła ze szkoły? Czy nie byłoby to zbyt proste? Jak można nie sprawdzić czegoś tak oczywistego? Był już wieczór, dzieci i nauczyciele poszli dawno do domu. Zignorowałem kartkę DZIENNIKARZOM WSTĘP WZBRONIONY na drzwiach, wlazłem do środka i przekupiłem ciecia, żeby móc się pokręcić po budynku.

To dość typowe szkolne gmaszysko. Dwa piętra, dwie potężne klatki schodowe z wyślizganymi poręczami. Wielkie korytarze z oknami na boisko po jednej stronie i drzwiami do klas z drugiej. Główny budynek flankowany jest dwoma kwadratowymi skrzydłami. W jednym skrzydle na dole znajdują się stołówka i kuchnia, w drugim sala gimnastyczna. Absolutny standard.

– Chyba nie szukałeś śladów po klasach?

– Bystry z ciebie chłopiec. Od razu wskoczyłem do sutereny i zacząłem ją badać centymetr po centymetrze. Suterena jak suterena. Przede wszystkim boksy z szatniami poszczególnych klas, poza tym pomieszczenia gospodarcze, węzeł cieplny, szatnie gimnastyczne i natryski, wejście do sali, harcówka. Normalka, pomyślałem w pierwszej chwili. Potem stanąłem przed drzwiami z napisem SKŁADNICA MEBLI (ktoś przeprawił MEBLI na KNEBLI). To były masywne, ognioodporne drzwi w grubej stalowej ramie, zamknięte co prawda na kłódkę, ale dziura w środku świadczyła, że pierwotnie były zamykane na zamek z okrągłą dźwignią, taki jak przy wejściach do schronów. Rozumiecie, o czym mówię?

Przytaknęli.

– Kolejne pięćdziesiąt złotych kosztowało mnie przekonanie ciecia, żeby zdjął kłódkę i wszedł tam ze mną i ze swoją latarką.

– Naprawdę podejrzewałeś, że przez miesiąc przetrzymywali ją w szkolnym składziku z meblami?

– Prawdę mówiąc, to nie, ale miałem dziennikarski przymus, żeby sprawdzić wszystko. Koledzy fotoreporterzy mnie za to nienawidzili. Zawsze było jakieś: zajrzyjmy jeszcze tutaj, sprawdźmy tam, porozmawiajmy z nią, zaczekajmy na niego... Wlazłem do tego składziku. Cóż, napis nie kłamał. W wąskim korytarzu były szafy, ławki, połamane krzesła, sportowe podium, relikty przeszłości szkoły, takie jak orły bez koron, popiersie Lenina, wielka tarcza z nazwą „SP 203 im. Janka Krasickiego".

– Kto to był?

– A kto go tam wie. Zginął z nazw wielu szkół po osiemdziesiątym dziewiątym roku. Ale to nieistotne. Brnąłem dalej, bo przecież wąski korytarz nie mógł służyć za schron dla całej szkoły. Musiało gdzieś być jakieś pomieszczenie centralne, właściwe. I rzeczywiście, po obu stronach korytarza były dwie pary drzwi. Jedne, jak wyjaśnił cieć, prowadziły do harcówki, a drugie gdzieś tam, gdzie on nigdy nie był.

– Oczywiście kazałeś je otworzyć?

– Oczywiście. Cieć był już w tej chwili równie podniecony jak ja, nawet nie zażądał pieniędzy za dodatkową usługę. Ale co z tego? Drzwi nie miały żadnej kłódki, do której mógłby mieć klucz, zamki wyglądały na zepsute, słowem, zamknięte na amen.

– Albo od drugiej strony...

– Tak jakby. Kiedy przyłożyłem oko do dziury w środku drzwi, wizjera jakby, i zaświeciłem latarką przez dziurkę od klucza, to widziałem tylko tyle, że wewnątrz jest duża przestrzeń, sala. Z tego, co udało mi się dostrzec, raczej pusta.

– I co zrobiłeś? Udało ci się nakłonić policję, żeby wyważyli te drzwi?

– W tej chwili nic innego nie przychodziło mi do głowy. Wiedziałem, że sam nie wskóram więcej. Pożegnałem się serdecznie z cieciem, dałem mu jeszcze pięć dych, żeby trzymał gębę na kłódkę, sami rozumiecie, nie chciałem zobaczyć za chwilę pod szkołą wozów telewizyjnych, i wyszedłem z budynku z zamiarem odwiedzenia policjantów na Wilczej. Miałem tam dobrego znajomego. Przed szkołą zapaliłem i patrzyłem, jak dozorczyni z bloku obok przekopuje ogródek koło trzepaka. Patrzyłem tak, patrzyłem, i nagle coś mi kliknęło w głowie. Pośrodku ogródka sterczał z ziemi metalowy grzybek – ani chybi wentylacja czegoś, co jest pod ziemią. Nie mogły to być piwnice lokatorskie, bo grzybek znajdował się dobre dziesięć metrów od budynku. W jednej trzeciej odległości pomiędzy nim a szkołą.

Podszedłem do dozorczyni, zagaiłem, trochę napomknąłem o sprawie. Że straszne, i to w tej okolicy, czy znała tych ludzi, ble, ble, ble. Nie spodziewałem się, że mi powie cokolwiek, a ona jak nie wystrzeli. Że ta Tereska to dziwka, że taki wstyd dla dzielnicy, że ona ją tutaj nieraz widywała z jakimiś gachami, prawie codziennie z innym, nieraz nawet, pokazuje na zielone drzwi na klatkę „z mojego bloku wychodziła, pewnie tutaj też kogoś miała, kurew jedna".

Pytam, czy mówiła o tym policji. Nie mówiła. Zresztą nikt z nią nie rozmawiał. Pozbyłem się kolejnego banknotu i zaczynam zwiedzanie. Tym razem byłem sam, poleciałem więc jeszcze do sklepu na Skorupki po latarkę: wielki reflektor, czerwony, na sześć baterii R20. Drzwi do piwnicy znajdowały się obok windy. Otwarte. Zapalam światło, zapalam latarkę, robię trzy głębokie oddechy i schodzę w stęchliznę. Pamiętajcie, że jesteśmy w Śródmieściu. Tam piwnice są ceglanymi lochami, a nie żelbetowymi sterylnymi korytarzami jak tutaj.

Wyjątkowo paskudne miejsce, dużo zakrętów, zakamarków, już widzę, że więcej miejsca zajmują te kazamaty niż sam budynek, który nad nimi stoi. Staram się orientować tak, żeby iść w stronę szkoły. Mijam komórki lokatorskie i dochodzę do końca korytarza. Mało nie padłem z wrażenia – na końcu były identyczne drzwi, jak te ze szkoły. Tutaj miały jeszcze oryginalny zamek, zamknięty. Musiałem nieźle się wytężyć, żeby przekręcić to koło i ruszyć zasuwy.

– Dlaczego nie robiłeś tego wszystkiego z policją?

– Żartujesz chyba. A potem stać w tłumie na konferencji prasowej, żeby się dowiedzieć czegokolwiek?

Za drzwiami był kolejny korytarz. Węższy i niższy niż piwnice wcześniej. Na końcu drugie pancerne drzwi, otwarte, a za nimi duże, choć niskie, kwadratowe pomieszczenie; bez wątpienia była to sala, którą oglądałem przez dziurkę w szkole. Kompletnie pusta. Szybko wyjaśniła się zagadka, dlaczego nie można było otworzyć drzwi w szkole: z tej strony były przyspawane do framugi. Spaw był dość niechlujny i co najważniejsze, świeży.

Rozejrzałem się. Poza drzwiami, z których wyszedłem, i tymi do szkoły, do pomieszczenia wiodła jeszcze jedna droga: zamknięta podobnymi hermetycznymi wrotami. Za nimi ciąg kilkunastu pokoi, być może tutaj miały być sypialnie lub stanowiska dowodzenia. Cholera wie, nie znam się na schronach.

Na końcu były wyłożone kafelkami natryski.

Wiktor zamilkł. Opowiadając, nie miał wrażenia, że przypomina sobie wydarzenia sprzed kilku lat. Czuł, że relacjonuje film, wyświetlony tylko dla niego w ciemnej sali. Na wielkim ekranie widział dokładnie każdy szczegół, stereofoniczny dźwięk grzmiał echem jego kroków w lochu. Ściany omiatane strumieniem światła, dalekie kapanie, mgiełka oddechu... Pierwsze drzwi, drugie, trzecie, duże pomieszczenie po lewej. Potem natryski – stalowe rury przytwierdzone do ściany wyłożonej zielonkawymi kafelkami, kurki, metalowe kratki w podłodze. Drzwi były przymknięte, pchnął je, żeby dokładnie obejrzeć salę kąpielową. Światło wyłuskało z mroku ogrom zła, które zawładnęło tym pomieszczeniem. Operator zatrzymał projektor, żeby jedyny widz na sali mógł nasycić oczy widokiem zbrodni.

Odbiegł od stołu, przy którym siedzieli, i zwymiotował w łazience. Przemknęło mu przez głowę, że zmarnowało się mnóstwo becherowki. Szybko wytarł usta i wrócił. Dał znak, że wszystko w porządku, i mówił dalej.

– Tam ją trzymali. Był tam stół pełen narzędzi, przytwierdzony do podłogi fotel, przymocowane do ściany kajdanki, ktoś sobie zadał wiele trudu, żeby to urządzić. Najgorsze były zdjęcia, amatorskie czarno-białe fotografie, wywoływane pewnie w jednym z przylegających pokoi. Było tam wszystko, co z nią robili, a pod każdą fotografią podpis: DZIEŃ 1, DZIEŃ 2, DZIEŃ 3, i tak dalej. Zerwałem wszystkie zdjęcia i schowałem do torby.

– Chciałeś je opublikować? – Agnieszka aż wstała.

– Chciałem je zniszczyć. Wiedziałem, że jeśli je zostawię, to trafią do akt sprawy, a stamtąd w końcu do mediów. Nikt nie powinien ich zobaczyć.

– Ale przecież to był dowód!

– Miałem nadzieję, że policja znajdzie tu dość dowodów, przede wszystkim odciski. I nie myliłem się. Żadne zdjęcia nie były potrzebne, poza tym po odnalezieniu tego miejsca oskarżeni przyznali się do wszystkiego. Myślę, że nie bez znaczenia był sposób, w jaki ich przesłuchiwano. Rozumiecie, wszędzie były bardzo strome schody.

– Prosto stamtąd poleciałeś na policję?

– Tak. Wymusiłem na nich, że puszczą tę informację dopiero późnym wieczorem.

– Dlaczego?

– Żeby nie zamieściły tego inne gazety.

Wiktor uśmiechnął się ze smutkiem na wspomnienie hierarchii, którą kiedyś się kierował.

– I to jest to, co ci się śni? – zapytała Agnieszka. – Nie rozumiem, przecież to się zdarzyło naprawdę, wspomnienie jest potworne, najpotworniejsze, jakie można sobie wyobrazić, ale nie aż takie, żeby popełnić samobójstwo.

– Czy to jest mój koszmar? – odparł Wiktor. – Ten koszmar przez wielkie κ? Poniekąd tak, ale tylko poniekąd. Słuchajcie, co było dalej.

– Chyba będziesz musiał skończyć kiedy indziej. – Kamil wskazał na wiszący na ścianie zegar z ptaszkami. – Za pięć szósta.

9

Agnieszka pobiegła jeszcze na górę, żeby ściągnąć Roberta na zebranie. Nie zdziwiło jej, że nie chciał iść, ale to, co powiedział.

– Nie rozumiem, po co tyle szumu. Drzwi się zepsuły, i tyle. W końcu ktoś je naprawi, i będzie po kłopocie.

– Robert! – wrzasnęła. – Drzwi są otwarte, a nikt nie może przez nie wyjść. To jest według ciebie normalne?

– Widać się jakoś zacięły, nie wiem, nie znam się na drzwiach. W każdym razie uważam, że siejecie panikę, i dlatego masz te swoje koszmary. Coś się komuś stało?

– Być może za chwilę się stanie!

– Jasne, już to widzę. Idź, nie spóźnij się, opowiesz mi wszystko, jak wrócisz. Bez sensu, żebym tam robił tłok.

Wyszła wstrząśnięta, nie wiedząc nawet, jak rozumieć słowa Roberta. Kiedy znalazła się na dole, klatka wypełniona była ludźmi.

Nie wyglądali na przerażonych. Przede wszystkim sprawiali wrażenie potwornie zmęczonych i niewyspanych.

– Wiem, że warunki nie są komfortowe – mówił Wiktor. – Ale nie mamy tutaj sali plenarnej. Zaczekamy jeszcze chwilę na spóźnialskich i zaczynamy.

Agnieszka zobaczyła, jak dozorca szepce coś Wiktorowi.

– Okazało się, że jednak mamy lepsze wyjście. Na górze jest pralnia i suszarnia, tam będzie więcej miejsca. Jedziemy na dziesiąte piętro.

Dziesięć minut i trzy kursy obu wind później wszyscy byli już w ponurym pomieszczeniu na ostatnim piętrze. Wiktor stanął na kamiennej balii, żeby wszyscy go widzieli. Agnieszka przesunęła się w jego stronę, po drodze starając się policzyć lokatorów. Wszystkich było co najwyżej trzydzieścioro! Nawet jeśli doliczyć rodziców Kamila (nigdzie ich nie widziała), Roberta, kalekę na wózku i dziwaka z ostatniego piętra oraz nieobecną sąsiadkę, która pożyczyła jej klucz od piwnicy, i tak wychodziło, że w tym wielkim budynku mieszka najwyżej czterdzieści osób. Samych mieszkań było sześćdziesiąt!

Wiktor musiał zauważyć to samo.

– Nie przypuszczałem, że jest nas tak niewielu – powiedział do zgromadzonych. – Wiem, że kilku osób brakuje, ale i tak co najmniej połowa mieszkań musi stać pusta.

– Kurdebalans, gdybym wiedział, tobym się przebił do sąsiada – odezwał się mężczyzna w skórzanej kurtce.

Odpowiedział mu cichy pomruk. Ludzie ledwo trzymali się na nogach i nikt nie miał siły ani ochoty, żeby śmiać się z dowcipów. Wszyscy wyglądali tak, jakby nie spali co najmniej od dwóch nocy. Wory pod oczami, przekrwione białka, apatyczne, nieobecne spojrzenia, miękkie ruchy, tarcie dłońmi po twarzach. Dla mężczyzny w skórzanej kurtce wypowiedziany żart też chyba był ostatnim wysiłkiem, na jaki się zdobył tego dnia.

Wiktor krótko podsumował bezowocne próby wydostania się z budynku i nawiązania komunikacji ze światem zewnętrznym.

Ludzie potakiwali, opowiadali o swoich próbach. Okazało się, że jedna z osób miała CB-radio, było równie głuche jak telefony. Ktoś próbował puszczać zajączki i przekazać w ten sposób wiadomość alfabetem Morse'a, kilkoro ludzi wpadło na ten sam pomysł co Wiktor i wywiesiło w oknach plakaty. Paulina, mama małej dziewczynki, opowiedziała, jak w desperacji próbowała wybić okno w holu na pierwszym piętrze, ale wszystkie kawałki szyby wpadły do środka. Inni lokatorzy opowiadali o problemach z wodą, której brakowało od wczoraj, i żywnością, prosząc o pomoc. Litania narzekań zdawała się nie mieć końca. Agnieszka nie była zaskoczona, że choć wyraźnie wszyscy mieli problem ze snem, nikt nie chciał się do tego przyznać.

– Proszę, żeby wszystkie osoby, które nie mają już wody i jedzenia, wpisały się na listę – mówił Wiktor. – Inni pomogą im w miarę możliwości.

– To bardzo ciekawe – powiedział Stopa. – A skąd pan wie, jak długo będziemy tutaj siedzieli? Może trzy dni, a może trzy miesiące, nikt tego nie wie! – Część zgromadzonych zamruczała z aprobatą. – Dzisiaj oddam swoje jedzenie tym, którzy nie mają, a za tydzień sam zdechnę z głodu. Dobry interes, nie ma co!

– Dobrze mówi – rozległy się głosy, najpewniej tych, którzy mieli zapasy.

– Nikt nie wie, ile będziemy tu zamknięci, ale też chyba nikt nie wierzy, że to będzie trwało tygodniami. W końcu nie można nie zauważyć, że zniknął wielki budynek – spokojnie odpowiadał Wiktor. – Ludzka solidarność wymaga, żebyśmy sobie pomagali.

– Kto zauważy?! Co pan mówi?! – wrzeszczał Stopa. – Wszyscy to wczoraj widzieliśmy: „Ależ oczywiście, moja duszko, chodźmy na spacer". Oni chcieli tu przyjść i nie mogli! A kto jeszcze może tu zawitać? Kto ma interes poza nami, lokatorami, żeby tu wchodzić?

– W takim razie, co pan proponuje? – spytał Wiktor Stopę.

– Proponuję – odpowiedział już trochę spokojniej mężczyzna – żeby każdy troszczył się o siebie.

Znowu pomruk aprobaty części sali. Pozostali zwiesili głowy, nie śmiąc widocznie dopominać się jałmużny. Wiktor patrzył na Stopę z wyraźnym niesmakiem.

– Uważam, że jest pan dupkiem – powiedział zimno. – Ale niestety, nie jestem w stanie pana zmusić do dzielenia się z innymi. Przynajmniej nie teraz – dodał ostrzegawczo. – Tak czy owak, sporządźmy listę potrzeb, być może nie wszyscy podzielają pańskie zdanie.

Po krótkim zamieszaniu z listą odezwała się Paulina.

– Czy to znaczy, że będziemy tak po prostu czekali? – spytała, a głos jej drżał. Córka stała obok niej i choć była wyraźnie zaniepokojona, wyczuwając strach dorosłych i rozumiejąc, że coś jest nie tak, nie sprawiała wrażenia ani przerażonej, ani niewyspanej. Czyżby dzieci w tym nie uczestniczyły? – zastanawiała się Agnieszka.

– Tak. Przede wszystkim będziemy czekali – odpowiedział Wiktor. – Ale być może jest też inny sposób.

Zebrani podnieśli głowy i obserwowali Wiktora w napięciu, czekając, co powie.

– Czy jest wśród nas ktoś, kogo nie męczą koszmary? – zapytał. – A nawet więcej: bardzo realistyczne potworne wizje, wizualizacje najgorszych lęków?

Nikt się nie odezwał. Kilka osób cofnęło się pod ściany, bojąc się, że ktoś może zapytać o ich sny.

– Tak myślałem. Łączą nas koszmary i to, że wolimy wszystko inne niż poznanie ich zakończenia. Dlatego tak wyglądamy, bo staramy się nie zasnąć. Mam rację?

Ludzie cicho potakiwali. Wiktor nabrał powietrza i powiedział to, do czego zmierzał:

– Być może, ale tylko być może, ten, kto znajdzie w sobie odwagę, żeby wyśnić koszmar do końca, przeżyć go w całości, będzie wolny.

Agnieszka wzdrygnęła się. Lokatorzy, którzy spojrzeli na Wiktora, w oczach mieli bezbrzeżne przerażenie. Kilka osób wyszło z suszarni. Jedna z kobiet zaczęła płakać.

– Pan, pan... – wyjąkała. – Pan nigdy by tego nie powiedział, gdyby wiedział, co ja widzę. Ja... ja wolałabym umrzeć niż przeżyć to do końca – potoczyła nieprzytomnym wzrokiem po zgromadzonych.

– Tak właśnie zrobię! – krzyknął dozorca, do tej pory stojący w kącie bez słowa. – Prędzej sobie żyły podetnę, niż pozwolę, żeby to się wyśniło do końca!

– I ja! I ja! I ja też – rozległy się głosy.

Agnieszka przysunęła się bliżej drzwi. Widziała, że ich tłumek zaraz może wpaść w panikę, i bała się tego.

– A skąd wiecie – spytał beznamiętnie Wiktor – że ostatnią rzeczą, jaką przeżyjecie, staczając się w niebyt, nie będzie właśnie ta wizja? A wy, umierając, będziecie mieli jeszcze mniej sił niż zwykle, żeby ją od siebie odepchnąć. I nie będziecie już mieli, tak jakby, żadnego wyboru. Zobaczycie to ze wszystkimi szczegółami, od początku do końca.

– Przestań pan! Przestań! – ryknął dozorca. – Przestań mnie torturować! Ja nie chcę znać sposobu na życie. Ja już chcę tylko sposobu na śmierć. Chcę umrzeć tak, żeby tego nie widzieć. Chcę umrzeć szybko! Strzelić sobie w łeb. Boże, dlaczego nie mam broni, dlaczego?!

Nad ogólny lament i płacz wzbił się głos Stopy:

– Dobry człowieku – zwrócił się do Wiktora. – Jakie studia pan skończył?

– Filologię polską.

– A ja psychologię. I muszę powiedzieć, że z wielu wydumanych teorii, jakie poznałem w czasie studiów i późniejszej praktyki, a były tego setki, pańska jest zdecydowanie najbardziej głupia, płytka i nonsensowna.

Ludzie umilkli i spijali słowa Stopy jak najsłodszy nektar.

– A jaka jest pańska? – spytał Wiktor.

– Spokój. Jesteśmy wszyscy w histerii, nie myślimy logicznie, boimy się własnych strachów. To nienormalne! A pan jeszcze każe ludziom wywlekać te lęki, babrać się w nich. To nawet więcej niż nienormalne. To okrutne! Powinniśmy się uspokoić, nie myśleć o tym. Zamiast wyciągać na wierzch, zepchnąć jak najgłębiej. To jest moja metoda.

Metoda, która uratowała miliony pacjentów na całym świecie przed popadnięciem w obłęd.

– Tchórz. – Uszu Agnieszki dobiegł pogardliwy szept Kamila. Ale zebrani słuchali Stopy jak proroka.

– Racja, święta racja – mówili. – Trzeba się uspokoić, przeczekać. To wszystko minie. Doktor dobrze mówi.

– Powtarzam jeszcze raz: spokój, spokój, spokój. Odprężenie. Ludzie, wróćcie do siebie, oddychajcie głęboko, myślcie o dobrych i pozytywnych rzeczach, zaręczam, że będziecie spali jak niemowlęta, a jutro wstaniecie rano i pójdziecie do pracy. Wieczorem będziecie się śmiali z przyjaciółmi z tego, co wam się tutaj przydarzyło.

Agnieszka czuła fałsz w jego głosie, ale też ulegała pokusie uwierzenia w tę łatwą teorię. Może Stopa ma rację? Może jej stresy, tak samo jak emocje innych, sprzęgły się w jakiś sposób i teraz są częścią zbiorowej, samonakręcającej się histerii? Wystarczy wrócić do domu, położyć się obok Roberta, wtulić w jego ciepłe plecy i spróbować zapomnieć. Nie myśleć o koszmarach, trudnych związkach, konfliktach i sprawach zawodowych. Wywołać obrazy rodzinnego domu, kominka w domku w Bieszczadach, spaceru w górach, małej dziewczynki wyciągającej do niej ręce z głębokiego wózka. Uśmiechnęła się do własnych myśli. I nie tylko ona – inni ludzie wokół niej też się odprężyli, mając zapewne przed oczami najszczęśliwsze obrazy ze swojego życia. Nawet ponura suszarnia stała się jaśniejsza, weselsza, pełna światła.

Ludzie patrzyli na Stopę jak na zbawcę. Niski, łysiejący mężczyzna z brzuszkiem stał z dumnie podniesioną głową pośrodku sali, otoczony wianuszkiem ludzi, którzy chcieli, żeby miał rację. Nikt nie zwracał teraz uwagi na Wiktora.

– Czy wie pan, ilu psychologów potrzeba, żeby zmienić żarówkę? – zapytał Wiktor podniesionym głosem.

– Nie, nie wiem – odparł Stopa. – Ale na pewno odpowiedź jest niesłychanie śmieszna.

– Żadnego. Żarówka sama się zmieni, kiedy będzie na to gotowa.

Nikt się nie zaśmiał. Stopa uśmiechnął się krzywo.

– Myliłem się – powiedział. – Odpowiedź nie była śmieszna. Może niech pan lepiej powie wprost, o co panu chodzi. Dowcipy nie są pana mocną stroną.

Ludzie wrogo patrzyli na Wiktora. Nie podobało im się, że zaatakował człowieka, który obiecuje proste rozwiązania.

– Chodzi mi o to – spokojnie mówił Wiktor – że my potrzebujemy działania, a psychologia jest z działaniem rozłączna. Nie wierzę w naukę, która po pierwsze, polega na zaniechaniu, a po drugie, zdejmuje z człowieka odpowiedzialność za jego czyny, zrzucając ją na dzieciństwo, rodziców, szkołę, środowisko, cokolwiek. Być może, nie chcę nikogo straszyć i podkreślam: być może, jeśli nie zaczniemy działać, zginiemy.

Ludzie zaszemrali. Stopa uciszył ich, podnosząc dłoń.

– Pieprzy pan głupoty – powiedział. – Wszystko to jest w naszych głowach. Nie ma tutaj żadnego zagrożenia poza nami.

– To czemu pan nie wyjdzie? – odpalił Wiktor.

– Bo moja głowa nie jest inna od waszych. Ja też uległem tej absurdalnej psychozie. Różnica polega na tym, że ja zdaję sobie z tego sprawę. Zrobiłem pierwszy krok. Teraz się odprężę, pomyślę o tym, dlaczego tak dziwnie postępuję, znajdę rozwiązanie, włożę kurtkę i wyjdę. A tych, którzy wytrwają w panice i bzdurnych teoriach, dalej będą dręczyć koszmary.

– A pan? – zapiszczała starsza pani z krzyżem na piersiach. – A pan dobrze śpi, panie psychologu? Bo nie wygląda pan wcale na bardziej wypoczętego od nas. Wie pan dlaczego? Bo to jest kara boska – zagrzmiała. – A dopóki nie wyznamy naszych win i nie pojednamy się z Bogiem...

– Wyrzućcie stąd tę dewotkę – warknął Stopa. – Niech nie zatruwa naszych myśli.

Dozorca i drugi mężczyzna, stojący obok, wzięli kobietę pod ręce i wyprowadzili na korytarz.

– Przebaczam wam, synkowie – powiedziała, zanim zatrzasnęły się drzwi.

Wiktor z Kamilem spojrzeli na siebie porozumiewawczo.

– Słuchajcie, ludzie! – krzyknął Wiktor. – Chciałbym, żeby to, co mówi pan Stopa, było prawdą. Jak nikt inny tego pragnę, chociaż niespecjalnie w to wierzę. Rozejdźmy się i niech każdy, jak potrafi, spróbuje poradzić sobie z własnymi demonami. Być może jutro wstaniemy tak jak zwykle, wyjdziemy przez drzwi i będziemy klęli, że samochód nie chce zapalić albo że autobus uciekł nam w ostatniej chwili. Być może pojedziemy jutro oglądać defiladę i pokaz sztucznych ogni. Być może jutrzejszy Dzień Niepodległości będzie dla nas znaczył więcej niż zazwyczaj. Zobaczymy. Jeśli nie, spotkamy się tutaj jutro o osiemnastej.

– Jutro to się pan sam ze sobą spotkasz – zapowiedział buńczucznie dozorca.

– Oby – zakończył Wiktor. – Oby się pan nie mylił.

10

Ludzie wyszli z suszarni w lepszych nastrojach. Agnieszka podeszła do Wiktora i Kamila, uśmiechnęła się przepraszająco i wybąkała, że w takim razie spróbuje znaleźć pocieszenie w ramionach męża.

– Jakby co, zobaczymy się jutro rano – rzuciła na odchodnym, ale jej wzrok mówił, że ostatnie, w co teraz wierzy, to możliwość, że nie będzie jej jutro przed południem na spacerze w Lesie Bródnowskim.

Wiktor wzruszył ramionami. Zbyt wiele przeszedł, żeby dać wiarę tak prostemu, łatwemu i przyjemnemu rozwiązaniu. To tak, jakby wojskowy miał uwierzyć, że wygra wojnę, rysując na mapie nowy przebieg linii frontu.

– A gdzie twoi rodzice? – zapytał Kamila.

– Byłem u nich przed południem. Są nieźle przybici. Powiedzieli, że nie chcą jeszcze bardziej jątrzyć, że poczekają na mnie, żebym opowiedział, jak było.

– A co się nagle zrobili tacy spolegliwi?

– Grzyb ich wie. Może śni im się, że matka rodzi pięcioraczki, a wszystkie kubek w kubek takie jak ja. – Kamil zaśmiał się nieszczerze. – Który to był ten twój wuefista? – zapytał, żeby zmienić temat.

– Nie było go. Ale przecież to ty go zawiadomiłeś. Mieszka na pierwszym piętrze, to twój rewir.

– Jaki numer?

– Dziesięć.

– Nikt nie odpowiadał.

– Nie żartuj. – Wiktor zaniepokoił się. – Dobijałeś się?

– Jak wszędzie. Najpierw dzwoniłem, a potem, już za kratą, waliłem w drzwi i nasłuchiwałem.

Obaj popatrzyli sobie w oczy, myśląc o tym samym. Bez słowa wstali i zjechali windą na pierwsze piętro. Krata pomiędzy holem i korytarzem była otwarta. Wiktor podbiegł do drzwi wuefisty, wcisnął dzwonek i trzymał go palcem, wsłuchując się w głośny brzęczyk po drugiej stronie.

Żadnej reakcji.

Zaczął walić pięściami.

– Halo! Proszę pana! To ja, Wiktor Sukiennik. Byłem wczoraj u pana. Nie musi pan otwierać, proszę tylko dać jakiś znak życia. Halo! Halo!

Nasłuchiwali przez chwilę z głowami przytkniętymi do drzwi. Nic.

– Może wyszedł? – spytał Kamil.

– Nie bądź głupi. Musimy wyważyć drzwi.

– Jak?

– Skąd mam wiedzieć? Pewnie tak jak na filmach. Z kopa albo barkiem. Masz jakiś lepszy pomysł?

– *Pax, pax.* – Kamil wykonał uspokajający gest. – Nie irytuj się, człowieku. Zaszkodzisz sobie. Na trzy cztery uderzymy w drzwi, oki?

– OK.

Stanęli pod ścianą naprzeciwko drzwi. Ustawili się bokiem, plecami do siebie, wyprężyli barki, złapali się za przedramiona, przyciskając je do brzucha. Wyglądało to rzeczywiście jak na filmie sensacyjnym.

– Trzy... czte... ry! – krzyknął Kamil i obaj jednocześnie runęli na drzwi. Od strony zamków, tam gdzie był Wiktor, wytrzymały, ale zawiasy zostały wyrwane z futryny razem z dużymi kawałkami drewna. W środku było ciemno jak w grobie. Wiktor zaczął mrugać powiekami, żeby przyzwyczaić oczy do mroku. Pociągnął nosem: lekki zapach uryny i piwa, poza tym nic szczególnego. Zaczął macać ręką po ścianie przedpokoju, szukając kontaktu, wzdrygnął się, gdy dotknął rękawa śliskiego dresu na wieszaku. W końcu znalazł włącznik. Światło zalało pomieszczenie.

Krzyknęli równocześnie.

Wszystkie puchary walały się pozgniatane na ziemi, wymieszane z porwanymi zdjęciami i rozszarpanymi proporczykami. Sportowe plakaty zostały zdarte ze ścian, szkło gablotek wytłuczone. Nad tym pobojowiskiem, na sznurze uplecionym z pamiątkowych medali, wisiał nieruchomo, strojny w biało-czerwony dres z napisem POLSKA, trup wuefisty, Michała s. Huberta, jeśli wierzyć tabliczce na zniszczonych drzwiach.

– Spójrz – jęknął Kamil, wskazując w kąt pokoju.

Wiktor spojrzał i cofnął się na korytarz. Z lekkim szmerem cieknącej wody z mieszkania uciekała czerń nicości. Widział, jak spływa cienką strużką w załamaniu ścian i ginie w podłodze. Widział, jak znika w zaworze kaloryfera i jak ścieka z parapetu za okno. Była tutaj. Nie miał wątpliwości, że dopóki nie zaczęli się dobijać, pokrywała każdy centymetr mieszkania. Wzdrygnął się na myśl, że pokrywała też szczelnie zwłoki Huberta.

– Nie możemy go tak zostawić – powiedział Kamil. – Musimy go odciąć. Hej, Wiktor!

– Tak, tak, przepraszam, masz rację. Musimy.

Wszedł do pokoju, cały dygocząc i rozglądając się ze strachem.

– Stań na krześle i złap go, a ja przetnę... – spojrzał na kuriozalny stryczek ozdobiony różnokolorowymi medalami – ...a ja przetnę te wstążki.

Po krótkiej szamotaninie ze sztywnym, ciężkim trupem udało im się ułożyć wuefistę na kanapie, zamknąć mu powieki i przykryć go błękitnym prześcieradłem. Wiktor cały czas odwracał oczy od jego twarzy. Bał się, że zobaczy w martwym spojrzeniu czerń albo że z ust wypłynie strużka nicości i podpełznie ku niemu.

– Co on tutaj trzyma? – stękał Kamil, próbując wyciągnąć zmiętą kartkę z zaciśniętej pięści Huberta.

– Daj spokój, to pewnie kawałek proporczyka albo fragment zdjęcia z licealistkami. Zostaw mu to.

– Czekaj, to nie zdjęcie, to kartka z notesu. Coś tu jest nabazgrane. Jeszcze chwilka, no jeszcze kawałek, kawalątek... – Chrupnęło. – Cholera, chyba złamałem mu palec.

– Mówiłem, daj spokój.

– Trudno, chyba się nie obrazi i nie będzie mnie straszył po nocach. Spójrz, co jest napisane na tej kartce.

– Trzydzieści sześć. Nic więcej.

– Ciekawe, co to znaczy? – zapytał Kamil.

– Na pewno nie wiek. Był znacznie starszy.

– Może coś związanego z jego snem?

– Może. A może liczba nieletnich, które mu uległy w szkolnej szatni. A może jedno i drugie. Daj spokój. Chodźmy stąd. Nie chcę tu być ani chwili dłużej.

– Tak, masz rację – wolno odpowiedział Kamil, chowając kartkę do kieszeni. – Trzydzieści sześć, trzydzieści sześć, o co tutaj chodzi? – mruczał cały czas pod nosem.

Otworzyli zamki w drzwiach i jak mogli najlepiej, umocowali zawiasy z powrotem. Mieli już wyjść, kiedy Wiktor przestał ze sobą walczyć i zrobił to, na co miał ochotę, odkąd tutaj weszli. Wśliznął się do kuchni i przetrząsnął wszystkie szafki. Jest! Na wierzchu! Eureka! Ulubiona! Na blacie obok maszyny do krojenia chleba stała butelka gorzkiej żołądkowej. Co prawda do połowy pusta, ale dla Wiktora była w tej chwili do połowy pełna. Schował ją do kieszeni i wyszedł, pomagając Kamilowi jak najdokładniej zamknąć zdezelowane drzwi.

„Mgr Michał s. Hubert" – głosił napis wygrawerowany na mosiężnej tabliczce w kształcie prostokąta. A pod spodem, na podobnej tabliczce, numer 10.

– Dziesięć – powiedział Kamil w zamyśleniu. – Dziesięć. Jeden i zero. Trzydzieści sześć. Trzy i sześć. Dziesięć, trzydzieści sześć. Wiktor! – wrzasnął.

– Co?

– Ten numer na kartce: trzydzieści sześć...

– No?

– To numer mieszkania tego obcego, tego dziwaka na wózku. Tego, co w ogóle nie był zdziwiony, że tutaj dzieje się coś nie tak.

– Taaak – powiedział Wiktor. – Chyba pora, żebyśmy złożyli wizytę biednemu inwalidzie.

11

Stało się. Mimo wszystko byłem zaskoczony. Wiedziałem, że Hubert jako jedyny – przynajmniej z tych, którzy chcieliby coś powiedzieć – wie o mnie więcej niż inni lokatorzy. Wiedziałem też, że jego psychika jest tak słaba, a jego koszmary tak silne, że nie wytrzyma długo konfrontacji z samym sobą. A to, że zdołał nabazgrać tę kartkę? Po co? Po to, żeby pomóc innym? Nigdy bym się nie spodziewał takiego aktu altruizmu ze strony tego obleśnego wuefisty, ale co poradzić: widać bliskość śmierci uwypukla w ludziach cechy dotychczas ukryte.

Teraz pozostawało mi tylko mieć nadzieję, że biegnący w moją stronę panowie będą najpierw zadawać pytania, a potem lać w mordę. Na wszelki wypadek założyłem okulary. Chyba nie uderzą kaleki w okularach?

Dzwonek. Podjechałem do drzwi i otworzyłem bez słowa. Weszli i zamknęli je za sobą.

– Nie pyta pan: „Kto tam"? – zapytał starszy.

Wiktor. A więc to on. Szara, zniszczona twarz człowieka przegranego. Co trzeci Polak tak wygląda. Prawdę mówiąc, spodziewałem się kogoś mniej pospolitego. Szkoda, że nie ma z nimi Agnieszki.

– Nie – odpowiedziałem.

– Kim pan jest? – śledczy Wiktor zadał kolejne pytanie mocnym głosem, a ręce mu się trzęsły jak galareta.

– Nikim – odpowiedziałem.

Kamil parsknął śmiechem, ale nakazałem mu wzrokiem, żeby był cicho. Wystarczająco już nabroił.

– Proszę pana – zaczął wolno, a jego zrezygnowany głos zrobił na mnie większe wrażenie niż wcześniejsze krzyki. Ludzie, którzy mówią takim głosem, są zdolni do wszystkiego. – Nudzi mnie ta zabawa w kotka i myszkę. Pana być może nie, ale takie już są przywileje myszki. Interesuje mnie tylko jedno: co się tutaj dzieje?

Cóż, szczerość za szczerość.

– Nie wiem – odpowiedziałem. – To znaczy, nie wiem do końca, ale się domyślam.

– Proszę powiedzieć, czego się pan domyśla. Chętnie posłuchamy.

Widziałem, że jest bliski złapania mnie za gardło, ale mimo to zaryzykowałem.

– Powiem wam jutro, jak przyjdziecie z panią Agnieszką. Wszystko, co wiem. Przysięgam! – ostatnie słowo wypowiedziałem dość piskliwie, bo postąpił dwa kroki w moim kierunku, a w oczach miał żądzę mordu.

– Skąd ty wiesz o pani Agnieszce, skoro się stąd nie ruszasz, popaprańcu! – wykrzyczał mi w twarz, kropelki jego śliny osiadły na moich okularach.

– Wszystkiego dowiecie się jutro. Przysięgam! Przyjdźcie we trójkę w południe, a poznacie całą prawdę!

Mimo wszystko byłem spanikowany. Wieloletni brak kontaktów z ludźmi może się odcisnąć na psychice.

– Nie widzę powodów, dla których nie miałbym z ciebie teraz wyciągnąć tej prawdy. Jutro w południe może być więcej ofiar niż Hubert. Masz jeszcze trochę niesparaliżowanych części ciała, które na pewno odczuwają ból. – Spojrzał na mnie wymownie, stając się egzemplifikacją tezy, że lęk jest źródłem agresji.

– Jutro w południe – wydyszałem. – Nie będzie więcej ofiar, niż jest teraz. Uwierzcie mi. Jutro w południe wszystkiego się dowiecie.

Kamil podszedł do Wiktora i położył mu rękę na ramieniu.

– Spójrz na niego – powiedział. – To ludzki wrak, półtrup, bardziej upiór niż człowiek. Nie dowiesz się niczego, robiąc temu gadowi wiosnę baroku. – Właściwie stanął w mojej obronie, ale nie podobały mi się jego słowa. – Co nam zależy. Wystarczy przetrwać noc.

Wiktor spojrzał na chłopaka jak na przybysza z innego świata; jakże na miejscu było to porównanie.

– Oszalałeś? – zapytał. – Właśnie znaleźliśmy trupa, jesteśmy więźniami we własnym domu, ten dziwak najwyraźniej coś wie, a my mamy tak po prostu odejść? Powiedzieć „w takim razie przepraszamy" i grzecznie położyć się do łóżek? Czy ty wiesz, co się dla mnie kryje za słowami „po prostu przetrwać noc"? Ocknij się, dzieciaku!

Wymieniliśmy z Kamilem spojrzenia. On był trochę spanikowany, ja mniej.

Wiedziałem, że choć Wiktor miał rację i w normalnych warunkach postawiłby na swoim, tym razem się wycofa. Wcześniej czy później. Tak to już się tutaj działo, że każdy się wycofywał. Wcześniej czy później.

– Ma pan wybór – powiedziałem. – Albo wytrzymać do jutra i usłyszeć wszystko, co opowiem wam z własnej woli, albo wyciągnąć teraz na siłę strzępy informacji, a może i kłamstwa. Rozróżni pan prawdę od wymyślonego na odczepnego łgarstwa?

– Spróbuję.

Oczy mu błysnęły. Niedobrze.

– Wiktor, posłuchaj mnie uważnie – Kamil mówił ostrożnie, świadom, że stąpa po kruchym lodzie. – Nie dowiemy się więcej ponad to, co chce nam powiedzieć. Chcesz wiedzieć wszystko czy trochę?

– Chcę wiedzieć, dlaczego jesteś po jego stronie – zawarczał w odpowiedzi.

– Ochujałeś? Odbija ci na stare lata? Po prostu staram się myśleć logicznie...

– Gadasz bzdury. Co w tym logicznego, że odcięty od świata kadłubek – wskazał na mnie ręką – chce się z nami spotkać jutro, a nie teraz?

Dziś ma już wszystkie terminy zajęte? Może powinniśmy w takim razie przenieść się do poczekalni. To jest dla ciebie logiczne?!

Milczeli, patrząc na siebie. Czułem, że Wiktor rezygnuje.

– Dziś – wtrąciłem – nie mogę powiedzieć wszystkiego, ponieważ nie jestem gotowy. Proszę mi zaufać, panie Wiktorze, nie ma mojej strony i waszej strony. Wszyscy jesteśmy po tej samej. Jutro pan to zrozumie. Ale nie dzisiaj. Dzisiaj nie mogę, choć chciałbym. Przykro mi.

– To tylko jedna noc. Głupie kilka godzin – poparł mnie Kamil.

– Głupie kilka godzin. Tak jakby – zgodził się niechętnie Wiktor, a ja byłem skłonny postawić każde pieniądze, że niewypowiedziana część zdania brzmiała: „Zawsze możemy go zgnoić później".

Spojrzał na mnie jeszcze raz z nienawiścią i wyszli. Odetchnąłem i ruszyłem zrobić porządek w kasetach i dokumentach, żeby przygotować się na jutrzejsze spotkanie. Czekała mnie długa noc.

Ich też.

ROZDZIAŁ 6

SPRAWDŹ, CZY GRÓB TWOICH BLISKICH JEST OPŁACONY.

Warszawa, Bródno, tablica informacyjna
przy bramie cmentarza

1

Upokorzona Anna Maria Emilia Wierzbicka wróciła do swojego mieszkania na czwartym piętrze, po drodze odmawiając w myślach *Pod Twoją obronę*. Jak oni mogą być tak niemądrzy, myślała. Czyż trudno rozpoznać w tym wszystkim działanie Złego? Któż może zsyłać tak okropne sny, któż opętał ich umysły, któż ujawnia się pod postacią tej obrzydliwej czerni? Była pewna, że nadchodzi czas próby. Próby, przez którą zwycięsko przejdą tylko nieliczni. Ci, których serca są mężne, sumienia czyste,

Tak, chcę zgrzeszyć.

a myśli niepokalane. Czy ona spełnia te warunki? Czy to możliwe – zadrżała z podniecenia – że to ją Bóg wybrał, aby ocalić wszystkich tych zagubionych maluczkich? Wygląda na to, że tylko ona rozpoznała prawdziwe imię zagrożenia. I jedynie ona – spojrzała na powieszony na ścianach zbiór świętych utensyliów – wie, jak z tym walczyć. W imię Ojca i Syna, i Ducha Świętego. Amen.

Zacznie od tego, że tej nocy nie zmruży oka. To będzie jej ofiara dla Chrystusa Miłosiernego.

Czy tylko, czy tylko o to ci chodzi, Emilio?

Tę noc poświęci modlitwie różańcowej, nie zapominając o nowych Tajemnicach Światła, dodanych przez najukochańszego Ojca Świętego. Czy to wystarczy? Czy będzie wystarczająco czysta, żeby przeciwstawić się Złu?

Pokuta, moja Emilio, pokuta...

Pokuta, spowiedź przenajświętsza, mistyczne oczyszczenie. Jak dostąpi tego sakramentu, skoro nie może wyjść do kościoła, a tutaj nie ma żadnego księdza? Komu może wyznać swoje grzechy? Nie ma ich wiele, to prawda, trochę złości, złych słów,

Brudnych myśli...

chwil słabości, gdy nie mogła się powstrzymać od zjedzenia bombonierki do końca lub kiedy nie chciała opiekować się matką. Tak, niby nie ma tego dużo, ale wystarczająco, żeby pójść do spowiedzi. Jakie ma szanse, bez ulgi konfesjonału, żeby zmierzyć się z tym, co najstraszniejsze? Niewielkie, niewielkie. W takim razie może wyspowiadać się komu innemu. Ale komu? Dozorcy? Panu Wiktorowi? Stopie? Temu gburowi, który ją wyrzucił? Roześmiała się w duchu, wyobrażając sobie ich wszystkich – sługusów demona – w roli spowiedników. Ktoś taki jak ten przemiły policjant, jemu mogłaby się wyspowiadać, był taki uprzejmy i spokojny. Ale on z kolei był kociarzem, to znaczy naszym bratem w wierze – poprawiła się. Poza tym nie ma go tutaj.

Zdjęła buty i poszła zobaczyć, czy z mamą wszystko w porządku. Starsza pani spała. Pokryta sinymi żyłkami, szara twarz spoczywała na poduszce okolona długimi, pożółkłymi włosami. Tyle razy próbowała przekonać mamę, że wygodniej byłoby je obciąć, ale ona oczywiście się uparła. Reagowała tak histerycznie, że w końcu Anna Maria machnęła ręką. Ile ci jeszcze przyjemności pozostało w życiu, mamo, pomyślała wówczas. Jeśli te włosy mają być jedną z nich... Dla niej pielęgnacja tych włosów była dodatkowym uciążliwym obowiązkiem, kolejną ofiarą, jaką składała w intencji pokoju na świecie. Kolejną cegiełką na jej schodach, którymi pewnego dnia wejdzie prościutko do nieba.

Mama drgnęła przez sen, z ust pociekła jej strużka śliny. Emilia wyjęła z kartonowego pudełka chusteczkę jednorazową i czule wytarła policzek staruszki. Kiedy spała, nie wyglądała na chorą, jej twarz się wygładzała, nie szpeciło jej puste, skierowane do wewnątrz spojrzenie. Przypominała kobietę, którą kiedyś była, a której obraz zacierał się pomału w pamięci Emilii. Dobra, czuła, wyrozumiała,

To dlaczego zniszczyła ci życie, nie pozwalając od siebie odejść?

kochająca. Kochana mama! W oczach Emilii zaszkliły się łzy. Jej jedyna mama! Najdroższa i najbliższa osoba na świecie. Od ilu już lat są nierozłączne! Dwie gwiazdy krążące wokół siebie w chaosie wszechświata.

Pogłaskała śpiącą po twarzy.

Nagła myśl poraziła ją tak, że aż wstała. Nie, to niemożliwe, to się nie może udać, myślała gorączkowo, nikt nigdy nie słyszał o czymś takim. A jednak? Czyż najbliższa jej osoba nie jest jednocześnie najwłaściwszą, żeby wysłuchać jej spowiedzi? Czyż nie jest najwłaściwszą, żeby udzielić przebaczenia, skoro tyle grzechów Emilia popełnia właśnie w stosunku do niej? A poza wszystkim, jaki ma wybór? To była jedyna droga, która prowadziła do oczyszczenia.

Emilia usiadła na stołeczku przy łóżku mamy, czekając, aż się ocknie – zwykle budziła się koło północy – i zaczęła układać w myśli listę swoich grzechów. Trzeba zacząć od największego. Kiedyś, gdy jeszcze była małą dziewczynką i razem z mamą chodziła na mszę dla dzieci, ksiądz tłumaczył przed pierwszą komunią, jak przygotować się do spowiedzi.

– Wyobraźcie sobie, drogie dzieci – mówił głosem, który od tamtej pory stał się w wyobraźni Emilii głosem „prawdziwego duszpasterza", i do niego odnosiła wszystkie inne – że musicie przepchnąć swoje grzechy, swoją małą trzódkę grzechów, przez żywopłot. Jeśli zaczniecie od najmniejszego przewinienia, od myszki, to jak już ją przeciśniecie, zostanie po niej mała dziurka. Kiedy będziecie chcieli wyznać następny grzech, trochę większy, tak duży jak jeż, to jego przepchnięcie będzie was kosztowało dużo trudu. A teraz wyobraźcie sobie, że zaczynacie spowiedź od waszego największego grzechu, tak dużego jak świnia... – Ksiądz nadął policzki, a siedzące w ławkach dzieci roześmiały się. – Wiele trudu będzie was kosztowało wyznanie tej winy, ale w żywopłocie zrobi się tak wielka dziura, że wszystkie mniejsze zwierzątka: i kot, i jeż, i myszka, przejdą przez nią bez wysiłku.

Rozumiecie, drogie dzieci, o czym mówię? Jeśli zaczniecie spowiedź od tych grzechów, których najmocniej się wstydzicie, potem będzie wam już dużo, dużo łatwiej. A teraz, proszę, wstańcie...

Święte słowa, jeśli wyrzuci z siebie największy wstyd, to resztę wyzna bez problemu. Zamknęła oczy i zaczęła przeczesywać pamięć ostatnich dwóch tygodni w poszukiwaniu grzechów.

Och tak, proszę księdza, chcę zgrzeszyć...

Oglądała trochę więcej telewizji, niż powinna, w jej wieku powinno się uważać na oczy, a poza tym lepiej czytać książki niż wgapiać się w szklane okienko. Dwa razy spóźniła się na mszę. Dlatego że zajmowała się mamą, ale gdyby zaczęła wcześniej, zdążyłaby na początek liturgii. Wtedy pomyślała sobie, że skoro chodzi trzy razy w tygodniu, to raz chyba może się spóźnić, no ale to oczywiście nie jest wytłumaczenie. W czwartek przyjęła eucharystię, mimo że nie czuła się czysta. Przecież spowiedź ważna jest przez miesiąc, usprawiedliwiała się, ale wiedziała, iż robi źle. Dwukrotnie pomyślała słowo na „k", raz nawet – Emilia westchnęła, ale wiedziała, że musi przez to przejść – w odniesieniu do swojej matki. Wiele razy myślała o niej źle, czuła złość i wściekłość, a najgorzej... najgorzej było w ostatni piątek. Emilia była bliska płaczu. Jak mogła się tak zachować! Zignorowała jęczącą matkę i zwyzywała ją od szatanów, żeby móc oglądać telewizję! Och, Matko Przenajświętsza, jak ja jej to wyznam?

A ona to co? Jest bez winy?

Oczywiście matka często zachowuje się nieznośnie – bardziej nieznośnie, niż to wynika z jej stanu, ale to jej, Emilii, w niczym nie usprawiedliwia. Tak, to był chyba jej najgorszy grzech i od niego zacznie swoją domową spowiedź.

Hej, hej, Emilio, nie zapomniałaś o niczym?

Jak przez mgłę

Cha, cha, przez mgłę? Pamiętasz każdy szczegół!

pamiętała, że śniły jej się jakieś paskudztwa. Ale spowiadać się z rojeń sennych? To byłaby przesada, nawet dla takiej gorliwej katoliczki jak ona.

Pogrążona w myślach, nie zauważyła, jak matka otworzyła oczy. Patrzyła teraz na nią – mogłaby przysiąc! – o wiele bardziej przytomnym wzrokiem niż zwykle. Emilia klęknęła przy łóżku i uśmiechnęła się.

– Dobry wieczór, mamusiu – powiedziała łagodnie.

– Aniju... – wyszeptała matka, znacznie wyraźniej.

– Chciałabym cię o coś prosić – zaczęła Emilia. – Widzisz, mamo, w naszym domu dzieje się wiele dziwnych, bardzo złych rzeczy. Nie chcę ci mówić o wszystkim, żebyś się nie martwiła. Ale uwierz mi, że wiele zła zalęgło się w tym budynku. Żeby je zwalczyć, trzeba być czystym, a ja, ja od dwóch tygodni nie byłam u spowiedzi. I dlatego pomyślałam sobie, że może się zgodzisz, żebym mogła się wyspowiadać tobie. Rozumiesz, o czym mówię? O co cię proszę?

Matka nie odpowiedziała, ale w jej oczach Emilia ujrzała zrozumienie i akceptację, a nawet chęć, żeby jej pomóc.

– Och, mamo, dziękuję – wyszeptała i pocałowała ją mocno w czoło. – Zaraz ci wszystko wyznam, ale najpierw zaczekaj, coś przyniosę.

Wybiegła z sypialni i wróciła po chwili, trzymając w ręku obrazek Chrystusa Miłosiernego. Wręczyła go matce.

– Proszę, mamo, niech ten sakrament pokuty odbędzie się w obecności Pana naszego, Jezusa Chrystusa.

Uklękła na dywanie koło łóżka, zamknęła oczy, złożyła dłonie jak do modlitwy i oparła je o pościel, w którą zawinięta była matka.

– Ostatni raz u spowiedzi byłam przed dwoma tygodniami – powiedziała. – Chciałabym wyznać przed Bogiem swoje grzechy.

Zamilkła, czekając, aż ksiądz wypowie tradycyjną formułkę, i dopiero po chwili zdała sobie sprawę, że nie ma żadnego księdza. Odetchnęła głęboko i powiedziała:

– Zgrzeszyłam przeciwko chorej matce, którą się opiekuję... – przerwała, słysząc dźwięk dartego papieru. – Mamo, nie! – krzyknęła, patrząc, jak staruszka wolnym, ale nieubłaganym ruchem przedziera na pół święty obrazek. – Nie wolno ci! Oddaj mi to!

– Nnnnnnie – wyjęczała jej matka, nie wypuszczając z zaciśniętych palców obrazka i wkładając jeden z kawałków do ust. – Nnnnie...

– Jak śmiesz, mamo! Jak śmiesz robić coś takiego! – wrzeszczała Emilia, próbując bezskutecznie wyszarpnąć mamie zaśliniony papier. – Jak śmiesz! Szatan cię chyba opętał! Jesteś tak samo zła jak ten dom. Oddaj mi to! – zawyła. – Oddaj albo cię zabiję, ty stara wiedźmo!

– He, he – zaśmiała się staruszka, plując wokół kawałeczkami mokrego papieru. Emilię rozsadzała wściekłość, jakiej nigdy dotychczas nie czuła. Płomień złości spalał ją od środka, parzył płuca i serce. Z nienawiścią spojrzała w oczy tej, która wydała ją na świat, i zobaczyła w nich tę samą pożerającą światło czerń, która już raz sunęła w jej kierunku.

– Zasługujesz na śmierć – wycharczała. – Ty demonie!

Wyszarpnęła poduszkę spod jej głowy i nakryła nią twarz matki. Mocno przycisnęła.

– Zasługujesz na śmierć – powtarzała, ciężko dysząc. – Jak nikt inny na nią zasługujesz, powinnaś nie żyć już od dawna, ale umrzesz dopiero teraz. Lepiej późno niż wcale, tak zawsze mówiłaś, kiedy mi czegoś zabraniałaś. A teraz ja mówię tobie: lepiej późno niż wcale. A to późno jest teraz.

Słabe ciało stawiało coraz mniejszy opór, członki pomału nieruchomiały, jęki cichły. Czerwona na twarzy Emilia dociskała coraz mocniej poduszkę, kiedy jej wzrok padł na wirujący wokół własnej osi srebrny krzyżyk, jej własny krzyżyk, który zawsze wisiał na jej szyi i który teraz prawie dotykał poduszki, którą mordowała matkę.

Nie spuszczając oczu z wirującego maleńkiego pastorału, wstała z klęczek i odrzuciła poduszkę w głąb pokoju. Matka ze świstem wciągnęła powietrze, oczy miała szeroko otwarte, skierowane w sufit. Z dłoni wyleciały na dywan resztki porwanego obrazka. Emilia patrzyła na to wszystko, nie wierząc, że przed sekundą brała w tym udział. Przed sekundą była morderczynią, łamiącą trzy przykazania naraz. Chciała zabić swoją matkę w niedzielę.

– Mamo, mamo, ja... – jąkała się. – Ja nie wiem, jak to się stało... To nie byłam ja. Ja... Ja to odpokutuję, odpokutuję po tysiąckroć, przysięgam ci, mamo. Ja... pójdę już...

2

Po przesłodzonym adwokacie (chyba nie był oryginalny) i ziołowej do porzygania becherowce łyk gorzkiej żołądkowej działał na układ pokarmowy Wiktora jak rennie, ranigast i napar z mięty w jednym. Co za ulga, nie trzeba było nawet gadać do ptaszka. Po wydarzeniach wczorajszego dnia emocje Wiktora zostały tak pobudzone, że brak snu wydawał mu się naturalny – choć nie zmrużył oka od ponad pięćdziesięciu godzin. Szatański pomysł Kamila, opowieść Agnieszki, jego własna, zebranie w suszarni, trup Huberta i spotkanie z łysym jaszczurem – wszystko to migało mu na zmianę przed oczami, odpędzając precz zmęczenie. Spojrzał na zegar: trzy godziny do świtu, to już niedługo. Pociągnął jeszcze łyk i spróbował myśleć o przyjemnych rzeczach. Może Stopa miał rację? Może po prostu trzeba się odprężyć? Pomyślał o ostatnich wakacjach, spędzonych razem z dziewczynkami nad morzem. Piasek parzący stopy, mała piszcząca w wodzie, pachnące olejkiem, potem i słońcem ciało Weroniki. Poczuł, jak ogarnia go błogość i senność, zamknięte oczy zażądały, żeby ich nie otwierał przez co najmniej następne dwanaście godzin, właściwie czemu nie, pomyślał. Jestem odprężony, mogę zasnąć, Stopa jednak miał rację.

Słoneczny obraz zmienił się, ściemniał, mrok rozświetlał tylko wąski promień światła, rzucany przez ręczną latarkę. Wiktor spróbował rozewrzeć powieki, które cały czas były jak zaspawane, niczym drzwi prowadzące ze szkoły do schronu. Włożył całą wolę w to, żeby otworzyć oczy – gdzieś z oddali dobiegało ciężkie walenie w drzwi – i udało mu się. Zamrugał i skrzywił się, czując, jak pod powiekami chrzęści przyniesiony z jego marzenia piasek.

Walenie nie ustawało.

Podszedł do drzwi i wyjrzał przez wizjer. Kamil? Szybko otworzył zasuwki. Chłopak był roztrzęsiony.

– Człowieku, musisz iść ze mną, natychmiast! – wyrzucił z siebie.

– Gdzie? Po co? Uspokój się trochę.

– Do mnie do mieszkania, szybko, moi starzy, kurwa mać!, oni się chyba zabili, no ja pierdolę, oni się po prostu zabili – jęczał i ciągnął Wiktora za rękaw.

Razem zbiegli na piąte piętro, drzwi były szeroko otwarte, podobnie jak wszystkie okna. Mimo to nie było przeciągu. Mieszkanie miało typowy rozkład. Na wprost wejście do salonu, po prawej wąska i długa kiszka kuchni, po lewej korytarz, a z niego drzwi do łazienki i dwóch małych pokoi. W salonie, a zarazem sypialni rodziców Kamila, leżała pod kołdrą dwójka ludzi. Wyglądali, jakby spali. Oczy mieli zamknięte, on wykrzywił usta w lekkim uśmiechu. Jeśli rzeczywiście nie żyje, pomyślał Wiktor, to nie wygląda na kogoś, kto w chwili śmierci zobaczył jeszcze raz swój koszmar.

Dotknął ręką ich dłoni. No tak, żywi na pewno nie byli. I to od wielu godzin. Wiktor obejrzał się i zobaczył, że Kamil w ogóle nie wszedł do mieszkania. Poczuł, że kręci mu się w głowie i robi się jeszcze bardziej senny niż przed chwilą.

– Wyjdź lepiej! – krzyknął Kamil i zamachał ręką. – Wyjdź szybko!

– Co im się stało, do cholery? – zapytał, kiedy już wytoczył się z mieszkania i znalazł trochę tlenu w powietrzu. – Nie żyją, zdecydowanie nie żyją, ale wyglądają, jakby zasnęli. Tobie nic nie jest?

– Nie, nic, ale mało brakowało. Jak wróciłem, byłem jak zombi, nie myślałem o tym, co się dzieje w mieszkaniu. Poszedłem od razu do siebie, założyłem słuchawki na uszy, włączyłem głośno muzę, wziąłem książkę i skupiłem się na tym, żeby nie usnąć. Ze starymi nie gadałem, sam wiesz, jak u nas jest. Pomyślałem, że jeśli będą czegoś chcieli, sami przyjdą. Była druga, a ja zacząłem się czuć dziwnie. W głowie mi się kręciło, trochę chciało rzygać, trochę widziałem wszystko podwójnie. Myślałem, że to senność, ale jak zdjąłem słuchawki, usłyszałem syk. Taki syk, jak się pali gaz w kuchence, kminisz?

– Tak jakby. Albo nie, nie rozumiem. Zatruli się gazem? Leżąc w łóżku? A ty nic nie poczułeś przez pięć godzin? To chyba niemożliwe?

– Masz rację. Oni nie odkręcili gazu, tylko zapalili wszystkie fajerki i włączyli piekarnik, dlatego w środku jest tak gorąco.

– I co? Zapocili się na śmierć?

– Tlenek węgla. Cichy zabójca. Zakleili kratki wentylacyjne i położyli mokry ręcznik pod drzwiami, szpary w moich drzwiach zakleili taśmą.

Wiktor nie mógł uwierzyć. Nie dość, że zabili siebie, to o mało co nie pociągnęli za sobą Kamila. Dlaczego? Dlaczego ktoś może zabić swoje dziecko, ot tak, od niechcenia, niejako przy okazji?

– Dzieciaku, przecież ty żyjesz tylko cudem. Gdybyś się zdrzemnął albo nie wyszedł sprawdzić, co się dzieje, żadna taśma by ci nie pomogła. Byłbyś teraz tak samo sztywny.

Kamil nic nie mówił, nie spuszczał wzroku ze zwłok rodziców. W końcu podniósł oczy na Wiktora i powiedział:

– Masz rację. Byłbym tak samo sztywny jak oni. Mogę przyjść do ciebie? – zapytał.

– Tak, jasne. Chcesz coś zabrać?

– Hajfaj. Bez muzy momentalnie usnę... – Kamil zawahał się i dodał: – Mam do ciebie prośbę: możesz ich przykryć? To znaczy ich twarze, wiesz, tak jak wczoraj Huberta. Ja się chyba na to nie zdobędę.

Wiktor spełnił życzenie chłopaka, a potem poszedł w kierunku jego pokoju, żeby pomóc mu przenieść stereo: znając nastolatków, mogło zajmować pół pomieszczenia. Już trzymał rękę na klamce zamkniętych drzwi, kiedy Kamil z drugiej strony krzyknął:

– Nie! Nie wchodź! Dam sobie radę. Chcę jeszcze pobyć sam. Za chwilę przyjdę, zaczekaj na mnie u siebie.

Wiktor wyszedł z mieszkania, ale nie wrócił do siebie. Postanowił, że jeśli za pięć minut Kamil nie wyjdzie, pójdzie po niego. Co prawda mieszkanie trochę już się wywietrzyło, ale bał się, że chłopak może zrobić coś głupiego, niekoniecznie za pomocą tlenku węgla.

Nie minęły trzy minuty, kiedy z głębi korytarza wynurzył się Kamil, dźwigając przenośny radiomagnetofon, dodatkowe kolumny i pęk kabli.

Podobnie jak Wiktor, Agnieszka łudziła się przez pewien czas, że blokowy psycholog, oświecony swoimi psychologicznymi studiami pan Stopa, ma rację. I podobnie jak Wiktor, bardzo szybko i boleśnie przekonała się, że całe to pieprzenie o relaksie i pozytywnych emocjach jest równie mało warte, co altruizm Stopy.

Siedziała w łóżku i walczyła ze snem, próbując czytać. Najpierw wybrała kryminał Henninga Mankella, myśląc, że wciągająca intryga skutecznie odepchnie od niej sen, ale najeżona trupami i innymi okropnościami fabuła sprawiła, że zaczęła się bać jeszcze bardziej. Spróbowała Jane Austen, ale dziewiętnastowieczny język powieści znużył ją, a dęte problemy wiejskich panien ze społeczeństwa klasowego zirytowały. W końcu sięgnęła po współczesny romans przygodowy Barbary Cartland, prezent od psiapsiółki z pracy. I to był strzał w dziesiątkę. Bohaterka latała między kontynentami, pieprzyła się ze śniadymi przystojniakami, jadła homary, a w międzyczasie znajdowała skarby i ratowała świat przed zachłanną korporacją. Wszystko to, nie gubiąc tipsa z ani jednego paznokcia. Cudowne!

Wcześniejszy plan, w którym przytulała się do ciepłych pleców Roberta, nie mógł zostać zrealizowany. Plecy Roberta były pochylone nad szkicami i przez to niedostępne – odkąd wróciła wieczorem, zamienili ze sobą tylko kilka błahych zdań. Dla świętego spokoju zwolniła Roberta z obietnicy, że nie będzie malował w jej obecności. Co to ma teraz za znaczenie? A poza tym, jeśli to jest jego sposób na wytrwanie w bezsenności, okrucieństwem byłoby go tego pozbawiać. O czwartej chciało jej się spać tak mocno, że nawet pani Cartland nie była w stanie unieść jej powiek. Wstała i podkradła się cicho do Roberta, żeby zobaczyć, nad czym pracuje. Nawet jeśli skończy się to kosmiczną awanturą, przynajmniej – kłócąc się – nie uśnie.

Podeszła na palcach do klęczącego przed kartonem męża. Był to chyba początek nowego szkicu. Kartka została podzielona na dwa mniej więcej równe pola, linia pomiędzy nimi wybrzuszała się nierównomiernie w obie strony. Przypominało to efekt z jarmarcznych zabawek, gdzie w ramce przelewa się olej z kolorową wodą. W obu polach naszkicowane były pływające w przestrzeni figury. Ogólnie, szybko oceniła Agnieszka, banał i nic ciekawego. Rozedrgany chaos, w którym nie potrafiła dostrzec sensu. Po co on się w ogóle uczepił tej agresji i wrażliwości? Wziąłby się za jelenie, toby przynajmniej pieniądze z tego były.

– No i jak? – zapytała.

– Nijak – odparł i odłożył pędzelek. – Tak jak widzisz. Czasami mam wrażenie – spojrzał na nią niepewnie – że wszystko mi się samo maluje, tak poza mną jakby. A wracam do tego tematu i kupa. Żadnych pomysłów, żadnych wizji. Pustynia.

– Może dlatego, że to, o czym mówisz, już zostało, jak by to powiedzieć, przedstawione graficznie.

– To znaczy?

– No wiesz, jing i jang, dwie różne wartości stanowiące całość, harmonię. U ciebie brak tej harmonii, jest jakaś taka niepewność, nie wiem, nie podoba mi się to.

Spojrzał na nią z nienawiścią.

– To nie jest po to, żeby ci się podobało, tobie mogę namalować pluszowego misia. A istotą świata nie jest harmonia, lecz walka.

Wzruszyła ramionami, od jakiegoś czasu nie robiły na niej wrażenia Robertowe krzyki.

– Pokaż, może wcześniej szedłeś w dobrym kierunku – powiedziała i wybrała na chybił trafił szkic z piętrzącego się pod stołem salonu odrzuconych. Spojrzała na obraz i w pierwszej chwili nie zrozumiała, na co patrzy. Przyglądała się tępo kolorom i kiedy dotarło do niej, co przedstawia plątanina linii i barw, zakryła usta, żeby nie krzyknąć.

– Ty... ty jesteś chory! – powiedziała. – Ja się na to nie godzę, to trzeba zniszczyć, to trzeba zniszczyć natychmiast! – Pobiegła do kuchni, zapaliła gaz i przytknęła do płomienia brzeg kartonu.

Płomień zgasł.

Zaklęła i wyjęła następną zapałkę, rozsypując pozostałe. Odkręciła wszystkie cztery palniki, zapaliła i rzuciła na płomienie brud, który trzymała w rękach.

Przez sekundę przez karton prześwitywał błękitny ogień. I zgasł.

– To niemożliwe – powiedziała.

– Możliwe. – Robert stał tuż przy niej i zakręcił kurki. – Nasączony wodą karton tak łatwo się nie pali. I nie panikuj. Nie zamierzałem tego nikomu pokazywać. To tylko szkice, rozumiesz, terapia jakby, wyrzucenie z siebie brudu i syfu, i tak bym to zniszczył – mówił, wygładzając brzegi pogniecionego przez nią kartonu.

Pokręciła przecząco głową.

– Nie zbliżaj się do mnie. Nie mów do mnie. Nie myśl o mnie. Zniknij z mojego życia i zadbaj, żebym nigdy sobie o tobie nie przypomniała.

Skrzywił się paskudnie.

– To nie będzie takie proste.

– Nie martw się. W końcu stąd wyjdziemy – powiedziała, sądząc, że ma na myśli więzienie, w którym się znajdowali.

– Nie o to mi chodzi. – Uśmiechnął się jeszcze wredniej. – Tylko o to, że jesteśmy połączeni świętym, nierozerwalnym węzłem małżeńskim.

– Już ty zobaczysz, jaki on nierozerwalny – wyplułą z siebie, odepchnęła Roberta i zniknęła w łazience, trzaskając drzwiami.

Dygotała z wściekłości i nie potrzebowała już Barbary Cartland, żeby odpędzić sen.

Trzy godziny później, ciągle siedząc w łazience, usłyszała krzątaninę w kuchni, a wkrótce potem poczuła zapach smażonej jajecznicy. Zagwizdał czajnik i przypomniała sobie, że od wczorajszego przedpołudnia nie miała niczego w ustach.

– Chcesz kawki? – doleciało pytanie Roberta.

– Zostaw mnie! – odkrzyknęła, stoczywszy krótką walkę z częścią siebie, domagającą się ciepłego śniadania.

Była siódma. Właściwie to mogła już zostawić tego pojeba i pójść do Wiktora. Zmieniła ciuchy, żałując, że nie może się wykąpać, umyła zęby, korzystając z zapasu wody mineralnej, wyszła z łazienki i ignorując apetyczne zapachy, podeszła do drzwi. Wszystkie zamki były zamknięte. Westchnęła.

– Nie wygłupiaj się i daj klucze – powiedziała.

– Nie – odparł spokojnie, nakładając sobie jajecznicę na kromkę czerstwego chleba.

– Zwariowałeś?

– Nie. Po prostu nie podoba mi się, że szlajasz się nawet wtedy, jak nie możesz wyjść z budynku, i spędzasz całe dnie u obcego faceta. Jest miły rodzinny długi weekend, Dzień Niepodległości, masz obowiązek spędzić go ze mną i zachowywać się jak żona – zawiesił głos i dokończył: – A nie jak dziwka. Proszę, siadaj. Zjemy razem śniadanie.

– Ty chyba jesteś zdrowo pieprznięty – powiedziała i starała się, żeby jej głos zabrzmiał groźnie, ale w pustym żołądku czuła już pęczniejącą gulę strachu. – Wyobrażasz sobie, że będziesz mnie tutaj więził?

– Nie – powiedział wesoło. – Wyobrażam sobie, że spędzimy cudowny poranek. Jak mąż i żona. A potem, moje najdroższe kochanie, potem – spojrzał na nią wzrokiem, od którego wezbrała w niej fala mdłości – potem się na pewno chętnie pobawimy w dom. Jak mąż i żona. Albo w doktora. Mąż doktor i żona doktor studiują fizjologię swojego związku. Hmmm? Co ty na to?

– A jeśli nie? – zapytała, czując, jak opuszczają ją wszystkie siły i że zaraz zemdleje.

– Jeśli nie? – powtórzył, ugryzł pomidora i wbił wzrok w sufit, szukając tam odpowiedzi. – Jeśli nie – spojrzał na nią zimno – to będę musiał ci pokazać, gdzie jest twoje miejsce.

Nogi się pod nią ugięły. Agnieszka osunęła się na podłogę.

– A teraz wstań – poradził jej po przyjacielsku. – Podejdź do stołu i rozkoszuj się razem ze mną śniadaniem albo będę zmuszony przerwać i zamienić twoją twarz w krwawą miazgę. Byłabyś tak miła? – Uśmiechnął się i wskazał krzesło naprzeciwko swojego miejsca.

Cała zdrętwiała, podniosła się i usiadła na krześle. Zauważyła, że położył obok swojego nakrycia ostry jak brzytwa nóż do mięsa, który ostatnio kupiła w IKE-i.

Zrozumiał jej spojrzenie.

– Ukroić ci... coś? – zapytał i zaczął rżeć z własnego dowcipu. – No nie, no nie, a to dobre – przerwał gwałtownie i pochylił się w jej stronę, zachowywał się jak szaleniec. – Na pewno obejdzie się bez krojenia – wyszeptał – ale jakbyś zmieniła zdanie, powiedz, zawsze kręciły mnie takie zabawy. – I znowu wybuch śmiechu.

Siedziała bez ruchu i zastanawiała się, co zrobić. Nie mogła wyjść, nie mogła wezwać pomocy, nie mogła nawet krzyknąć i nie wiedziała, do czego jest zdolny. Nawet gdyby Wiktor albo Kamil zainteresowali się jej losem i zaczęli dobijać się do drzwi, co by usłyszeli? Pewnie by im powiedział, że ona śpi, jest w łazience lub cokolwiek innego. I tak nie mogłaby nawet wydać dźwięku. Co robić?

– Żryj! – warknął Robert, w jakimś sensie odpowiadając na jej pytanie.

Spojrzała na talerz pełen jajecznicy. Nie wyobrażała sobie przełknięcia czegokolwiek.

– Żryj, mówię. Nie dla siebie siedziałem w kuchni, tylko dla ciebie. To teraz okaż trochę szacunku.

Walcząc ze łzami, zmusiła się, żeby przeżuć odrobinę jajecznicy.

– Boże, Robert, boję się ciebie – wyszeptała przez zaciśnięte gardło.

– Zamknij się. Smakuje ci jajeczniczka, kochanie?

– Tak, dziękuję, jest pyszna. – Mimo prób zatrzymania wielka łza spłynęła jej po policzku, ale on udawał, że tego nie zauważa. Uśmiechnął się promiennie.

– No widzisz, malutka, bo to twój miś ci ją zrobił.

Zegar wskazywał ósmą. Robert malował, cicho nucąc, obok niego lśnił spokojnie nóż, z którego zakupu Agnieszka była tak dumna („widzisz, w końcu mamy w domu coś ostrego"). Siedziała pod ścianą koło drzwi i rozważała tysiąc sto pierwszy sposób wyjścia z sytuacji. Wszystkie dotychczasowe były do niczego i także ten – wykradnięcie patelni z kuchni i pieprznięcie Roberta w głowę – mieścił się w tej kategorii. Co dalej, zastanawiała się. Może odwrócę jego uwagę, rozproszę go, położę się naga na kartonie do malowania, a on odejdzie od zmysłów z żądzy i kiedy będzie mocował się z rozporkiem, chwycę nóż i namaluję mu na gardle uśmiech numer dwa? Wizja była bardzo pociągająca i równie nierealna.

Podskoczyła, kiedy zadzwonił telefon. Robert momentalnie chwycił nóż i odwrócił się w jej kierunku.

– Ani słowa – zapowiedział, podnosząc palec do góry. – Albo pożałujesz.

Ale widziała, że też jest zaskoczony. Od dwóch dni telefony nie działały. Jeśli to oznaczało, że blok postanowił ich wypuścić, jej sytuacja robiła się zupełnie idiotyczna. Wszyscy wyjdą, a ona będzie słyszała przez okno ich radosne krzyki, nie mogąc zrobić kroku.

– Halo? – powiedział ostrożnie Robert do słuchawki. Kiedy po drugiej stronie rozległ się głos, najpierw zmarszczył brwi, a potem uśmiechnął się fałszywie.

– Ależ witam, panie kapitanie, tak, tak, oczywiście, że poznaję, był pan u nas w piątek... tak, panie komisarzu, rozumiem, nie ma u was kapitanów... a w jakiej sprawie pan dzwoni tak w ogóle?

Musiał to być jeden z policjantów. Kuzniecow albo ten drugi, nie pamiętała nazwiska. Ciekawe, po co dzwoni?

– Nie, nic się zupełnie nie wydarzyło... powiedziałbym, że to najnudniejszy weekend mojego życia. – Wyszczerzył się do niej złośliwie. – Ale pogoda była piękna, pewnie ostatni raz w tym roku... Tak, nie to co dzisiaj, ale co poradzić, listopad... Cha, cha, ma pan rację, takie są odwieczne prawa natury.

Teraz mówił głos po drugiej stronie. Robert słuchał, potakując głową. W końcu powiedział:

– Oczywiście, panie kapitanie. Akurat siedzę w domu na... na urlopie, więc jak tylko zauważę, że coś jest nie tak, od razu do pana zadzwonię. Ale na razie wszystko jest w jak najlepszym porządku.

Słucham? Że dzwonił pan do innych i nie odbierali? Nic dziwnego, święto narodowe, długi weekend, wszyscy wyjechali. Sami z żoną zostaliśmy właściwie przez przypadek... No tak, ja też żałuję... Spytam z ciekawości: dlaczego postanowił pan zadzwonić?

Znowu szmer w słuchawce, Robert czubkiem noża rysował wzorki na aparacie.

– Przeczucie... rozumiem, przeczucie to pewnie ważna rzecz w pańskim fachu, mam rację?... Tak, tak myślałem... logika czasami zawodzi, mówi pan? I to też racja... Tak, oczywiście... Proszę dzwonić, kiedy pan tylko zechce, ja też się odezwę, gdyby coś było nie tak... Będę miał oczy szeroko otwarte, obiecuję... I wzajemnie, do zobaczenia.

Odłożył słuchawkę i zaniósł się dzikim śmiechem.

– Uwierzyłabyś? Sześćdziesiąt mieszkań, dziesiątki ludzi, którzy umierają, bo nie mogą się z nikim porozumieć, a do kogo on dzwoni? Do mnie! Jedynego, który ma to wszystko głęboko gdzieś. Powiedz mi, moja droga, czyż to nie zabawne? – Podszedł do niej, stanął w rozkroku i oblizał się obleśnie. – To co, pora już chyba na naszą zabawę? – zagaił.

Teraz albo nigdy.

– Wybieram doktora – powiedziała słodkim głosem, rozkładając nogi i gładząc się dłońmi po kroczu.

– Dobry wybór – wychrypiał. Widziała, jak jego członek pęcznieje w spodniach. Tym lepiej, pomyślała, błyskawicznie złapała go dłońmi za przyrodzenie i ścisnęła, jak umiała najmocniej. Coś chrupnęło. Robert, nie wydając żadnego innego dźwięku, stęknął, wypuścił nóż, złapał się za zdewastowane urządzenia rozrodcze, zastygł na kilka sekund i runął na ziemię, nie mogąc zaczerpnąć tchu. Kopnęła nóż jak najdalej i zrealizowała plan tysiąc sto pierwszy. Wzięła z kuchni patelnię i z całej siły wyrżnęła go w głowę, jak na filmie. To, że przestał pojękiwać z bólu, powiedziało jej, że stracił przytomność.

Szybko podbiegła do telefonu, ale jedyny dźwięk w słuchawce był – jak by powiedzieli Simon i Garfunkel – dźwiękiem ciszy. Dla spokoju sumienia wykręciła 997 – bez rezultatu.

Znalazła klucze i nachyliła się nad Robertem zaniepokojona, czy nie załatwiła go na amen. Oddychał. Wyszła i zamknęła dokładnie wszystkie zamki. Teraz nie było możliwości, żeby otworzyć drzwi od wewnątrz. Nawet jak się miało zapasową parę kluczy.

4

Atmosfera nie sprzyjała rozmowie. Kamil siedział ze słuchawkami na uszach i wpatrywał się tępo w jeden punkt na ścianie. Odmówił nawet przyjęcia gorzkiej żołądkowej – teraz skądinąd nieobecnej – za co Wiktor był mu zobowiązany. Trzykrotnie już schodził na dół, żeby sprawdzić sytuację na froncie, ale jedyne, co się zmieniło od wczoraj, to pogoda. Za otwartymi drzwiami wisiała wilgotna i zimna listopadowa chmura, która dla kaprysu zleciała na poziom chodnika. Kiedy zjawiał się z powrotem, Kamil tylko podnosił brew do góry, a on przecząco kręcił głową. Porozmawiali chwilę o Agnieszce, ale doszli do wniosku, że musiała znaleźć ukojenie w ramionach męża. Do tematu wczorajszej opowieści Wiktora nie wracali. Było jasne, że co zaczęli we trójkę, muszą skończyć tak samo.

Zastanawiało go, że ani razu nie spotkał nikogo na dole. Wydawałoby się, że ludzie powinni się tam kłębić w histerii, rozbijać szyby, rozkuwać ściany, wrzeszczeć bez przerwy w kierunku przechodniów. Cokolwiek. Powinni próbować wszystkiego, żeby się wydostać. A nie robili nic. Czekali. A on? Z trudem zdobywa się, żeby poczłapać na dół. Tak samo nic nie robił. Ale czyż nie wypróbowali już wszystkich możliwości wyjścia i skomunikowania się ze światem? Dlaczego czuje potrzebę usprawiedliwiania się przed sobą? Czy coś jeszcze można zrobić? Czego nie próbowali?

Rozmyślał tak, szukając w głowie uciekającej wciąż myśli, kiedy bez pukania i dzwonienia, z hukiem gwałtownie otwieranych drzwi, weszła Agnieszka. W oczach miała obłęd, w ręku woka do chińszczyzny.

– Nie uwierzycie, co przeżyłam – powiedziała, na co dwaj mężczyźni zrobili sceptyczne miny, myśląc o swoich nocnych przygodach. – Naprawdę nie uwierzycie – powtórzyła.

Przez niemal godzinę opowiadali sobie ze szczegółami to, co wydarzyło się od ich wczorajszego rozstania w suszarni. Kiedy skończyli, patrzyli nawzajem po sobie, nie wierząc, że biorą udział w tym niemającym końca szaleństwie.

– A właściwie skąd ty żeś wytrzasnęła tego świra? – spytał Kamil Agnieszkę.

– To nie jest żaden świr – obruszyła się, ale zaraz poprawiła: – To zwykle nie jest świr. Zrobił się taki, jak tutaj przyjechaliśmy. Choć z drugiej strony – zastanawiała się głośno – zawsze był trochę inny. Dlatego mi się podobał.

– On też jest z tego, no, jak to się nazywa...

– Olecka? Nie, on jest z Warszawy. To dość pokręcona historia. Urodził się tutaj, ale potem jego matka, malarka zresztą, przeżyła zawód miłosny. I nawet wylądowała na pół roku w psychiatryku (Robert miał wtedy pięć lat), a potem przyjechała razem z nim do Olecka. Nie wiem, dlaczego akurat do Olecka. Może dlatego, że nigdy tam nie była? Nigdy o to nie pytałam ani jej, ani Roberta. Chciała się odizolować, a odizolowała i siebie, i jego. Matka dziwaczka wychowała syna dziwaka. W sumie dość smutna historia. Mieszkał na wsi, a jak pierwszy raz przyszedł do szkoły, był blady jak mąka. Prawie w ogóle nie wychodził z domu.

– A malowała dobrze? – zainteresował się Wiktor.

– Mrocznie. Czasami pokazują w telewizji twórczość ludzi z oddziałów zamkniętych. Szare barwy, powykrzywiane twarze, drzewa bez liści, czarne słońca i temu podobne. Ona tak malowała, tylko że w większej skali. Jej płótna miały czasami dwa na dwa metry, malując, musiała stawać na specjalnej drabince. Wyobrażacie sobie twarz z *Krzyku*, dwumetrowej wysokości, wiszącą u was nad łóżkiem? No właśnie. Ale jej obrazy szły nieźle, ludzie przyjeżdżali nawet z Wrocławia, żeby coś wybrać. Strach pomyśleć, jakie świrusy kupowały te ciemne bohomazy.

– Hmm, nie masz najlepszego zdania o jej twórczości – chrząknął Wiktor.

– A przede wszystkim o niej samej! A jej pracownia, nazywali ją Salą, dość duże pomieszczenie, tak wielkości dwa razy tego mieszkania, była pozbawiona okien. Wyobrażacie sobie? Cały czas tworzyła w mroku, tylko przy blasku świec i kominka. Bez względu na to, czy był zimowy wieczór, czy letni poranek, u mamusi Roberta zawsze była noc. W tej atmosferze wychowywał się mały chłopiec.

– To po muchomora żeś go brała – spytał Kamil. – Myślałaś, że pod twoją ciepłą piersią znormalnieje?

Agnieszka wykonała rękami gest, jakby chciała coś powiedzieć, ale nie wiedziała jak.

– Nie rozumiecie mnie, ale ja też nie tłumaczę tego najlepiej. On był inny, potem, kiedy byliśmy w ogólniaku, na studiach, kiedy chodziliśmy ze sobą. Fajny, dowcipny, inteligentny chłopak. Potrafił dobrze rysować, ale malował nam dowcipy i karykatury profesorów, a nie czarne domy płonące brązowymi płomieniami. Był po prostu super. A w dodatku miał to coś, taką niespotykaną u innych głębię, tajemnicę, skazę, która czyniła go innym...

– No, to teraz już wiesz, na czym ta inność polega.

– Pół biedy, mogło się okazać, że ma siura na plecach, na przykład.

– Kamil!

– *Pax, pax*, żartowałem tylko. – Chłopak podniósł ręce do góry i spojrzał w stronę zegara, na którym dzięcioł wystukiwał dziesiątą. – No, panie redaktorze – zwrócił się do Wiktora. – Za dwie godziny mamy schadzkę z ulubionym pytonem, a przedtem jeszcze jedną sprawę do załatwienia.

5

Piętro 6, lokal nr 40. 11 listopada 2002, godz. 10.00.

Mężczyzna 1: Jesteście pewni, że to ma sens? Teraz, kiedy pan Pyton ma nam coś wyjawić. Może to już wcale nie jest potrzebne?

Kobieta: Wiktor... Teraz to tym bardziej jest potrzebne.

Mężczyzna 1: Nie jestem pewien, czy masz rację. Mało tego, myślę, że nawet ty nie jesteś tego pewna. Ale nie ma o czym mówić. Umówiliśmy się i już. Opowiem więc, co było dalej.

Następnego dnia gazeta sprzedała rekordowy nakład, ustawiając poprzeczkę na półtora miliona egzemplarzy. Do dziś, o ile wiem, nikt się nawet nie zbliżył do tej liczby. Ja stałem się sławny i udzieliłem wywiadów chyba wszystkim, a za otrzymaną olbrzymią premię od wydawcy pojechałem z Weroniką i Matyldą, wówczas rocznym szkrabem, na trzytygodniową wycieczkę do Hiszpanii. Aha, dostałem też nagrodę od KGP, ale przeznaczyłem ją w świetle reflektorów na cele charytatywne. Poza wszystkim, nie była to zawrotna suma.

Kobieta: Myślałam wczoraj, że to odkrycie jakoś cię zmieniło.

Mężczyzna 1: Prawdę mówiąc, niespecjalnie. Szok był olbrzymi, ale trwał krótko, a sława była równie olbrzymia, bardziej trwała i milion razy bardziej przyjemna.

Mężczyzna 2: I przestałeś opisywać proces?

Mężczyzna 1: Zwariowałeś chyba. Wyjechałem na wakacje, korzystając z ogłoszonej dwumiesięcznej przerwy. Musieli przetrawić te wszystkie dowody, które znaleźli na dole. Wróciłem tydzień przed następną rozprawą. Nie będę wam opisywał reszty procesu, po takiej ilości dowodów (wezwano także mnie) i po zeznaniach samych oskarżonych była to już formalność. Wyrok zapadł, pamiętam to jak dziś, 1 czerwca, w Dzień Dziecka. Było gorąco jak w piekarniku, sala wypełniona po brzegi, podobnie korytarze, w alei „Solidarności" musiano wstrzymać ruch, tylu ludzi przyszło na ogłoszenie werdyktu. Sędzia odczytywała wyrok, a za oknem ludzie skandowali: „Bestie! Bestie!". Ja, jakżeby inaczej, z notatnikiem w pierwszym rzędzie.

Mężczyzna 2: Ile dostali?

Mężczyzna 1: Chłopcy po ćwierć wieku odsiadki, skończyli szesnaście lat, więc mogli być sądzeni jak dorośli. Dziewczyna piętnaście. Co prawda mówiono o niej jako o herszcie całej bandy, ale to ona pierwsza zaczęła sypać w czasie przesłuchań, najprędzej okazała skruchę, i ostatecznie dostała niższy wyrok.

Kobieta: A co z tobą?

Mężczyzna 1: Właśnie. Proces się skończył, skończyła się i moja rola, wywiadów też już nikt ode mnie nie chciał. Napisałem ostatnie kilka tekstów i zamknąłem sprawę, myśląc już o niej tylko w kategorii lśniącego punktu w moim CV. I wtedy zadzwoniła do mnie matka Honoraty.

Kobieta: Nie rozmawiałeś z nią wcześniej?

Mężczyzna 1: Nie. Od czasu odnalezienia córki nie powiedziała prasie ani słowa.

Kobieta: A jej mąż?

Mężczyzna 1: Zmarł, jeszcze zanim proces się rozpoczął. Ból był dla niego nie do zniesienia. Potem już myślałem, że dobrze się stało, iż nie doczekał mojego odkrycia. Oczywiście bez tego nie można było skazać sprawców, ale chyba nie miało dla niego znaczenia. Wiecie, stosunki między ojcem i córką są dość szczególne. Nawet gdyby skazali ich na karę śmierci, nawet gdyby on sam mógł tę karę wykonać, to by niczego nie zmieniło. Po prostu pewnego dnia wolał przestać żyć niż wyobrazić sobie wszystko jeszcze raz.

Kobieta: Skąd my to znamy.

[cisza]

Mężczyzna 1: Skąd my to znamy. Dobrze powiedziane.

[westchnienie]

Mężczyzna 1: Zadzwoniła do mnie i powiedziała, że chciałaby, abym się zobaczył z Honoratą w szpitalu. Zgodziłem się.

Mężczyzna 2: Niezły materiał.

Mężczyzna 1: Zdziwisz się, ale nie mówiłem nikomu w redakcji, że tam idę. Tylko Weronika wiedziała. Poszedłem do szpitala, czując się jak przed maturą. Ręce mi latały, pociłem się jak mysz. Jej matkę poznałem od razu, powiedziała tylko jedno: „Bardzo jesteśmy panu wdzięczni. Opowiadaliśmy Honoracie wszystko o panu i ona też chciałaby panu podziękować". Wpadłem w panikę. Do tej pory myślałem, że pokażą mi ją przez szybkę, a teraz się okazało, że mam prowadzić konwersację na oddziale zamkniętym z pacjentką cierpiącą na katatonię.

Kobieta: Czego się tak naprawdę bałeś?

Mężczyzna 1: Jak będę potrzebował psychoanalityka, to się zgłoszę do pana Stopy. Przestańcie mi przerywać, jak chcecie, żebym skończył przed dwunastą.

[cisza]

Mężczyzna 1: Kiedy ją zobaczyłem... była to zupełnie inna osoba niż ta, której twarz na zdjęciu ze szkolnej wycieczki publikowano we wszystkich gazetach.

[cisza]

Mężczyzna 1: To bolało. Bardzo bolało. Miałem jednocześnie przed oczami zdjęcie uśmiechniętej dziewczyny, jej twarz na odbitkach, które zabrałem ze ścian w piwnicy, i oryginał: siedzący bez ruchu, w koszulce w misie puchatki na szpitalnym łóżku, pokryty bliznami. Wtedy, wiem, że to zabrzmi dziwnie, poczułem żal, że ona żyje. Zrozumiałem, że są chwile, kiedy śmierć musi być wybawieniem. Takim wybawieniem była dla jej ojca. A dlaczego ona sama wybrała życie? Pomyślałem, że może jest zbyt słaba, aby umrzeć. Że odebrano jej nawet ten wybór.

[cisza]

Mężczyzna 1: Jej matka podeszła do niej, gładziła ją po głowie i coś szeptała, potem skinęła, żebym podszedł. „Proszę mówić, ona wszystko słyszy i rozumie", zachęciła mnie. Uklęknąłem przed nią, bo dziwnie mi było mówić do czubka głowy, i wtedy zobaczyłem to po raz pierwszy. Czerń. Nicość. Oczy bez tęczówek, których czarne źrenice nie odbijają światła. Tam nie było człowieka. Mimo to powiedziałem, po co przyszedłem: „Zniszczyłem wszystkie zdjęcia. Nikt ich nigdy nie widział i nikt ich nigdy nie zobaczy".

[cisza]

Mężczyzna 1: Gdy to powiedziałem, jej oczy jakby odzyskały blask. Przestały być czarne i matowe, na kilka chwil pojawiły się tęczówki, w jej źrenicach widziałem swoje odbicie. Spojrzała na mnie.

Wczoraj mówiłem wam, że moje życie nie zmieniło się po odkryciu w piwnicy, i to była prawda. Zmieniło się po wizycie w szpitalu. Rzuciłem pracę w dzienniku i szwendałem się po różnych dziwnych tytułach, wybieranych tak, żeby jednocześnie mało pracować i mieć pieniądze na utrzymanie. Do mojego CV wpadły między innymi „Przegląd Szklarski", „Głos Dekarza" oraz ekskluzywny tytuł „Baseny & Sauna". Wolny czas, a po pracy w dzienniku wydawało mi się, że mam go eony, dzieliłem między swoje dziewczynki i wizyty u Honoraty. Moim celem stało się wywoływanie światła w jej oczach. Uwierzyłem, że jeśli gdzieś tam w głębi jednak jest człowiek, to można go wydobyć na powierzchnię. Czytałem jej na głos książki, opowiadałem o Matyldzie, rysowałem komiksy, puszczałem muzykę, brałem pacynki i odgrywałem sztuki teatralne. Testowałem wszystko, badając, co może wywołać jej reakcję.

Kobieta: I co, działało?

Mężczyzna 1: Różnie. Ale chyba czytanie najbardziej. Pamiętam, czytałem jej *Ronję, córkę zbójnika* Astrid Lindgren. Jest tam taka scena, kiedy Ronja kłóci się ze swoim ojcem, Mattisem, i razem z Birkiem, rówieśnikiem i jednocześnie synem herszta konkurencyjnej bandy, ucieka do lasu. Bardzo tęskni za ojcem i któregoś dnia, kiedy nadchodzi już zima, wychodzi z jaskini po wodę i widzi u progu zgarbioną sylwetkę Mattisa. Tak się kończy rozdział. Skończyłem czytać i zamknąłem książkę, a ona wtedy złapała mnie za rękę. Naprawdę! Aż podskoczyłem. Jej oczy lśniły jak oczy dziecka, które za wszelką cenę chce wiedzieć, co będzie dalej, i lśniły tak, dopóki nie skończyłem czytać następnego rozdziału, w którym Ronja i Mattis godzą się ze sobą. Potem wróciła czerń, ale to wydarzenie zdopingowało mnie, żeby podwoić wysiłki.

Kobieta: Jak długo to robiłeś?

Mężczyzna 1: Dwa lata. Regularnie, co najmniej raz w tygodniu. I niestety, nigdy już nie ożyła na tak długo jak wówczas, kiedy czytałem jej na głos *Ronję*. Czasami, pojedyncze błyski, często wtedy, gdy zamiast wydumanych atrakcji opowiadałem jej po prostu, co u mnie słychać, jak żyję, jak Matylda sobie radzi w przedszkolu. Takie zwykłe, codzienne sprawy. Ale może właśnie za takim życiem tęskniła?

[cisza]

Mężczyzna 1: Potem wyjechałem na trzy tygodnie za granicę. A jak wróciłem, Honorata już nie żyła.

Mężczyzna 2: Co się stało?

Mężczyzna 1: Jej matka mówiła mi, że po prostu zgasła. Przestała żyć. Być może w końcu odnalazła resztkę woli, żeby skończyć ze sobą. A może przeciwnie, straciła tę cienką nitkę, która trzymała ją przy życiu.

Kobieta: Wiesz, że to nie była twoja wina.

Mężczyzna 2: Nawet teraz nie jestem tego pewien. A wtedy, wtedy się załamałem. Próbowałem terapii, ale tylko pogorszyła sprawę. Miotałem się, szukając sposobu, żeby zagłuszyć ból i poczucie winy, no i znalazłem.

Mężczyzna 2: Panią Wódę.

Mężczyzna 1: Tak jakby.

Mężczyzna 2: Co ty z tym „tak jakby"? Nie potrafisz powiedzieć „tak" albo „nie"?

Kobieta: Kamil!

Mężczyzna 2: Tak, Panią Wódę. Zdecydowanie tak, bez żadnego jakby. Najwierniejszą kochankę każdego mężczyzny. Chlałem tak, że wyrzucili mnie nawet z pisma o wannach. Próbowałem zarabiać, szukając zleceń, ale tak nawalałem, że w końcu nikt nie chciał u mnie niczego zamawiać. Czasami, w chwilach przytomności, pisałem opowiadanka erotyczno-kryminalne i wysyłałem do dziwnych pisemek, jak „Zbrodnia i Sex". Weronika próbowała na początku mnie ratować, ale w końcu wzięła dziecko pod pachę i się wyniosła. Nie zatrzymywałem jej i nie mam do niej o to żalu. Życie ze mną było, i pewnie nadal jest, tylko nie ma kto tego sprawdzić, nie do wytrzymania. Potem było już tylko gorzej.

Kobieta: Dziwne. Znam cię co prawda od kilku dni, ale nie odniosłam wrażenia, że jesteś degeneratem-alkoholikiem. Biorąc pod uwagę wszystko, co się tutaj wyprawia, to powinieneś spać we własnych rzygowinach i nie żyć co najmniej od dwóch dni.

Mężczyzna 2: Laska dobrze mówi. Nie przesadzasz trochę?

Mężczyzna 1: Powiedzmy, że zanim to wszystko się wydarzyło, byłem na fali wznoszącej. Postanowiłem wziąć się w garść, zacząłem nawet pisać. Ubzdurałem sobie, pomyślcie, co za kretyn!, że jak Weronika zobaczy moje nazwisko w gazecie, to zrozumie, że się zmieniłem, zadzwoni, że może wszystko będzie tak jak dawniej.

[westchnienie]

Mężczyzna 1: Poza wszystkim moje możliwości upodlenia są ostatnio dość ograniczone. Wygląda na to, że pół butelki żołądkowej, która pozwoliła mi przetrwać noc, to ostatni zapas alkoholu w tym budynku.

Mężczyzna 2: Opowiedz swój sen.

Mężczyzna 1: Tak, już czas. Teraz, jak znacie historię Honoraty, zrozumiecie, dlaczego tak samo jak wy walczę co noc, żeby nie zasnąć. Koszmar zaczyna się w piwnicy, w której znalazłem miejsce przetrzymywania dziewczyny. Idę korytarzem, z latarką w ręku, słyszę swoje kroki. Wchodzę do dużej sali, potem do tej części podziemi z pomieszczeniami. Mijam jedne drzwi, drugie, trzecie, zbliżając się do natrysków, i od tego momentu wszystko dzieje się w zwolnionym tempie, przeciągana w nieskończoność tortura. W połowie korytarza słyszę dźwięki. Słyszę, co się dzieje w środku, i wiem, że tym razem pomieszczenie nie jest puste. Próbuję uciekać, walczę z całych sił, żeby zawrócić, ale wiecie, jak jest. Oczywiście nie mogę, wolno i nieubłaganie poruszam się w stronę uchylonych drzwi, zza których widać światło, dochodzą śmiechy zwyrodnialców i jęki torturowanej. I wtedy, kiedy jestem już tylko kilka kroków od wejścia, patrzę na swoje dłonie i widzę, że mam na nich gumowe rękawiczki. Rozumiecie? Nie idę tam jako świadek, obserwator, odkrywca przerażającej zbrodni. Idę tam jako jeden z oprawców! Kiedy to dostrzegam, omal nie wariuję, gdzieś w głowie zaczynam szamotać się i wrzeszczeć, chcąc przerwać tę wizję. Umrzeć, ale nie ujrzeć. Zamiast tego widzę, jak moja dłoń zbliża się do klamki, lekko uchyla drzwi, i nagle rozpoznaję głos dziewczyny.

Rozpoznaję, choć nigdy nie słyszałem Honoraty, nigdy się do mnie nie odezwała.

[cisza]

Mężczyzna 1: Tak daleko doszedłem trzy noce temu i postanowiłem, że nigdy już nie zasnę.

Mężczyzna 2: W takim razie czyj to był głos? Może...

Mężczyzna 1: Jeśli powiesz jeszcze słowo, to cię zabiję. Przysięgam na wszystkich znanych ludzkości bogów i demony, że jeśli dopowiesz to zdanie, zginiesz. Jeśli zobaczę teraz w twoich oczach, że chcesz je skończyć, zabiję cię, zanim zdążysz otworzyć usta. Czy to jest jasne?

Mężczyzna 2: Tak, jasne. Ale równie jasne jest, że zarówno ty, jak i ona będziecie musieli przejść to do końca sami. Wiesz o tym, Wiktor, prawda?

[cisza]

Mężczyzna 2: Wiktor?

Mężczyzna 1: Prędzej umrę. Prędzej umrę. Zaryzykuję i umrę.

Kobieta: Przestańcie. Nikt tutaj nikomu nie pomoże, nie ma co się kłócić. Poza tym już chyba czas na nas.

Mężczyzna 2: Tak, pyton czeka. Ciekawe, czego się dowiemy.

Mężczyzna 1: Niczego dobrego, gwarantuję.

Mężczyzna 2: I tu masz rację, człowieku.

[drzwi]

[kroki]

Kobieta: Kamil... zaczekaj, niech Wiktor wyjdzie. Chcę cię o coś zapytać.

Mężczyzna 2: Hmmm?

Kobieta: Słuchaj, nie daje mi to spokoju od wczoraj. Jak wróciłam tu z becherowką, tuliłeś Wiktora i coś mu nuciłeś, coś znajomego. Co to było?

Mężczyzna 2: Eeee, daj spokój, nie powinienem o tym mówić, poza tym wstydzę się trochę. Wiesz... facet facetowi... śpiewa... Rozumiesz, dziwnie to wygląda.

Kobieta: Powiedz, nie bądź taki. Nie dopytywałabym się, ale chyba znam ten kawałek.

Mężczyzna 2: Dobra, ale nie mów nikomu, a już na pewno Wiktorowi, jasne?

Kobieta: Jasne.

Mężczyzna 2: Wcześniej rozmawialiśmy o muzyce i Wiktorowi się wymsknęło, że jedyna rzecz, która go uspokaja, poza wódą, to przeboje Roda Stewarta. Śmialiśmy się z tego przez kwadrans, mało nie umarłem. No i wczoraj, kiedy on wyglądał, jakby miał umrzeć właśnie teraz i ani chwili później, ty nie wracałaś, to... no... pomyślałem, że mu zaśpiewam.

Kobieta: Co?

Mężczyzna 2: Chryste, Panie Boże, kurwa mać, ale ty jesteś upierdliwa. Znasz taki kawałek *Sailing*? No to właśnie ten. *I am sailing, I am sailing, all my* coś tam *cross the sea...*

Kobieta: Tak właśnie myślałam, ale nie chciałam pytać. Uwielbiam ten kawałek.

Mężczyzna 2: Boże, daruj tym dyskojebom, albowiem nie wiedzą, co czynią.

Mężczyzna 1: Idziecie tak jakby, czy tak jakby nie idziecie? Bo tak jakby przeciąg jest.

6

Tej nocy, choć nie miałem ku temu żadnego „koszmarnego" powodu, nie zmrużyłem oka. Mimo że uwinąłem się z przygotowaniem wszystkiego szybciej, niż przypuszczałem, trema nie pozwoliła mi usnąć. Gapiłem się za okno, powtarzałem w myślach wszystko, co musiałem im powiedzieć, ciągle od nowa ustalając kolejność zdarzeń i rozmyślając o faktach, które wydawały mi się kluczowe. Rozważałem, czy uda mi się ukryć sposób, w jaki się tego dowiedziałem. I jak to możliwe, że wiem tak wiele o nich samych.

Przed południem ubrałem się ładnie, w krawat i marynarkę. Miała przyjść do mnie dama, a ja umierałem z ciekawości, nie mogąc się doczekać, żeby zobaczyć, jak wygląda. Czy jest taka jak jej głos? Byłaby piękna.

Od jedenastej siedziałem jak na szpilkach. O wpół do przyłapałem się na tym, że nerwowo oblizuję wargi. Próbowałem spisywać zawartość ostatnich kaset, ale nie mogłem skupić się na robocie. Znałem to na pamięć. Po co jeszcze przepisywać?

Kiedy w końcu otworzyłem, zobaczyłem ich przed sobą – moje towarzystwo na resztę dnia. Chciałem, żeby było miło. Ale zaczęło się zupełnie inaczej. Agnieszka, która rzeczywiście okazała się nie być pięknością, choć bez wątpienia była seksowna, zwłaszcza usta!, ruszyła w moją stronę, żeby się przywitać, kiedy Wiktor powstrzymał ją ramieniem.

– Okłamałeś nas – powiedział.

– Nie sądzę – odpowiedziałem grzecznie, dając znak Kamilowi, żeby zamknął drzwi.

– A jednak. Kiedy widzieliśmy się wczoraj, powiedziałeś, że do naszego spotkania nie będzie nowych ofiar. Tymczasem są przynajmniej dwie.

– Naprawdę? Ma pan zapewne na myśli rodziców pana Kamila – powiedziałem. – Otóż zapewniam pana, że nie żyli w momencie, kiedy panowie złożyli mi wczorajszą jakże miłą wizytę.

– On może mieć rację – wtrącił się szybko Kamil. – Nie sprawdzałem po powrocie do domu, tylko od razu poszedłem do siebie. A potem, jak przyszedłeś – zwrócił się do Wiktora, posyłając mi jednocześnie mordercze spojrzenie – sam się dziwiłeś, że są tacy zimni. On może mówić prawdę.

Utkwiłem spojrzenie w Wiktorze, który cały czas obserwował mnie podejrzliwie i (byłem tego pewien) nie zmieni wyrazu twarzy do końca naszej krótkiej, choć intensywnej znajomości.

– Sam pan widzi – podsumowałem. – Ale mało brakowało, żebym się pomylił o jedną osobę. Niewielka to różnica, co prawda, w granicach błędu statystycznego, lecz gdyby pani Łazarek bardziej się przykładała do ćwiczeń fizycznych, mógłby mi pan zarzucić kłamstwo – spojrzałem porozumiewawczo na dziewczynę, ciekaw, jak zareaguje. Zaczerwieniła się i postąpiła dwa kroki w moją stronę.

– Skąd pan wie? – wyrzuciła.

Postanowiłem, że koniec tych przekomarzanek. Ja miałem wiedzę, oni nie. Ergo: ja decydowałem, oni nie. Ergo: ja byłem panem sytuacji.

– Powiem pani, wszystkim wam powiem – obiecałem. – Ale jeszcze nie teraz. Jeśli chcecie wiedzieć to, co ja wiem, musicie się zgodzić na moje warunki. A właściwie jeden warunek. Przekażę wam swoją wiedzę w kolejności, jaką uznam za stosowną, i odpowiem na wszystkie wasze pytania w czasie, który uznam za stosowny. Czy to jasne?

Wiktor już otwierał usta, żeby rzucić we mnie jakąś dziecinną groźbą, ale dziewczyna złapała go za rękę.

– Jasne – powiedziała. – Proszę zaczynać.

Zaprosiłem ich gestem do mieszkania, patrząc, jak się zachowują. Z zainteresowaniem rozglądali się po ścianach. Wszystkie, bez wyjątku, pokryte były od podłogi do sufitu zamykanymi na kluczyk szafkami. Każde drzwiczki miały numer, ale nie mogło to ich na nic naprowadzić. Dużą szafę, w której ukryte były magnetofony i maszyna do pisania, starannie zamknąłem. Na moich gości czekał stół, trzy krzesła, trzy filiżanki i jeden termos pełen herbaty z cytryną.

– Proszę, czujcie się państwo jak u siebie w domu – zachęciłem, widząc, że stoją bezradnie na środku pokoju. – Nalejcie sobie herbaty, a ja opowiem wam pewne zdarzenie, które miało tu miejsce w zamierzchłych latach przedwojennych, dokładnie w roku trzydziestym drugim.

– Cudownie – zakpił Wiktor. – I codziennie będzie pan nam opowiadał jeden rok z dziejów Bródna?

– Proszę wyjść, jeśli nie jest pan zainteresowany – zripostowałem. – Nikt tutaj nikogo na siłę nie trzyma.

Przez kilka sekund stali bez ruchu. Potem usiedli i Agnieszka nalała wszystkim herbaty. Kamil kołysał się na krześle, Wiktor skrzyżował ręce i oparł je na stole. Kiedy uznałem, że skończyli się już mościć, mówiłem dalej.

– Najpierw słowo wstępu. Musicie wiedzieć, że miejsce, na którym teraz stoi nasz blok, to kiedyś były pola i łąki. Cywilizacja rozciągała się dwie przecznice dalej w stronę Wisły. Wzdłuż torów stały domy, w których mieszkali kolejarze, a na Annopolu było duże osiedle komunalne dla bezdomnych, eksmitowanych i wszystkich, którym państwo musiało zapewnić opiekę. Nie brakowało tam szumowin. Były też oczywiście cmentarze, bliżej Pragi żydowski i koło nas potężna nekropolia bródnowska, tak wtedy, jak i dziś największy cmentarz Europy.

Jesienią trzydziestego drugiego roku warszawska prasa żyła tragedią, która rozegrała się niedaleko stąd, na obrzeżach kolejarskiego osiedla, właściwie bardziej na wsi. W miejscu, gdzie dziś przebiega ulica Rembielińska, niedaleko Delikatesów. Matka wariatka razem z córkami zamknęła się w małej drewutni koło chałupy, oblała naftą i podpaliła. Zanim ktokolwiek przybył z pomocą, było już po wszystkim, pełna drewna szopa zajęła się momentalnie. Dziennikarze węszyli wśród sąsiadów, wypytywali, dociekali, zwłaszcza jej choroba psychiczna była dla nich łakomym kąskiem, ale nie zbliżyli się do prawdy nawet na krok.

Rozgorzała jeszcze krótka dyskusja, dlaczego osobie szalonej pozwolono wychowywać dzieci, i sprawa ucichła. Warto podkreślić, że wszystkie wiadomości o jej rzekomym „szaleństwie" pochodziły od sąsiadów i były raczej niespójne. Ktoś jej zarzucał, że więziła dzieci, ktoś wręcz odwrotnie: że dzieci cały czas pozostawały bez opieki. Miała jakoby chodzić po wsi w garnku na głowie i wykrzykiwać klątwy, powołując się na Czarnego Anioła, a w ostatnich dniach przed śmiercią codziennie, zdaniem jednej sąsiadki, wchodziła do kościoła, mówiła, że koniec świata jest bliski i że ona woli odebrać sobie życie niż doczekać przyjścia szatana. Wszystkie te sprzeczności ujmowano w jednym akapicie, logika nie była właściwością prasy ani wówczas, ani teraz.

– A jaka była prawda? – spytała Agnieszka. Widziałem, że informacja o spalonych dzieciach zrobiła na niej wrażenie.

– Prawda, droga pani, prawda była przede wszystkim trudna do ustalenia. Kilka lat zajęło mi odszukanie świadków, a raczej krewnych świadków tamtego wydarzenia. Nie miałem co liczyć na źródła pisane, ponieważ relacje prasowe zawierały tylko te nonsensowne ploty. Choć oczywiście skrupulatnie zgromadziłem wszystkie wycinki.

Prawda jest taka, że owa wariatka, nazywała się Marianna Kopeć, była kimś, kto dziś zapewne zrobiłby zawrotną karierę jako bioenergoterapeuta, różdżkarz, wróż i jasnowidz. Miała dar widzenia tego, czego nie widzą inni. Poza tym była dobrą, oddaną swojej rodzinie wiejską kobietą. Zajmowała się domem, doiła krowy i robiła kosze z wikliny. Nie chwaliła się nigdy swoimi zdolnościami; kto wiedział, czasami przychodził do niej po radę. Niestety, pani Marianna miała kłopot, a kłopot ten nazywał się Marian Kopeć, i był po pierwsze jej mężem, po drugie raptusem, po trzecie pijakiem.

Tłukł ją i dzieci, jak popadło, co na nikim nie robiło wrażenia, stanowiąc normę w kontaktach rodzinnych. Dopóki nie bił jej w kościele, na targu albo na środku ulicy, nikt nie miał prawa powiedzieć słowa. Mimo takiego poniewierania Marianna postanowiła ostrzec swojego męża o wypadku, który groził jego matce, a który przewidziała w sobie tylko wiadomy sposób.

Kopeć wyśmiał ją i potraktował jak zwykle, a następnego dnia jego matka została śmiertelnie potrącona przez wóz mleczarza, dosłownie kilkanaście metrów od ich domu.

Kopeć oszalał. Zarzucił żonie, że rzuciła klątwę na jego matkę, stłukł ją do nieprzytomności, a potem zaczął chodzić od domu do domu, opowiadając, że na kogo jego żona-wiedźma spojrzy, ten przed najbliższym nowiem umrze w męczarniach. Większość go wyśmiała, ale niektórzy zaczęli unikać ich obejścia, aby przypadkiem nie zobaczyło ich złe oko. Sprawa pewnie by ucichła, gdyby nie trzy okoliczności. Primo: Kopeć żył tylko swoją manią, o niczym innym nie mówił, dorzucając co i raz nowe występki do listy przewin żony. Każdy we wsi, chcąc nie chcąc, usłyszał jego opowieść kilkanaście razy. Secundo: kumplem Kopcia od kieliszka był niejaki Warslich, jeden z kapłanów Parafii Matki Bożej Różańcowej, wówczas jedynego kościoła na Bródnie. Trzeba wiedzieć, że kolejarze i ludzie ze wsi raczej nie trzymali ze sobą. Nawet w niedzielę ci pierwsi chodzili na jedną mszę, a drudzy na inną. I właśnie Warslich był „od chłopów", jak mówiono. Ksiądz postanowił wykorzystać plotki, którymi żyli ludzie. Grzmiał z ambony o czarnej magii, szatanie i urokach, wybierając co drastyczniejsze kawałki z Pisma, akurat o takie nietrudno. Gdy wiadomość się rozniosła, spragniona wrażeń społeczność zaczęła tłumniej uczęszczać na msze. Nie było wówczas telewizji, która codziennie dostarczała historii z dreszczykiem. Zachęcony sukcesem, ksiądz odprawił raz nawet absurdalny odpust „przeciwko czarnoksięstwu", za który został potem porządnie skarcony przez proboszcza. Mało go wtedy nie zawiesili, co brzmi dość śmiesznie, jeśli spojrzymy na to z perspektywy późniejszych wydarzeń.

Trzeba podkreślić, że Marianna cały czas sprzedawała kosze, chodziła na targ i opiekowała się córkami, a wiejskie baby i żony kolejarzy ciągle przychodziły do niej po poradę. Nie myślcie, że z dnia na dzień została wyklęta przez wszystkich. Tylko Kopeć, Warslich i jeszcze kilku oszołomów wierzyło w te bzdury.

No i w końcu tertio, które wszystko zmieniło: śmierć Kopcia. Głupia śmierć pijaka. Kopeć, włócząc się pijany po Lesie Bródnowskim, tym samym, który widzicie z okna, wpadł w zastawione przez kłusowników sidła. Wzywał pomocy, dopóki nie stracił sił, a kiedy znaleziono go martwego dwa dni później, rozpoznano go tylko po uwięzionym w potrzasku bucie, reszta bowiem została rozwleczona przez zwierzęta. Nie muszę dodawać, że było to dzień przed nowiem. Oczywiście odkąd Kopeć zaczął pleść swoje brednie, nowiów minęło sześć lub siedem, ale jakoś nie zwrócono na to uwagi. Ważne było, że zginął przed nowiem i w straszliwych męczarniach, jak przepowiedział.

Dalszy ciąg łatwo przewidzieć. Blady strach padł na tych, którzy wierzyli Kopciowi, czyli na księdza i jego kolegów z karczmy. Reszta z lękiem patrzyła na obejście sąsiadki, gdzieś w ich głowach utkwiła szeptana propaganda. Następnej nocy poleciały w kierunku domu Kopciów kamienie, podpalono płot, rozpoczęło się regularne polowanie na czarownicę. Wszystko to, o ironio, kilka kilometrów od centrum europejskiej stolicy, gdzie na dansingach balowały chłopczyce, mówiono po francusku i nurzano się w międzywojennej nowoczesności. Marianna powinna była spakować manatki i wynieść się z Bródna. Niebrzydka była z niej kobieta, na pewno urządziłaby sobie życie gdzie indziej. Ale poczucie krzywdy i duma były silniejsze niż zdrowy rozsądek. Po tym, jak jej starsza córka została pobita „przez nieznanych sprawców", poszła do kościoła i zapowiedziała Warslichowi, że kto podniesie rękę na nią lub na jej dzieci, skończy tak samo jak nieświętej pamięci małżonek. Nerwy jej niepotrzebnie puściły.

Tak, trzydziesty drugi rok. Nigdy tego nie badałem, ale to bodaj ostatni przypadek samosądu na domniemanej czarownicy w Polsce. Pewnej nocy pod dom Marianny podeszły ramię w ramię zabobonne zbiry, kobiety i mężczyźni. Wywlekli ją z łóżka i zakneblowali, żeby nie mogła ich przekląć. Być może intencją księdza, który kierował całą „akcją", było tylko nastraszyć kobietę i wyrzucić ze wsi, ale ktoś krzyknął: „Spalić wiedźmę!", i nikt nie mógł powstrzymać motłochu. Choć z tego, co ustaliłem, byli tacy, którzy próbowali.

Co tu dużo mówić. Mariannę razem z córkami wepchnięto do drewutni, a szopę oblano naftą i podpalono. Potworna śmierć i potworna zbrodnia. Nie było i nie ma żadnego usprawiedliwienia dla tych, którzy się jej dopuścili. Nie ma takiej kary, która odpowiadałaby ich winie.

Ale kara ich dosięgła. Kiedy płomienie strzeliły wysoko i nikt już nie mógł ugasić ognia, Mariannie udało się wypluć knebel i zanim zginęła w męczarniach, przeklęła zabójców swoich i swoich dzieci:

„Nie ma sędziego, który was ukarze, i kata, który mnie pomści. Sami będziecie dla siebie sądem i sami dla siebie katem. Wszyscy umrzecie samotnie i będziecie błagać Boga o jak najszybszy koniec".

To były jej ostatnie słowa.

Agnieszka była bliska płaczu, Wiktorowi zszedł z ust wrogi grymas, bujający się wcześniej na krześle Kamil znieruchomiał ze wzrokiem wbitym we własne dłonie. Byli wstrząśnięci, bo historia była wstrząsająca. Zamilkłem, czekając, jak zareagują.

– To niemożliwe – odezwała się Agnieszka. – W dwudziestym wieku? To po prostu niemożliwe.

– Ma pani na myśli wiek wojen światowych, Holokaustu, łagrów i czystek etnicznych? – zapytałem. – Wiek niekończących się konfliktów religijnych, bezkarnych pacyfikacji całych narodów, aborcji, eutanazji i światowego terroryzmu? Raczy pani żartować.

Wiktor poruszył się na krześle.

– No tak, mroczna historia, ale co ona ma wspólnego z nami? Kilka przecznic dalej przed siedemdziesięciu laty popełniono brutalną zbrodnię. Smutny to fakt, ale co z tego?

Wszystko toczyło się tak, jak zaplanowałem, nawet przewidziałem pytania. Spodziewałem się co prawda, że zapytają od razu o efekt klątwy, ale to mogło zostać na później. Będzie nawet bardziej dramatycznie. Na razie nie pozostawało mi nic innego, jak skorzystać z pomocy naukowych. Sięgnąłem do szafki i wyjąłem dwie mapy, jedną z nich rozłożyłem na stole.

– Spójrzcie – powiedziałem – to dzisiejsza mapa Warszawy. Widzicie cmentarz, szpital, ulicę Kondratowicza, nasz blok. Tutaj, przy dzisiejszej Rembielińskiej, stał kiedyś dom Kopciów, zaznaczymy go krzyżykiem. Tuż za naszym blokiem stoi krzyż, postawiony w miejscu cmentarza zadżumionych, ofiar zarazy z początku osiemnastego wieku. Tutaj też postawimy krzyżyk.

– Ciągle nic z tego nie wynika – zauważył zgryźliwie Wiktor.

Zignorowałem go.

– A teraz spójrzcie na drugą mapę, pochodzi z lat międzywojennych i jest co prawda młodsza niż wydarzenia, o których mówiłem, ale to bez znaczenia. Przez ten czas nic się tutaj nie zmieniło. Skala jest inna, ale łatwo nanieść współczesne obiekty.

– Chryste Panie! – krzyknęła Agnieszka. – Cmentarz był taki wielki?

– Zgadza się, panienko. To ciągle największa nekropolia w Europie, a w tamtych czasach był znacznie większy. Okrojono go w czasie powojennej rozbudowy miasta. Mur cmentarza od strony północnej przebiegał dzisiejszą ulicą Kondratowicza, którą naniesiemy na tę starą mapę; o tak. Widzicie, że na przykład cały wielki szpital bródnowski i ratusz gminy zbudowano na grobach. Tutaj była wieś, w której motłoch zamordował Mariannę Kopeć; krzyżyk. Tu widać cmentarz dla ofiar dżumy. Nasz wspaniały blok z prefabrykatów, namalujemy go na czerwono, stał dokładnie pomiędzy wielkim Cmentarzem Bródnowskim a cmentarzem zadżumionych.

– Litości! – wydarł się Wiktor. – Ciągle nic z tego nie wynika! Ani nasz blok nie stoi w miejscu zbrodni, ani nie zbudowano go na żadnym grobie. Ani na zwykłym cmentarzu, ani nawet na tych nieszczęsnych zadżumionych. Po co zajmujesz nam czas tymi bzdetami?!

Dałem mu chwilę, aby ochłonął.

– Jest pan uważnym słuchaczem, panie Sukiennik, inaczej na pewno nie byłby pan dziennikarzem. Proszę powiedzieć, pamięta pan, jaka była oficjalna wersja wydarzeń z trzydziestego drugiego roku?

– Że wariatka zabiła siebie i swoje dzieci. Ciągle nie rozumiem, co to ma... o Boże! – jęknął, a ja zobaczyłem w jego oczach, że zrozumiał. Nic nie mówiłem, chciałem, żeby to on im powiedział.

– Samobójstwo – rzekł cicho – jest uważane przez Kościół za grzech śmiertelny. Oczywiste jest, że nie można ani go wyznać, ani otrzymać rozgrzeszenia. Samobójców grzebie się pod murami cmentarza, na niepoświęconej ziemi. Bywało, że chowano ich nawet za murami lub na specjalnych cmentarzykach wyrzutków. Akurat wiem, jak było w tym wypadku, bo pisałem kiedyś o tym cmentarzu zadżumionych. Obok niego powstało miejsce dla wszystkich tych, którzy nie zasługiwali na najświętszą ze świętych katolicką glebę.

Ha! Gdybyście mogli zobaczyć twarze ich wszystkich! Cóż za efekt dramatyczny! O mało nie rozpękłem się z dumy, że doprowadziłem ich do takiego stanu. Mistrzowska partia! A to jeszcze nie był koniec niespodzianek. Na razie, choć aż się we mnie gotowało, pokiwałem głową zasępiony. Założyłem się sam ze sobą, że następne będzie pytanie o efekty klątwy i że zada je Agnieszka. Kobiecej intuicji nigdy nie należy nie doceniać.

– A co z klątwą? – zapytała. – Przyniosła jakieś efekty?

– Cóż – zacząłem swoją ulubioną partykułą – przyniosła. Wszyscy sprawcy zginęli, siedem osób odpowiedzialnych za masakrę. Trzy kobiety i czterech mężczyzn. Jako ostatni zginął Warslich. Nie minął rok od pochowania Marianny i jej córek, a wszyscy oni zakończyli swój żywot morderców. I stało się tak, jak przepowiedziała w chwili śmierci ich niewinna ofiara. Sami się skazali na śmierć i sami wykonali wyrok.

– Nie rozumiem – powiedziała. – Jak to: sami? Przecież to jakiś nonsens.

– To proste – odezwał się Wiktor – wszyscy popełnili samobójstwo. Zgadza się?

– Zgadza – odpowiedziałem. – Z relacji krewnych wyłania się spójny obraz. Na początku wszyscy byli zastraszeni, nie wiedzieli, czy klątwa zadziała. Ale z czasem ich lęk zamienił się w zwierzęcy strach. Stali się ludźmi żyjącymi w panice. Przerażeni wstawali, żeby przeżyć dzień pełen strachu, i przerażeni zasypiali, żeby doświadczyć jeszcze większej grozy. Nie znali innych uczuć poza uczuciem zaszczucia i nie mieli szansy ucieczki. Jak mogli uciec przed czymś, co było w ich głowach? Trójka się zastrzeliła, dwójka powiesiła, jeden położył głowę na torach. Warslich powiesił się w Lesie Bródnowskim, niedaleko miejsca, gdzie zginął Kopeć. Wszystkich, jako samobójców, pochowano za północnym murem cmentarza. Ofiary i ich oprawcy spoczęli obok siebie. A czterdzieści lat później koparki rozwlekły ich szczątki i postawiono w tym miejscu blok, którego mamy zaszczyt być lokatorami.

– Czy wiadomo, czego się bali? – spytał Kamil.

– Nie. Nigdy nikomu nie zwierzyli się ze swoich lęków. Przynajmniej nic mi o tym nie wiadomo.

– I co było dalej?

– Wypadki, mnóstwo wypadków. Wiecie o trzech w miarę świeżych i spektakularnych. Chłopak, któremu winda obcięła głowę, pani profesor, która wyskoczyła z okna, pantoflarz, który wpadł do szybu. No i z ostatnich dni: wuefista z pierwszego piętra, rodzice Kamila i pierwsza ofiara: pani Michalak z szóstego.

– Moment, moment, jaka pani Michalak? – przerwał mi Wiktor. – Chce pan powiedzieć, że od piątku w mieszkaniu na szóstym piętrze leżą jakieś zwłoki?

– Na pewno nie w mieszkaniu. Pani Michalak, Rachela Michalak, umarła na dole, przy drzwiach wejściowych. Z tego, co wiem, skaleczyła się kawałkiem szyby.

– To by się zgadzało – mruknął Kamil. – Ta wąska szyba z lewej strony jest wybita. I pamiętacie, jak się zastanawiałem, dlaczego nie posprzątali dokładnie po tym gościu, co mu obcięło głowę? To wcale nie był ślad po nim, tylko po tej Michalak.

– Ale co się stało ze zwłokami? Nie słyszałam jeszcze o przypadku, żeby czyjś strach teleportował ciało ofiary.

– Tak, to rzeczywiście jest zagadka. – Poprawiłem w zakłopotaniu okulary. – Zagadka, której nie potrafię wytłumaczyć, choć oczywiście mam pewne podejrzenia. Ale wróćmy do innych ofiar. Pięć osób zginęło w czasie wznoszenia budynku. Sprawę wyciszono, bo nad budową osiedli z płyty rozpięto ochronny parasol propagandy sukcesu i nikt nie chciał robić szumu wokół takiej nieprzyjemnej historii. Poza tym, gdyby prowadzono dużą komputerową bazę danych ze zgonami i gdyby można ją było posegregować wedle „Kondratowicza czterdzieści jeden", to wyskoczyłoby czterdzieści rekordów.

– Niemożliwe!

– Ależ tak. Powiedzmy, że około dziesięciu z tej liczby to zgony zupełnie naturalne: starsze osoby, serce, wylew, bywa. Ale jeśli (zdarzyło się to czterokrotnie) zawał zabija osoby, które nie ukończyły dwudziestu pięciu lat, to jest w tym coś dziwnego, czyż nie? Co my tam jeszcze mamy? – zastanowiłem się głośno. Tyle razy miałem tę listę przed oczami, że nie musiałem sięgać po żadne notatki. – Najbardziej popularne przyczyny śmierci to żyły podcięte w wannie, prochy w żołądku, głowy w piekarniku. Dwa (trzy z wuefistą) powieszenia, jeden hemingwayowiec z mózgiem wystrzelonym na ścianę. Co ciekawe, rodziny ofiar prawie natychmiast opuszczały to miejsce, nie mówiąc nikomu, co się przydarzyło ich bliskim, wobec tego nikt nie mógł ostrzec następnych lokatorów. Zachowania wielkopłytowych społeczności sprzyjają tajemnicy. Nikt nikogo nie zna, nikt z nikim nie rozmawia, nikt się do nikogo nie wtrąca. Dopóki nie cuchnie rozkładającym się trupem, wszystko jest w porządku. Zresztą jak się już zorientowaliście, połowa mieszkań w tym budynku stoi pusta. Ludzie jednak mają jakiś szósty zmysł, który odwodził ich od sprowadzania się tutaj. Nawet pani – zwróciłem się do Agnieszki – miała wątpliwości, gdy pierwszy raz przyjechaliście oglądać mieszkanie.

– Tak, teraz, jak o tym myślę, to tak, ma pan rację – powiedziała, pocierając skronie. – Ale Robert był taki rozentuzjazmowany. Cieszył się jak dziecko. Mówił, że wszędzie będziemy mieli blisko. I do centrum łatwo dojechać, pod nosem duży sklep i kino mają zaraz otworzyć, i las, do którego można iść na spacer. No i cena. Cena rzeczywiście nie była wygórowana.

– Ale dlaczego? – Widziałem po twarzy Wiktora, że pomału odpływał. Trudno mu było znieść te informacje. Niestety, nie miałem nic mocniejszego od herbaty, a i jej Kamil nawet nie tknął. – Dlaczego?

– Cóż – mój styl jednak był nieznośny – możemy się tylko domyślać. Koparki wywlokły z ziemi klątwę sprzed lat. Bardzo silną klątwę, rzuconą przez matkę zamordowaną razem z dziećmi. I ta klątwa otoczyła to miejsce, czyniąc z każdego własnego sędziego i kata. Nie chcę się bawić w filozofowanie, ale nie ma człowieka, który nie nosiłby w sobie wielkich traum, lęków, prawdziwych lub urojonych win, marzeń gwałcących wszelkie normy społeczne. Zepchnięte w najdalsze zakamarki psychiki, czynią nas bezradnymi, kiedy pojawiają się na powierzchni. Przez całe życie uczymy się udawać, że ich nie ma, zamiast stawać z nimi twarzą w twarz. Zmuszeni do tej konfrontacji, przegrywamy, choć moglibyśmy zwyciężyć. Wybieramy najłatwiejsze wyjście: ucieczkę. A ucieczką od samego siebie może być tylko śmierć lub szaleństwo.

– Czyli że nasze rozwiązanie jest słuszne – powiedział Wiktor bez entuzjazmu. – Ten, kto stawi czoło swojemu koszmarowi do końca, będzie wolny.

– Zapewne – potwierdziłem. – Tym bardziej że wy nie jesteście przecież mordercami. Nie ma w was prawdziwej winy, której nie możecie się wyprzeć – słowo „prawdziwej" wymówiłem z naciskiem, nie spuszczając oczu z Wiktora. – To, czego się boicie, nie jest realne. To najstarsze, starożytne lęki, atawizmy towarzyszące ludzkości od zarania. Większość lokatorów, o czym nie możecie wiedzieć, śni o dzieciach. Nie ma większego lęku niż lęk przed śmiercią dziecka. Akceptujemy swój koniec. Ale końca kogoś, kto daje naszej krwi i naszej miłości nieśmiertelność, nigdy. To strach wielki, ale słuszny.

Po tej górnolotnej kwestii, którą wyszlifowałem stylistycznie w ciągu nocy, zapadła przygnębiająca cisza. Postanowiłem, że nie ma co czekać z kolejnymi rewelacjami.

– Jakkolwiek... – powiedziałem, żałując, że nikt nie zadał mi pytania i nie mogę zacząć zdania od „cóż". – Jakkolwiek mam wrażenie, że sprawy uległy komplikacji. Nie wiem dlaczego, choć mam pewne podejrzenia, nastąpiła eskalacja wszystkich zjawisk. Wiecie państwo, o czym mówię. Zamknięcie, niemożność opuszczenia budynku, czarne nic krążące po instalacjach, niezwykłe nasilenie koszmarów. To, co do tej pory było tylko w sferze psychiki, nagle się zmaterializowało i zaczęło zagrażać mieszkańcom w sposób fizyczny. Myślę, ale to tylko przypuszczenie, że nadszedł czas jakiegoś decydującego starcia ze złem, które upodobało sobie to miejsce.

– Kurwa mać! – żachnął się Wiktor, używając ulubionego wykrzyknika wszystkich Polaków. – Po prostu nie wierzę, że tego słucham i biorę za dobrą monetę. Jakie, kurwa, zło? Jakie, kurwa, upodobało? Mam uwierzyć, że żyję w nawiedzonym, kurwa, bloku z wielkiej, kurwa, płyty? To jest jakiś, kurwa, absurd!

– Dlaczego by nie? – odparowałem stoicko. – Od wieków ludzkość powtarza sobie opowieści o nawiedzonych miejscach, skałach, groblach, rozstajach, dworach i zamkach. Jest ich tyle, że musi być w tym, choćby na zasadzie prawdopodobieństwa, jakaś prawda. Proszę mi powiedzieć, drogi panie, który tak chętnie używasz słowa absurd: jeśli nawiedzona może być przydrożna kapliczka, jeśli dziwne siły są obecne w ruinach zamku, a widmo jeźdźca galopuje po grobli, to dlaczego nie mógłby być nawiedzony dom z wielkiej płyty? Tylko dlatego, że powstał w czasach, kiedy zaprzestano już zapisywania ludowych legend i baśni? Tylko dlatego, że mieszkają w nim ludzie, którzy nie czują potrzeby opowiadania sobie historii? Skąd wiemy, ile jest w Europie miejsc takich jak to, o których nikt się nigdy nie dowie?

– Niech się pan nie denerwuje – powiedziała Agnieszka. – Ja panu wierzę. Wierzę, ponieważ wyczuwałam to od dawna. Tę... obecność. Moja matka potrafiła czuć różne rzeczy i ja też potrafię. Poza tym podobno kobiety dostrzegają więcej. Ale jest jedna rzecz, której nie czuję i której nie potrafię w ogóle wyjaśnić. – Spojrzała na mnie. – Skąd pan to wszystko wie? Nie chodzi mi o historię tej biednej kobiety ani o kronikarską wiedzę o tym miejscu. Skąd pan wie, kim jesteśmy, o czym rozmawiamy, czego się boimy?

Pora na ostatnią niespodziankę. Jeszcze w nocy chciałem to ukryć, ale odkąd zaczęła się ta rozmowa, wręcz nie mogłem się doczekać chwili, kiedy będę mógł pochwalić się tym, z czego jestem naprawdę dumny. Podjechałem do szafy i zanim ją otworzyłem, powiedziałem:

– Pyta pani: skąd? A ja odpowiadam: z samotności. Mieszkam tutaj, odkąd wybudowano ten budynek. Prawie trzydzieści lat. Mieszkam, ponieważ nie mam innego wyboru. Ja, inwalida przykuty do wózka. Kiedyś nie opuszczałem tego miejsca, bo nie mogłem. Później, ponieważ nie chciałem. Prawdę mówiąc, chyba trochę zdziwaczałem. – Uśmiechnąłem się przepraszająco. – Kiedy jeszcze szalałem z samotności, odkryłem interesującą rzecz. Zadzwonił domofon, a ja półżywy ze szczęścia doczołgałem się do aparatu, żeby wpuścić swojego gościa. Ale to nie był gość. To była pomyłka. Syn sąsiada przypadkowo wcisnął nie ten guzik. Ale po chwili naprawił swój błąd, a ja, ze słuchawką kurczowo przyciśniętą do ucha, mogłem wysłuchać jego banalnej rozmowy z matką. Ona chciała, żeby już wracał do domu, on chciał jeszcze pograć w piłkę z kolegami. Droczyli się trochę, tak dla żartu, w końcu pozwoliła mu zostać kwadrans. Pamiętam to tak, jakby się zdarzyło wczoraj. Siedziałem przybity na podłodze, spocony z wysiłku, i nie mogłem odłożyć tej słuchawki. I wie pani co? Okazało się, że nikt nie musi do mnie dzwonić, żebym mógł usłyszeć, co się dzieje na dole! Tak działają domofony starszego typu. Zresztą na pewno wam się kiedyś zdarzyło wcisnąć przez przypadek dwa guziki, a potem jednocześnie anonsować znajomym swoje przyjście i przepraszać ich sąsiada za pomyłkę.

Siedziałem tak przez cały dzień, wsłuchując się w dźwięki podwórka i prowadzone rozmowy. To było odkrycie. Do tej pory myślałem, że jedyna rozmowa, jaką można przeprowadzić przez domofon, to powiedzieć „to ja" albo „poczta". Tymczasem tutaj cały czas ktoś gadał. Wyjątkowo dobrze pamiętam licealistkę z trzeciego piętra i jej koleżankę. Najpierw, po powrocie ze szkoły, rozmawiały pół godziny pod klatką. Słuchałem tego i siłą powstrzymywałem się od śmiechu, usłyszałyby przecież mój chichot. Nadchodził moment, kiedy gospodyni mówiła do drugiej: „Wiesz co, może wpadnij do mnie na moment". To była smutna chwila, bo nie mogłem słyszeć, co się dzieje dalej. To znaczy: nie mogłem słyszeć ich, bo w ogóle domofonowe życie kwitło. Godzinę później koleżanka wychodziła i zawsze, naprawdę zawsze, dzwoniła domofonem, zaczynając od słów: „Słuchaj, zapomniałam ci powiedzieć...", i tak dalej przez co najmniej kwadrans. Uwielbiałem je!

Wciągnęło mnie to do tego stopnia, że zacząłem nagrywać ów strumień domofonowej świadomości, tworząc wyjątkową, fonograficzną kronikę tego miejsca. Pierwsze kasety, pełne szumów, zarejestrowane na grundigu przyłożonym do słuchawki, są dla mnie jak relikwie.

– Wszystko pięknie – przerwał mi Wiktor. – Ale nie przypominam sobie, żebyśmy toczyli wszystkie nasze rozmowy przed klatką. Poza wszystkim nawet nie mamy ostatnio możliwości się tam znaleźć.

– Cóż – znów zagaiłem oryginalnie – od tamtej pory poczyniłem pewne unowocześnienia.

To mówiąc, otworzyłem szafę, i osiągnąłem spodziewany efekt. Wszyscy jednocześnie krzyknęli: „O mój Boże!", udowadniając, że Polska to kraj tradycyjnie katolicki. Kiedy przychodzi nam wyrazić swoje emocje w chwili krańcowego osłupienia, nawet ukochana „kurwamać" przegrywa z „omójbogiem".

Cóż (sic!) zobaczyli moi goście? Centrum dowodzenia. Schemat bloku, na którym diodami zaznaczono każdą końcówkę systemu. Wiązkę grubych kabli. Dwadzieścia dyktafonów. Stertę kaset i maszynę do pisania. Może nie był to sprzęt na miarę dwudziestego pierwszego wieku, ale spełniał swoje zadanie.

– Co to jest? Co to ma znaczyć? – zapytał Wiktor, a w jego oczach zobaczyłem wściekłe błyski.

– Nazywam to „systemem" – odparłem spokojnie. – Jak już mówiłem, przez lata prowadziłem fonokronikę tego, co działo się przed klatką, i rozmów prowadzonych przez domofon, ale zaczęły doskwierać mi ograniczenia tego rozwiązania. Niektórzy lokatorzy byli tak interesujący, że prawie płakałem, kiedy znikali w drzwiach klatki schodowej. Małżeńskie kłótnie urywały się w pół zdania, młodzieżowe imprezy kończyły z chwilą zamknięcia drzwi, podobnie dyskusje o sprawach zasadniczych i rozmowy o polityce. Zamiast życia innych ludzi oglądałem teatr cieni. Choć miałem więcej, niż mogłem chcieć, czułem się odrzucony. Próbowałem pogrążyć się w fikcji, którą wielu ceni przecież bardziej niż prawdziwe życie, ale papierowe postaci nużyły mnie swą fabularną przewidywalnością. Czego bym próbował, cały czas w tyle głowy miałem jedną myśl: słyszeć, co dzieje się po drugiej stronie domofonowych słuchawek, w mieszkaniach poszczególnych lokatorów. Podejrzewałem, że technicznie nie jest to skomplikowane, ale z przyczyn oczywistych nie mogłem tego zrobić sam, potrzebowałem wspólnika. Pięć długich lat zbierałem pieniądze, wiedząc, że będę miał tylko jedną szansę. Kiedy byłem już w posiadaniu kwoty, która wydawała mi się wystarczająca (tak naprawdę okazała się trzy razy wyższa niż „wystarczająca", ale chciałem czuć się bezpiecznie), wezwałem do siebie konserwatora domofonów.

Kiedy przyszedł, bez owijania w bawełnę powiedziałem, jaką usługę chcę kupić, i wyłożyłem na stół całą zgromadzoną kwotę. Myślę, że znacznie przewyższała jego roczne dochody. I cóż, zgodził się. Miesiąc zajęło mu „serwisowanie" domofonów w poszczególnych mieszkaniach i instalacja centrali, pod koniec nawet się zaprzyjaźniliśmy. Od tamtej pory co pewien czas przychodzi i dokonuje przeglądu oraz niezbędnych unowocześnień, zawsze opuszczając nasz blok znacznie bogatszy. Proszę sobie wyobrazić, że sam z siebie interweniował w administracji, która chciała, o zgrozo, wymienić nasz domofon na nowszy, elektroniczny model.

Byłem przygotowany na to, że rzucą się na mnie, ale najwidoczniej ostatnie wydarzenia uodporniły moich gości na dziwactwa. Zamiast tego usłyszałem krótkie, konkretne pytanie, zadane przez Kamila:

– Jak to działa?

– Na samym początku system był znacznie prymitywniejszy. Musiałem przełączać się między mieszkaniami, śledząc, gdzie akurat działo się coś ciekawego, i tylko z tego jednego miejsca mogłem nagrywać. Bardzo to było uciążliwe, ale i tak nie posiadałem się z radości. Teraz wszystko jest trochę bardziej zautomatyzowane. Widzicie państwo ten schemat? Każda dioda oznacza jedną końcówkę. Jeśli pali się na zielono, oznacza to, że jest przy niej cicho. Jeśli na czerwono, są rejestrowane dźwięki. Dwadzieścia dyktafonów aktywowanych głosem rejestruje to, co się dzieje. Końcówek jest oczywiście znacznie więcej, ale bardzo rzadko się zdarza, aby było potrzebne więcej niż dwadzieścia symultanicznych nagrań. Potem to już ręczna robota: przeglądam nagrania, odrzucając rzeczy bezwartościowe (na przykład telewizja, prawdziwy horror, trzy czwarte nagrań to telewizja), a z najciekawszych sporządzam skrypty, dołączając je do odpowiednich katalogów.

Agnieszka podeszła do maszyny do pisania i przeczytała na głos ostatnie wystukane przeze mnie zdanie: „Boję się, że jak to sobie wyobrażę, to... to to się stanie... zrobi się rzeczywiste... a to dziecko, które jest we mnie... to się stanie właśnie jemu...".

Odwróciła się czerwona na twarzy.

– Powinniśmy cię zabić, ty pieprzony świrze! – wysyczała.

– Jestem za. – Wiktor podniósł rękę i uśmiechnął się paskudnie.

Poczułem, jak się pocę, ale postanowiłem robić dobrą minę.

– Cóż, nie mogę wam tego zabronić. Rozumiem, że z waszej strony to wygląda na rażące naruszenie prywatności...

– Z naszej strony? To jest jakaś inna strona?

– No tak – odpowiedziałem ostrożnie. – Moja strona. Zauważcie, że nie montuję z tego audycji radiowych, tylko chowam do szafy. Nie kupczę tym, nie sprzedaję na bazarze, to tylko takie... hobby, ucieczka przed samotnością. Jedyne, co trzyma mnie przy życiu.

– Niesamowite – wycedził Wiktor. – Ta gnida się nawet tego nie wstydzi.

Co tu dużo mówić, miał rację. Mało tego: byłem nawet dumny, ale pomyślałem, że pora zrezygnować ze szczerości.

– Nie ma pan racji – powiedziałem. – Wstydzę się teraz i wstydziłem przez wszystkie te lata. Bóg jeden zna mój wstyd – westchnąłem teatralnie – ale ten nałóg stał się silniejszy ode mnie. Teraz, jak patrzę na wasze wzburzone twarze, a musicie wiedzieć, że pierwszy raz zobaczyłem moje „głosy", wiem, że robiłem źle. Nie proszę was o wybaczenie – mówiłem ze smutkiem, zastanawiając się w duchu, czy nie przesadzam – bo to niemożliwe, proszę was o jedno: posłuchajcie jednej z kaset. Posłuchajcie i będziecie wiedzieli już wszystko.

A przynajmniej wszystko, co powinniście wiedzieć w tym momencie. Tak jak przypuszczałem, ciekawość kazała im zostać. Sięgnąłem po przygotowaną kasetę i włożyłem do magnetofonu.

– Odkryłem to dopiero po unowocześnieniu systemu, wcześniej nie zwracałem na to uwagi – mówiłem. – Uważałem, że to szumy, które siłą rzeczy muszą być obecne w takiej instalacji. Przecież nie nagrywam radiowej audycji w dźwiękoszczelnym studiu. Jednak po zmianie systemu dyktafony wyłapywały owe szumy, a diody na schemacie żarzyły się na czerwono. Dziwne, gdyż system powinien reagować tylko na wyraźne, jednoznaczne dźwięki, nie na hałasy. – To, czego teraz posłuchacie, to nagranie z mieszkania numer dwadzieścia jeden na trzecim piętrze, mieszka tam dwójka staruszków, którzy nigdy nie wychodzą z domu.

– Wiem, byłem u nich, kiedy zwoływałem ludzi na zebranie – wtrącił Kamil. – Bardzo grzecznie odmówili i powiedzieli, że nie chcą przyjść.

– Zgadza się. To był jeden z nielicznych momentów, kiedy się odezwali. Zwykle niczego nie mówią, sądziłem nawet, że nikt tam nie mieszka. Posłuchajcie tego. – Wcisnąłem PLAY, a głośniki zaczęły szumieć. Przez chwilę wsłuchiwali się w te dźwięki, w końcu Wiktor powiedział:

– No i co? Nic nie słychać, szumi, i tyle.

– Zgadza się – potwierdziłem. – Teraz to samo, tylko że w zwolnionym tempie. – Przesunąłem dźwignię prędkości taśmy. Szum cały czas był niezrozumiały, ale zrobił się bardziej modulowany, wyraźnie wznosił się i opadał. Widziałem, z jakim wysiłkiem i skupieniem próbują coś z tego wyłowić.

– Cały czas nic. Długo jeszcze będziemy się samogwałcić tą audycją? – Wiktor był niezawodny w swoim sarkazmie.

– Jeszcze chwilkę – odpowiedziałem i zwolniłem bardziej bieg taśmy, która teraz obracała się z 1/4 normalnej szybkości.

– Czekajcie, czekajcie! – zawołała Agnieszka i przysunęła się bliżej głośnika, co przecież było absolutnie bez znaczenia. – Coś słyszę, ten drugi kawałek frazy, ten króciutki, ma chyba na końcu „s". Słyszycie? „s" albo nawet „as". Można jeszcze wolniej?

– Można. – Przełączyłem na 1/16 i czekałem na efekt. Z głośnika wylazły wypowiedziane wolno, ze skargą, zachrypnięte, powtarzane w nieskończoność słowa: „nas wypuśćcie nas wypuśćcie nas wypuśćcie nas wypuśćcie nas wypuśćcie nas wypuść". Zatrzymałem taśmę.

– Co to ma, kurwa, znaczyć? To jakiś żart?

Zgadnijcie, kto to powiedział. Wiktor, jak raz zaczął kląć, nie był już w stanie wypowiedzieć normalnego zdania. Nieładnie.

– A co z tego, czego dowiedzieliście się do tej pory, okazało się żartem? – Mimo wysiłków nie mogłem pozbyć się tonu znużenia, jaki wywoływały retoryczne pytania. – Przed chwilą rozmawialiśmy o tym, że miejsce to jest nawiedzone, i oto najlepszy dowód. Nie wiem, jak to się stało, ale część pustostanów nie jest tak naprawdę pusta. Zamieszkali w nich ci, których brutalnie wymieciono z grobów. Mogę się mylić, ale naliczyłem piętnaście takich mieszkań, w których mieszka dwudziestu, nazwijmy to, lokatorów innych niż wszyscy. Między innymi staruszkowie, których słyszeliście, także pani sąsiadka, pani Agnieszko, ta, od której pożyczała pani klucze. Nie są żywi i nie są umarli. Nie mogą opuszczać mieszkań, które zajmują. Nie czują strachu, złości ani innych uczuć. Samobójcy nieszczęśliwi za życia i nieszczęśliwi po śmierci. Są tylko smutni i chcieliby się stąd wydostać. Wrócić tam, skąd przyszli.

– Czy jest wśród nich Marianna? I jej oprawcy? – spytała cicho Agnieszka.

– Oprawcy tak – odpowiedziałem. – Nie wiem, czy wszyscy, ale niektórzy na pewno. Między innymi ta pani sąsiadka. To ona pierwsza krzyknęła: „Spalić wiedźmę!". Ale na ślad Marianny ani jej córek nigdy nie natrafiłem. Może są tutaj, gdzieś... nie wykluczam tego. A może były zbyt dobre, żeby Bóg pozwolił im stać się upiorami. Wiele pytań, na które nigdy nie uzyskamy odpowiedzi, wiele pytań.

Ponownie oddałem inicjatywę. Usłyszeli wszystko, co miałem do powiedzenia, przynajmniej dziś. Reszta musi poczekać. Tak naprawdę już tylko czekałem, aż wyjdą i będę mógł posłuchać tego, co o mnie mówią. Cieszyłem się też, że nie zasypują mnie lawiną retorycznych, nonsensownych pytań. No dalej, przyjaciele moi, zostawcie już, jak to mówicie, „pytona" samego.

Cała trójka siedziała przybita, Wiktor bawił się bezmyślnie pustą filiżanką po herbacie.

– Decydujące starcie. Decydujące starcie, mówi pan... – wymamrotał do siebie. – No trudno, zobaczymy... tak, zobaczymy. – Podniósł głowę i spojrzał na mnie oczami człowieka, który zarwał prawie trzy noce. Cóż za przygnębiający widok.

– I co dalej? – zapytał.

– Jak to: co? Nic – odparłem. – Wiecie, w czym uczestniczycie, poznaliście genezę tych wydarzeń. W porównaniu do stanu sprzed kilku godzin wasza wiedza jest nieskończenie większa. Co jeszcze chciałby pan mieć „dalej"?

– Rozwiązanie.

Pokiwałem głową. Wszyscy byli tacy sami. Wszyscy mieli nadzieję, że ktoś przyniesie im rozwiązanie, wskaże drogę, odpowie na trudne pytania, rozwieje wątpliwości i pogłaszcze po głowie.

– Nie znam rozwiązania. Kto wie, może nawet takowe nie istnieje. Powiedziałem wam wszystko, co wiedziałem. Reszta to już nie moja sprawa.

– Nie miewa pan koszmarów? – spytała Agnieszka.

– To z kolei nie wasza sprawa – odpowiedziałem.

Milczeli. Zmęczeni i smutni. Bierni. Gdyby ktoś mnie spytał, jakie jest największe przekleństwo tego miejsca, wcale nie powiedziałbym, że doprowadzanie do samobójstwa, o nie. Najgorsze, że ono wysysa wszystką siłę z lokatorów, czyni ich biernymi, powolnymi, pozbawionymi energii. Wiedzą, że powinni walczyć, ale im się nie chce. Kto wie, może na tym polega istota zła. Nie na tym, że zbyt wielu za nim podąża, lecz na tym, że zbyt wielu nie chce się stawić mu czoła.

– Zdaje pan sobie sprawę – powiedział Wiktor – że pierwszą rzeczą, jaką zrobimy, kiedy już pokonamy ten cholerny budynek, będzie zniszczenie systemu i pańskich archiwów. Od pierwszej do ostatniej taśmy.

Mnóstwo trudu kosztowało mnie opanowanie uśmiechu.

– Tak, wiem. – Poprawiłem okulary i spojrzałem na Wiktora z udawanym smutkiem.

Miałem nadzieję, że to już koniec wizyty.

– Idziemy – powiedział. – Niczego się już tutaj nie dowiemy. Chyba że nasz przemiły pan sąsiad ma jeszcze dla nas jakieś nowinki. Jak tam, panie sąsiedzie?

Pokręciłem przecząco głową. Nie chciałem, aby ta rozmowa trwała dłużej, niż to było potrzebne. Wszyscy wstali i ruszyli do drzwi, oczywiście żadne z nich nie wysiliło się na „do widzenia", „dziękujemy", „bardzo nam pan pomógł". Ot, wstali i wyszli.

– Tak się zastanawiam – powiedział Wiktor, trzymając już rękę na klamce. – Na ostatnim piętrze mieszka taki dziwak... Powiedział, że mnie kocha, gdy chciałem go ściągnąć na zebranie, i bredził coś, że będzie mógł otworzyć drzwi dopiero w środę. On też jest, no...

Zaśmiałem się w duchu. Tak, pan Kwaśniewski, uwielbiałem jego nagrania.

– Nie, on nie. Zamknął się, aby odnaleźć kontakt ze swoimi uczuciami. Chłopak jest, jak to się mówi, „poszukujący". Feng shui, poznaj siłę swojego umysłu, bądź własnym prorokiem, kochaj innych, a inni będą kochali ciebie, jak czytać w myślach, jak zostać olbrzymem w dziesięć dni, jak stać się zdrowym psychicznie w weekend, jak pozbyć się traum z dzieciństwa w czasie jednej rodzinnej kolacji, i tak dalej. Myślę, że możemy być o niego spokojni. Jest tak głupi, że nie mają do niego dostępu żadne ciemne siły, z jego własnymi włącznie.

[drzwi] – tak właśnie bym zaznaczył ten moment w stenopisie. Zostałem sam ze swoimi myślami, dwiema pustymi filiżankami po herbacie i jedną pełną, której Kamil nawet nie tknął. Mimo wszystko było mi trochę żal. Może nie było to wyjątkowo udane spotkanie towarzyskie, ale i tak dało mi dotkliwie odczuć, jak żałosną formą kontaktu jest mój system. O ile można to w ogóle nazwać formą kontaktu.

7

Nawet nie myślał o tym, czego się właśnie dowiedzieli. Całą jego jaźń wypełniała paląca potrzeba wypicia palącej wódki. Myślał o tym tak intensywnie, że nieomal czuł cierpki smak na języku i uczucie lekkiego pieczenia w gardle. Czuł, jak spływa po przełyku i kojąco rozpływa się w żołądku, szukając drogi do krwiobiegu. Wyobrażał sobie, jak małe, uśmiechnięte kropelki wskakują do żyły i z radosnym „Hurrra!" płyną prościutko do mózgu, żeby zaaplikować rozedrganym szarym komórkom uspokajający zastrzyk z samych siebie. Drobne, połyskujące siostry miłosierdzia. Przypomniał sobie, że na ściankach butelki zostało trochę zaschniętego likieru. Można było stłuc butelkę i zlizać te resztki. Dlaczego nie wpadł na to wcześniej?

– Wiktor? Wszystko gra? – Agnieszka złapała go za dłonie i spojrzała w oczy.

– Suszy mnie trochę – odparł. – Ale dam sobie radę. Idźcie do mnie, a ja zejdę na dół i sprawdzę, jak wygląda sytuacja na froncie. Chcę trochę pobyć sam.

Pokiwali głowami i poszli w stronę klatki schodowej. Wiktor odczekał chwilę i kilka razy odetchnął, jak mógł najgłębiej. Zakręciło mu się w głowie, ale i tak był przekonany, że do zatkanych płuc wpadły mikroskopijne okruchy powietrza. Jeszcze niedawno śmiali się z tego razem z Kamilem, ale może rzeczywiście blok jest szczelny, a oni zużywają teraz resztki tlenu?

Mając za towarzystwo jedynie niewesołe myśli, Wiktor zszedł na parter, po drodze realizując plan, z powodu którego odprawił przyjaciół. Na każdym piętrze wychodził z klatki schodowej do wind i wykrzykiwał wiązankę pod adresem sąsiada jaszczura. Szczeniackość tego zachowania była ewidentna, ale kilka pięter niżej Wiktor czuł się znacznie, znacznie lepiej. Jak na swój stan, czuł się wręcz rewelacyjnie. Kiedy znalazł się na parterze, też rzuciłby kilka wyjątkowo obelżywych słów, ale głos uwiązł mu w gardle, a cały quasi-dobry humor wyparował jak kropla wody rzucona na patelnię.

Hol na parterze pokryty był rozedrganą pajęczyną nicości. Wąskie strużki czerni wędrowały po ścianach, szukając drogi w górę. Znikały przy rurach z gazem, w grzejnikach, puszkach elektrycznych, w suficie za lampami jarzeniowymi. Wlewały się do szybów i pełzły w górę. Wiktor ze zgrozą obserwował, jak z czarnej plamy na suficie oddziela się tłusta kropla i rozciąga aż do wysokości jego głowy, tworząc piekielny stalaktyt. Znajdująca się tuż pod nim kałuża zabulgotała i wytrysnęła, sięgając zwisającej z sufitu siostrzycy. Powstała w ten sposób kolumna naprężyła się i zadrgała – filar niczego, wyrwa w materialnej przestrzeni.

Stał sparaliżowany, bojąc się, że jeśli się ruszy, TO go zauważy. Nie wiedział dlaczego, ale był przekonany, że jeśli włoży w TO rękę, wyjmie tylko kikut. To było coś... coś anty, antyrzeczywistość, antymateria, antyemocja. Wszystko, co znał, ale z ujemnym znakiem. Mimo to, wstrzymując oddech, zaczął przesuwać się pomału w kierunku drzwi.

Zaświtała mu nadzieja, że TO chce go tylko przestraszyć, skłonić, żeby sobie poszedł, ponieważ drzwi są już otwarte. Przekroczył kilka małych strumyczków niczego, sunących po podłodze, i był zaledwie metr od wyjścia, kiedy dwie strużki wdrapały się po framudze i spłynęły z góry szeroką zasłoną, tworząc kurtynę pomiędzy nim a resztą świata.

Stanął. Drgająca kotara musiała być cienka jak atom, wiedział o tym, ale mimo to absolutnie nieprzenikniona. Przemknęło mu przez głowę, żeby po prostu dać nura w tę pieprzoną firankę. Co mu tam, najwyżej wszystko się skończy. Już podjął decyzję, sprężył się do skoku i... i cofnął się o krok. Tu nie chodzi tylko o mnie, pomyślał, nie mogę teraz rzucić się w czerń.

Lawirując ze wstrętem między kałużami, wrócił na klatkę schodową. Drzwi do piwnicy były otwarte, brzegiem schodów wspinał się do góry mały strumyczek ciemności.

Decydujące starcie? Niedoczekanie, na pewno nie tam, pomyślał Wiktor, patrząc w mrok piwnicznego korytarza, i wbiegł na szóste piętro, przeskakując po dwa schodki. Niedoczekanie!

W drzwiach zderzył się z Agnieszką i Kamilem. Już miał spytać: a wy dokąd, kiedy wewnątrz mieszkania zaczęła wesoło kukać kukułka. Szósta.

8

Pierwsze, co zrobił Wiktor po wejściu do suszarni, to rozejrzał się uważnie, patrząc, czy nikogo nie brakuje. Wyglądało na to, że nie. Ci, co byli tu wczoraj, byli także dzisiaj. Czyli nikt nie zginął. Ale też nikomu nie udało się wyjść. Jeśli wczoraj lokatorzy budynku wyglądali jak upiory, dziś przypominali żywe trupy. Zapadnięte w siebie, sine twarze, granatowe obwódki z niewyspania wokół oczu. Tylko przytulona do mamy mała Ania wyglądała normalnie. Była wystraszona, to prawda, ale na jej twarzyczce nie było ponurej, pozbawionej wszelkich emocji rezygnacji. Czy ona miewała koszmary? Czy stara klątwa, rzucona przez matkę, działała też na dziecięce umysły? Chyba nie, to byłoby zbyt okrutne, nonsensowne. Trudno w tym wypadku mówić o logice, ale też w jakiś sposób byłoby to nielogiczne. Wiktor spróbował sobie przypomnieć pierwsze spotkanie na dole, kiedy dozorca otworzył zamknięte drzwi. Jej matka wychodziła jako pierwsza – a raczej jako pierwsza nie wychodziła – a Ania? Próbowała wyjść czy nie? Nie pamiętał.

Zmarnowany Stopa podpierał ścianę. Wiktor westchnął, przewidując histeryczną scenę, jaką zapewne urządzi pan psycholog, kiedy dowie się tego, co miał im do przekazania. Czy w ogóle powinien wspominać o pytonie (nie wiedział nawet, jak ten dziad się nazywa) i jego podsłuchach? Nie zdążył naradzić się w tej sprawie z Agnieszką i Kamilem, ale instynktownie czuł, że nie powinien. Jeśli wszystko się wyda, Stopa pierwszy rzuci pomysł, żeby zlinczować dziwacznego sąsiada. Nie żeby na to nie zasługiwał, ale chyba wystarczy jeden samosąd.

Zaczął od opowiedzenia, czego właśnie doświadczył na dole, potem zapytał, czy ktoś próbował dziś wychodzić z bloku. W odpowiedzi zebrani tylko pokręcili głowami. Nikt nie wydał z siebie dźwięku.

– To, co teraz powiem, może się wam wszystkim wydać fantastyczne. Także mnie się takie wydaje i być może nie ma w tym nawet krzty prawdy, ale chcę, abyście wiedzieli wszystko to, co ja. Dowiedzieliśmy się dziś tego od jednego z naszych sąsiadów, który jest tak jakby... kronikarzem tej okolicy. Niestety, jest to chory inwalida i nie może wam przekazać tych informacji osobiście. Proszę, abyście mi nie przerywali i wstrzymali się z pytaniami do końca. Otóż przed siedemdziesięcioma laty wydarzyła się tutaj potworna zbrodnia...

Mówił w kompletnej ciszy, a jedynym dźwiękiem poza jego słowami było ich echo odbite od nagich ścian. W miarę opowieści kolejne głowy podnosiły się, ale nikt nie przerwał Wiktorowi jego beznamiętnej narracji. Zauważył, że Paulina zatkała uszy córeczce i przytuliła ją do siebie. Kiedy skończył, spodziewał się dzikiej wrzawy, ale nikt się nie odezwał. Ciszę przerwał Stopa. Powiedział tylko cztery słowa:

– I co z tego?

– Nie wiem – odparł zgodnie z prawdą Wiktor. – Ale myślę, że albo wykonamy teraz jakiś ruch, albo pozostanie nam czekać na śmierć w naszych mieszkaniach. Chciałbym szumnie zapowiedzieć, iż „wolę polec w walce", ale wcale nie jestem tego pewien. Być może nawet bardziej uśmiecha mi się perspektywa ostatecznego końca niż jakiekolwiek zmagania z tym... czymś. Nie jest tak, że nie mamy wyboru, ale jest chyba dla was wszystkich jasne, że ta noc jest ostatnią, w czasie której możemy odepchnąć sen. Następnej będziemy musieli się poddać, zasnąć i pozwolić, żeby to, co coraz śmielej poczyna sobie w tym budynku, zrobiło resztę.

– I co pan proponuje, panie Sukiennik? – zapytał grzecznie Stopa.

Wiktor złowił zdziwione spojrzenie Kamila. Było tylko jedno wytłumaczenie takiego zachowania. Ostatnia noc musiała być dla psychologa niewypowiedzianym koszmarem.

– Proponuję: wytrzymajmy jeszcze tę jedną noc. Dajmy radę. Być może zdarzy się cud, w końcu mija już trzecia doba. Jutro jest zwyczajny dzień, przyjadą śmieciarze, listonosz, zaczną się niepokoić w pracy. Może ktoś z zewnątrz przełamie tę barierę. Spotkajmy się jutro o dziesiątej na dole i sprawdźmy. Jeśli, co jest, niestety, najbardziej prawdopodobne, sytuacja nie ulegnie zmianie, rozpoczniemy walkę.

Po sali przebiegł szmer. Zniszczeni strachem ludzie w końcu pokazali, że nie są jedynie chodzącymi zwłokami. Nie był to szmer aprobaty.

– Co pan rozumie przez walkę? – Ton Stopy wskazywał, że samo wydobycie z siebie głosu było dla niego wyczynem ponad siły.

– Może jeszcze większe odprężenie? – Wiktor nie był w stanie opanować sarkazmu. Ciągle bolała go wczorajsza wymiana zdań, kiedy to Stopę uznano za proroka, a jego za idiotę, pieniacza i siejącego panikę mitomana. Może nie wprost, ale do tego sprowadziło się ich poprzednie zebranie.

Stopa uciekł wzrokiem. Także ci, którzy wczoraj najbardziej za nim głosowali, spuścili głowy. Zapanowała cisza.

Stopa w końcu odchrząknął i powiedział, nie unosząc głowy:

– Proszę mnie nie torturować. Nie przyznam co prawda panu racji, racja jest po mojej stronie, ale w starciu ze swoimi koszmarami ja także poniosłem klęskę. Mniej mnie teraz interesuje, kto się w teorii myli, a kto nie. Po prostu chcę, aby wszystko się skończyło jak najprędzej. Dlatego pytam jeszcze raz: co pan rozumie przez walkę?

Wiktor się wahał. Tego nie wiedzieli od pytona, ale czyż mogło być jakieś inne rozwiązanie?

– Musimy zejść na dół – powiedział. – Tam były kiedyś zbezczeszczone groby, tam leżeli obok siebie mordercy i ofiary, stamtąd przesącza się do nas nienawistna czerń. Jeśli gdzieś jest arena, na której mają się rozstrzygnąć nasze losy, to tylko tam.

– Beze mnie, kochaniutcy, beze mnie – ożywił się dozorca. – Żywcem mnie tam nie zaciągniecie.

– Ani mnie! Nigdzie nie pójdę! – rozległy się głosy.

– Uspokójcie się, ludzie – odezwała się Agnieszka, stając obok Wiktora. – Nie ma potrzeby, żebyście bali się jeszcze bardziej. Pójdą ochotnicy, ci, którzy znajdą w sobie odwagę i siły, lub resztki sił, żeby stanąć do walki. Nikt nikogo nie zmusi, nikt nie będzie musiał schodzić na dół wbrew swej woli. Rozumiecie? Nie bójcie się bardziej niż teraz.

– To w takim razie kto pójdzie?! – krzyknął nieznany Wiktorowi młody mężczyzna, w jego głosie drgała nutka histerii. – Kto będzie tak głupi, że tam zejdzie? Może ustalmy to teraz? Sprawdźmy, czy w ogóle są jacyś chętni?

Wiktor poczuł w gardle kanciasty kawałek betonu. Tego nie przewidział. Jak zaraz czegoś nie zrobi, będzie się musiał zgłosić jako pierwszy, a to przecież niemożliwe! Jest słaby, jest alkoholikiem, nie da rady, w dodatku ma dziecko, żonę, nie powinni mu pozwolić. Powinni go powstrzymać, nawet gdyby chciał.

Wszystkie oczy były wpatrzone w niego.

– Jutro – wychrypiał i odchrząknął, aby móc mówić dalej. – Jutro będzie nowy dzień, jutro spotkamy się na dole i zadecydujemy. Nie ma sensu czynić dziś ustaleń, skoro jutro wszystko może wyglądać inaczej. Jutro.

Wolno odwrócili wzrok. Boże, co za ulga, udało się.

– Myślę, że możemy się rozejść – powiedział. – Trzymajcie się, ludzie, i oby jutrzejszy dzień był dla nas szczęśliwszy niż ten. Wszyscy ruszyli w kierunku wyjścia.

– Ja jeszcze chciałem coś powiedzieć! – krzyknął Stopa, wychodząc na środek suszarni. – Jeśli ktoś ma problemy z wodą do picia albo z jedzeniem, to... to zapraszam do siebie. Janusz Stopa, mieszkania pięćdziesiąt pięć, dziewiąte piętro.

ROZDZIAŁ 7

APOKALIPSA UWOLNI WAS OD GŁUPOTY, LĘKU, ILUZJI.
Warszawa, Bródno, napis na murze cmentarza
przy ul. Odrowąża, na wysokości ul. Pożarowej

1

Ból był nie do zniesienia. Pojawiał się falami, przewidywalny i nieubłagany jak oceaniczny przypływ. Chwile, gdy słabł, przynosiły ukojenie, ale także groźbę rychłego powrotu. Przez wiele godzin. Przypływ – odpływ, przypływ – odpływ, przypływ – odpływ. Tak było na dole, gdzie smukłe palce jego żony zmiażdżyły mu genitalia. Ból głowy nie znał tak wyrafinowanego rytmu. Był ciągły, nieprzerwany i samonapędzający się. Im bardziej Robert cierpiał, tym szybciej kręciło mu się w głowie wiertło sadystycznej wiertarki.

Teraz, wieczorem, i tak było o niebo lepiej niż wtedy, gdy ocknął się półżywy na podłodze własnego mieszkania, z tylko jedną myślą: znaleźć coś zimnego, z czego można zrobić okład, i złagodzić ogień palący jego przyrodzenie. Doczołgał się do lodówki i zdjął spodnie, żeby oszacować skalę zniszczeń. Od tej chwili bolało go dwa razy mocniej. Tam, gdzie zwykle mieszkała jego męskość, dziś zagnieździł się sinożółty, opuchnięty stwór, ze skośnymi czerwonymi oczkami w miejscach, gdzie dosięgły go paznokcie Agnieszki.

Tak, teraz lepiej, znacznie lepiej, powtarzał to w myślach bez przerwy, jak magiczne zaklęcie, choć wiedział, że owa mantra przynosi mizerny skutek. Wcześniej płakał, gdy okazało się, że nie ma prądu i w lodówce wszystko jest ciepłe. Dopiero w zamrażarce znalazł na wpół rozmiękłe truskawki. Obłożył się nimi i wyglądał teraz jak obdarzony bujną fantazją erotyczną pacjent wariatkowa.

Jak ona mogła mu to zrobić, no jak? Przecież wszystko, czego chciał, to żeby pobyła z nim trochę, jak żona. W końcu po to brali ślub, nie?, myślał płaczliwie. Żeby być ze sobą w ciężkich chwilach. A ta mała dziwka ciągle miała coś innego do roboty. Muszę do pracy, muszę na basen, muszę po zakupy...

Chłopie, terroryzowałeś ją nożem!

E tam, od razu terroryzowałeś. Położył nóż obok siebie i zażartował sobie kilka razy, wielkie mi hop-siup. Zrobił jej coś tym nożem? W ogóle jej coś zrobił? No właśnie, nic. Nic a nic. Jajecznicę jej zrobił, to chyba nie jest karalne. A ona w końcu obnażyła całą swoją brudną duszę. Zawsze go kastrowała, ale po cichu – trochę tu, trochę tam, po kawałeczku, niezauważenie, a codziennie miał coraz mniej kutasa. Ale wystarczyło trochę przycisnąć, pokazać, że nie da sobą pomiatać, i co? No właśnie. Od razu zrobiła to, na co od dawna miała ochotę. Zmiażdżyła jego męskość – dosłownie i w przenośni – i pobiegła się pieprzyć z innymi. Właśnie tak, myślał Robert, pieprzyć z innymi. Zawsze tylko tego chciała.

Podczołgał się do swojego warsztatu i próbował wstać, ale tylko zakręciło mu się w głowie i zachciało rzygać. Wiertło w czaszce przełączyło się o bieg wyżej. Dysząc, położył się na dywanie i stracił przytomność. Trudno, najwyżej skończę jutro, taka była jego ostatnia myśl.

Kiedy otworzył oczy, czuł się tak, jakby spał wszystkiego pięć minut, ale ból był mniejszy. Wiertło tylko łaskotało, przypływy bólu na dole nie były już jak porywisty wiatr, lecz lekka bryza.

Usiadł i skrzywił się. Ech, gorzej, ale nie tak źle. Zachęcony powodzeniem, wstał. Świat wywinął kozła i pokrył się czarnymi plamami, ale Robertowi udało się zachować równowagę, gdy przytrzymał się telewizora. Dobra, tylko spokojnie, tylko nie puść pawia, nie jest źle, naprawdę nie jest źle, widzisz, nawet czarne plamy zniknęły.

Pociągnął nosem. Jakiś dziwny zapach przebijał się do jego nozdrzy przez kwaśnosłodki zapach truskawek. Znów wciągnął powietrze, obracając pomału głowę we wszystkich kierunkach. Zapach wyraźnie dochodził z kuchni. Co jest, do jasnej cholery, mruknął i zrobił dwa kroki w tamtą stronę, po czym zatrzymał się równie gwałtownie, jak ruszył.

„…jakby ktoś zostawił mięso w piekarniku… zapach spalonego mięsa i włosów… nie patrzeć, co jest w środku… coś chwyciło mnie za głowę… jakiś ruch we wnętrzu…".

Przełknął ślinę. To chyba niemożliwe? To niemożliwe, żeby śnił koszmar Agnieszki. To się nie zdarza. Raczej. Spróbował zamknąć oczy. Udało się. Odwrócił się w drugą stronę. Też się udało. Nie było mowy o tym, żeby coś „chwyciło go za głowę" i ciągnęło w stronę piekarnika. Czyli chyba może zajrzeć do kuchni? Jakby coś było nie tak, to wyjdzie. Ale niezbyt daleko, co, chłopie. Nie zapominaj, że zamknęła drzwi.

Wolno, ze zmrużonymi przezornie oczami (tak czasami oglądał horrory), zbliżył się do kuchni i wsunął głowę. Zapach pieczeni był teraz bardziej intensywny. Jedyne światło padało z wnętrza piekarnika. Tak jak w jej śnie. Ale teraz nie jesteśmy w żadnym głupim babskim śnie, pomyślał i pstryknął włącznik.

Nic. Tylko skoro nie ma światła, to dlaczego piekarnik działa?

No trudno, w końcu co strasznego może być w piekarniku. Wszystko przez rojenia tej egzaltowanej pindy, myślał. Mamie się od początku nie podobała ta wioskowa piękność. I co tu dużo mówić – miała mamusia rację.

Podszedł bliżej piekarnika, mimo zamkniętych drzwiczek czuł bijące od niego ciepło. Zajrzał kątem oka, ale nie dostrzegł niczego w środku. Do zapachu dołączył cichy odgłos skwierczenia. Serce miało ochotę wyskoczyć mu z piersi, słyszał własny świszczący oddech. Raz kozie śmierć, pomyślał i zajrzał do środka.

Piekarnik był pusty.

– Tego szukasz, synku? – Zaskrzeczało głośno za jego plecami. Odwrócił się i poczuł, że umiera.

W przedpokoju stała jego matka. Rozpuszczone siwe włosy, czarna tunika, okulary połówki, niezawodne szaleństwo w oczach. Szaleństwo, które widział zawsze, kiedy miał zostać ukarany („mamusia nie jest z ciebie zadowolona…"). Co gorsza, w ręku trzymała coś, na co nie chciał patrzeć, a co przed chwilą musiało leżeć w piekarniku.

– Masz, łap – warknęła, rzucając w niego tym czymś.

Zmrużył oczy, żeby nie widzieć szczegółów. Coś odbiło mu się od klatki piersiowej i upadło na podłogę. Zapachniało pieczenią.

– Nie bój się. Nie ugryzie. A na pewno nie ciebie. Wiesz, dlaczego się nie rusza?

Był jak sparaliżowany. Spuścił głowę, ręce schował za plecami, jedną stopą masował sobie podbicie drugiej.

– Nie, nie wiem, mamo. Powiedz mi.

– Bo jest martwe.

– Tak, mamo.

– A wiesz, dlaczego twój obraz jest martwy? – Skinęła i karton z jego ostatnim szkicem znalazł się między nimi.

– Nie, nie wiem, mamo. Powiedz mi.

– Bo się nie rusza.

– Tak, mamo.

Skinęła ręką. Telefon oderwał się od ściany, poszybował przez przedpokój i uderzył go boleśnie w głowę.

– Powiedz mi, jak...

Parasol uderzył go w łydkę.

– ...chcesz namalować dwa pierwiastki życia...

Szafka z przyprawami drgnęła, słoiczki wyskoczyły i posypały mu się na ramię.

– ...które są w ciągłym ruchu...

Drzwiczki od śmietnika otworzyły się gwałtownie, waląc od tyłu w jego uda i o mało nie ścinając z nóg.

– ...w układzie statycznym!

Usłyszał, jak za jego plecami drga lodówka, i się skulił.

– Nawet taki idiota jak ty...

Lodówka sunęła w jego stronę wolno, ale konsekwentnie.

– ...musi zrozumieć, że każdy układ życia...

Wszystkie szafki rozkołysały się, a ich drzwiczki otwierały się i zamykały jak oszalałe. Mama wymachiwała rękami, wyglądała strasznie. Bał się, kiedy robiła się taka.

– ...to układ dynamiczny!

Zaczął płakać. Nie cierpiał, kiedy na niego krzyczała.

– Rozumiesz to?

– Tak, mamo – wychlipiał.

– No to bierz się do roboty!

– Tak mamo, już się biorę. – Siorbiąc nosem, przyniósł pędzle, farby i ukląkł przy szkicu.

Po drugiej stronie kartonu podrygiwały z niecierpliwością bose stopy jego matki. W Sali zawsze chodziła na bosaka.

2

Agnieszka i Kamil siedzieli obok siebie i rozmawiali. Kamil gestyku-lował i musiał opowiadać zabawne historie, bo Agnieszka co chwilę wybuchała śmiechem. Do Wiktora nie docierało jednak ani jedno słowo z ich konwersacji. Zagłuszał je klekot wszystkich jego kości, dzwonienie zębów i dygotanie organów wewnętrznych. Wiktor trząsł się ze strachu jak galareta.

I tak jak do tej pory gnębił go brudny, wyciągnięty z martwego mo-rza jaźni lęk, tak teraz rozbierała go trema. Jak mógł być tak głupi i zaproponować decydujące starcie w piwnicy? Po co w ogóle się pchał na przywódcę tego stada? Przecież mógł wczoraj stać pod ścianą ze wszystkimi i komunikować się za pomocą pomruków, obserwując spode łba frajera, który stałby na kamiennej balii i opowiadał bania-luki o nawiedzonych blokach. Co za kretyn, co za debil, co za idiota. Zawsze było tak samo. Zawsze bał się najbardziej ze wszystkich i zaw-sze kierowany jakimś nie wiadomo czym pchał się na pierwszą linię. Był jak bohater z amerykańskich filmów, który godzi się wziąć udział w samochodowym wyścigu ulicami miasta, a kiedy dziewczyna bierze go za rękę, mówiąc: „Zrozum, George, nie musisz niczego udowad-niać...", on odtrąca ją i cedzi przez zęby: „Nikt nie będzie mnie nazywał tchórzem". Wrrr, wrrrr – słyszał w głowie ryk przerobionych silników.

I-D-I-O-T-A. Wiktor I. Sukiennik. Wiktor Idiota Sukiennik, *enchanté mademoiselle*, zawsze do usług. Moja specjalność? Pchanie się przed orkiestrę, ale jestem też niezły w pochopnych decyzjach i nierozsądnych wyborach. Tak, tak, wiem... to nie jest łatwa profesja, ale za to nikt nigdy nie będzie nazywał mnie tchórzem, panienko.

Słowik zaniósł się swoim piskliwym trelem (choć w tym zegarze wszystkie ptaki wydawały piskliwy trel). Druga. Jeszcze pięć godzin do świtu, T minus osiem godzin. Osiem godzin. Będzie się dłużyło jak dzień za biurkiem. Ale może nie będzie tak źle. Może ktoś się zgłosi. W końcu to naród ułanów i husarzy, kraj Racławic i Radzymina, miejsce akcji *Kanału* i *Lotnej*. Na pewno ktoś się zgłosi.

Śmiechy w drugim kącie pokoju ustały.

– Hej, Wiktor, tylko nie zasypiaj!

Cha, cha, cha. Bardzo śmieszne. Jak miałem tyle lat co wy, to też mi jeszcze było do śmiechu. Boże, oddałbym roczne pobory i pół palca za kieliszek alkoholu. Jakiegokolwiek. Może być nawet likier pomarańczowy, amol albo zioła szwedzkie. *Es ist mir ganz egal.* Tyle dobrego, że spać się w ogóle nie chce.

Sowa uszata. Trzecia. Cztery godziny do świtu, T minus siedem godzin. Ha, młodym też już nie jest do śmiechu. Co, skończyły się tematy do rozmowy? Tak jak myślałem, ten się śmieje, kto się śmieje ostatni. Szkoda, że nie ma nic słodkiego. Podobno czekolada w pierwszej chwili działa na układ nerwowy jak alkohol.

Wróbelek. Czwarta. Trzy godziny do świtu, T minus sześć godzin.

– Jak tam, Wiktor, wszystko gra tak jakby?

– Ty, weź mnie nie denerwuj, dobra?

– O co ci chodzi, człowieku?

– O to, że jesteś mały cwaniaczek. Możesz już sobie przypomnieć swój sen czy ciągle masz amnezję?

– Wiktor, daj spokój, jesteś chyba niesprawiedliwy wobec niego...

Kos. W wykonaniu zegara brzmi, jakby ktoś go gwałcił sękatym kijkiem. Piąta. Dwie godziny do świtu. т minus pięć godzin.

Wiktor wstał i zaczął chodzić po pokoju od ściany do ściany. Ogarniała go senność, pod powiekami znowu pojawił się rozcinający mrok promień światła z latarki. Chciał to zwalczyć, ale organizm nie był już w stanie dłużej funkcjonować bez snu. Wstał z trudem, zataczał się. Przypomniał sobie, że w kuchni powinno być coś słodkiego. Weronika zawsze była łasuchem i bunkrowała za garnkami słodkości. On z kolei nie przepadał za słodyczami, więc do tej pory nie szukał.

Brutalnie wyrzucał z kuchennych szafek garnki i zastawę.

– Wiktor, czego szukasz?

– Czegoś słodkiego. Podobno działa jak alkohol. Przynajmniej na początku.

Sięgnął głęboko za druciany kosz narożnej szafki i wymacał foliowe opakowanie, pełne twardych kulek. Cukierki. Wyciągnął torebkę i krzyknął z radości. Kukułki! Nie dość, że cukierki, to jeszcze z alkoholem!

Wrócił do pokoju i rzucił torbę na stół.

– Bierzcie i jedzcie z tego wszyscy. Opatrzność o nas nie zapomniała.

Kamil nie chciał, Agnieszka zjadła dwie, Wiktor łapczywie rzucił się na resztę, wkładając do ust od razu całą garść. Rozgryzł karmelową skorupkę i jęknął z rozkoszy. Alkohol. Mikroskopijna dawka co prawda, ale alkohol. Szybko przełknął i włożył do ust drugą garść. Chwilę potem trzecią.

– Wiesz, Wiktor, nie wiem, czy to jest dobry pomysł. – Agnieszka z niepokojem obserwowała jego poczynania. – Może rozłóż to sobie jakoś na raty, co?

Nie słuchał jej. Na stole zostało jeszcze kilkanaście cukierków. Akurat na dwa razy. Szybko je zjadł i zadowolony usiadł pod ścianą, czekając, aż alkohol zacznie działać. Jednak zamiast zbawiennego efektu likieru poczuł, jak coś kręci go w żołądku. Odbiło mu się długo i paskudnie, w ustach pojawił się smak kukułek i żołądkowej żółci.

– O Boże, błagam, tylko nie to – jęknął.

I zwymiotował wszystko na dywan. Nie zdążył nawet wstać.

A otóż i stary znajomy, ptaszek fiutek. Szósta. Godzina do świtu. T minus cztery godziny. Wyglądali jak trzy upiory. Agnieszka kiwała się za stołem, walcząc ze snem. Głowa opadała jej na piersi, ale podrywała ją od razu, mrugając zapuchniętymi oczami.

– Hej, rozmawiajmy – bełkotała. – Słyszysz, mów do mnie. – Szarpała Kamila, który siedział w swoim krześle jak manekin, z szeroko rozłożonymi nogami, i skierował cały wysiłek woli na front walki z opadającymi powiekami.

Wiktor próbował mówić do niej, ale przy końcu zdania zapominał, jaki był jego początek. Próbował jeszcze raz i tak w kółko, przez monotonię ciągle tych samych słów poczuł się jeszcze bardziej senny.

Byleby do świtu, myślał. Byleby do świtu. Jak jest jasno, trudniej zasnąć, mniej chce się spać. Byleby do świtu. W tej chwili jest najgorszy moment. Jeśli teraz nie zaśniemy, to potem będzie w porządku. Jeszcze trochę, to najgorszy moment, musimy go przetrwać. Przetrwać ten najgorszy moment. Bo jak go przetrwamy, wszystko będzie w porządku. Musimy najgorszy moment przetrwać. Do świtu i w porządku.

Drozd. Siódma. Świt. T minus trzy godziny.

Głowa latała mu dookoła szyi, nie był w stanie skoncentrować się na tyle, aby utrzymać ją w jednym miejscu. Wzrok ślizgał się po nieostrych sprzętach, zatrzymał się na zegarze. Mrugał i mrugał, ale wskazówki rozjeżdżały się we wszystkie strony. Weź się w garść, pomyśl o gościach w Himalajach. Kilka dni bez snu, a wkoło zadymka i minus pięćdziesiąt stopni. Wziął głęboki oddech, zmarszczył brwi i skoncentrował wzrok na zegarze.

Dziesięć po siódmej.

Jak to: dziesięć po siódmej? Szok tego odkrycia momentalnie go otrzeźwił. Jak to: dziesięć po siódmej? To dlaczego jest tak ciemno?

Jest listopad, nie spodziewał się, że nagle zza bloku naprzeciwko wyskoczy wesolutka kula słońca, ale powinno być przynajmniej szaro. Nawet jeśli, czego nie wykluczał, dziś przypada polski rekord wszech czasów w pochmurności listopada, to nie powinno być tak ciemno. Tak czarno.

Podszedł do okna, oparł czoło o szybę i przyłożył dłonie do głowy, żeby nie przeszkadzało mu światło z pokoju. Nic nie było widać, jakby zaglądał pochmurną nocą do studni.

– Hej, Kamil! – krzyknął, nie odrywając czoła od chłodnej tafli. – Zgaś na chwilę światło, chcę coś sprawdzić.

Za jego plecami zaszurało krzesło, Kamil poczłapał w stronę przełącznika.

Pstryk.

Zalała ich absolutna, nieprzenikniona ciemność. Wiktor momentalnie zrozumiał powieściowych bohaterów, którzy odzyskiwali przytomność we własnej trumnie dwa metry pod ziemią. Agnieszka krzyknęła. Kamil pstryknął przełącznikiem. Nic. Pstryknął jeszcze kilka razy. Znów nic. Stali w czerni. Wiktor wzdrygnął się, gdy ktoś chwycił go kurczowo za rękę. Agnieszka.

Potykając się o sprzęty, podszedł do komódki z szufladkami, modląc się w duchu, żeby jego czołówka – stara towarzyszka górskich wypraw – była tam, gdzie zawsze. Była. I żeby działała. Przekręcił pierścień obudowy. Działała. Białe światło wydobyło z mroku śmiertelnie blade twarze Agnieszki i Kamila.

Wrócił do okna, przekręcił klamkę i otworzył na oścież oba skrzydła. Zobaczył to, czego się spodziewał. Falującą, nieprzeniknioną, niepołyskliwą, pochłaniającą wszelkie światło błonę. Agnieszka i Kamil jednocześnie jęknęli.

Wiktor zamknął okno.

– Przynajmniej mamy ciemność – powiedział. – Wszystko skończy się dzisiaj. Tak albo inaczej. Ale się skończy. Teraz nie wolno nam zasnąć. Nie wolno nam zasnąć bardziej niż kiedykolwiek. Poszukam świeczek, lampek i latarek. Musi być jak najjaśniej.

W milczeniu rozstawiali w całym mieszkaniu świeczki, herbaciane lampki, a nawet znalezione w szafie znicze i dziwaczne świece w kształcie kufli, które Weronika przywiozła kiedyś z Monachium. Kiedy zapalili już wszystko, co było do zapalenia, razem usiedli przy stole i złapali się za ręce.

– A teraz rozmawiajmy – powiedział Wiktor. – Choćby o największych bzdurach, ale rozmawiajmy. Już niedługo.

Kamil właśnie kończył opowiadać o szalonym rajdzie razem z kumplami ulicami Warszawy. Opowiadał barwnie i plastycznie, w chwilach największej ekscytacji naśladując nawet dźwięk silnika, i Wiktor słuchał z prawdziwą przyjemnością, ale nie dałby złamanego grosza za prawdziwość tej historii. Agnieszka za to chwytała łapczywie każde słowo, śmiesznie podrygując przy najbardziej dramatycznych momentach.

– I co? I co? – dopytywała się, kiedy skończył. – Spotkałeś się z tą dziewczyną?

– No jak? Kobieto, pomyśl! Przecież dostałem szlaban. Opowiadałem wam wcześniej. Szkoła, dom, a trasa pomiędzy w samochodzie tatulka.

– A fajna ona jest?

– No ba! – Kamil odchylił się na krześle, splatając ręce na piersiach. – Czy ona jest fajna? Ty się pytasz? Jak przechodzi korytarzem, to zostaje za nią smuga próżni, gdyż powietrze nie śmie wypełnić miejsca, które ona zajmowała. Jak na nią patrzę, czuję, że mógłbym robić to bez przerwy przez resztę życia. Jak znika w drzwiach swojej klasy, mam ochotę warować na wycieraczce. A jak odgarnia włosy z czoła, to mógłbym umrzeć dokładnie w tej właśnie chwili, nie pragnąc już od życia niczego więcej. Jest taka... hmmmmm... no wiecie jaka. Właśnie taka.

– Dzieciaku, skąd ty znasz taki język? – Wiktor śmiał się w głos. – Nauczyłeś się tego na pamięć, żeby zrobić na nas wrażenie?

Kamil zarumienił się.

– A co? Stajla mam takiego, zabronione? W nocy kuję, w dzień robię wrażenie. Laski to lubią. Ostatnio trzymam *Upadek* pod poduszką. Spodobałby ci się. Fajne frazy. I z bohaterem byś łatwo przybił piątkę.

– Już dobrze, nie unoś się tak. Masz szczęście, że podoba ci się tylko jedna – skomentował Wiktor. – Jest taka historia o człowieku, który nie mógł wybrać pomiędzy trzema idealnymi kobietami. Każda była piękna, każda zakochana w nim do szaleństwa.

– I co zrobił? – zaciekawiła się Agnieszka.

– Postanowił przeprowadzić test. Dał każdej z nich dość pokaźną sumę pieniędzy, mówiąc, żeby zrobiły z nimi to, co uznają za stosowne. Potem miały przyjść do niego i zdać mu relację. Pierwsza przyszła zrobiona na absolutne bóstwo, za pieniądze doprowadziła swoje ciało do perfekcji, zainwestowała w modystkę, wizażystkę, stylistkę i wszelkie inne możliwe istki. „Wszystko to zrobiłam, bo chcę być dla ciebie zawsze najpiękniejsza" – mówi.

– Dobra. To ja biorę tę – mruknął Kamil.

– Nie przerywaj. Druga zainwestowała w wykształcenie. Kursy językowe, studia podyplomowe, kształcące podróże, książki, leksykony, albumy o malarstwie, itepe, itede. „Chcę być mądra, żebyś nigdy się ze mną nie nudził", mówi do swojego ukochanego. Trzecia nauczyła się inwestować, pomnożyła wielokrotnie podarowane jej pieniądze i mówi: „Ze mną nigdy nie zaznasz biedy". Zadumał się nasz bohater, bo wybór, wcześniej tylko trudny, teraz zrobił się arcytrudny. Dumał, dumał, długo się wahał, i w końcu wybrał tę, która miała najfajniejsze cycki.

– Pieprzony cynik! To już chyba wolałam, jak rzygałeś kukułkami.

Sikorka. Ósma. Cały czas środek nocy. T minus dwie godziny.

Oczy Agnieszki i Kamila wyglądały jak ślepia upiorów. W granatowofioletowej spuchniętej jamie mdłym blaskiem jarzyły się czerwone, przekrwione białka, tęczówki ze źrenicami mimowolnie ruszały się we wszystkie strony, nie mogąc zatrzymać się dłużej na żadnym obiekcie. Wiktor był pewien, że wygląda podobnie. Od świeczek co prawda było jaśniej, ale zrobiło się też duszno, zapach topionej stearyny sprawiał, że czuli się jeszcze bardziej zmęczeni.

– Włącz jakąś muzykę – poprosił Kamila. – Taką jak do nocnej jazdy samochodem. Skoczną. Wiesz, na przykład... – przerwał gwałtownie. – Co ja pieprzę, przecież nie ma prądu.

– Są baterie. Przykro mi, ale chyba nie mam żadnego disco, które mogłoby wam przypaść do gustu.

– Po pierwsze: włącz cokolwiek. Po drugie: Rod Stewart to nie jest żadne disco.

– Ta, jasne, że nie. To mocny, soczysty, gitarowy rock'n'roll.

Kamil zwlókł się z krzesła i podszedł do wieży, przez chwilę grzebał w płytach. Po chwili pokój wypełnił się muzyką.

– Specjalnie dla was, kochani, kawałek *Arabian Disco*. Wasz ulubiony styl przynajmniej w tytule.

– Co to za kapela? – spytała Agnieszka.

– Faith no More. Jest na tej płycie kilka innych kawałków o znamiennych tytułach. Proszę: *Falling to Pieces, Digging the Grave, Last Cup of Sorrow, Ashes to Ashes* i chyba najbardziej adekwatny *From Out of Nowhere*. Dla Wiktora *Midlife Crisis* i dla wszystkich coś optymistycznego: *A Small Victory*. Rewelacyjna płyta na taką noc.

Nic nie mówili, słuchając charakterystycznego głosu wokalisty.

– Co do adekwatnej muzyki, to przypomniała mi się też jedna adekwatna historyjka, skoro już sobie opowiadamy dowcipy – powiedział Kamil. – W zamierzchłych rycerskich czasach była sobie spokojna okolica, w której nagle pojawił się smok. Bestia, jak to bestia, paliła, pożerała, niszczyła i gwałciła, nie robiąc sobie ani dnia przerwy. Mieszkańcy w lament i dalej o pomoc do trzech rycerzy, którzy mieszkali we włościach.

„Ulituj się, panie, zabij bestię straszliwą", proszą pierwszego.

„Hm, poważna to rzecz, wyprawa na smoka – odparł, marszcząc rycersko brwi. – Zastanowię się i dam wam odpowiedź za jakieś dwa tygodnie".

Na to uderzyli w jeszcze większy płacz i lecą do drugiego.

„Chętnie pokonam potwora, który zamęt i strach sieje w waszych domach, o biedni ludzie – zagrzmiał drugi rycerz. – Myślę, że za tydzień zdecyduję, kiedy to uczynię".

Jedna już im tylko nadzieja została, jeden tylko mężny mąż mógł ukrócić poczynania szalejącego bez wytchnienia smoka. Na kolanach i cali we łzach proszą trzeciego rycerza o pomoc. Ten nie odpowiedział ani jednym słowem, przywdział zbroję, miecz do pasa przytroczył i konia dosiadł.

„Jak to tak, panie – wyjąkali zdumieni chłopi. – Nie potrzebujecie czasu do zastanowienia?".

Na to rycerz: „Tu się nie ma co zastanawiać, tu trzeba spierdalać".

Skowronek. Dziewiąta. Noc bez brzasku jak trwała, tak trwa. T minus jedna godzina.

– Panie, już tylko godzina – wymruczał Kamil nieprzytomnie. – Czas na konia.

Wiktor nie odpowiedział. Starał się wzrokiem zahipnotyzować długą wskazówkę zegara, żeby stanęła. Zamiast tego, jeśli długo nie mrugał, widział, jak pomału i nieubłaganie zbliża się do następnej minuty. Z każdą kreską wskazówka zmniejszała dystans dzielący ją od dwunastki, a jego od godziny P. P jak piwnica. Trząsł się w niekontrolowany sposób, każdy mięsień tańczył taniec świętego Wita. Ukrył twarz w dłoniach i zaczął kiwać się w przód i w tył, jak dziecko z chorobą sierocą.

Agnieszka położyła mu dłoń na ramieniu, potem przytuliła się do niego.

– Wiesz, że nie musisz tam iść – wyszeptała.

– Jak to: nie m... m... m... muszę?! Oczywiście, że muszę! – powiedział, zacinając się, jak to mu się zdarzało, kiedy był dzieckiem.

– Nie musisz. Nikt cię nie może do tego zmusić. Poza tobą. To tylko twoja decyzja i niczyja inna.

– W... w... wwiem – odpowiedział. – Ale ja już podjąłem decyzję, i dlatego tak się boję. Jak ja się boję tej piwnicy. Nawet nigdy nie byłem na dole.

– Poważnie? – ożywił się Kamil. – To tak jak ja. Czyli nikt z nas nie wie, jak ona wygląda. Niezłe jaja.

– Ja tam byłam – powiedziała Agnieszka. – I przysięgłam sobie, że nigdy tam nie wrócę. Koszmarne miejsce.

Opowiedziała o swojej wizycie z Robertem w dziwacznych lochach. O długim korytarzu, którego koniec niknął w ciemnościach, o drugim, niższym poziomie, o tym, jak Robert się zgubił i jak zaczęli się kłócić bez powodu.

– Robert był bardzo wystraszony tam na dole – mówiła. – Opowiadał, że błądził po korytarzach, szukając naszej komórki, ale napotykał tylko jakieś bezsensowne numery. Przede wszystkim nie były poustawiane w żadnej kolejności. Kilka się powtarzało. W jednym korytarzu były tylko niskie, dwa, trzy, sześć, i te drzwiczki były małe. Bez sensu, co nie? Robert się dziwił, dlaczego ci z parteru mają mniejsze komórki niż ci z ostatniego piętra.

– Te numery – powiedział Kamil – to raczej nie były numery mieszkań.

– A co? – spytała.

– Lata. Jakbyś obejrzała tyle horrorów co ja, nie miałabyś wątpliwości. Lata przeżyte przez tych, którzy zostali tam pochowani. A drzwi nie były komórkami lokatorskimi, lecz grobami. Dlatego te z niskimi numerami były małe. Dziecięce mogiły zawsze są małe.

– W... w... wwwolałbym tego nie słyszeć – wykrztusił Wiktor.

Dzięcioł. Dziesiąta. Trwała najdłuższa noc na tej szerokości geograficznej. Już czas.

Kiedy dzięcioł skończył swój pukający koncert, Agnieszka z Wiktorem wstali bez słowa. Zabrali czołówkę, wzięli trochę świeczek i zapałki. Wiktor wstydliwie schował do kieszeni deszczułkę z wizerunkiem Matki Boskiej Częstochowskiej. Kamil obserwował ich poczynania jednym zmrużonym okiem. Wstał dopiero, kiedy byli przy drzwiach i patrzyli na niego wyczekująco.

– Już idziemy? – zapytał retorycznie. – Szkoda. Myślałem, że jeszcze zdążę puścić *Fear of the Dark* Ironów.

3

W korytarzach było równie ciemno, jak w mieszkaniu. Mijali innych lokatorów, którzy w milczeniu, z latarkami i świeczkami w dłoniach, schodzili po schodach, a za nimi ich rozedrgane cienie. Wyglądali jak upiory podążające na bal u szatana. Wszyscy – co do jednego – trzymali się jak najbliżej poręczy, byle dalej od cienkiej jak ołówek strużki nicości, która przelewała się przy ścianie wąskiej klatki schodowej. Agnieszka szła pierwsza. Nie śpieszyła się, jak wszyscy. Pokonywała wolno schodek za schodkiem, odruchowo czytając nabazgrane na ścianach napisy. Poza zwykłymi bluzgami, komentarzami do sposobu prowadzenia się tutejszych kobiet i deklaracjami lojalności wobec Legii Warszawa, niektóre były próbą nawiązania dialogu z czytelnikiem: „Co się huju na mnie patrzysz, wesi flamaster i coś napisz", „Nie podpisuj się tu cwelu". Inne ostrzeżeniami. Ogólnymi: „Nie odwracaj się za siebie bo z przodu ci ktoś przyjebie", lub szczegółowymi: „Łysy będzie z ciebie miazga". Na drugim piętrze minęła napis „Marian to bej". Śmieszna literówka. Chociaż nie, chwilę dalej wypisano tą samą ręką komunikat: „Marian to bej i pizda". Dlaczego „bej"? Bez sensu. Na pierwszym piętrze pyszniło się kolorowe graffiti: „Bródno stolicą Polski". Uśmiechnęła się.

Na dole było ciasno. Większość ludzi stłoczyła się na schodach przy wejściu do piwnicy. Krata oddzielająca korytarz od zejścia do podziemi była otwarta na oścież, kłódka została zawieszona na stalowych prętach.

Agnieszka jako pierwsza z ich trójki dotarła na dół. Postanowiła, właściwie tylko dla formalności, sprawdzić, czy otwarte są drzwi na zewnątrz. Przecisnęła się między ludźmi, weszła do holu na parterze i poczuła, że kręci jej się w głowie. Od razu też zrozumiała, dlaczego wszyscy tłoczą się na schodach.

Jarzeniówki cały czas działały (dziwne, w pozostałej części budynku nie było przecież prądu), oświetlając przedziwny teatr nicości. To, co widział poprzedniego dnia Wiktor – formujące się stalaktyty – dziś było już grubymi słupami, łączącymi posadzkę z sufitem. Lekko pękate, przypominały z wyglądu kolumny doryckie, ale trudno je było uznać za element architektury, ponieważ kolumny te najwyraźniej żyły. Drgały i lekko pulsowały czernią, przywodząc na myśl olbrzymie tętnice, którymi złe serce pompowało nicość w głąb budynku. Co chwila jedna z nich drgała mocniej, jakby przeciskało się przez nią coś większego, i wtedy wokół niej tworzył się obłoczek czarnej mgły. Mgła nie opadała i przez to wszystkie słupy były otoczone ciemnym echem; wyglądały jak negatyw latarni sfotografowanej nocą we mgle.

O dojściu do drzwi nie było co marzyć. Nawet gdyby ktoś był na tyle odważny i głupi, żeby przecisnąć się między kolumnami, wejście zasłaniała utkana z czarnej dziury firanka, dokładnie taka, o jakiej opowiadał wczoraj Wiktor.

Agnieszka cofnęła się na schody. Lokatorzy stłoczyli się przy poręczy, obok nich schodzili na dół Wiktor z Kamilem. Białe, jaskrawe światło czołowej lampy wydobywało z mroku ich twarze. Wyglądało to tak, jakby wszyscy już dawno umarli, a ci dwaj postanowili powstać z grobów, żeby odwiedzić stare śmieci. Przybyli, monochromatyczni jak twarze ofiar na zdjęciach z czasów wojny.

Kiedy nie było już słychać żadnych kroków na schodach i wszyscy zgromadzili się na dole, zapadła cisza. Patrzyli na Wiktora, czekając, co powie. W końcu dozorca odchrząknął i zagaił:

– Dobrze, że ma pan taką fajną latarkę. Ręce będzie pan miał wolne, a co jak co, ale wolne ręce mogą się przydać.

Wiktor skulił się, jak uderzony. Czekali, co odpowie, ale on stał bez słowa.

– Ułóżmy jak najwięcej świeczek na schodach – przerwał milczenie Kamil, wyjmując niektórym ludziom świeczki z dłoni. – Jeśli ktoś może przynieść jeszcze coś do świecenia, niech przyniesie. Będziemy potrzebowali jak najwięcej światła. Nie ma co ściemniać bez potrzeby.

Dozorca przyniósł ze swojego mieszkania wielką reklamówkę cmentarnych zniczy. Kamil pozapalał je i porozstawiał. Bursztynowe lampki na lastrykowych schodach wyglądały jak w Święto Zmarłych, brakowało tylko białych chryzantem i świerkowych wieńców. Agnieszka przypomniała sobie, jak będąc dzieckiem, chodziła z rodzicami po cmentarzu i maczała palce w roztopionej stearynie. Pod koniec spaceru na obu rękach miała różnokolorowe zaschnięte kapturki. Można też było maczać patyki, ale to nie było tak fajne.

Kamil ustawiał znicze coraz niżej, po dwa na co drugim stopniu. W końcu zniknął jej z oczu za zakrętem schodów.

– Hej, uważaj tam! – krzyknęła.

– Nie bój nic – odpowiedział. – Tylko ustawię do końca i wracam. Na pewno nie pójdę nigdzie dalej.

Ciągle nikt się nie odzywał. Ciszę przerywało tylko ciche pogwizdywanie Kamila (jaka to melodia?, chyba *Requiem*, co za kretyn), trzask zapalniczki i stuk stawianego na betonie szklanego znicza. W końcu Kamil skończył i wbiegł z powrotem do nich, ruch powietrza zachwiał płomieniami zniczy.

– No, gotowe – zaskrzeczał dozorca, kładąc Wiktorowi dłoń na ramieniu. – Trzymamy za pana kciuki, panie kolego. Niech pan, idąc ciemną piwnicą, zła się nie ulęknie – dodał, a Agnieszce przemknęło przez głowę, że to chyba cytat z jakiegoś filmu.

Wiktor pokręcił przecząco głową.

– No, dobra, niech się pan nawet i ulęknie – powiedział dozorca, ignorując ten gest. – Ale niech pan tego nie da poznać, tak na wszelki wypadek. No, w drogę. – Popchnął Wiktora w stronę schodów.

– Odwal się pan ode mnie – warknął Wiktor. – Nie ma mowy, nigdzie nie idę.

Przyciśnięci do poręczy ludzie jęknęli zgodnie, jak widownia teleturnieju. Płomyki zafalowały.

– Nigdzie nie idę! – wrzasnął Wiktor. – Rozumiecie? Nigdzie, kurwa, nie idę! I już! Koniec! Mówię drukowanymi: NIE IDĘ! N-I-E I-D-Ę – przeliterował.

– Jak to „nie idę"? – Dozorca był wyraźnie wstrząśnięty. – Jak to tak, panie kolego. Jak to „nie idę"? To przecież pan kierownik tutaj wszystko zorganizował, pan kierownik kazał tu przyjść i schodzić na dół. I jak to tak teraz można „nie idę"?

– No właśnie, o co tu chodzi? – zawtórował głos z tłumu.

– Proszę zejść i się nie wygłupiać! – pisnął ktoś histerycznie. Wiktor odetchnął głęboko.

– P... p... p... – chciał zacząć, ale zaciął się na pierwszym słowie. – Niech państwo posłuchają – powiedział wreszcie. – Że ja to zorganizowałem, to prawda. Że razem z przyjaciółmi dowiedzieliśmy się, dlaczego to wszystko się dzieje, to też prawda. I to, że jakimś sposobem stałem się kierownikiem tej wycieczki, też prawda. Ale to wcale nie znaczy, że tam zejdę. Po pierwsze, i tak już sporo zrobiłem, po drugie, od dawna panicznie boję się piwnic, tak jak inni boją się wysokości lub zamkniętych pomieszczeń. Po trzecie – Wiktor zawahał się. – Nie ma żadnego po trzecie, ale i tak nie zejdę. Dwa argumenty muszą wam wystarczyć.

– Tchórz! – krzyknął Janusz Stopa, wychylając się przez poręcz. – Tchórzy pan, i tyle. Żadnych argumentów tutaj nam nie trzeba, wszystko jest jasne.

Wiktor odwrócił się gwałtownie, światło z czołówki zatańczyło po ludziach i zatrzymało się na twarzy Stopy. Teraz, z boku, Agnieszka widziała, jaki Wiktor zrobił się czerwony.

– Ależ proszę bardzo, panie bohaterze – wykrztusił. – Droga wolna. Ja tchórzę, przyznaję się do tego. Ale nikomu drogi nie blokuję. Panu też nie...

Stopa już otwierał usta, żeby odpowiedzieć, ale Agnieszka uznała, że kłótnia nie jest w niczyim interesie.

– Proszę, uspokójcie się – powiedziała, nie podnosząc głosu. – Tak jak mówiłam wczoraj, nikt nikogo nie zmusi, żeby zszedł, i nie zejdzie tam nikt, kto nie zechce. To jasne. Wiktor powiedział, że nie pójdzie. To też jasne. Dlatego pytam: czy są jacyś ochotnicy?

Cisza.

Absolutna cisza. Cisza jak w próżni. Jak w grobie. Jak na dnie Rowu Mariańskiego. Jak w chłodni u rzeźnika. Jak w świetlicy Instytutu Głuchoniemych. Jak w zepsutym telefonie. Jak w wygaszonym piecu krematoryjnym. Cisza tak gęsta, że można ją było kroić w plastry i sprzedawać na wagę. Agnieszka nigdy jeszcze nie słyszała takiej ciszy. Sama bezwiednie wstrzymała oddech, nie chcąc jej przerywać. Poza tym bała się, pewnie tak samo jak inni, że najsłabszy wydany przez nią dźwięk zostanie potraktowany jako zgłoszenie.

W tej ciszy głos Roberta zabrzmiał jak wybuch bomby.

– Ja pójdę – powiedział. Drgnęły światła latarek, wydobywając z ciemności stojącą u szczytu schodów sylwetkę. – Ja pójdę – powtórzył, zszedł na dół i stanął obok niej.

Mimowolnie cofnęła się o krok.

– Ja pójdę – szepnął do Agnieszki, nie podnosząc wzroku. – Ja pójdę, bo tylko w ten sposób mogę przeprosić.

– Jak wyszedłeś z domu? – spytała. – Skarbca nie można otworzyć od wewnątrz.

– To chyba teraz nieważne. – Wzruszył ramionami. – Ale skoro chcesz wiedzieć, to po prostu zdjąłem drzwi z zawiasów i uchyliłem je na tyle, że mogłem wyjść na korytarz.

Wyciągnął do niej rękę, ale cofnęła się.

– Wybacz mi – powiedział, cały czas trzymając głowę opuszczoną. – Nie mam wytłumaczenia i nie wiem, dlaczego byłem taki. Wierz mi, żałuję, że nie mogę cofnąć czasu. Chcę tylko wiedzieć, czy... – zawiesił głos – czy jak wrócę, jeśli wrócę, to czy będziemy mieli jeszcze o czym rozmawiać.

Nie wiedziała, co odpowiedzieć. Była pewna, że to, co kiedyś ich łączyło, wyparowało równie bezpowrotnie jak rosa w letni poranek, ale z drugiej strony... Z drugiej strony, nigdy nie wiadomo, co się wydarzy. Poza tym, pomyślała, wstydząc się potwornie tej myśli, lepiej, żeby poszedł on niż ja. Ja albo Wiktor, albo Kamil. Zasłużył na to, powtarzała w myślach, chcąc się usprawiedliwić. Niech odpokutuje.

– Nie wiem – odpowiedziała na jego pytanie. – Nie potrafię ci powiedzieć.

– Tak, rozumiem – rzekł cicho. – W każdym razie muszę iść. Jakbyśmy się nie zobaczyli – podniósł wzrok i spojrzał na nią smutnymi, pustymi oczami – nie myśl o mnie źle.

Gdy ujrzała jego spojrzenie, była bliska chwycenia go za rękę i błagania, żeby został. Chciała powiedzieć, że wszystko się ułoży i będzie jak dawniej, że to on jest przecież jej najukochańszy i jemu przysięgała miłość i wierność na wieki. Że razem będą bawić się z dzieckiem przy kominku w ich małym domku w Bieszczadach. Ale zanim wyciągnęła dłoń, pomiędzy nimi stanął dozorca i podał Robertowi wielką, długą latarkę.

– Trzymaj, odważny młody człowieku – powiedział. – Ten przedmiot służy mi wiernie od dwudziestu lat. Nazywam go Grom. Świeci jasno jak błyskawica, nigdy się nie psuje, a jakby co, to drugim końcem można nieźle przypierdolić. – Zamachnął się latarką jak pałką, podrzucił ją, wcisnął Robertowi w rękę i dodał: – A nawet jak zrobisz komuś dziurę w głowie, to i tak będzie świecić dalej.

Dozorca odsunął się, także pozostali zrobili krok w tył, otaczając półkolem Roberta, stojącego przed wejściem do piwnicy. Mężczyzna rozejrzał się dookoła, zatrzymując dłużej wzrok na twarzy swojej żony, westchnął, zapalił latarkę – rzeczywiście świeciła jak szperacze baterii przeciwlotniczych – i ruszył na dół.

Nikt nie krzyknął „powodzenia!", nikt nie zawołał „Bóg z tobą!". Ludzie stali z napiętymi twarzami i ściśniętymi szczękami, w ich oczach walczyły ze sobą ulga, nadzieja i przerażenie. Wielu trzymało kciuki zaciśnięte w pięści, jedna z kobiet obracała w dłoni paciorki różańca. Agnieszka, widząc to, sama przeżegnała się i szepnęła:

– Boże, nie pozwól, żeby mu się coś stało.

Wiele osób powtórzyło jej gest.

Kroki Roberta cichły, odblask światła latarki na schodach był coraz słabszy. Agnieszka wstrzymała oddech, kiedy kroki ustały w ogóle.

Przez chwilę nie było nic słychać, potem zagrzmiały otwierane stalowe drzwi. Echo potwornego dźwięku przetoczyło się po klatce schodowej.

– Wszystko w porządku?! – krzyknęła głośno w stronę piwnicy, zbiegając kilka schodków w dół.

– Tak – doleciał do nich głos Roberta. – Raczej tak. Właściwie to nic tu nie ma. Pójdę dalej...

– Co? – wrzasnęła. Nie dosłyszała ostatnich słów.

– Idę dalej! – krzyknął.

Wszyscy wstrzymali oddech, żeby słyszeć kroki Roberta. Agnieszka też wsłuchiwała się w ten dźwięk. Zamknęła oczy, żeby bardziej się na nim skupić. Coś było nie tak. Krok, krok, szurnięcie, krok, szurnięcie, krok...

Chryste! Tam był ktoś jeszcze! Słyszała kroki dwóch osób!

– Uważaj! – wydarła się tak, że poczuła ból w gardle. – Uważaj! Ktoś tam jest!

– Co? – odkrzyknął, a jego głos dobiegał z bardzo daleka. – Na co mam... o nie!... tylko nie to!... nieeee! – zawył tak przerażająco, że Agnieszka rzuciła się na dół, żeby mu pomóc albo zginąć razem z nim. To moja wina, to moja wina, ta myśl dudniła w niej regularnie i szybko, jak stukot kół pociągu. Przeskoczyła cztery schodki, kiedy ktoś złapał ją za ramiona, przytrzymał i wierzgającą wciągnął na górę. Odwróciła załzawioną twarz. Wiktor.

Słyszeli, jak Robert biegnie w ich stronę. Szybkie kroki dudniły coraz głośniej. Dwa razy Agnieszce wydawało się, że w ciemności zamigotało światło latarki. Uda mu się, pomyślała, i w tej samej chwili dobiegło ich krótkie, zduszone, gwałtownie przerwane „nie!" i odgłos padającego ciała. Brzęknęła upuszczona latarka i wszystko ucichło. Stali tak w śmiertelnej ciszy, nasłuchując. Wystarczyłby najmniejszy dźwięk, aby wszyscy rzucili się do ucieczki, nie czekając na to, kto lub co pojawi się w żółtym świetle znicza. Ale żaden najmniejszy dźwięk ani nawet najsłabsze jego echo nie opuściły lochów pod ich blokiem.

Wiktor rozluźnił chwyt i Agnieszka osunęła się na podłogę. Schowała głowę między kolanami i włożyła sobie do ust zgięty palec wskazujący, zagryzając go aż do bólu. Nie zdawała sobie sprawy, gdzie jest i co się z nią dzieje. Wydawało jej się, że cały czas słyszy dobiegający z dołu histeryczny krzyk jej męża.

Ktoś obok zapalił papierosa.

– I co teraz? – zapytał mężczyzna, którego głosu nie rozpoznała. – Wracamy do domów?

– Nie – odpowiedział Wiktor. – Niczego w ten sposób nie załatwimy. Albo teraz zakończymy sprawę, albo umrzemy w swoich mieszkaniach. Pan da mi te zapałki – powiedział do człowieka, który palił papierosa. – Nikt nie zgłosi się na ochotnika, dlatego wylosujemy, kto pójdzie następny. To jedyna droga.

– Moment, moment, jaka tam jedyna – przerwał mu Stopa. Strach sprawił, że jego głos łamał się jak u nastolatka przechodzącego mutację. – Mamy demokrację, a w demokracji się nie losuje, tylko wybiera. Może po prostu wyznaczymy kogoś, a reszta zagłosuje, czy ma zejść, czy nie. To chyba uczciwy układ?

Agnieszka podniosła głowę i spojrzała na przechylonego przez poręcz Stopę.

– To rzeczywiście sprawiedliwe. – Usłyszała kpiący głos Kamila. – Na początek wysuwam kandydaturę pana Janusza Stopy. Uważam, że jako psycholog i osoba najbardziej trzeźwo myśląca z nas wszystkich ma największe szanse. Kto z państwa jest za tym, żeby pan Stopa reprezentował nas w piwnicy, niech podniesie rękę.

Wszyscy podnieśli ręce, oprócz Agnieszki, Wiktora, Kamila i rzecz jasna, demokratycznie wybranego Janusza Stopy. Sam Stopa zachwiał się i wyglądało na to, że zaraz zemdleje. Agnieszka wstała i oparła się o ramię Wiktora.

– Sam widzisz, dupku – powiedział Kamil. – Jak się chce być skurwielem i zrobić z kogoś ofiarę, to trzeba jeszcze mieć odrobinę refleksu. Los powinien wskazać, kto z nas zejdzie.

– W każdym tego słowa znaczeniu – mruknął dozorca.

Stopa milczał. Pozostali też. Na wszelki wypadek.

– Dobrze. W takim razie niech wszyscy mężczyźni podejdą – powiedział Wiktor.

Wezwani niechętnie zbliżyli się do niego. Agnieszka szybko ich policzyła: czternaście osób.

Wiktor dał jej pudełko zapałek.

– Weź czternaście sztuk, jednej zdrap siarkę z główki, schowaj wszystkie w dłoni i wymieszaj. Potem stań tak, żeby wszyscy cię dokładnie widzieli, a my będziemy losować po jednej. Kto dostanie zapałkę bez siarki, schodzi. Tak się umawiamy? – spytał stojących wokół mężczyzn.

Mruknęli potakująco.

– Żadnego mruczenia mi tam – odezwała się Paulina. Ania siedziała jej na rękach i kurczowo obejmowała szyję matki. – Niech każdy powie głośno, że zgadza się na taki układ.

– Zgadzam się – powiedział Kamil. Potem wszyscy po kolei powtórzyli.

Agnieszka zdrapała siarkę z jednego patyczka, wymieszała zapałki i ułożyła je w ręku, tak że sama nie wiedziała, która jest trefna. Wyciągnęła rękę przed siebie.

– Gotowe – powiedziała.

Pierwszy zapałkę wziął Kamil, mrugając szelmowsko, potem dozorca, potem inni. Każdy chował swoją w dłoni, nie patrząc, co mu przeznaczył los. Na twarzach niektórych malowała się jednak ulga. Jako ostatni swoje patyczki wzięli Wiktor i Janusz Stopa.

– Pokazujemy – rzekł Kamil, otworzył dłoń i podniósł do góry swoją zapałkę, tak żeby wszyscy mogli zobaczyć, że jej czubek pokryty jest zieloną siarką. Tak samo zrobili pozostali. Każda z zapałek była dobra. Tylko Wiktor i Stopa stali z zaciśniętymi pięściami, mierząc się wzrokiem pełnym strachu, na czołach perlił im się pot. Gruba kropla spłynęła z łysiny Stopy i dostała się do oka. Mężczyzna zamrugał.

– No, dalej – ponaglił Wiktora.

Wiktor wyciągnął do przodu zaciśniętą pięść i otworzył dłoń. W białym świetle czołówki wszyscy mogli zobaczyć drewienko z wyraźną, zieloną końcówką.

Stopa jęknął i oparł się o poręcz. W końcu ujął w palce pozbawioną główki zapałkę i wpatrywał się w nią z niedowierzaniem, jak człowiek, który ma nadzieję, że podane wyniki wyborów parlamentarnych były tylko próbą generalną, a prawdziwe dane pokażą dopiero za chwilę.

– To niemożliwe – zapiszczał. – To trzeba powtórzyć. Zrobić dogrywkę. Ja czułem, że ona ma siarkę. Naprawdę. Widocznie zeszła mi w dłoni, mam spocone ręce, rozumiecie państwo. – Spojrzał błagalnie na sąsiadów. – Rozumiecie, prawda? Spocone ręce, to się może zdarzyć. Ja je teraz wytrę i powtórzymy. Dobrze? To wszystko przez mokre ręce.

Nikt się nie odezwał. Janusz Stopa płakał bezgłośnie, nie wypuszczając zapałki z rąk. Wszystkie latarki skupiały się na nim niczym teatralne punktowce, zamieniając jego lęk we wstrząsający monodram.

Nikt się nie odezwał.

Agnieszka położyła dłonie na brzuchu. Dziwne, ale nie czuła strachu przed tym, co czaiło się w piwnicy. Może to ja powinnam się zgłosić, pomyślała, może moje szanse są największe? Mocniej przycisnęła ręce do łona. Nie, nie wolno jej.

Wtedy z tłumu wyszła pani Emilia. Na piersi miała zawieszony szkaplerz z wizerunkiem Matki Boskiej Ludźmierskiej, w dłoni trzymała różaniec i drewniany krzyżyk. W drugiej ręce dzierżyła malutki, plastikowy flakonik, zapewne ze święconą wodą. Podeszła do Stopy i spojrzała mu w oczy.

– Pójdę przed panem – odezwała się. – Pójdę bez lęku, ponieważ nie idę sama. – Wskazała na krzyżyk. – Ślepy los wskazał pana, a mnie wskazał ktoś, kto jest przeciwieństwem ślepoty. Ktoś, kto widzi wszystko, co było, jest i będzie. Rozumie pan? – spytała.

– Och tak, oczywiście, że rozumiem – zapewnił żarliwie. – Nie śmiem się kłócić. Oczywiście, że rozumiem. Sam jestem wierzący, ale brakowało mi tej pewności, którą ma pani. Widocznie – zawahał się – widocznie nie jestem dość czysty.

Ktoś parsknął śmiechem.

Agnieszka podeszła do pani Emilii i otoczyła ją ramieniem.

– Proszę się zastanowić – powiedziała cicho, ignorując jęki Stopy. – Nie wiemy, co tam jest, ale może lepiej być silnym mężczyzną...

– Ja wcale nie jestem silny. Jestem słabiutki – załkał Stopa.

– ...tam na dole niż drobną kobietą. Nawet kobietą zbrojną w swoją wiarę.

Starsza pani odwróciła się i spokojnie popatrzyła na Agnieszkę.

– Chcę tam iść – powiedziała. – Niech mi pani pozwoli.

4

Anna Maria Emilia Wierzbicka zeszła kilkanaście stopni w dół, do miejsca, w którym schody zakręcały i znikały z oczu stojącym wyżej. Szła ostrożnie, uważając, żeby długa spódnica nie zajęła się płomieniem od zapalonych zniczy. Wciągnęła w nozdrza powietrze przesycone mdławym zapachem rozgrzanej stearyny. To był dobry zapach. Przypominał jej wizyty na grobie ojca – jedynej na świecie osoby, która ją bezwarunkowo i z wzajemnością kochała i uwielbiała, a która odeszła znacznie wcześniej, niż powinna. Zapach przypominał jej skromną lastrykową płytę w bocznej alejce na Bródnie, plastikowy wazon obok krzyża, wyżłobiony, pociągnięty czarną farbą napis (który notabene domagał się odnowienia): Leszek Wierzbicki. Żył lat 54. Zmarł 8 maja 1976 roku. Niech spoczywa w spokoju.

Odwróciła głowę i spojrzała w górę, w stronę gapiących się na nią ludzi. Prawdę powiedziawszy, to nic a nic jej nie obchodzili. Miała swoje porachunki z tym, co sprawiło, że o mało nie zamordowała własnej matki. Jeśli przy okazji im pomoże, to dobrze. Jeśli nie pomoże – też dobrze. Myśl o matce sprawiła, że coś jej się przypomniało. Boże, jak mogła o tym zapomnieć!

– Pani Agnieszko – powiedziała. – Moja mama została w mieszkaniu, ona nie chodzi o własnych siłach, jest chora. Numer mieszkania dwadzieścia osiem.

Agnieszka skinęła głową, odpowiadając twierdząco na niewypowiedzianą prośbę.

Taka miła, dobra dziewczyna. Gdyby jej, Emilii, życie potoczyło się inaczej, może miałaby właśnie taką córkę. Poczuła, jak cierpki, lepki, obezwładniający smutek rozlewa się pod mostkiem. Córkę. Z miliona rzeczy, których zaniechania żałowała, ta była bez wątpienia numerem jeden. Gdyby miała dziecko, byłaby ocalona. A teraz, cóż, nawet gdyby chciała, jej łono było już martwe jak wnętrze rodzinnego grobowca.

Uśmiechnęła się gorzko do własnych myśli i – nie oglądając się – zeszła na sam dół. Przystanęła przy otwartych drzwiach, po raz ostatni omiotła wzrokiem migoczące znicze. Dla taty zawsze kupowała takie – szklane, pękate, z blaszaną przykrywką z okrągłymi otworami.

Przed oczami znowu stanął jej tyle razy oglądany przez łzy nagrobek. Jakże często żałowała, że nie ma tam czegoś więcej. Zdjęcia w sepii na małym, owalnym monidle albo napisu „Mój kochany tato" lub „Zawsze będzie mi Ciebie brakowało". Czegoś, co powiedziałoby każdemu mijającemu ten grób, że Leszek Wierzbicki był czymś więcej niż tylko datą śmierci i liczbą niewielu przeżytych lat. Prawie trzydzieści lat minęło, od kiedy umarł. Trzydzieści lat i setki jej wizyt. Co stało się w ciągu tych lat, że z młodej, wesołej panienki stała się zgorzkniałą starą panną? A zresztą, jakie to ma teraz znaczenie.

Wyjęła z kieszeni dzianego pulowerу starą jak ona sama latarkę na płaską baterię, pstryknęła włącznik i podążyła za słabym żółtym światłem w głąb korytarza.

Całe wieki tutaj nie schodziła. Chyba nawet nie potrafiłaby trafić do swojej komórki. Gdzie ona była? Poświeciła na najbliższe, zbite z kilku luźnych desek drzwi, żeby odczytać numer. 4. Po lewej 63. Czyli jej piwnica musi być gdzieś dalej. Zrobiła dwa kroki do przodu. Po prawej 5, po lewej 62. Po prawej 6, po lewej 61. Po prawej 7, po lewej 60. Szła dalej, bardziej myśląc o tym, gdzie jest jej piwnica, niż o czyhającym (naprawdę?) na nią niebezpieczeństwie. Minęła pierwsze skrzyżowanie korytarzy i dotarła do pary 20–40. Obejrzała się. Światło archaicznej latarki nie docierało już do wejścia. Widziała tylko skrzyżowanie, a za nim dwie pary drewnianych drzwi, jedne z nich pomalowane na zielono. Dalej tylko mrok. Tak samo było z drugiej strony. Dopiero teraz poczuła się niepewnie. Zawiesiła latarkę na szyi i odbezpieczyła swoją broń – plastikowy flakonik z cudowną wodą ze źródełka w Lourdes. Flakonik miał kształt słynnej figurki z groty Massabielle. Wbrew temu, co twierdzili naśmiewający się z dewocjonaliów złośliwcy, figurce nie odkręcało się głowy, tylko błękitną koronę. Emilia Wierzbicka spryskała sobie ręce wodą i wtuliła twarz w wilgotne dłonie. Teraz poczuła się trochę pewniej. Ruszyła dalej.

Po prawej 27, po lewej 34. Zatrzymała się gwałtownie. Do tej pory światło latarki wpadało do wnętrza komórek przez drzwi z desek, rzucając pasiasty deseń na stojące wewnątrz kartony, deski, pudełka, torby foliowe, sztuczne choinki, sanki, puszki z farbą, opony samochodowe i wszystko to, co można trzymać w piwnicach. Tym razem za deskami, po lewej stronie, pod numerem 34, mignęło jej coś innego. Coś cienkiego, białego, wygiętego w łuk. Coś jakby emaliowana na biało metalowa rura. Coś jak fragment szpitalnego łóżka. Takiego, na którym cztery piętra wyżej śliniła się jej matka.

Poczuła, jak rośnie jej ciśnienie. Krew zaszumiała w skroniach, koniuszki palców zdrętwiały. Trzymająca latarkę ręka wbrew woli Emilii skierowała się jeszcze raz na drzwi po lewej stronie, światło wydobyło z mroku emaliowaną rurę. Zbliżyła twarz do przerwy między deskami. Rzeczywiście, stało tam szpitalne łóżko, na gumowych kółkach z blokadą, z mechanizmem do podnoszenia posłania i opuszczanymi bokami. Zawalone było zakurzonymi kartonami i można by je uznać za kolejny zapomniany grat, gdyby nie to, że zasłane było czyściutką białą pościelą z granatową obwódką. Świeżo wykrochmaloną i wyprasowaną. Troczki poszwy zawiązane były na idealnie symetryczne podwójne kokardki. Takie, jakie sama zwykła wiązać na pościeli mamy i swojej.

Coś było nie tak.

Ciężko oddychając, cofnęła się i skierowała latarkę na kolejną parę drzwi. Te po prawej powinny mieć numer 28. I miały. Te po lewej powinny mieć numer 33. Ale widniało na nich też 28.

Witaj w domu.

Krzyknęła bezgłośnie, kiedy kłódki na obu skoblach otworzyły się i upadły na beton, a drzwi uchyliły się na zewnątrz, zapraszając ją do środka. „Nie lękajcie się – zagrzmiały jej w głowie słowa Ojca Świętego. – Nie lękajcie się. Otwórzcie drzwi Chrystusowi". Ścisnęła kurczowo flakonik z Lourdes i strząsnęła kilka kropel w kierunku otwartych furtek. Woda spadła na ziemię i wsiąkła w stary kurz. Nic się nie wydarzyło. Postąpiła dwa kroki do przodu, wysuwając jak najdalej głowę. Chciała zerknąć do środka, równocześnie cały czas gotowa do ucieczki.

W obu otwartych komórkach nie było żadnych pudeł. Żadnych śmieci, żadnych niepotrzebnych gratów, przypadkowych przedmiotów zdanych na ciemność i wilgoć.

Po lewej stronie stał drewniany konfesjonał – skierowany w jej stronę klęcznikiem. Widziała wyraźnie wypolerowaną tysiącami kolan deskę, półeczkę do oparcia rąk, drewnianą kratkę, którą zasłonięto kawałkiem przytwierdzonej pinezkami folii. Przy nieotynkowanej żelbetowej ścianie, tam gdzie było wejście do konfesjonału, kołysała się fioletowa stuła – znak, że kapłan jest w środku i czeka na tych, którzy chcą odbyć sakrament pokuty. Czy wewnątrz naprawdę ktoś siedział – tego nie widziała. Ale czuła, że to miejsce na pewno nie jest puste.

Odwróciła wzrok i spojrzała w głąb pomieszczenia po prawej. Jeszcze zanim poświeciła latarką, wewnątrz rozbłysło na pomarańczowo kilka cmentarnych zniczy. Bursztynowe światło zatańczyło na ścianach komórki, na plastikowych kwiatach wetkniętych w zielony wazonik, na lastrykowej, szaroczarnej płycie nagrobka i na wyrytych na niej napisach.

Leszek Wierzbicki. Żył lat 54. Umarł samotny.
Helena Wierzbicka. Żyła lat 78. Umarła w łóżku.

Ania Marysia Wierzbicka. Żyła lat 22.

Umarła na własne życzenie.

Pozostaną na zawsze w pamięci kochającej córki i wnuczki, która nigdy nie została poczęta.

Latarka wysunęła się z rąk Ani Marysi, stuknęła o beton i zgasła. Jedynym źródłem światła były teraz migoczące lampki. A więc taki mam wybór, pomyślała. W takim razie zrobię chyba to, co zawsze. Zawrócę. Poruszyła się i zrozumiała, że nie ma odwrotu. Że musi dokonać wyboru. Za nią, pożerając wszelkie światło, którego i tak nie było wiele, falowała zasłona niczego, odcinając jedyną drogę ucieczki. Kobieta nie miała już sił na histerię, czuła się tylko zmęczona. Bardzo zmęczona. Martwym wzrokiem spojrzała raz jeszcze na swój rodzinny nagrobek, potem na oczekujący penitenta klęcznik.

Przypomniała sobie, jak przed kilkoma miesiącami była u spowiedzi. Kiedy wyznała wszystkie grzechy, ponarzekała trochę na swój los. „Często jest nam ciężko i źle – odparł ksiądz, kiedy już wylała wszystkie swoje żale. – Warto wtedy pamiętać, że nasze życie to nie tylko ten jeden moment, kiedy świat wali nam się na głowę. Nasze życie to wszystkie te piękne chwile, które przeżyliśmy, do których chcemy wracać w nieskończoność. One są siłą naszej duszy. Ten natomiast czas, którego żałujemy, chcielibyśmy, żeby nigdy nie istniał, on jest naszą słabością. Nie zapominaj o tej słabości, córko, ale nie pozwól jej pokonać swojej siły. Bóg pozwala nam na słabość, ale nie chce, żebyśmy się poddawali" – mówił monotonnym głosem spowiednik. A ona z trudem się powstrzymywała, żeby nie ryknąć: „Ty durniu, nie masz pojęcia, o czym mówisz. Od dwudziestu lat żałuję każdej jednej sekundy, która staje się moim udziałem. Chciałabym, aby wszystkie one zniknęły, żeby okazały się tylko długim, nudnym snem. Kiedy ty mówisz o pięknych momentach i cudownych chwilach, ja widzę przed sobą czarny ekran. Widzę go i chce mi się wyć, bo nie ma ani jednego wspomnienia, które mogłabym na nim wyświetlić".

Czarny ekran. Nie migotały na nim uczucia do ludzi, nie jaśniała łaska wiary, nie rozświetlały go kolorowe wspomnienia i szybko montowane jaskrawe plany na przyszłość. Przez trzydzieści lat była jedynym widzem w zamkniętym kinie. Na własne życzenie.

– Jestem martwa i nie ma co udawać, że jest inaczej – szepnęła i podeszła do nagrobka. Sięgnęła ręką do tyłu, aby zamknąć za sobą drzwi.

5

Zabawne, pomyślał Wiktor, jak podniosły i szlachetny jest strach opisywany w powieściach. Prawdopodobnie przez ludzi, których jedyną troską było to, że terminal w centrum handlowym odrzuci kartę kredytową, a sprzedawca spojrzy z dezaprobatą. Papierowi bohaterowie potrafią zaniemówić z przerażenia, przeszywa ich lodowaty chłód, małe włoski na karku stają dęba, a w ich żołądkach pojawia się kamień ciężki jak czarna dziura (ostatnie porównanie nie było nawet takie złe). We wszystkich tych opisach śmiertelnego przerażenia, kiedy staje się oko w oko z Odwiecznym Złem, brakuje podstawowego elementu. Tego, że człowiekowi potwornie chce się kupę.

Wiktor stał na dole w piwnicy, łuna rozstawionych na schodach zniczy ledwo docierała, białe światło czołówki czyniło ciężkie, zamykane na obrotowy zamek drzwi nadto realnymi. Patrzył na te drzwi, identyczne z tamtymi drzwiami, i był pewien, że za chwilę zesra się ze strachu. Rozpiął pasek, żeby w razie czego nie zafajdać ubrania i zachować resztki godności w walce z Odwiecznym Złem. A raczej Tym Cholernym Kurewstwem.

Ciągle nie mógł wyjść ze zdziwienia, że tu jest. Jeszcze kilka chwil wcześniej razem z innymi stał na górze, czekając, co stanie się z panią Wierzbicką. Przedłużająca się cisza niepokoiła go bardziej, niż mogłyby go zaniepokoić jakiekolwiek krzyki. Wrzaski były czymś znajomym, tego się spodziewali, ciszy – nie. Wsłuchiwali się w tę ciszę i kiedy na półpiętrze zadzwonił wyrzucony z głębi piwnicy przedmiot, wiele osób krzyknęło w zastępstwie Wierzbickiej.

Okazało się, że to krucyfiks, który kobieta trzymała w dłoni. Nie był zniszczony, nie był pogięty, nie był zakrwawiony, nie widać było na nim głębokich śladów diabelskich pazurów. Ale był – i to w zupełności wystarczało.

„No to wszystko jasne", powiedział ktoś ponuro, dozorca bodaj. Wiktor pomyślał wówczas, że to chyba najśmieszniejszy tekst wieczoru. Od razu powstał problem, kto schodzi następny, i zaraz wszyscy orzekli, że będzie to Stopa, którego wyrok uległ odroczeniu, ale nie kasacji. To było oczywiste.

Nie dla Stopy. Kiedy Wiktor rozmawiał z Kamilem o tym, czy w ogóle powinni jeszcze schodzić (łatwo się domyślić, czemu Wiktor podjął ten temat), z tyłu ktoś zaczął wyzywać Stopę od tchórzliwych popaprańców. Był to młody chłopak, który mieszkał sam, chyba na jednym z ostatnich pięter.

„Nie uwierzycie, co ten baran zaproponował – mówił wzburzony. – Powiedział, że zapłaci mi sto tysięcy, jeśli pójdę zamiast niego!".

„Nieprawda, ten gnojek zmyśla! – krzyknął histerycznie Stopa. – Sam mi zaproponował, że pójdzie. Naprawdę, ludzie, naprawdę. Powiedział, że pójdzie. No dalej, powiedz im, że to prawda".

Ludzie milczeli, a Stopa, skurczony jak troll z nordyckich legend, zbliżył się do Wiktora. „Panie Wiktorze – powiedział konspiracyjnym szeptem, który w ciszy i tak był doskonale słyszalny – niech pan zrozumie, pan jest przecież mądrym człowiekiem. Ja jestem elitą tego kraju, jestem wykształcony, zamożny, płacę wysokie podatki, przekazuję swoją wiedzę innym. Jestem psychologiem, pomagam ludziom pokonywać ich problemy, wskazuję im prostą ścieżkę. Wiem, że to zabrzmi w pierwszej chwili dziwnie, ale ja po prostu jestem zbyt wiele wart. Jeśli pójdę i zginę, strata będzie większa, niż gdyby poszedł kto inny. Kto inny straci tylko siebie, zwłaszcza taki samotny prostak jak ten chłopak. Niech pan spojrzy, i tak z niego nic nie będzie. Panie Wiktorze, tak przecież było zawsze, że szarzy obywatele szli walczyć za

swoich władców. Śmierć tysiąca kmieci nie ma dla zbiorowości znaczenia, a śmierć kilku magnatów może sprawić, że wszystko się rozpada.
Cóż byłby wart Kościuszko, gdyby dał się zabić jeszcze w Ameryce,
cóż byłby wart Wałęsa, gdyby zginął zamiast Janka Wiśniewskiego.
My, panie Wiktorze, właśnie my – trzymał go za rękę tak mocno, że
Wiktor zaczynał tracić czucie w palcach – my jesteśmy wodzami, którzy ze wzgórza obserwują rozwój bitwy, ale nie idą na rzeź w pierwszej
linii. Rozumie pan? Wyślijmy tego chłopaka, nie pożałuje pan tego.
Rozumiemy się? Nie pożałuje pan".

Ktoś zaklął szpetnie, Wiktor czuł zbyt wielkie obrzydzenie, aby się
odezwać. Stopa zrozumiał, że jego przemowa trafia w próżnię. Usiadł
na podłodze i zsikał się. Klęczał w powiększającej się kałuży własnego
moczu, z otwartymi ustami, twarzą tak bladą, że aż żółtą, z rękami
uczepionymi koszuli Wiktora, i nagle coś się w nim zmieniło. Rysy
twarzy stężały, rozbiegane oczy znieruchomiały, z ust potoczyła się
ślina. Janusz Stopa oszalał. A jeśli nie, to od szaleństwa dzieliła go
granica cienka jak warstwa teflonu na patelni.

I wtedy Wiktor usłyszał, co nielicho go zdumiało, swój własny głos
mówiący, że zejdą tylko ci, którzy chcą, i że teraz zejdzie on. Nie bez
trudu rozgiął palce Stopy, aby uwolnić koszulę, nie zwrócił uwagi na
histerię Agnieszki, przyjął różne wyrazy od dozorcy i zszedł.

Dlaczego tak zrobił? Nie miał najmniejszego pojęcia. Bez wątpienia
była to najgłupsza decyzja jego kilkudziesięcioletniego życia. Dlaczego,
dlaczego, dlaczego; w głowie miał tylko to jedno rozpaczliwe pytanie.
Może zawrócić?, pomyślał. Będzie wstyd, ale co tam. Lepszy wstyd
niż śmierć ze strachu albo z ręki Nie Wiadomo Czego.

DLACZEGO?

Westchnął. Tak naprawdę znał odpowiedź. Zdecydował się, bo doszedł do momentu, w którym nie można już było zwlekać. Wszystko
byle nie tchórzliwe wyczekiwanie. Tak przynajmniej myślał wtedy.
W tej chwili był bliski zmiany zdania. Ale tylko bliski.

I teraz stał tutaj, przed drzwiami takimi jak te na Wilczej. Drzwiami, za którymi znalazł schron, który nigdy nie schronił nikogo poza

mordercami, a dla duszy pewnej młodej dziewczyny stał się grobem. Stał i strasznie chciało mu się srać.

Jeszcze przez kilka sekund walczył ze sobą, potem załatwił się pod ścianą i ponownie stanął przed drzwiami.

Pociągnął je do siebie, ale były mocno zamknięte. Tak mocno, że musiał użyć całej swojej siły (nie był siłaczem, ale nie był też cherlawy), aby odblokować zamek, a potem uchylić żelbetowe wrota i wejść do środka.

Był to ten sam korytarz, jakżeby inaczej. Na suficie żarówki w drucianych osłonach, po prawej, za zielono-białymi drzwiami, jakieś małe pomieszczenia, po lewej większa salka ze stołem konferencyjnym nakrytym zielonym suknem. Na końcu korytarza, po prawej stronie, jedyne poza jego czołówką źródło światła – uchylone drzwi do natrysków.

Tyle trudu, żeby tego nie wyśnić do końca, takie morze alkoholu, żeby odłączyć swoją świadomość od tej wizji, nadludzki wysiłek w walce z bezsennością – wszystko po to, żeby w końcu wleźć w ten koszmar świadomie i na własne życzenie. Co za jazda.

Wiktor wciągnął nosem powietrze i zadrżał, a jego jelita przebiegł bolesny skurcz. W wilgotnym piwnicznym odorze czuć było także ostry zapach potu i słodkawą woń krwi. Przez mgnienie oka miał jeszcze nadzieję, że po prostu powtórzy się prawdziwa scena, kiedy odkrył puste pomieszczenie – to by było do zniesienia. Ale nie – z końca korytarza dobiegały go zduszone dźwięki, światło drgało, co chwilę zasłaniane czyimś ciałem. Bez wątpienia nie był tutaj sam, a pomieszczenie z pewnością nie było puste. Wiktor zdał sobie sprawę, że nic nie zostanie mu oszczędzone.

Każdy krok w kierunku cienkiej kreski światła był jak przestawianie własnymi siłami podpory budowlanego dźwigu. Ciało Wiktora – widać mądrzejsze od niego samego – stawiało mu opór, nie chciało być posłuszne jego woli, nie chciało tam iść. Po zrobieniu czterech kroków Wiktor zatrzymał się zadyszany, miał wrażenie, że za chwilę zemdleje. Oparł się dłonią o ścianę i spuścił głowę, wyglądał teraz jak sportowiec po długim biegu.

A jednak coś jest inaczej, pomyślał. We śnie walczyłem z całych sił, żeby się zatrzymać, a teraz walczę, żeby iść. We śnie wariowałem ze zwierzęcego przerażenia, byłem na granicy obłędu, teraz boję się jak cholera, aż do posrania, ale nie wariuję. Właściwie – Wiktor wyprostował się gwałtownie, tak zdumiewająca była ta myśl – właściwie to jest lepiej. No, może nie tyle lepiej, co inaczej. Pojawiło się też nowe uczucie, do tej pory nieobecne i trochę przez niego zapomniane. Ciekawość. Gdzieś za grubą i tłustą kurtyną strachu był ciekaw, co się stanie, kiedy przejdzie to do końca, kiedy nie będzie już koszmaru, który zepchnął inne uczucia do pakamery świadomości. Kim będzie?

Z tą nową myślą pokonał kilka następnych metrów. Nie były prostsze niż poprzednie. Wręcz przeciwnie. Od klamki dzieliło go już nie więcej niż trzy, może cztery kroki.

„Do diabła z ciekawością – wycharczał cicho, z trudem łapiąc oddech. – Do diabła ze wszystkim. Dlaczego nie mam czegoś, czym można zrobić sobie dziurę w głowie".

Oparty plecami o ścianę, nie zdając sobie sprawy, że cały czas klnie pod nosem, dotarł do drzwi i położył dłoń na zwykłej aluminiowej klamce. Nie mógł się zmusić, żeby zajrzeć do środka przez szparę. Po prostu stał. Serce pompujące krew z szybkością kilkakrotnie większą niż zwykle domagało się tlenu, Wiktor oddychał szybko i ze świstem. Błogosławionym świstem, który zagłuszał dobiegające ze środka dźwięki.

Nie do końca.

Usłyszał czyjś śmiech, a potem przeciągły, pełen żalu jęk. Poznał ten głos, rozpoznałby go zawsze i wszędzie, za milion lat i na drugim końcu wszechświata. Poznał ten głos i zaczął płakać, powtarzając bez przerwy: „Nie, nie, tylko nie to, proszę, nie".

Trwało to bardzo długo, ale przez cały czas nie puścił klamki.

W końcu zamknął oczy, oderwał ciało od ściany, postąpił krok i stanął na wprost wejścia, cały czas kurczowo trzymając klamkę. Puścił ją i oparł dłoń na drzwiach. Otworzył oczy. Teraz wystarczyło, żeby lekko popchnął i wszystko, co rozgrywa się wewnątrz, stanie mu przed oczami.

Uśmiechnął się. Czy mogę zobaczyć coś gorszego niż to, co już sobie wyobraziłem, pomyślał. Czy będzie tam coś, o czym nie wiem? Coś, z czego nie zdaję sobie sprawy? Teraz, kiedy wszystko już jest jasne? Naprężył mięśnie przedramienia, żeby popchnąć pomalowane na zielono deski, i wówczas ktoś chwycił go za rękę.

Kobieta. Wysoka, niewiele niższa od niego, bardzo ładna, z czarnymi włosami spiętymi z tyłu głowy, ubrana w szarą sukienkę, przepasana fartuchem. Za rękę trzymała ją mała dziewczynka, najwyżej pięcioletnia, podobna do swojej mamy tak bardzo, że wyglądała jak pomniejszona kopia. Obie uśmiechały się do niego.

Wiktor nie miał wątpliwości, kim są. Od wczoraj zastanawiał się, dlaczego w bloku mieszkają tylko oprawcy, tylko samobójcy pochowani w niepoświęconej ziemi. Zastanawiał się, gdzie jest Marianna i jej mała córeczka.

– Nie trzeba – powiedziała do niego kobieta, nie otwierając ust. – Wystarczy, że wiesz. I że chcesz.

Uśmiechnęła się jeszcze raz i zniknęła, a razem z nią jej córka, zielone drzwi wraz z dobiegającymi zza nich światłem i dźwiękami, wnętrze schronu na Wilczej. Został Wiktor, stojący w wąskim korytarzu zwykłej piwnicy bródnowskiego bloku, gapiący się na półki pełne przetworów, które przechowywał w swojej komórce lokator mieszkania numer 47. Wyraźnie widział napis na jednym ze słoików: „Truskafka 2001".

Był wolny.

No, może nie do końca, bo w tej samej chwili, kiedy chciał wybuchnąć obłąkańczym śmiechem radości, ktoś rzucił mu się na plecy i zaczął dusić.

6

Wiktor był bardziej zaskoczony niż przestraszony. Dopiero kiedy poczuł koszmarny ból miażdżonej krtani i zrozumiał, że nie jest w stanie nabrać powietrza, zaczął działać. Chwycił za palce na swoim gardle i próbował je odgiąć, ale chwyt był zbyt silny. Pochylił się gwałtownie, żeby zrzucić napastnika, ale ten tylko objął go nogami w pasie. Jeszcze raz złapał za palce – teraz już prawie mordercy – i odniósł ten sam efekt. Czarne plamki pojawiły się przed oczami Wiktora. Nie chciało mu się wierzyć, że teraz, po tym, co się tutaj wydarzyło, zostanie po prostu uduszony.

Z całej siły rzucił się w tył, uderzając wiszącym nań napastnikiem o ścianę. Ten stęknął, ale nie rozluźnił chwytu. Wiktor powtórzył manewr, wkładając weń wszystkie siły, jakie mógł jeszcze znaleźć. Tym razem bandyta krzyknął i Wiktorowi udało się zdjąć jego dłonie ze swojego gardła. Nabrał chciwie powietrza, czując, jak przeoruje mu krtań zardzewiałą bronią, odwrócił się, wziął duży zamach i precyzyjnie kopnął niedoszłego mordercę prosto w jaja. Poczuł zapach truskawek i przeszło mu przez głowę, że to chyba najdziwniejsza z halucynacji, jakich ostatnio doświadczył.

Robert zemdlał, nie wydając z siebie dźwięku. Wiktor patrzył na niego właściwie bez zdumienia. Czuł wcześniej, że coś jest nie tak, kiedy Robert znienacka pojawił się wśród nich. Ta patetyczna poza, papierowe prośby o przebaczenie, żal wyrażany kwestiami z telenoweli. Skrucha autentyczna jak troska akwizytora o stan portfela klienta. Dlaczego Wiktor nie zareagował? Był szczęśliwy, że oto pojawił się frajer skłonny zejść na dół.

Skup się, Sukiennik, skup się, myślał, ścierając pot z czoła. Po pierwsze: gdzie jest pani Emilia. Po drugie: dlaczego tu jest tak cholernie gorąco. Po trzecie: co to za dźwięki.

Rozejrzał się i pierwsze, co zobaczył, to włącznik światła. Zwykły kontakt za plastikową, pożółkłą osłonką. Pstryknął. Działało. Na końcu korytarza zobaczył otwartą komórkę i pobiegł w tamtą stronę.

– Wiktor! Wiktor! Co się tam dzieje?! – dobiegł go głos Agnieszki.

– Wszystko w porządku! – odkrzyknął, przypłacając to rozerwaniem gardła na małe, zakrwawione kawałeczki, i biegł dalej.

W komórce na niebieskich plastikowych workach leżała Emilia Wierzbicka, jej szyję znaczyły sine pręgi.

Błagam, tylko nie to, pomyślał i pochylił się nad kobietą. Dotknął palcami olbrzymiego sińca i wyczuł tętno. Słabe i wolne, jakby dobiegające z oddali, ale tętno. Żyła.

Chwycił ją delikatnie pod pachami i wyciągnął na korytarz. Wtedy dostrzegł, że Wierzbicka nie była jedyną lokatorką podziemnego apartamentu. Spod worków wystawały dwie drobne stopy w czarnych rajstopach. Szybko odrzucił worki. Pogrzebana pod nimi młoda kobieta w szarym kostiumie bez wątpienia nie żyła, i to od kilku dni. Życie wyciekło z niej razem z krwią przez wąski otwór wycięty w dekolcie, tuż nad sercem. Z trudem powstrzymał torsje.

Było gorąco jak w saunie, pachniało rozgrzanym metalem, dziwne szumy i skrzypienie były coraz głośniejsze. Tuż za jego plecami coś syknęło głośno. Odwrócił się i po drugiej stronie korytarza zobaczył drzwi z dwiema tabliczkami: WĘZEŁ CIEPLNY i KOTŁOWNIA.

Otworzył je i niemal przewróciła go fala gorąca. Metalowe kotły, rury i przewody drżały, w kilku miejscach z zaworów wydobywała się z sykiem para. Wszystko wyglądało, jakby miało za chwilę wylecieć w powietrze.

– Wylecieć w powietrze? – Wiktor powtórzył bezmyślnie na głos ostatnią myśl. – No bez jaj.

Syknęło. Jeden ze starych, okrągłych zaworów, zwanych przez młodzież, która używała ich zamiast kastetów, „kranikiem", oderwał się od rury, przeleciał centymetry obok głowy Wiktora i zrobił w ścianie za jego plecami dziurę wielkości jabłka. Dużego jabłka.

Wiktor otrząsnął się, zarzucił sobie na plecy Emilię Wierzbicką i ruszył w stronę wyjścia. Słyszał, jak z tyłu strzelają kolejne zawory. Wszedł po schodach, zataczając się ze zmęczenia i przewracając płonące znicze. Na parterze wszyscy stali tak jak przedtem, tak samo przerażeni, z tą samą paniką w oczach.

– Co się tam dzieje? Co jej jest? O co chodzi? Gdzie Robert? – Agnieszka patrzyła na niego szeroko otwartymi oczami.

Musiała poczekać na odpowiedź, aż Wiktor uspokoi oddech.

– Musimy się stąd wynosić, jak najszybciej – wycharczał. – Niech dwóch facetów zejdzie na dół i przyniesie Roberta, leży w korytarzu... Nikt się nie poruszył.

– No dalej, do jasnej cholery! Nic tam już nie ma, klątwa zdjęta, światło się pali, duchy się pochowały. Kamil, weź kogoś i raz-dwa, nie ma czasu. Zaraz możemy wszyscy wylecieć w powietrze.

Kamil złapał dozorcę za rękę i pociągnął go, nie bez oporów, w dół schodów. Agnieszka pobiegła z nimi. Reszta stała bez ruchu.

– Ludzie, czy wy jesteście głusi? Przecież mówię, że wychodzimy. – Wskazał ruchem głowy drzwi do holu.

– Ale – zająknął się ktoś. – Ale przecież się nie da. To czarne jest.

Wiktor posadził delikatnie Emilię na podłodze i wbiegł do holu. Rzeczywiście. Czarne słupy jak stały wcześniej, tak stały i teraz, zagradzając drogę do wyjścia, cały czas zresztą zasłoniętego firanką nicości. Poczuł się zdezorientowany. Jak to? Przecież już po wszystkim. Przecież jest wolny.

Kamil z dozorcą wrócili, niosąc nieprzytomnego Roberta. Agnieszka szła za nimi, płacząc. Wszyscy stanęli za Wiktorem, który zrozumiał nagle, co trzeba zrobić.

– Niech ktoś podniesie panią Wierzbicką – powiedział. – Wychodzimy.

Nie zamykając oczu, ruszył energicznym krokiem do drzwi wyjściowych. Kiedy wszedł w pierwszą kolumnę nicości, wszyscy stojący z tyłu jęknęli, ale on nic nie poczuł – jakby wszedł w gęsty, bezwonny obłok, który momentalnie zszarzał i rozwiał się jak dym z papierosa na wietrze. Przeszedł przez następny, zbiegł po schodach i dotarł do zasłony na drzwiach. Zawahał się, ale trwało to nie dłużej niż czas potrzebny na wyrzucenie z siebie przekleństwa. Zrobił krok i wyszedł na zewnątrz.

Był cudowny słoneczny dzień. Chyba najpiękniejszy listopadowy dzień, jaki kiedykolwiek widział. Wciągnął głęboko powietrze do płuc. Pachniało chłodem i wilgotną ziemią. Od Kondratowicza niósł się jednostajny szum samochodów, przerywany głuchym odgłosem trzepania dywanu i śmiechem małego dziecka pokonującego przestrzeń na trójkołowym rowerku z plastikowymi kołami.

Roześmiał się szczerze w głos. Tak jak nie zdarzało mu się od lat.

– Wiktor, Wiktor! – Agnieszka stała obok i szarpała go za ramię. – Musimy wynieść mamę pani Emilii. Ona została w łóżku na górze!

Skrzywił się na myśl, że musi wrócić do środka, ale wbiegł do holu, przeciskając się między ludźmi, którzy śmiejąc się i płacząc, wydostawali się na zewnątrz.

Po czarnej mgle nie było już śladu.

Wiktor zatrzymał się nagle. A jaszczur z ósmego piętra? Kochany sąsiad? Nie żeby był jego wielbicielem, ale przecież nie można go tak zostawić.

Zatrzymał Janusza Stopę.

– Słuchaj pan – powiedział. – Masz w końcu szansę zrobienia czegoś sensownego. Pod... Agnieszka, jaki to numer?

– Dwadzieścia osiem – odparła.

– Pod dwudziestym ósmym mieszka chora staruszka, weź sobie kogoś do pomocy i znieś ją na dół. Ja pójdę po jednego inwalidę. Dobra? – Zajrzał mu głęboko w oczy.

Stopa chciał odmówić, ale w twarzy Wiktora musiał wyczytać coś, co kazało mu zmienić zdanie.

– Dobra – powiedział i skinął głową. Przynajmniej tyle.

Wiktor pobiegł na klatkę schodową, a za nim Agnieszka i Kamil.

– Zwariowaliście? – zapytał zdenerwowany. – Uciekajcie stąd. Dam sobie radę.

Z piwnicy dobiegł ich głuchy huk. Nieomal słyszał tykanie zegara odliczającego czas do końca. Jak w końcówce pierwszego *Obcego*, kiedy komputer bezosobowym głosem podawał „czas pozostały do zniszczenia statku".

– Nie dasz rady – odpowiedzieli jednocześnie.

Wiedzieli, że to nieprawda, ale nie było czasu na kłótnie. Wiktor machnął ręką i razem popędzili na górę.

Kiedy ciężko dysząc, pojawili się na piątym piętrze, krata na korytarz i drzwi do mieszkania niezwykłego sąsiada były otwarte. Czekał na nich.

Coś zasyczało w żółtej skrzynce z licznikiem gazowym. Cienka rura doprowadzająca gaz zadygotała i wybrzuszyła się w jednym miejscu, jakby ktoś próbował przepchnąć przez nią więcej, niż była w stanie pomieścić.

– Nie mamy wiele czasu – powiedziała ze strachem Agnieszka.

Weszli do mieszkania. Szafa była zamknięta, wszystkie papiery pochowane, całe wnętrze wyglądało na bardzo starannie wysprzątane. Pyton (nawet nie wiedzieli, jak ma na imię) siedział na swoim wózku, ubrany w ciemne półbuty, ciemne spodnie i kremową, staromodną koszulę. Kołnierzyk i mankiety były dokładnie zapięte.

– Udało się! Blok jest otwarty! – Agnieszka krzyknęła do niego radośnie.

Nie uśmiechnął się. Pewnie już wiedział.

Dziewczyna podbiegła do wózka i zaczęła toczyć go w stronę drzwi.

– Musimy pana stąd zabrać – mówiła. – Nie wiadomo, czy za chwilę wszystko nie wyleci w powietrze. Nie mamy ani chwili do stracenia.

Wózek zatrzymał się gwałtownie, kiedy pyton swoimi żylastymi rękoma złapał go za koła. Agnieszka poleciała do przodu, zachowała równowagę tylko dzięki temu, że trzymała się gumowych rączek wózka.

– Halo, niech się pan nie wygłupia – powiedziała tonem obrażonej dziewczynki. – Wiktor, Kamil, pomóżcie mi.

– Ja muszę zostać – rzekł sąsiad spokojnym głosem.

– Jak to? Nie rozumiem!

– Pan Wiktor zapewne domyśla się dlaczego.

Agnieszka posłusznie skierowała wzrok na Wiktora.

– O co tutaj chodzi? Czego się domyślasz? – zapytała.

Wiktor milczał, więc jaszczur odpowiedział za niego:

– Ponieważ nie opuszczamy tego miejsca. To po prostu nie jest możliwe. Mieszkamy tu. Przyznaję, że bardzo niechętnie, bo wolelibyśmy być gdzie indziej, znacznie... dalej, ale wyjść stąd nie możemy. I nagle Agnieszka zrozumiała. Puściła rączki wózka, jakby parzyły. Blada, z szeroko otwartymi oczami, odsunęła się od mężczyzny i stanęła obok Wiktora.

– To, to niemożliwe... – wyjąkała. – To nieprawda.

Sąsiad uśmiechnął się pobłażliwie.

– Droga pani Agnieszko – powiedział. – Ostatnie dni powinny chyba zmienić pani definicje pojęć, takich jak „niemożliwe" i „nieprawda". Podobnie jak ulec zmianie powinny pewne pani wyobrażenia dotyczące klasycznie rozumianej ontologii – spojrzał na nią i dodał: – To znaczy, że nie wszystkie byty są takie, jakie się pani wydają.

Żadne z ich trójki się nie odzywało, ale tylko Agnieszka wyglądała na wstrząśniętą.

– Ach, zapomniałbym się przedstawić. – Zrobił ręką uroczy gest, jakim zapewne przedwojenni dżentelmeni oznajmiali światu swoje roztargnienie. – Ksiądz Stanisław Warslich z Parafii Matki Bożej Różańcowej na Starym Bródnie. Szczęść Boże, dziateczki.

– Morderca – dorzucił cicho Wiktor.

– Tak, i morderca. Wszystko się zgadza, panie redaktorze. I morderca. Sprawca zbrodni sprzed siedemdziesięciu lat, sprawca tego, że niewinną kobietę i jej dziecko pochowano poza murami cmentarza, a w końcu samobójca i co tu dużo mówić, upiór. – Warslich uśmiechnął się krzywo. – Może mi pan wierzyć lub nie, ale czasami mam wrażenie, że za swoje czyny odpokutowałem bardziej niż jakikolwiek morderca, którego kiedykolwiek nosiła ziemia.

Za ich plecami strzeliło i syknęło. Agnieszka poczuła nieprzyjemny zapach gazu.

– Wiktor, wiedziałeś o tym? – zapytała. – I ty, Kamil, też o tym wiedziałeś?

Słysząc ostatnie zdanie, Warslich parsknął śmiechem.

Kamil nie odpowiedział, Wiktor za to odparł:

– Czy wiedziałem? Nie. Nawet się nie domyślałem, co najwyżej przeczuwałem. Miałem wrażenie, że coś jest nie tak, jak powinno. I moje przeczucie nie dotyczyło tylko pana Warslicha. Myślę, że to nie koniec niespodzianek. Ale cóż, będziemy już chyba lecieli, jeśli nie chcemy zostać tu na zawsze z księdzem Stanisławem. Prawda, Kamil? – Wiktor spojrzał na chłopaka.

– Moment. – Agnieszka powstrzymała ich ruchem dłoni. – Jedna rzecz nie daje mi spokoju. Skoro morderstwo wydarzyło się tak dawno, skoro ten blok wybudowano też wiele lat temu, to czemu zamknął się dopiero teraz?

– A jak pani myśli? – odpowiedział pytaniem na pytanie Warslich.

– No... nie wiem.

– A kiedy wszystko się zaczęło?

– Trudno powiedzieć. Nie wiem dokładnie, co się działo wcześniej, ale tak na dobre zaczęło się wtedy, gdy my przyjechaliśmy. Już pierwszego dnia natknęliśmy się na trupa w windzie, a potem, potem było już tylko gorzej.

– No właśnie.

– Co to znaczy? – Agnieszka zdenerwowała się. – Chce pan coś powiedzieć, to niech pan mówi. Cała chałupa za chwilę eksploduje, a pan mi tutaj daje do zrozumienia...

Warslich teatralnie przewrócił oczami.

– Cóż, wszyscy byliście nękani przez własne koszmary, które dzięki, choć „dzięki" to nie jest dobre słowo, klątwie stawały się, powiedzmy, trochę bardziej realne niż zwykle. Ale cały czas wszystko to działo się raczej w waszych głowach, nie powiem „na pewno", bo Granica stała się tym razem wyjątkowo cienka. Ale czyjś koszmar był tak mroczny, choć może powinienem powiedzieć: tak brudny, a czyjaś wyobraźnia tak plastyczna i ekspansywna, że wyobrażenie stało się realne dla wszystkich. Ta osoba nie była oczywiście sprawcą wszystkiego, była jakby – przez chwilę pocierał kciuk o palec wskazujący, poszukując właściwego słowa – katalizatorem. Teraz pani rozumie?

– Robert – wyszeptała i chwyciła Wiktora za rękę.

– Tak. Robert – potwierdził Warslich. – Nie obarczałbym go jednak winą. Był po prostu zbyt słaby, żeby przeciwstawić się złu, które upodobało sobie to miejsce.

– Czy to on ukrył w piwnicy zwłoki tej kobiety? – zapytał Wiktor.

Warslich skinął twierdząco głową.

– Chodźcie już. Nie chcę więcej niespodzianek – wyszeptała Agnieszka.

– Niestety – mruknął do niej Wiktor. – Chyba czeka cię jeszcze jedna. Mam rację, Kamil?

– Masz, masz, redaktorku – powiedział ze śmiechem chłopak, cofnął się w głąb mieszkania i stanął obok Warslicha. – Tak sobie myślę, że może i ja zostanę – dodał.

Agnieszka zaklęła i usiadła na stojącym obok drzwi taborecie.

– Tlenek węgla nie wybiera, w którym pokoju morduje, a w którym zostawia przy życiu. Mam rację, chłopaku?

– Tak jakby, redaktorku. Wybaczysz mi chyba użycie tego zwrotu, co? Od kiedy wiesz?

– Od pięciu minut, kiedy wszystko wskoczyło na miejsce. Właściwie to jestem dość głupi, że nie wpadłem na to wcześniej. Najpierw ta nietrzymająca się kupy opowieść o tlenku węgla, przed którym miałaby cię uratować taśma izolacyjna (zresztą wedle twojej relacji to starzy nakleili ją na drzwi już po swojej śmierci). Potem to, że nie pozwoliłeś mi wejść do swojego pokoju, to, że nie chciało ci się spać jak nam, to, że niczego nie zjadłeś ani nie wypiłeś przez wszystkie te dni. Nawet wczoraj nie tknąłeś herbaty, którą uraczył nas przemiły ksiądz Warslich.

Agnieszka w milczeniu kręciła głową, powtarzając cicho: „Nie, nie, nie, to niemożliwe". Nagle wstała i spojrzała w oczy Kamilowi.

– Kamil, ale powiedz mi, to oni zrobili, prawda? To twoi rodzice zabili ciebie i siebie, prawda? Ty nie miałeś z tym nic wspólnego?

Kamil nie odpowiadał. Warslich i Wiktor też milczeli. Zapach gazu był coraz bardziej intensywny. W oczach Agnieszki zaszkliły się łzy.

– Błagam cię, Kamil, powiedz, że to oni – szlochała, nie odrywając od niego oczu.

Chłopak milczał, a ona znała odpowiedź. Lokatorzy pustostanów przy Kondratowicza nie byli ofiarami.

Byli zabójcami i samobójcami.

– Chyba czas już na was – powiedział spokojnie Kamil.

– Tak, będziemy lecieli – odparł Wiktor. – Dziękujemy wam za pomoc. Wam obu. I księdzu, księże Stanisławie. I zwłaszcza tobie, Kamil. Dzięki. – Uśmiechnął się do przyjaciela i wyciągnął rękę z kciukiem wysuniętym do góry. Kamil wyszczerzył zęby i odpowiedział takim samym gestem.

– Miło było poznać – rzucił jeszcze Wiktor, objął Agnieszkę i pociągnął ją w stronę drzwi.

– Wzajemnie – odpowiedziały jednocześnie upiory.

8

Na korytarzu od razu dostrzegli, jak bardzo jest źle. Wszystkie instalacje budynku zwariowały. Z sufitu kapała woda, z liczników ulatniał się gaz, iskrzyły gniazdka. Moment, kiedy gazu będzie dostatecznie dużo, a jakaś iskra dostatecznie silna, mógł nadejść lada chwila. Tak naprawdę sama obecność w budynku nadawała im status żywych trupów, a każda chwila zwłoki zbliżała Agnieszkę i Wiktora do stanu jak najbardziej nieżywych trupów.

O windach nie było mowy. Wybiegli na klatkę schodową, którą płynęły potoki wody, prawdopodobnie wypluwane przez hydrant na którymś z wyższych pięter. Agnieszka poślizgnęła się i tylko to, że Wiktor mocno trzymał jej rękę, uchroniło ją przed bolesnym (śmiertelnym?) upadkiem. Asekurując się wzajemnie, zbiegali ze schodów tak szybko, jak to było możliwe. Bardziej na miejscu byłoby powiedzenie, że nie schodzili, lecz spadali w sposób kontrolowany.

Po każdych dwóch zakrętach mijali rzymskie cyfry z numerami pięter. Ósme, siódme, szóste – niebezpieczny wiraż Wiktora, o mało co zakończony katastrofą – piąte, czwarte...

Kiedy minęli drzwi prowadzące na czwarte, Wiktor nie tyle usłyszał, co poczuł głuche tąpnięcie. Ułamek sekundy później drzwi oddzielające klatkę schodową wystrzeliły z framugi, przeleciały za ich plecami i uderzyły o ścianę, zamieniając się w kupę drzazg, a podmuch zepchnął ich ze schodów. Wiktor skrzywił się, słysząc chrupnięcie w kolanie, którym uderzył o posadzkę. Nadmiar adrenaliny tłumił ból, ale wiedział, że nie jest dobrze. Mimo to w tej samej chwili wstał, złapał Agnieszkę i polecieli na dół. To jeszcze nie była TA eksplozja, ale bez wątpienia ostatnie ostrzeżenie.

Trzecie, drugie, pierwsze, parter...

Stali teraz przy schodach do piwnicy. Jeden ze zniczy, zepchnięty przez wodę do kąta, jakimś cudem przetrwał potop i ciągle świecił migotliwym światłem. Kiedy Wiktor na niego spojrzał, zgasł.

– Zaczekaj! – krzyknął i szarpnął Agnieszkę za rękę. – Muszę ci coś powiedzieć.

– Zwariowałeś?! Teraz?!

– Tak, teraz, muszę to powiedzieć, zanim wyjdziemy. Pamiętasz, jak opowiadałem o Honoracie, a potem wspomniałem, że żona nie mogła ze mną wytrzymać, zabrała córkę i wyprowadziła się?

– Pamiętam.

– To nie jest prawda.

U góry zagrzmiało. Tynk posypał się z sufitu i osiadł na czarnych włosach Wiktora. Agnieszka spojrzała na niego pytająco.

– Ona się nie wyprowadziła. Wyrzuciłem ją. Wypędziłem ją jak psa. Wypchnąłem za drzwi, kiedy Matylda była w przedszkolu. Kazałem jej się wynosić. Pamiętam, jak kurczowo trzymała się klamki i szlochała, żebym tego nie robił. Ja jednak odrzuciłem ją kopniakiem i zamknąłem drzwi. Potem spakowałem jej rzeczy i rzeczy Matyldy w plastikowe worki. Wystawiłem wszystko na korytarz, a kiedy wynosiłem te worki, Weronika cały czas siedziała na podłodze w korytarzu i płakała.

Agnieszka patrzyła na niego, wyraźnie wstrząśnięta.

– Nigdy nie zrobiłem nic gorszego. Nawet nie wiem, dlaczego to zrobiłem, chociaż się domyślam. I wiem, że teraz jestem gotów poświęcić każdą pozostałą mi chwilę życia na pokutę, a nawet oddać je wszystkie, jeśli tylko Bóg pozwoli mi zobaczyć moje dziewczynki choćby na sekundę. Czy rozumiesz, dlaczego ci to mówię i dlaczego musiałem to zrobić tutaj?

Ostatnie zdanie Wiktor musiał wykrzyczeć. Blok umierał, wydając z siebie potępieńcze dźwięki, których nie dało się zidentyfikować. Jęk betonu i stali dochodził zewsząd: ze ścian, sufitów, podłóg, korytarzy, szybów windowych i klatki schodowej. To było okropne, przejmujące ostatnie tchnienie.

– Myślę, że wiem! – wrzasnęła mu do ucha Agnieszka, a i tak bardziej się domyślił, co mówi, niż usłyszał.

Ciągle trzymając się za ręce, wbiegli do holu, zeskoczyli ze schodów i wypadli na podwórko, gdzie wszyscy lokatorzy patrzyli na to, co się dzieje. Wiktor zauważył matkę Emilii leżącą w objęciach swojej córki, która najwyraźniej musiała dojść trochę do siebie. Robert cały czas nie odzyskał przytomności.

Wiktor stanął przy wszystkich i odwrócił się, aby spojrzeć na swój blok. Ze świstem wciągnął powietrze.

Budynek zachowywał się jak żywy. Lekko drgał – obłoczki dymu wysuwały się i chowały – przypominając oddychającego potwora, za niektórymi oknami migotały płomienie. Żółtoczerwone lub zimne niebieskofioletowe. Z kilku balkonów spadały kaskady wody. Jednak wszystkich tych fajerwerków Wiktor nie zauważał. Patrzył na stojące w oknach postaci. Na tych, którzy musieli zostać.

Było ich wielu, więcej, niż przypuszczał. Z tego tłumu bez trudu wyłowił wzrokiem postać Kamila i siedzącego obok Warslicha. Pomachał do nich, ale oni nie odmachali. Razem z innymi wpatrywali się w punkt leżący gdzieś wysoko za plecami Wiktora. Ich twarze były tak nieruchome, tak pozbawione emocji, że wydawały się...

Wydawały się martwe.

Nagle budynek zadrżał mocniej, rozmazując rysy postaci stojących w oknach, i Wiktor zasłonił twarz rękoma, rozumiejąc, że za chwilę nastąpi eksplozja. Zaśmiał się w duchu, myśląc, co właśnie robi, żeby uchronić się przed stojącym dwadzieścia metrów przed nim jedenastopiętrowym blokiem, który ma właśnie runąć. Zasłania twarz rękami.

Budynek przestał drgać i odetchnął. Wiktor czuł, jak powiew zasysanego powietrza ciągnie go w stronę klatki, widział pochylające się drzewa i zeschłe liście, które leciały do otwartych drzwi jak do odkurzacza. Wszyscy skulili się i cofnęli o krok, niczym ludzie na plaży w czasie sztormu.

Nagle wiatr ustał i Wiktor też wstrzymał oddech, oczekując fali uderzeniowej. Ale żadnej eksplozji nie było. Budynek znieruchomiał, postaci w oknach zniknęły. Wszystko ucichło.

Zgromadzeni pod klatką stali nieruchomo, zastanawiając się, czy to już koniec, czy tylko chwila wytchnienia przed najgorszym.

Ale to był koniec. Ludzie wyglądający jak własne cienie uśmiechnęli się do siebie niepewnie.

– No i fajnie. Taki piękny dzień, to ja chyba pojadę odwiedzić syna na Bemowie – powiedział dozorca, zacierając ręce. – Ale jutro wrócę. Nie myślcie... – przerwał w pół zdania z otwartymi ustami, wpatrzony w jedno z okien ich bloku. Wiktor podążył za jego wzrokiem i zamarł. W oknie na ostatnim piętrze ktoś stał.

Jarek Kwaśniewski. Człowiek, który zamknął się, aby odnaleźć siebie.

Postać wyszła na balkon, wychyliła się przez balustradę i wrzasnęła do nich:

– Hej, ludzie, co się tam dzieje? Coś jest nie tak z budynkiem? Dlaczego wyszliście?

Dopiero wtedy puściło i wszyscy zaczęli się śmiać jak opętani. Ocaleli. Agnieszka oderwała się od pojękującego Roberta i podeszła do Wiktora.

– No i co teraz zrobisz, redaktorku? – zapytała.

To było dobre pytanie.

EPILOG

FREE HOMES FOR FREE PEOPLE.
Warszawa, Śródmieście, graffiti na murze starej kamienicy
w podwórku pomiędzy Wilczą i Hożą

Końcówka 00.01. Wejście. 6 grudnia 2002, godz. 16.40.
Dziewczynka: To tatuś teraz mieszka w tym nowym bloku?
Kobieta: Tak, kochanie, na samej górze.
Dziewczynka: Byłaś już u niego?
Kobieta: Byłam.
Dziewczynka: Beze mnie?
Kobieta: Tak.
Dziewczynka: Bu. To mnie się nie podoba.
[kroki]
Dziewczynka: A jak tatuś mnie nie pozna?
Kobieta: Jednego możesz być pewna, kochanie. Twój tatuś zawsze
i wszędzie cię pozna. Wiesz dlaczego?
Dziewczynka: Dlaczego?
Kobieta: Bo cię kocha najbardziej na świecie i jesteś jego naj-
ukochańszą córeczką.
Dziewczynka: Zobaczymy, czy pozna, jak coś powiem. Cieka-
we, czy pamięta mój głos. Mogę zadzwonić? Proszę, mamo, ja już
sięgam!
Kobieta: Możesz. Jestem pewna, że tatuś pamiętałby twój głos
za milion lat i na samym końcu wszechświata.
Dziewczynka: Jaki numer?
Kobieta: Czterdzieści.
Dziewczynka: Czyli ile?
Kobieta: Cztery i zero.
Dziewczynka: Aha.

[domofon]
Mężczyzna: Tak?
Dziewczynka: Tatusiu, to my!

OD AUTORA

Oczywiste jest, że wszystkie wydarzenia przedstawione w tej książce zostały zmyślone. Chcę podkreślić, że fikcyjne są także występujące w niej postaci, a wszelkie ich podobieństwo do moich krewnych, przyjaciół, a tym bardziej osób mi obcych, jest przypadkowe i niezamierzone.

Częściowo zmyślone – a raczej w sposób twórczy dostosowane do wymogów fabuły – zostały także topografia i dzieje Bródna. Przepraszam wszystkich miłośników tej arcyciekawej stołecznej dzielnicy, jeśli poczuli się urażeni. Na swoje usprawiedliwienie mam jedynie to, że zbójeckim prawem autora jest kreować świat przedstawiony wedle własnego widzimisię, nie licząc się z nikim i niczym – także historią.

I na koniec małe podziękowanie. Wymyśliłem to, kiedy razem z bratem jechaliśmy windą w bloku na Bródnie, robiliśmy sobie jaja i zastanawialiśmy się, w ilu potwornych horrorowych scenach można by taką windę wykorzystać. Później Wojtek był testerem pomysłów, pierwszym redaktorem i krytykiem książki. Bez niego nic by z tego nie wyszło.

Dzięki, stary!

Z.

Warszawa, 21 czerwca 2004

Redakcja: Filip Modrzejewski
Korekta: Bogumiła Jędrasik, Maciej Korbasiński,
Małgorzata Kuśnierz
Adiustacja: Marta Stochmiałek

Projekt okładki i stron tytułowych: Krzysztof Kiełbasiński
Fotografia autora: © Szymon Wójciak

Skład i łamanie: Tekst – Małgorzata Krzywicka
Druk i oprawa: Toruńskie Zakłady Graficzne
ZAPOLEX Sp. z o.o.

Książkę wydrukowano na papierze Creamy 70 g/m², vol. 2.0,
dostarczonym przez

Grupa Wydawnicza Foksal Sp. z o.o.
00-372 Warszawa, ul. Foksal 17
tel. 22 828 98 08, 22 894 60 54
biuro@gwfoksal.pl
www.gwfoksal.pl

ISBN 978-83-7881-490-0